Forever My Duke
by Olivia Drake

公爵の完璧な花嫁

オリヴィア・ドレイク
風早さとみ[訳]

ライムブックス

FOREVER MY DUKE
by Olivia Drake

公爵の完璧な花嫁

主要登場人物

ナタリー・ファンショー……アメリカ人の教師
ヘイドリアン・エイムス……第八代クレイトン公爵
ゴドウィン伯爵アーチー……ヘイドリアンのかつての後見人
オードリー……ナタリーの親友。ヘイドリアンのはとこ。一年前に他界
レオポルド（レオ）・ベリンハム……オードリーの息子
ワイマーク子爵リチャード……ゴドウィン伯爵の息子
エレン……ゴドウィン伯爵の娘
プリシラ……ゴドウィン伯爵夫人
クレイトン公爵夫人ミリセント（ミリー）……ヘイドリアンの母

1

第八代クレイトン公爵ヘイドリアン・エイムスは、酒場の喧騒をさえぎるように扉を閉めた。冷ややかな目で、専用応接室の狭苦しい空間を見渡す。この遅れは彼の予定にとって大打撃だった。将来の花嫁の家族との晩餐に間に合うようにと、明け方にロンドンを出発したというのに。

それにもかかわらず、氷雨をともなう暴風がヘイドリアンの進みを遅らせ、このいまにも崩れそうな宿屋で一泊しなければならなくなった。御者や騎馬従者たちをずぶ濡れにさせて、ウォリックシャー州南部の足場の悪い丘をあと二〇キロほど越えるなど、無茶な話だっただろう。まして、馬を何度も交換したせいで、この日はすでにかなり遅い時間になっていたのだ。応接室の暗い窓に叩きつけられる氷雨の音が、ここで予定を中断するのもやむなしだったことを裏づけていた。

ヘイドリアンは濡れた外套を脱ぎ、壁のフックにかけた。夕食を待つあいだ、暖炉近くの椅子に腰をおろす。背もたれがはしご状になっていて、きしきしと音が鳴る。部屋には、かびと煙のにおいが漂う。ブーツを履いたままの両足を伸ばし、わずかな炎が凍えた足をあたためてくれることを願った。

ヘイドリアンは暇つぶしに、テーブルに放置された新聞を手に取った。その地元紙は何週間も前のものだったが、このあたりで少年時代を過ごした彼にとっては、たとえ古いニュースでも興味深い。去年の穀物収穫量に関する報告をまじまじと読んでいると、扉をノックする音が聞こえた。

〝入れ〟と言う間もなく、扉が開いた。喪服のような黒服を身にまとった、顔がしわだらけの男が応接室に入ってきた。禿(は)げかけの頭に、まばらになった白髪が梳(と)かしつけられている。彼は覆いのかぶせられた数種類の料理がのったトレイを、片手でバランスよく運んできた。

その様子を、ヘイドリアンは新聞越しに見て言った。「おお、チャムリー。コーヒーは持ってきてくれただろうな」

「このひどい建物には何も置いてございません、閣下。ですから、わたくしのほうで代わりにホットワインをご用意しました。わたくしが自らおつくりしたのですよ。何しろ、ここの厨房(ちゅうぼう)は驚くほど使いものにならないのですから」

「うちの貯蔵室から持ってきたブルゴーニュワインを、ひと瓶無駄に使ったとは言わないでくれよ」

「健康のためにはやむを得なかったのです」従者はトレイを置きながら言った。「こんな悪天候で、閣下が風邪をお引きになる恐れがあってはなりません。復活節より前に北部へなど出かけるべきではないと、証明してみせているようなものでございます」

チャムリーの不機嫌そうな口調を、ヘイドリアンは受け流した。今回の旅の目的を知ってから、従者はずっと腹を立てていた。事実、ホットワインをつくったのは抗議ではないかと、ヘイドリアンはうすうす思っている。だが、大目に見てやった。自分が生まれる前から一家とともにいる老家臣だ。最初はヘイドリアンの父に、それからヘイドリアンが五歳という幼さで公爵の地位についてからは彼に仕えてくれている。どうもこの老家臣の口うるさい気質は、いまでも変わっていないようだ。

ヘイドリアンはホットワインのゴブレットを受け取り、薬草の味を我慢しながら勢いよく飲んだ。「いまは三月の二週目だ。氷雨まじりの暴風など誰も予想できなかっただろう」

チャムリーは返事の代わりにふんと鼻を鳴らした。それから長い白のリネンのクロスを広げて、傷のある木製テーブルにかけた。この従者は、こうした不測の足止めに備えていつもいろいろなものを荷物に詰めている。とはいえ、どうやらコーヒーは忘れてきたようだが。几帳面にナプキンと銀器を並べていく。次に料理の覆いを外して、テーブルクロスの上に置いた。

「なんたること！」チャムリーがつぶやいた。

「今度はなんだ？」ヘイドリアンは新聞から目をあげて尋ねた。

「ここの宿屋の女将は、客に出すローストチキンも、ましてやビーフステーキの蓄えもなかったのですな。長年勤めておりますが、豚の餌にお似合いのこのような残飯をクレイトン公爵にお出ししなければならなかったことなど、一度もございません」

おいしそうなにおいに誘われ、ヘイドリアンは立ちあがってテーブルの席についた。ぶつ切りのジャガイモと肉に茶色いどろっとしたグレイビーソースがかかったボウルの中身を見やる。とぎれとぎれに細く立ちのぼる湯気を浴び、腹が鳴った。「その豚はずいぶんぜいたくな餌を与えられているんだな」ヘイドリアンはからかった。

「ふん、ここは閣下のようなご身分の方にはとうてい不釣り合いな宿でございますな。使用人たちはいい加減ですし、ほかの客は控えめに言っても下層階級の者たちでしょう。お母上の願いをお聞き入れになって、ロンドンにとどまってくださっていれば――」

「この件について母上は何も言ってこなかったぞ」

「一家の主である公爵閣下の決定に誰が口出しできるものですか。でも、申しあげてよろしければ、お母上はただ閣下にとって最善のことを望んでおられるだけです」

ヘイドリアンは食欲をそそるマトンのシチューを味見しながら思案した。彼の母親の考える〝最善〟とは、彼女が好きで読んでいるくだらないロマンス小説から仕入れたものだ。ヘイドリアンの結婚話について聞かされたとき、公爵夫人は口をとがらせて嘆願するように反対した。愛を軽く見ている、父親譲りの冷たい人間だとヘイドリアンを非難した挙げ句に泣き続ける始末だった。その涙を見て、ヘイドリアンは危うく結婚を取りやめそうになった。繊細な母の心を傷つけたくはない。しかし、レディ・エレンと結婚する意志はもう揺るがないと納得させるためには、きっぱりと言わなければならなかった。

だが、公爵夫人は息子の意見を無視してチャムリーを味方につけていたようだ。

熱々のおいしい料理で、ヘイドリアンの気分はやわらいだ。従者の眉間のしわを見ながら切りだす。「はっきり言ってくれ。怒りをぶちまけてこの件は終わりにしよう。わたしのせいでおまえに不満をためさせたくはない」

チャムリーは息を吐いた。「わたくしはただ、お母上の意見はごもっともだと思っただけです。お父上といとこのゴドウィン卿とのあいだで取り交わされたはるか昔の契約に、閣下が縛られる必要などないと、お母上はお考えです。昔なら貴族の政略結婚はよくあることでしたが、このご時世では流行りません」

「だが、政略結婚のほうがはるかに手っ取り早いじゃないか。結婚にこぎつけようと必死な母親たちや、愛想笑いを浮かべるその娘たちに煩わされずにすむんだからな」

老家臣はパンとチーズがのった皿を置きながら悲しげに首を振った。「ともあれ、あの契約は閣下とゴドウィン卿のご長女がほんの乳飲み子だった頃に交わされたものです。一〇年前にレディ・オードリーがあの牧師と駆け落ちをして国外へ逃げた時点で、閣下の義務はいっさい無効になったではございませんか」

はとこのオードリーとの結婚が破談になったことについて、ヘイドリアンは少しも残念に思わなかった。彼女はたしかに美しかったが、まじめな性格で、祈禱書を夢中になって読んでいるか、もっと神をあがめるべきだとヘイドリアンを叱ってくるような女性だった。とはいえ少なくとも、彼がオックスフォード大学で勉強もせずに秘密の情事にばかり時間を割いていたことは、オードリーも知らなかったはずだ。一八歳のヘイドリアンには、結婚によって自由を奪われる覚悟はまだなかった。

いまは違う。放蕩のかぎりを尽くし終え、成熟した大人となったので、落ち着きたい気持ちが芽生えている。

ヘイドリアンはパンをちぎってバターを塗った。「わたしが父上の望みを尊重するのは、おまえにとって喜ばしいことじゃないのか。とにかく、そろそろ子育てを始めてもいい頃合いだし、レディ・エレンはどの令嬢にも劣らずわたしの妻にふさわしいだろう」

「でしたら、このような長旅は不要だったはずです」チャムリーは頑固に言い張った。「社交シーズンになれば、ゴドウィン伯爵夫妻がお嬢さまをロンドンにお連れになられます。そのときなら、いくらでも求婚する時間が取れるでしょうに」

「まあな。だが、あれこれ噂を立てる好奇の目がないところで求婚するほうがいい。レディ・エレンはまだ社交界にデビューしていないから、不安に感じるだろう。なんといっても向こうが一二歳のときから会っていないのでね」

従者はヘイドリアンのゴブレットにホットワインを注ぎ足した。「お母上は心配なさっています。レディ・エレンがいまでも教室のチョークの粉を指につけているのではないかと。そのまま公爵夫人というお役目をまかされる覚悟をなさるのは難しいでしょう」

「母上は一八歳で結婚した。いまのレディ・エレンと同じ年だ」

「僭越ながら申しあげますが、だからこそお母上はご結婚について忠告なさりたいのでは……それともほかにお考えでも？」

ヘイドリアンはナプキンで口元をぬぐってから、テーブルの前に直立不動の姿勢で立っている従者に鋭い視線を投げた。「なるほど、問題の核心にたどり着いたな。母上が反対しているのは花嫁の年齢のせいではない。レディ・エレンの父親――ゴドウィン卿にいまだに恨みを抱いているわけだ」

「お母上をお責めになれますか？　夫ばかりではなく、息子までも失われたのですよ。弱冠五歳にして、閣下は愛情深いお母上から引き離され、後見人であるゴドウィン卿に引き渡されました。それで幼少時代を国の半分も離れたところでお過ごしになられたではありませんか」

「一五〇キロなど大したことはない。地の果てでもあるまいし。実際、年に二回は母上に会いに行っていたではないか」

復活祭と八月の一週間、ゴドウィン伯爵はチャムリーに、ロンドンまで母親に会いに行くヘイドリアンの付き添いを許可していた。あの頃の楽しい思い出は、子どもらしい喜びに満ちている。サーカスに出かけたこと、テムズ川でボートに乗ったこと、ロンドン塔に見世物のライオンや熊を見に行ったこと。ほかにも公爵夫人は、おもちゃや本などの贈りものを惜しみなくヘイドリアンに与えた。それはそれはとてつもない量だったのに、彼が戻ってきて手元に置いておくのを許されたのは、たったひと品だけだった。それ以外は慈善事業に寄付された。というのも、ゴドウィン伯爵が質素倹約こそ美徳と信じていたからだ。

ヘイドリアンもあの厳しさにはいらだちを覚えたりもしたが、いまでは厳しいしつけの大切さを理解できる。ほかの貴族たちがカードゲームや決闘で財産を失っていく中、彼は冷静な判断ができるという評判を得ていた。ヘイドリアンにとって、散財するよりも富を貯めるほうが意味あることなのだ。

「もし、あのまま母上に育てられていたら」ヘイドリアンは続けた。「レディ・エリザベスのように甘やかされて、ぐうたらな浪費家になっていただろう。自分の財産をどう管理すればいいのかもわからずにな。おい、にらむな、チャムリー。妹が母上と同じくらい頭が空っぽなのはおまえも知っているだろう」

「それでも、経験者の声を心にとどめられたほうがよろしいかと思いますが。若くてうぶな娘が父親の決めた相手との結婚を強制されるのがどれだけ大変なことか、お母上はご存じなのですから」

「ゴドウィン卿が娘に結婚を強制していると思っているなら、おまえは誤解しているぞ」ヘイドリアンは少しいらだって言った。「わたしはゴドウィン伯爵家で育ったんだ。レディ・エレンは一〇歳は年下だっただろうが、それでもわたしが悪い人間ではないことはわかっている」

「ほぼひとまわりの差でございます。閣下が成年に達してゴドウィン家をお出になられたとき、レディ・エレンはほんの子どもでした」

「たしかに。だが、あれから一度か二度は会っている。わたしが伴侶に求める資質をすべて兼ね備えていると確信するには充分だ」

従者は疑わしげな目つきでヘイドリアンを見据えた。「す、すべて、でございますか、閣下？　言わせていただければ、むしろお母上がお望みなのは、閣下が愛をいちばんの判断基準にされることでしょう。あの方のお考えでは、結婚生活の幸せには愛情による強い絆が不可欠だと――」

「もうたくさんだ！　これは母上が決めることでも、おまえが決めることでもない」ヘイドリアンはチャムリーにしかめっ面を向けた。従者の無意味な話にはもううんざりだ。「そのうち母上にもこれが最善だとわかるだろう。おまえにもな。さあ、やるべき務めがあるんじゃないのか」

「かしこまりました、閣下」

チャムリーは乾いた唇をすぼめてお辞儀をし、それから壁のフックからヘイドリアンの外套を取った。足を引きずるようにして応接室から出て、背後で扉を閉める。そのときのチャムリーは、立腹しているというより心配しているように見えた。

従者の顔に浮かんだその案じるような顔が、ヘイドリアンをいらだたせた。どうしてチャムリーも母も、反対すればこちらの心が揺らぐと思っているのだろう？　ヘイドリアンのような身分の男にとって、結婚とは同盟であり、女性向け小説に書かれているような夢物語ではないのだ。

愛だと！　なんという戯言だ！

理想とする妻の判断基準を並べ立てることで、ヘイドリアンはいらだちを抑えた。魅力があるのはもちろん、申し分ない家柄の貴族でなければならない。おしゃべりすぎない控えめな若い女性がいい。口が悪くてやかましい女と結婚するつもりはない。

レディ・エレンなら条件にぴったり合いそうだ。今回の旅で、社交シーズンを前にこの推測は正しかったと確認できるだろう。ゴドウィン伯爵が訪問してはどうかと、手紙をよこしてくれたのはありがたかった。

ヘイドリアンは食事をすませた。暖炉がぱちぱちと鳴る音や氷雨が窓に当たる音を聞きながら、ゆったりとひとりの時間を過ごす。彼は結婚を心待ちにしていた。ここ何年も、社交界一有望な花婿候補として狙われ続けている。舞踏会でも夜会でもパーティでも、愚かな媚態で彼の心を勝ち取れると思った女性たちの大群に追われっぱなしだ。社交界にデビューするやいなや、クレイトン公爵夫人の座を熱望する令嬢たちをかわすのには飽き飽きだ。

たしかに、美しい女性の寝室に入るというたぐいのたわむれをたしなみはしている。だが、上流階級の令嬢というのは、概してファッションの話と噂話しかできない浅はかな生き物だと気づいてしまった。だから、身を固めて、すべてを終わりにしようと決めたのだ。存在しない完璧な女性を求め続けても意味はない。ひとたび指輪をはめれば、つまらない娘をこちらの人生へと誘導する野心満々の母親たちから逃れられる。

自らの計画に満足し、ヘイドリアンは新聞に注意を戻した。地元の民兵訓練に関する記事を夢中で読んでいると、扉の取っ手ががちゃりと鳴って集中がとぎれた。

「もう戻ったのか、チャムリー？　いまは気分が――」

ヘイドリアンは顔をあげ、言葉を切った。五歳か六歳くらいの幼い少年が部屋に飛び込んできて扉を閉めたせいだ。手織のシャツとズボンという格好に、藁（わら）のような色合いの乱れたもじゃもじゃ頭、そばかすのある顔には汚れがついている。ズボンのポケットからは、おもちゃのパチンコがはみでていた。

その子の青い目がテーブルにいたヘイドリアンをとらえた。「こんにちは、旦那さん」

ヘイドリアンは片方の眉を吊（つ）りあげた。粗末な服装からして、宿の使用人の子だろう。「ここに入ってはだめだぞ」ヘイドリアンはぶっきらぼうに言った。「専用応接室だからな」

「うん、邪魔はしないよ、約束する！　ぼく、隠れるところが欲しいだけなんだ」

招かれてもいないのに、少年は狭い部屋の中をうろつき始め、隠れられそうな場所を探した。わずかな備えつけの家具には裏に入るのにちょうどいい飾り布などはかけられていないし、身を隠せるようなたんすもない。彼は一周まわりきってからテーブルのそばに来て、思いをめぐらせるように見つめた。

突然、少年は勝利の笑みをぱっと浮かべた。それからテーブルクロスの下に潜り込んで、ヘイドリアンの足元にうずくまった。

「わーい！」少年のくぐもった声がする。「ここはいままでいちばんの場所だよ！」

これはいったい――？

ヘイドリアンは困惑して新聞を落とした。周囲の人々が自分の命令に従うことに、彼は慣れきっている。一方、このわんぱく小僧はヘイドリアンの脚にくっついてしゃがみ込んでいる。彼のぴかぴかのヘシアン・ブーツに汚れた足跡がつくのは間違いない。

ヘイドリアンはテーブルクロスの裾を持ちあげると、眉をひそめて少年を見た。小さなテーブルの下の狭い空間は、長いリネンが床まで垂れさがっていて、テントのようになっていた。ふと、同じ年頃に乳母から隠れまわった自分自身の記憶の断片が、ヘイドリアンの心をかすめた。

予想外の滑稽な展開に、ヘイドリアンは興奮を覚えた。しかし、威厳を保たねばならないところで笑ってしまってはいけない。厳しい口調になって言う。「ここで遊んではだめだ。ほら、行くんだ」

少年のそばかすが散った顔に、おねだりをするような悲しい表情が浮かんだ。「でも、かくれんぼなんだ。ここなら絶対にあの人に見つからないもん」

「誰にだって？　子どもたちの大群にあちこち駆けまわらせるわけにはいかないぞ」

「それはないよ、旦那さん。約束する！」少年は痩せた胸の前で十字を描いた。「神に誓う、命をかけてもいい！」

「ばかはよせ」少年の真剣さがおかしかったが、ヘイドリアンは毅然として言った。「最後の警告だぞ。きみが自分で出ていかないなら、力ずくで――」

ノックの音がした。ヘイドリアンは扉のほうにちらりと目をあげ、それからふたたび子どもに視線を落とした。少年は大きく目を見開き、体を震わせている。できるだけ小さく体を丸めようとしていた。

「お願い、ぼくを引き渡さないで！　すぐに終わるから。ほら、しーっ」

少年は手を伸ばし、テーブルクロスをぐいっと引き戻して隠れた。ヘイドリアンは少年の耳を引っ張って引きずりだし、無理やり歩かせて部屋から追いだしてやろうかと考えた。だが遅かった。扉はすでに開き始めている。ひとりの女性が応接室に入ってきた。

ヘイドリアンの胸が高鳴る。目の前の光景をじっと見つめていると、世界が色あせていった。

彼女を言い表す言葉として〝美しい〟ではありきたりすぎるだろう。おそらく二〇代半ばくらいのその女性はまっすぐ前を見つめ、ヘイドリアンの知っている女性たちとは違う際立った雰囲気をまとっていた。背が高くしなやかで、あたかも高身長を誇りにしているかのように顎先を高くあげている。暖炉の火の柔らかな光に照らされて、黒褐色の巻き髪が数本シニヨンからほつれて顔の輪郭を縁取っている。鼻は小さくてかわいらしく、唇は薔薇色だ。肌は健康的につやめき、まるでパラソルもなしに戸外でかなり長い時間を過ごしたのではないかと思わせる。長袖で丸襟の簡素なシナモン色のドレスは、ロンドンの主流からするとひどく地味に見られるかもしれないが、女性らしい曲線があらわになっていて、持ち前のセンスのよさを引き立てていた。

ヘイドリアンは、どうして彼女に魅了されてしまうのかはっきり解き明かそうとした。長年のあいだにたくさんのきれいな女性に出会ってきたものの、ここまで本能的に心を動かされたことはなかった。きっと瞳のせいだろう。鮮やかな濃いグリーンの瞳は、微笑むとエメラルドに日の光が当たったかのごとく輝いた。

いま、まさに輝いている。「お邪魔して申し訳ありません。小さな男の子を探しているんですが」

旋律のような心地よい声にはかすかに異国の趣が漂っていて、ヘイドリアンはどこのものか思いだそうとした。ウェールズでもアイルランドでもスコットランドでもない。もちろんコーンウォールとも違う。女性自身に劣らず神秘的で興味をそそられる。

不思議そうに見つめられ、ヘイドリアンは自分が座ったまま間抜けさながらぽかんと見とれていることに気づいた。急いで立ちあがる。もしあのみすぼらしい小僧が彼女の子なら、上流階級の淑女とは考えられない。それでも、女性が享受すべき敬意くらいは示してやらなければ。

ヘイドリアンはお辞儀をした。「どうも」

女性は気もそぞろにヘイドリアンを一瞥してから、大胆に近寄って狭い応接室を見まわした。「レオ？　ここにいるのはわかっているのよ。階段をおりてくるときに、あなたがこの部屋へ入っていくのが見えたもの」

ヘイドリアンは心の中で葛藤した。いくらこの素晴らしい女性に感服しているとはいえ、紳士として告げ口はよろしくない。男同士、互いの秘密を漏らさないというのが暗黙のルールだ。まして、女性に漏らすなどあってはならない。

それとも、レオみたいな聞き分けの悪い子には、こうした誠実さを示さなくてもいいのだろうか？

ありがたいことに、ヘイドリアンは不誠実にならずに板挟みから解消された。彼女が小さく声をあげてテーブルに駆け寄り、テーブルクロスの裾を持ちあげてその中を見たのだ。

「ほらいた。いけない子ね！」女性はころころと笑い声をあげた。「これはなかなか賢い隠れ場所だわ」

「見つかっちゃったんだから、そんなに賢くはなかったよ」レオが不満げに返す。

「さあ、すぐにそこから出てきなさい」彼女はそう言って、レオがそそくさと起きあがるのを見守った。「次に隠れるときは、爪先がはみでないように気をつけなさい。じゃあ、そちらの殿方に夕食の邪魔をしたことを謝ってちょうだい」

「ごめんなさい、旦那さん」

「なんてことはないよ」ほんの少し前には、まさに邪魔をされてお仕置きしてやる気になっていたのも忘れ、ヘイドリアンは応じた。

「レオはときおり、自分が何をしているのかきちんと考えられなくなるんです」女性は悲しげに言った。「そういう性質を直そうと、ふたりでがんばってはいるんですけれど。それはそうと、こんなことを大目に見てくださって、お礼を言わなくてはいけませんね」

彼女は口元に魅力的な笑みを浮かべながらテーブルに身をのりだし、ヘイドリアンに手を伸ばした。

ヘイドリアンは驚いた。彼女は自分に握手をさせるつもりなのだ。紳士が対等な立場の者とそうするように。たとえ最上流階級のレディであっても、彼ほどの地位の男にこのような無礼なふるまいはしないだろう。淑女なら手袋をはめた手の甲を差しだして、軽くキスしてもらうことはあるかもしれないが、それも先に男性に対してお辞儀をしてからだ。とはいえ、ヘイドリアンは気づくと女性の手を握りしめていた。そのほっそりとした指のぬくもりをひどく意識しながら。

「どういたしまして」ヘイドリアンはつぶやいた。

彼女のなめらかな素肌の感触が、ヘイドリアンにさらに強い影響を及ぼした。彼はまるで、初めてかわいい女の子に出会った男子生徒のように舞いあがった。こんなのは理屈に合わない。自分は自制心が強く、女性の魅力にもいくらか飽きた経験豊富な男だという自負があるのに。

ヘイドリアンの反応を彼女も感じ取ったに違いない。というのも、じっと見つめていた彼女の目がわずかに見開かれ、頬が薔薇色に染まったのだ。その表情には、ヘイドリアンに対する素直な好奇心が浮かんでいる。彼女もまた、見えない引力に戸惑っているかのようだ。ふたりで時間を忘れて見つめ合っているあいだ、ヘイドリアンは彼女の美しい瞳に溺れてしまいそうに感じた。腕を伸ばして髪留めを外し、その黒褐色の長い髪が肩や胸に流れ落ちるのを見たいという強い衝動に駆られる。

女性にぐっと引っ張られて、ようやくヘイドリアンは自分がまだ彼女の手を握っていたことに気づいた。彼が手を放すと、女性は後ろにさがった。顔に浮かんでいた興奮の輝きが、礼儀正しい仮面に覆われていく。炉端をぶらついて焚きつけ用の枝木で暖炉をつついていた少年に視線を落とした。

「レオ、それを置いてついていらっしゃい。お風呂が冷めちゃうわ」

少年は枝木を捨てたものの、頑固に動こうとしなかった。「入りたくない、やだよ、お風呂」

「正しい文法でお願いね。それと、お風呂は絶対に入ってもらうわ。明日はお祖父さまに会うんだから」彼女はレオの手を取り、引っ張っていった。一瞬立ち止まって、振り向きざまにさっと息をのむような笑みを投げかける。「ごきげんよう。あらためて、勝手に入ってしまってごめんなさい」

まもなく、ふたりは廊下へと消え、扉が閉まった。レオの抵抗するくぐもったぼやき声が、次第に聞こえなくなった。

ヘイドリアンが本来の自分に戻ったと思えるまで、しばらく時間がかかった。空中には、うっとりするような女性らしい残り香がなかなか消えずに漂っている。彼女が去ったいまになってようやく、ヘイドリアンはばかばかしく思えてきた。見ず知らずの人にここまで平静さを乱されるとは。

女性の落ち着いた物腰は、下層階級には似つかわしくなかった。つまり、あの少年が使用人の子だという推測は間違っていたわけだ。そうではなく、彼女はここの宿泊者で、やはり氷雨で足止めを食らった旅行者に違いない。結婚指輪には気づかなかったが、二階で夫が待っていると考えるのが妥当だろう。

論理的に思考することで、ヘイドリアンはいまだに残っているおかしな感情を払拭した。彼女は自分の好みとはまるきり反対だ。彼が好きなのは、上品で洗練された女性なのだから。実のところ、二週間前に愛人をお払い箱にしたせいで、興味を引くような別の愛人探しに必死になっている。あの女性が魅力的に映ったのも、そのせいだとすれば説明がつくだろう。とはいえ、情事の相手はその気のある未亡人と口のかたい高級娼婦（しょうふ）だけとかたくなに決めている。

幼い子どものいる母親はだめだ。

ヘイドリアンはテーブルの席に座り直し、もう一度新聞を読み始めた。しかし、印字された文字がまったく頭に入ってこない。そこで、顔をしかめて暖炉のいまにも消えそうな火を眺めたが、そのあいだも先ほどの魅惑的な出会いについてあれこれと考え続けていた。かすかななまりはあるものの、女性の話し方は洗練されていた。生まれながらの優美さを備え、紅潮した頬もかわいらしかった。

一方で、握手を求めるのはなんとも奇妙なふるまいだった。紳士に対する挨拶の作法に慣れていない田舎者であることは明らかだ。たとえ彼がクレイトン公爵だと気づかなくとも、重要な地位にある人間だとはわかるべきだった。別に腹は立っていない。ただ、見え隠れする彼女の素性に、ヘイドリアンは戸惑っていた。

くそっ。彼女のことは謎のままになるのか。明日には、それぞれ異なる目的地に向かって旅立ち、ふたりの道が交わることは二度とない。ヘイドリアンは名もなき美女とのつかのまの出会いに思い悩み、これ以上時間を無駄にするつもりはなかった。完璧な花嫁をもらいに向かっている途中なのだから、なおさらだ。

2

翌朝、ナタリー・ファンショーが出発の準備であわただしくしていると、軒下の小さな客室からレオが消えた。一分前にはそこにいて、帆船のミニチュア模型を床に走らせて遊んでいたのに、次の瞬間にはいなくなっていた。

もしかしたら、一分以上経(た)っていたのかもしれない。どれほど長いあいだ、物思いにふけっていたのだろう?

レオのとっておきのシャツにブラックベリージャムの小さな染みがついているのを見つけて、ナタリーはひとつしかない窓から差し込む早朝の日の光を頼りに汚れを洗い落とそうとしていた。レオの祖父の家にふたりで到着したときに、身なりのきちんとした子に見られなければならない。それほどこの顔合わせは大事なのだ。前もって一通の手紙――去年の夏に投函(とうかん)したものも含めると二通になる――を送ってはいたが、どんなふうに出迎えられるか、ナタリーにはわからなかった。けれど、何カ月も返事を待ち続けるのも得策ではない気がした。アメリカとイングランドのあいだで起こった二度目の戦争は少し前に終結していたとはいえ、大西洋をまたぐ郵便のやりとりは時間もかかるし、海難事故の危険も多い。

扉が少し開いている。

ナタリーは作業の手を止め、狭い廊下をのぞいた。レオの気配はない。下の階のどこから漂ってくる焼けたパンや炒めたタマネギの香りから、あの子は朝食をとりにひとりで下へ行ってしまったのではないかと考える。あのわんぱく坊やがまさにやりそうなことだ。その自立した性格に楽しませてもらうこともあるけれど、やきもきさせられることもある。

ナタリーはあたたかいショールを取りに客室へ戻った。レオをしっかり見張っていなかった自分を責める。レオを守ること、それこそが海を渡って六週間もの旅をしてきた唯一の理由なのに。名前も知らない人について、あれこれ思いをめぐらすべきではなかった。

昨夜あの紳士と出会ってから、こちらに向けられた彼のグレーの瞳と握りしめてきた手のことばかり考えていた。まったく、ばかげている。やたらと上品で、偉そうで、自分の好みではないのだから。まるで若い頃に話に聞いていた高慢な英国貴族みたいだ。それなのに、彼の男らしい姿が骨の髄までとろけるような感覚を引き起こす。あたたかい肌が押し当てられているあいだ、ほとんど息もできないほどだった。

なぜ？　ああ、どうして考えもせずに手を差しだしてしまったのだろう？

自分が礼儀作法の何かくだらない規則を破ってしまったのは、紳士の吊りあがった眉を見れば明らかだった。ここではいろいろなことがアメリカとは違うのだと、肝に銘じておかなければならない。亡くなった父親も友人のオードリーも、生まれによって一生の地位が決められてしまうイングランドの階級制度について非難していた。

それはそうと、あの人は何者だったのだろう？

見事な仕立ての服装と尊大なふるまいからすると、上流階級なのは間違いない。どうやら、こちらがお辞儀をしてくると思っていたようだ。けれど、たとえふさわしい作法を知っていたとしても、それに従いはしなかっただろう。ナタリーは彼より劣った人間ではないのだから。ペンシルヴァニア州では、上品に握手するのが何よりも礼儀正しいのだ！

階下から響く笑い声で、ナタリーは現実に引き戻された。まただ。いちばん優先すべき任務はレオだというのを忘れかけていた。こんなにも気を取られてしまうなんて、彼女らしくない。

ナタリーは客室の扉を閉め、宿屋の正面に出る狭い階段を駆けおりた。酒場は、天板が木製のテーブルで朝食をとる客であふれていた。てんやわんやのメイドがひとり、食事を運んだりカップに飲みものを注ぎ足したりと、モブキャップもずり落ちるほどにあちこちを駆けずりまわっている。昨日の氷雨をともなう暴風のせいで、宿屋はぎゅうぎゅう詰めだった。屋根裏の客室であっても確保できたことは、ナタリーにとって幸運だった。

あたりを見まわしても、亜麻色の髪をしたレオの姿はどこにも見当たらなかった。またあの専用応接室に入り込んでしまったのだろうか？　その可能性を考えると、ナタリーは落ち着かない気持ちになった。他人の意見など気にするべきではないけれど、あの花崗岩のようなグレーの鋭い瞳にいい加減な保護者のように映ってしまうかと思うと、身がすくむ。

帳場から何歩か歩き、例の専用応接室の前まで来た。扉が開いていて、室内は騒がしい酒場に比べずいぶんと静かだった。ありがたいことに苦手なあの貴族のような人はおらず、こぎれいな黒のスーツに身を包んだ老齢の使用人が、白いテーブルクロスにぴかぴかの銀器を並べているのが見えた。

「おはようございます。お邪魔じゃないかしら」

使用人が目をあげた。彼の顔はしわだらけのスモモを思わせる。「この応接室は使用中でございます。閣下（ユア・グレイス）に色目を使いにいらしたのなら、残念ですな。先ほどもぺちゃくちゃとうるさい五人の娘たちが来ましたが。なんぴとたりとも閣下の朝食の邪魔はさせませんよ」

猊下（ユア・グレイス）？　アメリカでは、大主教を呼ぶとき以外にその名称が使われるのを聞いたことがなかった。昨夜の高慢な紳士が聖職者であるはずがないから、きっと今日は別の客がこの応接室を使っているのだろう。そのことをなぜ残念に思うのか、ナタリーは深く考えてみるつもりはなかった。

「わたしが探しているのは、その方ではありません」彼女は前へ進み、長いリネンの布を持ちあげてテーブルの下をのぞいた。そこにレオは隠れていない。その事実にほっとしたのか動揺したのか、自分でもわからなかった。

だとしたら、あの子はどこ？

「これ、お嬢さん！　閣下のテーブルに触れてはなりませんぞ」

「お許しください。ひょっとして、亜麻色の髪をした六歳の少年を見ませんでしたか？」

「この部屋に忍び込んでいるのをもし見かけていたら、そんな行儀の悪い子は追いだしていますよ。お引き取りを、ほらほら！」

その気難しい老人はナタリーに近づいてきて、応接室から追い払おうとリネンのナプキンを振った。相手がむやみやたらと不機嫌そうだったので、彼女は抵抗できずに入り口まで移動し、それから振り向いて最高にまばゆい笑みを浮かべてみせた。「ご迷惑をおかけしてごめんなさい。あなたにとって素晴らしい一日になりますように」

ナタリーの眼前で扉が閉まった。なんて意地の悪い人なの！　レオがここに来てあの横柄な使用人と出くわしていなくてよかった。でもそうなると、レオがどこにいるのかわからず、やはり心配なままだ。郵便馬車がやってくるまでに、あの子を見つけなければならない。最終目的地まで乗せてもらう予定になっている。数日前に船でサウサンプトンに到着してからというもの、ナタリーは王立郵便馬車が時間にものすごく正確で、絶対に客を待ったりしないと学んだ。

すぐに懐中時計を確認してみると、まだ恐れていたほどは時間が経っていなかった。レオを探しだし、朝食をすませ、荷物を階下に運ぶのに一時間以上はかけられる。とはいっても、子どもと一緒に行動するのは思ったよりも時間がかかるとわかるようになったので、もし予定どおりに出発の準備ができなければ、もう一日この宿に足止めされることになりかねない。はやる思いでナタリーがくるりと向きを変えると、かたい壁にぶつかった。

はっと息をのみ、喉が締めつけられる。次の瞬間、壁だと思ったのは男性の胸だと気づいた。彼は立派な青い上着に身を包み、雪さながらの真っ白な首巻き（クラヴァット）にダイヤモンドの飾りピンを刺している。その清潔で男らしい香りにはかすかに覚えがあった。

すばやく目をあげたナタリーは、それがあの人だと悟った。昨夜のあの紳士だ。

彼に二の腕をつかまれたおかげで、ナタリーは倒れずにすんだ。どういうわけか、両手を紳士の広い肩に置いている。彼を見るには、頭を後ろに少し傾けなくてはならなかった。たいていの男性と同じくらい背の高いナタリーにとっては珍しいことだ。彼の瞳は間近で見るとさらなる魅力を放った。冬の荒々しい大西洋のようなグレーの瞳だが、いまはその中にわずかなあたたかみが見て取れる。

瞳以外は無表情な顔のパーツは、絵に描いたように男らしい。きりっとした顎にきれいに髭の剃られた頬、濃い茶色の眉と気高そうな鼻。髪はキャラメルブラウンで、身なり全体と同じように見事に手入れされている。ぶつかった拍子に、ナタリーは自分の胸に当たった彼の心臓が激しく鼓動しているのを感じた。長身で筋肉質な体と長い脚の印象が脳裏に焼きつく。

あのとろけるような感覚が、ふたたびナタリーの中に勢いよく流れ込んできた。体のいちばん奥深くまで染み入り、何も考えられなくなりそうだ。ふたりは恋人同士のように寄り添っている。見知らぬ男性の腕の中にいるなんて、二六歳の女性にあってはならない。

ナタリーは体を離し、後ろに数歩退いた。運がよければ、頬の紅潮には気づかれなかっただろう。「ごめんなさい！　急いでいて、前をよく見ていませんでした。すべてわたしの落ち度です」

「もしかして、またレオがいなくなったのでは？」

彼の口元に笑みの兆しが見受けられたので、ナタリーの気分はやわらいだ。「困ったことにそうなのです。こちらの応接室に隠れているかもしれないと思ったけれど、いませんでした」まったくの赤の他人に悩みなど打ち明けるべきではないのに、お構いなしに言葉が口をついて出てくる。「二階で少しのあいだあの子から目を離してしまって。気づいたときにはいなくなっていました。レオを見つけなければ、郵便馬車に乗り遅れてしまうわ」

「なるほど。ご主人はどちらに？　坊やを探すのを手伝ってもらえないのか？」

「ご主人？　ああ、いえ。わたしは結婚していなくて、その……」ナタリーはためらった。幼い子どもとふたりきりで旅しているときに、こうした個人的な事情を漏らすのは気が進まない。紳士は熱心にこちらを見つめている。不必要に男性の興味を引いてしつこくされるのだけは避けたかった。「わたしはレオの保護者です。では、失礼します。急がなくてはなりませんので」

立ち去ろうとしたナタリーの行く手を、紳士がふさいだ。「あの子が行きそうな場所に心当たりはあるのか？」

「わたしの知るかぎり、レオはどこへ行ってもおかしくありません。でも、朝食がまだなので、厨房から探そうと思います」

「差し支えなければ、手伝わせてくれ」

流行の装いに身を包んだ紳士と行動をともにするかと思うと、ナタリーは気が滅入った。

とにかく急がなければならないときに、心を惑わされるだけだ。「ありがたいのですが、その必要はありません」きっぱりと断る。「今朝はそちらも出発なさりたいでしょうから」

「わたしは急いでいないのでね。きみは宿屋の中を探してくれ。わたしは厩舎を見てくる。少年は得てして馬が好きだからな。一〇分後に外で落ち合って、情報を交換しよう」

紳士はきびすを返し、混雑する酒場のほうへ遠ざかっていった。すると、大勢の客が振り向いて彼を見た。会話のざわめきが明らかに大きくなる。とくに若い女性たちはぼんやりと見とれ、あるぽっちゃりとした少女にいたっては飛びあがってお辞儀までした。少女に礼儀正しくうなずいたあとで、その肩幅の広い人影は扉の外へと消えた。

ナタリーはぎゅっと唇を引き結んだ。たしかに、彼には人目を引く威厳に満ちた雰囲気がある。それにしても、まるで自分こそが責任者であるかのように首を突っ込んでくるなんて、なんて厄介な人なのだろう！　しかし、厩舎を探してくれるという彼が親切なのは認めざるを得ない。レオが外へ抜けだして、仕事中の馬丁を見に行ったとしても不思議ではない。アメリカにいた頃は、鍛冶屋や蹄鉄工の作業場に行けばレオを見つけられることが多かったのだ。

ナタリーは狭苦しい廊下を駆け抜け、宿屋の奥にある小さな厨房へ向かった。てんてこまいの宿屋の女将が目玉焼きを焼いてはジャガイモとタマネギを炒めつつ、暖炉でパンをトーストしているまだ年端も行かぬ少女に向かって指示を飛ばしている。その少女は急ぎ足でテーブルに陶器の皿を並べた。女将が熱々の料理を盛りつけているあいだ、ナタリーは待つよりほかになかった。それからレオのことについて尋ねた。

「言っておくがね、ソーセージを一本くすねられたさ」フライ返しでナタリーを指しながら、女将は言った。「あのいたずら小僧をもっとちゃんと見とかなきゃだめじゃないか！」

「お代はわたしにつけておいてください。あの子がどこへ行ったかわかりますか？」

「あたしが怒鳴りつけてやったら、裏口から出てったよ。あの子にゃ、痛いお仕置きが必要だね！」

ナタリーは小声でそそくさと謝り、厨房を出てレオの向かった方角へ急いだ。ああ、決してあの子から目を離してはいけなかったのに！　けれど、少なくともいまは彼の跡を追っている。うまくいけば、もうすぐ無事に見つけられるはず。

そうしたら今度は、レオをずっと視界にとどめておこう。

ナタリーは扉を押し開いて、厩舎へ続く庭に出た。昨日の暴風雨は輝く太陽の光に取って代わり、快晴の兆しを見せていた。屋根や木々を覆っていた氷はすでに溶け始め、地面を濡らしてぬかるませている。馬丁たちが、たくさんの四輪馬車や荷馬車に馬をつないでいる。宿屋のそばにいるナタリーからはあたり一面を見渡せたが、レオはどこにも見当たらなかった。

軒から冷たいしずくが頰に落ちてきた。ナタリーはぶるっと身を震わせ、ショールをしっかりかき合わせながら厩舎まで行くべきかどうか思案した。朝に人や馬が行き来してぐちゃぐちゃになった水たまりを通り抜けることを考えると、気が進まない。でも、あの気取った紳士が隅々まで探してくれていると、本当に信頼できるだろうか？

いいえ。

ナタリーは前へ進みでた。スカートの裾を持ちあげ、庭の端のほうを歩き続ける。そこなら氷に覆われた芝生のおかげで、ハーフブーツがあまり汚れなくてすむ。すでに開いている両開きの扉までたどり着くと、中に入って干し草と馬のなつかしい香りを吸い込んだ。薄暗さに目が慣れるまでに少し時間がかかる。何頭かの馬が馬房から頭を突きだして、彼女に向かって鼻を鳴らした。

男性がナタリーの左側にあるはしごをおりてきた。淡黄色の膝丈のズボン(ブリーチズ)に黒のブーツを履いた背の高い魅力的な姿に気づくと、ナタリーの心臓は無意識のうちに跳ねあがった。彼は下から二番目の段まで来て飛びおり、両手の埃(ほこり)を払った。

残念ながら、彼はひとりだった。

ナタリーは小走りで紳士のそばに駆け寄り、前置きもなく話した。「レオが少し前に裏口から出ていくのを女将が見たんですって。でも、ここにはいなかったのね？」

「ああ、屋根裏までありとあらゆるところを探したが」男性が新品とおぼしき上着についた干し草を払い落としながら続ける。「馬丁たちにも訊(き)いてみた。誰もあのちびの悪がきを見ていない」

ナタリーは気色ばんだ。「レオは悪がきではありません！　並外れた好奇心を持ったとてもかわいい子です」

彼が片眉を吊りあげた。「あいつの性分がどうであれ、きみに断りもなく逃げたのなら悪がきだ」

「それでしたら、ごきげんよう！　これ以上わたしの代わりに心配していただく必要はありません」

頭に来たナタリーは、きびすを返して厩舎から飛びだした。いらだちによる興奮で外の凍てつく寒さも吹き飛んだ。なんて傲慢な人なの！　彼女のほうから助けてと頼んだわけではない。承諾もなくこちらの問題に強引に首を突っ込んできたのは向こうのほうだ。彼は彼で好きなようにすればいい。

厳しく非難したせいで後ろめたさを覚えたものの、レオを見つけることに集中しなくてはならなかったので、その思いもすぐに立ち消えた。心配のあまり、ささいなことに時間を費やしてはいられなかった。

宿屋は村外れにある。レオが冒険に繰りだしたとしても、いなくなって二〇分やそこらでそれほど遠くまで行けるはずがない。もしかしたら、村にある商店を見てみようと思い立ったのかもしれない。

ナタリーは道路の中央を走るぬかるんだ轍を避けながら村を目指した。石づくりの円形車庫や何軒かの藁葺き屋根の小屋を急いで通り過ぎるあいだも、亜麻色の髪の人影がないかと目を凝らした。いくつかの煙突から煙があがっていたが、肌寒く湿気の多い朝から外に出ている人はおらず、幼い男の子が通ったかと尋ねることもできなかった。ナタリーは村の共有草地にたどり着いた。アヒルの群れが氷の張った池の近くで身を寄せ合っている。すると、背後から足音が近づいてきた。

「お嬢さん！」

その男性の声は聞き覚えのある命令口調を含んでいた。ナタリーがスカートをひるがえして振り向くと、宿屋のほうからあの素性のわからない紳士がやってくるのが見えた。彼の歩みは大股ですばやい。帽子をかぶらずに出てきたので、キャラメルブラウンの髪がそよ風に吹かれて魅惑的に乱れていた。あんな横暴な人が、これほど際立ってハンサムに見えるなんてどうかしている。今度はなんの用だろう？

希望を感じ、ナタリーの心臓が喉元までせりあがった。自分からも彼に走り寄る。「ついにレオを見つけたの？」

紳士がかぶりを振った。「残念ながら違う。ただ無礼を詫びたかったんだ。きみを怒らせてしまったことをどうか許してほしい」

ナタリーは注意深く男性を見つめた。そもそも怒りを爆発させてしまったのは、姿の見えないレオを心配しているせいだと自分でもわかっている。助けようとしてくれている人に食ってかかるなんて彼女らしくないし、寛大にならないわけにはいかなかった。

「わかりました」ナタリーは言った。「たしかにときどきレオは不作法なふるまいをするかもしれない。ただ、それを見ず知らずの人から責められたくなかっただけです」

「では、少年を一緒に探すのであれば自己紹介をすべきだな。こんな非常事態だから、礼節は無視しよう。わたしはクレイトンだ。きみは？」

「ミス・ファンショー。ナタリー・ファンショーです。でも、本当にわたしを追いかけてくる必要はなかったんですよ、ミスター・クレイトン。ひとりでもレオを探せますから」

ミスター・クレイトンが何か言おうと口を開いたのには気づいたものの、ナタリーは目抜き通りをくだり始めた。彼はナタリーに歩調を合わせ、道の外側を歩いた。磨き抜かれた黒のブーツでぬかるみを踏むはめになるにもかかわらず。そしてようやく彼が話しだしたが、先ほどよりだいぶしおらしい口調になったので、ナタリーは驚いた。

「もしよければ、手伝わせてもらいたい」クレイトンは言った。「すでに、わたしの馬丁に近くの森を探させている。従僕は宿屋で待機している。もしレオが戻ってきたら見張っているよう指示しておいた」

その知らせを聞いてナタリーはうれしくなり、紳士の独断的なやり方も気にならなかった。感謝を込めて微笑みを浮かべる。「ありがとうございます。そう聞いて、少し気が楽になりました」

「きみはレオが商店を探検しに来たのかもしれないと思ったんだろう。だが、どうやらそれはなさそうだ」

ふたりは小さな村の通りを見渡した。青果店、靴屋、小間物屋など、哀れなほど少ない数の商店が並んでいるものの、まだ時間が早くてすべてが閉まっている。窓に鼻を押しつけたやんちゃ坊やがいる気配はない。

「犬かウサギを追いかけていった可能性はないか？」ミスター・クレイトンが尋ねた。

「なんだってありうるわ」寂れた小道をのぞき込むあいだ、ナタリーの歩みが遅くなる。「ああ、あの子が行きそうな場所なんて山ほどあるわ！　故郷ならみんながレオを知っているから、あの子がどこかへ行っても必ず誰かが連れ戻してくれたのに。でも、ここでは誰ひとりとしてレオを知らないのね」

「心配するな。遠くまでは行けないはずだ。きみが最後に見たとき、レオは何をしていた？」

「おもちゃの帆船で遊んでいたわ」不穏な考えに行き着き、ナタリーは口に手を当てた。

「もしかして……」

「もしかして、なんだ？　教えてくれ」

「もしかして、サウサンプトンに向かったんじゃないかしら。ゆうべ寝るとき、明日はお祖父さまに会いたくないから、船に連れて帰ってほしいと懇願されたの。そうすればアメリカに戻れるからって」

「アメリカ？」

ゆうべのレオの様子を思いだして頭がいっぱいになったナタリーは、ミスター・クレイトンにただうなずき返した。ふだんのレオは陽気な性格で幸せそうにしているから、彼の下唇がわなわなと震えているのを見たときは、胸が締めつけられる思いだった。船で何週間か自由に楽しく過ごしたあとに、ぎゅうぎゅう詰めの四輪馬車に何日も閉じ込められたせいで、あの子は一時的に憂鬱になったのだとナタリーは考えていた。そして今朝、レオはいつになく静かだった。それも、彼の幼い人生に起こっているいろいろな変化に慣れるのに時間が必要なだけだろうと思った。去年の夏に経験した両親の死からほとんど立ち直れていないというのに、今日からレオはまた新たな環境に追いやられるのだ。

ナタリーは確信した。そうよ、レオが逃げようと思っても不思議はない。

ミスター・クレイトンはナタリーをじっと見つめた。「サウサンプトンまでは一六〇キロ以上も離れているぞ。きっとレオもそんな遠くまで歩けるとは思わないだろう」

「あなたはレオを知らないでしょう」体が震えるのを感じたナタリーは、ショールを握る手に力を込めた。「あの子はまだ六歳だから、思いつきで行動してしまったのかも」

「だが、どちらへ向かったらいいかも知らないだろう」

「いいえ、知る機会なら充分にあったわ。あの子は何気なく周りをとてもよく見ているから」

恐怖がナタリーの喉を締めあげる。無意識にミスター・クレイトンの腕をつかみ、指の下に彼のたくましい筋肉を感じた。「レオはあまりに純粋で、誰でもすぐに信用してしまうから、この世に悪があることを知らないの。もし誰かがあの子を誘拐する気になったら?」

ミスター・クレイトンがふたたび真剣なまなざしを向けてきて、それからさっと自分の手でナタリーの手を覆った。彼の手袋をはめていない素肌は、あたたかく心強い。「まだそれほど遠くへは行っていないはずだ。ここにいろと言ってもきみは聞き入れないだろう、ミス・ファンショー? それなら、ついてくればいい」

そう口にすると、ミスター・クレイトンは速い歩調で村の外へと続く道路を進み始めた。ナタリーもそのあとを追いかける。半ば走るようにしてでも、ついていく覚悟だ。しかし、彼の歩幅は明らかに広いうえ、スカートやペチコートが脚にまとわりつくこともない。村落を過ぎたあたりでふたりの距離は広がり、数分もすると彼はみるみる遠く離れていき、まるでレオの彫刻人形の動物のように小さくなり、地平線上にわずかに見えるだけになってしまった。

起伏の激しい田園地帯を進むうちに、ナタリーの体はすぐにぽかぽかしてきた。あまり遅れを取らないようにと必死になりながらも、五感は美しい風景に満たされる。植えつけに備えて耕された畑が広がる農地、毛むくじゃらの羊が点在する牧草地、葉のない木立に囲まれた石づくりの小屋をいくつか通り過ぎた。アメリカの荒れた開拓前線に比べると、何もかもがはるかに洗練されている。こうした切迫した状況でなければ、細道のひとつに入って、鳥のさえずりに耳を澄ませたり、春の訪れを探したりしたかった。故郷ではいつもそうして過ごしているのだ。

一瞬、農夫が赤い家畜小屋から牛を放つ牧歌的な風景に気を取られた。そして前に向き直ると、遠くでミスター・クレイトンがすでに立ち止まっていた。彼は道端にたたずみ、腰に手を当てて視線を落としている。彼の前の小さなシルエットに気づき、ナタリーは目を大きく見開いた。

「レオ！」

ナタリーはスカートを持ちあげ、ふたりのもとへ飛んでいった。ハーフブーツで道沿いの濡れそぼった草を踏みつけて進む。たった一、二分でしかなかったはずなのに、たどり着くのに一時間はかかったように思えた。立ち止まったときには、安堵と喜びの涙が目に染みた。

ナタリーはかがみ込んでレオを抱きしめ、少年の無事を確かめた。「レオ、いけない子ね！」息を弾ませながら言う。「会えて本当によかったわ！」

「坊やからきみに言うことがある」ミスター・クレイトンが促した。「そうだろ、レオ？」

おもちゃの船を小脇に抱え込んだレオは、目の前にそびえ立つ男性をためらいがちに見あげた。それからナタリーに視線を移し、汚れた靴をぬかるみの中でもじもじと動かした。

「ごめんなさい、ミス・ファンショー。心配させるつもりはなかったんだ」

「それから？」ミスター・クレイトンが先を促す。

レオは少しのあいだ考え込んだ。「それから、もうこんなことはやらないよ。二度と内緒でどこかに行ったりしない。し……紳士の誓いだ」

ナタリーの胸が詰まった。「本当にそうしてちょうだいね。死ぬほど怖かったもの」

濡れた地面も気にせず、ナタリーはへなへなと腰をおろし、もう一度レオを引き寄せた。自分の腕の中にいるこの子はもう安全なのだと実感して、このうえない喜びを嚙みしめる。レオはずいぶんとしおらしくなっていた。ナタリーが額にキスしたときも、ハンカチを取りだし、おそらく盗んだソーセージからにじみでて頬についたのであろう脂汚れをぬぐったときも、文句ひとつ言わなかったぐらいだ。

ナタリーは悲しみのあまり胸が痛んだ。レオは彼女と親友を結びつける最後の絆だ。オードリーは命が尽きる瞬間、息子をイングランドに残る唯一の家族のもとへ連れていってほしいと懇願してきた。ナタリーは自分が軽蔑している国まで長い旅をしなければならないと思うと、全身全霊で拒否したかった。けれど、ナタリーは承諾した。レオが両親を亡くしたあとのこの数カ月、少年はナタリーにとってまるで息子のような存在になっていた。自分たちが永遠に離ればなれになる瞬間について考えると怖い。自分の父親も他界したいま、レオはナタリーに残されたこの世のすべてだった。

それでも、レオを手放さなければならない。

ナタリーはごくりと唾をのみ込み、立ちあがってもう一度懐中時計を確認した。あと三〇分しかない。彼女はレオの小さな手を取った。「いらっしゃい、急がなきゃ。出発まであまり時間がないわ」

ナタリーとレオが村へ向かって急ぎ足で戻り始めると、ミスター・クレイトンも歩調を合わせてふたりに並んだ。ナタリーは彼の彫りの深い見事な顔立ちを盗み見ながら、最初に手助けの申し出を拒んでしまったことを恥じた。お礼をしなければならないのに、感謝の言葉が喉元に引っかかって出てこない。ミスター・クレイトンは、まるでふたりの存在を忘れたかのようにまっすぐ前を見つめている。人を寄せつけない冷酷な態度を取られているので、とても話しかけられる雰囲気ではない。

そこで、ナタリーは代わりにレオに話しかけた。「どういうつもりだったの？　はるばるサウサンプトンまで行こうだなんて、歩いたらとっても長い道のりよ」

「船に戻りたかったんだ」レオはかなりしょげた様子で答えた。「船のほうがずっとよかったから」

「でも、船に乗るお金を持っていないでしょう」

「それなら、船長さんの給仕係をやればよかったんだ。お茶を持ってったり、ブーツを磨いたりしてさ」

「そう」ナタリーは笑みを噛み殺した。「ずいぶん積極的だこと」

「せ……〝せっきょくてき〟ってなあに？」

「一生懸命がんばってるって意味よ。いつか大きくなったら、とてもよく働く大人になりそうだってこと」

レオは空中におもちゃの船を走らせた。「ぼくは船長になって、世界一速い船を手に入れるんだ！　馬車にぎゅうぎゅう詰めにされるより、船のほうがずっといいもん」

「ともかく、もうすぐ旅も終わるわ。すべてうまくいけば、今日じゅうには目的地に着くはずよ」

しかし、うまくはいかなかった。

三人が村外れに近づいたとき、車輪ががたごと鳴る音と蹄（ひづめ）の音が後ろから響いてきた。ナタリーはレオを道の脇に引き寄せながら、草の茂る路肩にあとずさった。ミスター・クレイトンもふたりに続く。接近してくる乗り物を見て、ナタリーの目つきが険しくなった。

四頭の馬に引かれた四輪馬車が三人の前を通り過ぎるとき、水たまりに勢いよく突っ込み、冷たいしぶきを飛び散らせた。けれど、ナタリーはスカートにはねかかった泥にほとんど気づかなかった。目を丸くして、馬車の独特な栗色（くりいろ）の車輪や扉を、曲線を描く車体を、後部で立ち番をしている真紅の外套に身を包んだ配達人を、食い入るように見つめる。

ナタリーは息を吸い込んだ。「そんな！　王立郵便馬車だわ」

3

あわてふためいたナタリーは、レオを抱きあげてミスター・クレイトンに押しつけた。彼の顔に浮かんだ驚きの表情を見て、協力してもらえるものと勝手に思い込んでいたことに気づく。けれど、ミスター・クレイトンがためらおうが関係なかった。「あなたがレオを担いでくれたほうが速いわ。わたしは走って先に宿屋へ向かいます。急いで、無駄にしている時間はないの！」

ナタリーはスカートを持ちあげて、狭い通りを駆けだした。遠くで吹き鳴らされるホルンの音が、郵便馬車の到着を知らせている。宿屋に停車するのは、ほんの数分だけだろう。配達人は人を待ったりしない。それなのに、ナタリーはこれからまだ部屋の荷物を運びだし、勘定もすませなければならないのだ。もう、いったいなぜレオは今朝にかぎって逃げようとしたのだろう？

ナタリーは数件の店の前を駆け抜けながら、郵便馬車が予定より早く着いたのだと自分に言い聞かせようとした。それなら間に合うかもしれない。運がよければ、馬を交換するとか、宿屋で用を足すとか、軽く食事をとるために、少し長めに停車するかもしれない。

まだ望みはある。

だが、ナタリーが息を切らして宿屋にたどり着くと、何人かの乗客が馬車に乗り込み、配達人が扉を閉めるのが見えた。ちょうど後部の踏み板に飛び乗ろうとしている配達人に、ナタリーは駆け寄った。

「待ってください。乗車券を持っているんです。幼い男の子と一緒にこの馬車に乗らなくてはならないの！　かばんを取ってきてよければ――」

「気の毒だが、お嬢さん、もういっぱいだよ。足止めを食らった人がたくさんいてね」

顎髭を生やした配達人が山高帽を浮かせてナタリーに挨拶すると同時に、御者が馬たちを走らせた。王立郵便馬車は、リズミカルな蹄の音と騒々しい車輪の音とともに出発した。またたく間に、光沢のある黒と栗色の馬車はカーブを曲がって姿を消した。

その姿を、ナタリーはひたすら見つめて立ちつくした。動揺が押し寄せる。これからどうすればいいのだろう？　ここでもうひと晩過ごすだけのお金の余裕はあるにはあるが、船旅でまたアメリカに戻るには厳しい予算でのやりくりを続ける必要がある。

「災難だったな」後ろからミスター・クレイトンの声がした。

ナタリーが振り向くと、彼が身をかがめてレオをそっと地面におろしているのが目に入った。ここぞとばかりに不満をぶちまける。「郵便馬車が予定より早く到着するなんて！　九時までは来ないはずだったのに」ドレスのポケットに手を伸ばし、かつて父が使っていた銀の懐中時計を引っ張りだす。「ほら。まだ八時四三分でしょう！」

「きみの時計はどうやら遅れているようだ」

「ありえないわ。いつも時間ぴったりにしてあるもの」

ミスター・クレイトンは自分の時計を調べた。純金の透かし細工が施されたその時計を開き、ナタリーに文字盤を見せた。針は九時三分を指している。「これが正しい時刻だ。グリニッジ天文台のとおりに合わせてある」

「だけど……わたしは毎晩必ず巻き直して……」

ナタリーは唇を嚙んで、昨夜眠る前も巻いたかどうか必死で考えた。おぼろげながら、そのような記憶がないことを悟る。レオをお風呂に入れ、ベッドに寝かしつけることで頭がいっぱいだったのだ。そのあとは、蠟燭(ろうそく)を吹き消して暗闇の中で横になったことしか覚えていない。氷雨が窓を叩く音に耳を傾けながら、見ず知らずのハンサムな紳士へと思考がさまよっていかないようにと懸命に食い止めていたのだ。

いま目の前に立っているまさにこの男性のことを考えないようにと。

ナタリーはため息をついた。「あなたのおっしゃるとおりのようね。わたしが巻き忘れたに違いないわ。だから、責めるべきは自分ひとり――」そこで急に言葉を切る。ミスター・クレイトンのまっさらな青い上着の下部分に、大きな泥の染みができているのにようやく気づいた。「いやだ！　きっとレオの靴のせいね」

ミスター・クレイトンは顔をしかめて下に目を走らせた。「そうみたいだな」

「ごめんなさい。レオを担いでなんてお願いすべきじゃなかったわ。よければ、わたしに上着を洗わせてもらえないかしら？」

助けてもらったというのに、ナタリーにはそれぐらいしかできなかった。宿屋から石鹸を借りて、海綿で丁寧かつ慎重に染みをこすれば、この立派な服を台なしにせずにすむかもしれない。

「その必要はない。チャムリーがやってくれる」何か尋ねたそうなナタリーの顔を見て、ミスター・クレイトンはつけ加えた。「わたしの従者だ。実際のところ、別の者にわたしの衣類をまかせたりしたら、チャムリーが怒り狂ってしまう」

ミスター・クレイトンの旅には、従僕や馬丁だけではなく従者まで付き添っているの？それもそうだろう。どうやら裕福な有力者みたいだから。だからこそ、彼女に手伝いを申しでてくれたのが余計に驚きだった。

これでお別れなのが、ナタリーは残念だった。もうこれ以上、彼への燃えるような好奇心を満たす機会はないのだ。ミスター・クレイトンには、これまで男性から感じたことのない興味をかき立てられた。「では、あらためて謝ることしかできないのね。それから、ミスター・クレイトン、レオを探すのを手伝ってくれたお礼も言わなければならないわ。本当によくしてくださって感謝します」

ナタリーはぬくもりのこもった笑みを浮かべた。最初は不審に思ったけれど、結果的にはミスター・クレイトンは親切な人だった。進んで厩舎を探し、レオを追いかけ、おまけに正しいふるまいについて少年に厳しくお説教までしてくれた。

それに対して、ナタリーは上着を汚すというお返しをしてしまった。この状況はなんともいたたまれない。しかも、謎めいたグレーの瞳が目の前にあるとなってはなおさらだ。きっと、ミスター・クレイトンの前からナタリーと——それにレオを——消し去ることが、感謝を表す最良の方法だろう。

「旅のご無事をお祈りしています。さようなら」ナタリーは向きを変え、宿屋の角に立っている少年を見た。レオはおもちゃの船を抱えたまま、厩舎の庭にいる馬丁たちをじっと目で追っている。「レオ、さあいらっしゃい。ウィットナッシュに行く別の方法を見つけなきゃ。中に入る前に、どろんこの靴を脱いでちょうだいね」

郵便馬車に乗り損ねたので、ナタリーはどうしたらいいか考えなければならなかった。あとわずか二〇キロかそこらの距離なので、そこまで遠くはないものの、行き着くためには海を渡るようなものだった。アメリカでは歩くのも好きだったが、いまは旅行かばんがふたつと、面倒を見なければならない小さな男の子が一緒だ。レオは逃亡が失敗に終わり、すでに疲れ果てている。そんなときに、ぬかるんだ道と冷たい空気の中を徒歩で進むなんて、考えただけでも大変だ。

少しばかり小銭を渡せば、馬車を雇うか、地元の農家の荷馬車に乗せてもらえるかできるはずだ。宿屋で紹介してもらえるかもしれない。

レオが座って靴を脱ぐところをナタリーが見張っていると、ミスター・クレイトンが歩み寄ってきた。いきなり至近距離から熱いまなざしで見つめられ、彼女の胸は高鳴った。

「ミス・ファンショー、偶然だが、わたしもウィットナッシュの方角を目指している。差し支えなければ、そこまで送らせてもらえないか?」

一時間後にナタリーが宿屋から出ると、馬丁が外で待っていて、旅行かばんを受け取ってくれた。馬丁はナタリーとレオを優雅な屋根つきの四輪馬車に案内し、それから二台目の少し地味な馬車に荷物を置きに行った。ナタリーはこのような接遇に慣れていない。そのうえ、ミスター・クレイトンの申し出を受けてしまったことについて、いまだに少し不安を感じていた。少年とともに金に縁取られた黒の上品な馬車に近づくと、深緑色のお仕着せを着た無表情の従僕が飛びあがって扉を開けた。

「あの人たちと一緒に乗ってもいい?」レオがそばかすの散る顔を輝かせて尋ねた。

ナタリーはレオの指さす方向に視線を据えた。おそろいの灰色の服に身を包んだ四人組のうち、従僕と同じお仕着せ姿のふたりの騎乗御者が、それぞれ馬車につながれた二頭ひと組の馬の片方にまたがっている。

「残念だけどだめよ」ナタリーは答えながら、レオの背中を慰めるようにぽんと叩いた。「あの方たちは、わたしたちが安全に旅をできるようにする大事なお仕事をしているの。あなたは彼らの気をそらしかねないでしょう」

「いい子にするから。だめ?」

「いけません。忘れないで、わたしたちはミスター・クレイトンのお客さまなのだから、今日は最高にお行儀よくしてなきゃ」

若い従僕がびくりと動いたので、ナタリーがちらりと見やると、彼のはしばみ色の目が驚きでまん丸になっていた。

従僕の反応をどう判断すればいいのか、ナタリーにはよくわからなかった。きっと、ミスター・クレイトンが客人を乗車させるのはとても珍しいことなのだろう。正直なところ、そろいもそろって立派な身なりで主人に随行している使用人たちを見て、ナタリーは少しばかり気後れしていた。騎馬従者がふたり、騎乗御者がふたり、従者がひとり、従僕がひとり、それに馬丁がひとりと、数えると七人もいるのだ。

なるほど、ミスター・クレイトンは恐ろしく大金持ちに違いない。

レオに続いて馬車に乗り込むと、ナタリーはますます確信を深めた。郵便馬車よりは小さいが、こちらのほうがはるかに豪華だ。ふたつある座席はバターのようになめらかなワインレッド色の革で覆われ、壁は同じ色合いの錦織りで布張りされている。外を広々と見られるように開けられたカーテンからは、金の飾り房が垂れさがっていた。

レオが座席のひとつで飛び跳ねている。馬車には御者席がなく、そのため側面だけではなく正面にも窓がついていた。「見て、ここからお馬さんが見えるよ。ここがぼくの席でい い？」

ナタリーが返事をする前に、背後からバリトンの声がした。「ああ。ちゃんと静かにしているならな」ミスター・クレイトンが言った。

すぐさまレオは膝をついて座り、ハツカネズミのようにひっそりと外の一団を眺めた。

レオの隣の席にいたナタリーは、首を勢いよくひねって自分たちの恩人に目を向けた。ミスター・クレイトンを見て、彼女はびっくり仰天した。というのも、外にいるとき、彼が後ろからついてきているのがわからなかったのだ。ナタリーの鼓動が速まり、頰にほてりを感じる理由はそれだけのはず。彼が車内が狭く見えるほどの存在感を放っていることや、淡黄色のブリーチズに合わせて上質な赤紫色の上着に着替え、ブーツが完璧に磨きあげられた状態に戻っていることは、まったく関係ない。ミスター・クレイトンは片腕にかけていた幾重もケープがついた黒の外套を、空いている席に放り投げた。

彼のあまりの華麗さに、ナタリーは落ち着かなくなった。アメリカでも身なりのいい知り合いはいるが、ミスター・クレイトンはその誰とも違う洗練された雰囲気をまとっている。この閉ざされた空間の中だと、彼はさらに大きくたくましく見える。自分は名前以外にこの人の何を正確に知っているというのか？　たしかに、レオを探すのを手伝ってくれた。でも、たったひとつの善行でこの人を信頼してしまっていいのだろうか？　自分自身とレオを危険にさらすことにならないだろうか？

そんな野暮な疑念を、ナタリーは振り払った。どう見ても、ミスター・クレイトンは不埒(ふらち)な目的でふたりを誘拐しようとはしていない。礼儀正しい紳士で、立ち往生したふたりの旅人を助けたいと思っているだけだ。それに、もう何カ月もいろいろな問題をひとりでなんとかしてきたから、正直なところ、彼の助けを受け入れるのも悪くないとナタリーは思っていた。

ミスター・クレイトンがふたりの向かい側に腰をおろした。ナタリーはレオの身なりを整える時間が取れたことにほっとしていた。少年をなだめすかして晴れ着に着替えさせ、靴の泥をこすり落とした。さらに彼女のドレスの裾もひどく汚れていたため、自身の身なりにも同じだけの労力を費やした。このとっておきのプラム色のシルクのドレスは、イングランドの流行とは違うかしれないが、ナタリーのグリーンの瞳を見事に際立たせてくれるのでとても気に入っている。幸い、クリーム色のリボンがついたボンネットも少し前に新調してあったので、濃灰色のマントと合わせた。着替えと荷づくりと勘定をすませると出発まで時間はほとんど残っておらず、朝食をさっとつまみ、紅茶を一気に飲み干してきた。

従僕が扉を閉め始めたとき、黒いスーツに身を包んだ白髪頭の紳士が急いでやってきた。先ほど専用応接室にいた気難しい使用人だと、ナタリーは気づいた。

「なんだ、チャムリー？」ミスター・クレイトンが尋ねる。

チャムリー？　この男は従者なのだと知り、ナタリーはがっかりした。なんてこと。あの泥のついた上着を洗うはめになったのはこの人だったの？　きっと余計な仕事をつくった彼女に恨みを抱いているに違いない。

ナタリーとレオをちらりと見ながら、チャムリーは上唇をひん曲げた。それから、主人に向かって頭をさげる。「目を通していただかなければならない議会の書類がございます。僭越ながら、その者たちなら荷馬車のほうに入る余裕がたっぷりあります。わたくしの席を喜んでお譲りいたしましょう」

「ありがたいが、その必要はない」

ナタリーは自分たちが厄介者だと感じて戸惑った。「もし、わたしたちが何かと迷惑でしたら――」

「断じてそれはない」ミスター・クレイトンははっきりと言った。「この件はもう解決している。さあ、出発しなければ」

最後にそう告げられたチャムリーは、ふたたびお辞儀をしてその場を去ったものの、その前にナタリーに向かって勘ぐるような一瞥を投げた。従者が放つ非難のエネルギーが、彼女の肌をちくちくと刺す。そういえば、若い娘たちが応接室にやってきて、主人に色目を使ったとチャムリーが文句を言っていた。

チャムリーは、ナタリーのことも媚態を振りまくふしだらな女だと思っているに違いない。それほどばかげた話はないのだけれど。

扉が閉まると、屋根つきの四輪馬車は動きだし、宿屋の庭を抜けて広い田園地帯で出た。道は轍だらけだったが、これまで乗ったどんな乗り物よりなめらかな走りで、跳ね方もおだやかだった。それにもかかわらず、ナタリーの心には混乱した思いが渦巻き、気が休まらなかった。

そこで、過ぎ去る風景を眺めているミスター・クレイトンに話しかけた。「あの、先ほど専用応接室で従者の方とお会いしたのですが、そのとき彼はあなたを〝猊下(ユア・グレイス)〟と呼んでいました。でも、あなたが大主教さまとはどうしても思えなくて。イングランドの聖職者がとんでもなく裕福なら別ですけれど」

ミスター・クレイトンがものすごく鋭いまなざしをナタリーに注いだ。濃い茶色の眉が片方だけ吊りあがる。「閣下（ユア・グレイス）が、わたしのような位の者に対する正式な呼び名だからだ。わたしはクレイトン公爵へイドリアン・エイムスだ」

〝公爵〟？

新事実に、ナタリーは激しく動揺した。アメリカにいたときでさえ、イングランド社会をおさめ、莫大（ばくだい）な富を持つ貴族の中でも最高であるその爵位について耳にしたことがあった。彼らの爵位はすべて、はるか何世紀にもわたって受け継がれている。ここでは、人々の階級は勤勉な働きではなく世襲によって決まるのだ。偶然の出生によってそのような富と権力を握るという考えに、ナタリーの持って生まれた平等精神がむくむくと頭をもたげた。

「では、あなたはミスター・クレイトンではないのですね」

「ああ。そう誤解されているのはわかっていたが、わざわざ訂正する理由も見当たらなかったのでね」

ナタリーはむっとしながら深く座り直し、クレイトンを見つめた。むろん、彼には爵位のことを言う気などなかったのだろう。真実を告げる価値もない相手と思われたのかもしれない。いや、彼の性格をほとんど知らないのに、そう判断するのは無慈悲というものだ。もしかしたら、これ以上媚（こ）びへつらわれるのを避けたかっただけかもしれない。

クレイトンが扉へ向かって歩いていたときの、酒場の好奇心に満ちたざわめきを思いだし、ナタリーははっとした。ほかの客全員が彼が公爵であることを知っていたのだ。しかし、彼女には誰かと噂話をする機会はなかった。昨夜はレオとともに遅くに着いて、部屋で食事をとった。そのあと、厨房から風呂の湯を持ってくるあいだに、少年が階下まで駆けおりて応接室に隠れてしまった。ふたたびあの子を見つけた頃には、もうほとんど寝る時間になっていた。

これで、謎がひとつ解けた。ナタリーがお辞儀をする代わりに手を差しだしたとき、どうしてミスター・クレイトン……ではなく公爵がうろたえているように見えたのか。彼は自分より目下の者たちすべてから、お辞儀をされるのに慣れきっているのだ。あと少しで彼に会うこともうなくなるが、そのほうが幸いかもしれない。いまから自分にもそうした敬意を期待されてはかなわないから。

「イングランドの貴族社会について、多くを知ったふうな顔はできないわ」ナタリーは正直に言った。「ミスター・クレイトンでなければ、なんてお呼びすればいいのでしょう？　聖職者以外の方に〝ユア・グレイス〟と言うなんて考えられません」

公爵ははねつけるように片手をひらひらさせた。「公爵でいい。それか、単純にクレイトンでもかまわない。どちらでも好きにしてくれ」

「わかりました。それではクレイトンにします。でもやっぱり、〝ミスター〟をつけないのは不作法な感じがするわ。貴族について学ばなければならないことがたくさんあるようね。

ご存じのとおり、アメリカではみながもっと平等主義だから」

レオはおもちゃの船で遊んでいたが、甲高い声で訊いた。「〝びょうどうしゅぎ〟ってなあに？」慎重に区切って発音した。

ナタリーは振り向き、レオに微笑みかけた。「生まれのおかげで高貴な地位を継げるような、公爵さまや王さまや貴族の人たちがいないってことよ。アメリカでは、人生の成功はすべて本人次第なの。権力のある地位にのぼりつめるためには、一生懸命に働かなきゃいけないわ」

「船長さんみたいに？」

「そのとおりよ」ナタリーは笑いながら、レオの亜麻色の髪を指で梳かしつけた。何回整えても、いつも乱れてしまう。「けれど、あなたの将来は、ゴドウィンのお祖父さまのご意向も関係してくるでしょうね」

レオは肩をすくめると視線を戻し、座席の背もたれに船を走らせた。小さく音を立てているのは、どうやら波がぶつかる音を表現しているらしい。ナタリーは胸を締めつけられた。ただ、少なくともレオが祖父との初対面を前より受け入れているように見えることが、せめてもの慰めだった。

あとは、自分がレオを失う未来を受け入れられれば。

ナタリーが公爵に目を向けると、彼は両手を組んで身をのりだしていた。眉間にしわを寄せ、いつになく真剣に彼女を見つめている。「ゴドウィンと言ったか？　ゴドウィン伯爵のことか？」

「ええ。彼の地所はオークノールと言います。ウィットナッシュ村の近くにあります。ご存じなのですか？」

クレイトンは顔に奇妙な緊張を浮かべたまま返事をしなかった。最初にレオを、次にナタリーを一心に見つめてくる。まるで、彼女の心の中を見透かそうとしているかのようだ。質問には答えず、妙に険しい口調で言った。「レオの祖父君が本当にゴドウィン卿なら、両親は誰だ？」

「オードリーとジェレミー・ベリンハム夫妻です。ふたりは、アメリカでわたしの大親友でした。わたしは開拓前線にある彼らの伝道学校で教えていたんです」ナタリーの喉元が詰まった。「あいにく、ふたりとももういないけれど」

「いない？」

クレイトンの鋭い声音とこわばった表情に、ナタリーはたじろいだ。レオの前で〝死〟という言葉を使いたくなくて、ただこう言った。「そうです。レオは孤児です」

いま耳にした事実に、公爵はショックを受けているようだった。「何があったか訊いてもかまわないか？」

ナタリーは声を落とした。「いまは話すべきではないと思います」

あの恐ろしい日のことをすっかり忘れられたら、どれほど楽だろう。記憶に鍵をかけるのがうまくなってきたけれど、それでも心の中であの光景が鮮やかに再生されてしまう。奇襲を受けたのは、去年の夏のある晴れた午後、荒野の塀に囲まれた居住区域でのことだった。ナタリーが校舎で子どもたちに読書の授業をしていたときに銃声が響き、急いで窓に駆け寄ると……。

あたたかいマントを羽織っているにもかかわらず、ナタリーは震えと必死に戦った。ほとんど気づかないうちに、膝の上で手袋をはめた手を握りしめている。煙と血にまみれたいやな記憶がよみがえり、胃がねじれるように痛んだ。あれから何カ月も経つが、あんなに多くの人が亡くなった中、生き残ってしまった罪悪感の重荷をおろすことができずにいる。

「そうか」クレイトン公爵が言った。「運命がきみをわたしのもとへ導いたようだ、ミス・ファンショー。実のところ、われわれの出会いはまさしく運命だったんだ」

ナタリーの注意がクレイトンに戻った。彼に隙のない視線で見つめられ、自分の心の暗部を悟られたのではないかと不安になる。「運命？」

「ああ。偶然にも、われわれは同じ目的地に向かって旅をしている。わたしの父はゴドウィン卿のいとこだった。彼の一家を訪問するところなんだ」

ナタリーは驚いて首をかしげた。どうしてそんなことがありうるだろうか？　クレイトンがいま言ったことは、あまりに突飛すぎて本当だと思えない。とはいえ、公爵がそんなつながりをでっちあげるまともな理由は何ひとつ思い浮かばない。それに、彼のはっきりした顔立ちのどこにも、だまそうとしている気配は感じられなかった。

もつれた血縁関係を紐解(ひもと)こうとするあいだに、ナタリーからほかのすべての思考が消えてなくなった。「だとすると、オードリーは……」

「レディ・オードリーはわたしのはとこだった。つまり、レオははとこの子になるわけだ」クレイトンは唇の端を片方だけ持ちあげて皮肉っぽい笑みを浮かべ、問題の少年を見つめた。

「信じがたいな。この悪がきがわたしと同じ血を引いているとは」

ナタリーは混乱しすぎて、レオがまたも罵られたのに注意しそびれてしまった。それに公爵の言い方には、彼女の心をとらえたのと同じ驚きもかすかに入りまじっていた。本当に、なんという驚きだろう。この高位の貴族が自分の親友、そしてレオとも親類だなんて。

「それなら、あなたはオードリーに会ったことがあるのですね」ナタリーは勢い込んで前かがみになった。「彼女の若い頃を知っているんでしょう」

「われわれはオークノールで一緒に育った。わたしが五歳のときに父が亡くなり、ゴドウィン卿が選定後見人となった。レディ・オードリーとは同い年で、きょうだいのように仲がよかったんだ」

それなら、公爵は二九歳だ。オードリーも生きていたらその年齢になっていた。親友がクレイトンとの関係についてまったく触れなかったのはどうにも不思議だ。だがそもそも、イングランドにいた頃の生活について、彼女はめったに語らなかった。

「オードリーは自分を決して〝レディ〟とは言いませんでした」ナタリーは訂正した。「彼女にとって、称号なんてどうでもよかったのです。以前、わたしに話してくれました。そうした華美な世界のすべてから離れられて、どれだけ解放されたかを」

「だが、それは彼女が生まれながらに持つ権利だった。きみはいまイングランドにいる。ここでは正式な呼称が重要な意味を持つ」

「わたしには関係のないことです」

「ならば忠告させてもらおう」公爵の顔が少しずつ陰りを帯びる。「ゴドウィン伯爵夫妻は、きみにも〝閣下〟〝奥方さま〟と呼ばれると思っているだろう。お辞儀もされるものだと」

「いやだわ。アメリカでは誰にもお辞儀なんてしません。マディソン大統領にだってしないわ」

「この国では、お辞儀が敬意の証として絶対なんだ」クレイトンの顔がこわばっていった。

「古いことわざを思いだしてくれ。〝郷に入っては郷に従え〟だ。ミス・ファンショー、くれぐれも忠告を聞き入れたほうがいい」

4

ナタリーにとってありがたいことに、オークノールまでは一時間あまりで到着した。階級制度に対する軽蔑を口にしてからというもの、クレイトン公爵はよそよそしい貴族の仮面をかぶってしまった。態度は礼儀正しくも冷たく、彼女のアメリカ人としての意見に不賛成であることを暗に訴えていた。

現地の習わしに従えというクレイトンの言い分ももっともだと、ナタリーはうすうす思っていた。けれど、その意見を無視した。レオの祖父に対しては、自分なりに最善の礼儀を尽くすつもりだ。無礼は性分に合わないから。とはいえ、自分と対等だと思う人々に膝を曲げて頭をさげるのも、やっぱり性分に合わない。

公爵はオードリーについてあれ以上は質問せず、ナタリーも親友のアメリカでの生活についてさらに説明することはなかった。残りの道中は、田舎や天気といったありふれた内容の会話をした。ほかにも公爵は、強大なイングランドの軍艦をはじめとする帆船についてレオと長々と話していた。

まさにその話題が、ナタリーをいらだたせた。一八一二年に始まり、最近ようやく終結したばかりの二国間の争いを思い起こさせたからだ。あまりに多くのアメリカ人の同胞が、イングランド船との対峙で命を落とした。それが、彼女の英国嫌いに拍車をかけていった。

屋根つき四輪馬車は大通りを外れ、開かれた鉄扉を通り抜けた。ウィットナッシュ村に立ち寄って乗客をおろす当初の予定はやめて、地所にまっすぐ向かうことにしたと、クレイトンは前もって騎馬従者のひとりに告げていた。いま馬車は木々に覆われた庭園内の車道を蛇行しながらあがっている。

「オークノールへようこそ」クレイトンが考えの読めない一瞥をナタリーに投げた。

初春の風景は、ナタリーの心と同じように寒々しく荒涼としている。ここがレオと道を分かつ地なのだ。彼女は強く祈った。この子が新しい生活に慣れるのを手伝ってやりたいので、そのあいだだけでも滞在させてもらえますように、と。

ナタリーはなんとか暗い気分をやわらげようと、レオに腕をまわし、元気な小さい体を引き寄せた。「ここまで来たわ、レオ。あなたの新しいお家はもうすぐよ」そうささやき、少年の愛らしい頭のてっぺんにキスをする。「これで長い旅も終わりね」

レオも信頼してナタリーに身を預けて感動的な瞬間が訪れたが、それもほんの短い時間にすぎなかった。少年はすぐに身をよじって彼女から離れ、窓に鼻を押しつけた。「どこもかしこも森だね。ぼくのお祖父さまは山小屋に住んでるの？」

公爵が低い声でくすりと笑った。「まさか。オークノールはとても大きな家だから、かくれんぼをしたら迷子になるかもしれないぞ。だが心配するな。あとで敷地を案内してやる。

ほら、木々の向こうに家が見えるだろう」

レオはクッション入りの座席に膝を立て、正面の窓をのぞき込んだ。彼の瞳はまん丸の大きな青い皿のようになっている。「見て、ミス・ファンショー！　お城だよ！」

「ほんとだわ」

一同の前に、低い丘の上に立つ巨大な灰色の要塞が姿を現した。小塔(タレット)や銃眼つきの胸壁、それから両端には塔もある。その周りを巨人のようなオークの木々が取り囲み、黒い指さながらの葉のない枝を空に突きだしている。石壁には、冬の猛威で茶色く枯れたツタがそこらじゅうを這(は)っていた。邪悪な魔法使いの城にかろうじて見えずにすんでいるのは、ずらりと並ぶ連窓と柱廊があるおかげだ。

ナタリーはそんな不気味な想像を一蹴し、代わりに、咲き誇る花と緑に覆われた木に彩られた夏真っ盛りのこの家を思い描こうとした。その努力もむなしく、不安はほとんど消えなかった。だがありがたいことに、レオは不穏なものにいっさい気づいていないようだ。

少年が圧倒されたように新居を見つめる一方、公爵は身をのりだしてグレーの瞳でナタリーの注意を引きつけた。「お尋ねするが、ミス・ファンショー。ゴドウィン卿はきみたちが来ることを知っているのか？」

「去年の夏の終わりに手紙を出しました」ナタリーは小声で言った。「一二月にも。でも、お返事は一度も受け取っていません。戦争のせいで郵便が届いていないだけだと思っていたけれど」

「つまり、ゴドウィン卿は知らないのかも――」クレイトンは信じられないといった目つきでレオを見た。

ナタリーは唇をかたく引き結んだ。「これ以上先延ばしにするわけにはいかなかったのです。わたしにはオードリーとの約束を果たす義務がありました。できるだけ早く息子をイングランドへ連れていってほしいというのが、彼女の最後の望みだったので」

ふたたびあの恐ろしい光景がナタリーの心をかすめた。死に際の親友の言葉が、握りしめてきた血だらけの手が、次々と思いだされる。〝お願い、約束して。レオをなるべく早く安全なイングランドに行かせなければ〟

ナタリーは喉元に込みあげるものをのみ込み、公爵に鋭い視線を向けた。「オードリーは家族にレオを守ってもらいたかったのです。わかるでしょう。だから、平和条約が結ばれたと聞いて、すぐに船旅の手配をしました。きっとゴドウィン卿も、かわいい孫を歓迎したくてたまらないはず」

「だといいが」

そのぶっきらぼうな言葉を最後に、クレイトンは黙り込んだ。彼の陰鬱な表情がナタリーの不安をさらにかき立てる。もしレオがここで歓迎されなかったら？　レオが血縁者から拒否されたら？　だが、ナタリーにはほかの選択肢は思い浮かばなかった。親友との約束など忘れて、アメリカでレオを自分の手元に置いておきたい激しい誘惑にも駆られたけれど、いまは亡き愛する友の願いを名誉にかけてかなえなければならないと感じていた。

オードリーは息を引き取る間際、息子が危ない目に遭わないよう守ってほしいと、それだけを願っていた。ナタリーは外国へ行く決断に賛成していたわけではないにしろ、あれだけ多くの命を奪った残忍な攻撃を考えれば、事態が切羽つまっていることは理解できた。とはいえ、レオをこのままずっと手元に置いておければ幸せでいられたのに。ナタリーにとって、レオの里親の役目を果たすよりも大切なことなんて何もなかったのに。

だがいまは、恐怖に押しつぶされそうになっている。どんな生活がレオを待ち受けているのだろう？　一八歳のオードリーが別れを決意するなんて、彼女の家族とはどんな人たちだろう？　彼女はどうしてあれほどかたくなに、孫を望んですらいないかもしれない祖父に息子を預けようとしたのだろう？

ナタリーは背筋を鋼のようにこわばらせ、しっかりと決意を固めた。親友との約束とは関係なく、つらい環境にレオを置き去りにしたりはしない。この子がここオークノールにいて幸せだと確認するまでは、一緒に残るつもりだ。

でも、もし幸せではなかったら？

そうしたら、レオをアメリカに連れて帰って、自分の手で育てよう。

ヘイドリアンは屋根つき四輪馬車からミス・ファンショーとレオを先におろした。ナタリーが少年の襟を正し始める。一方、彼はマナーハウスのよく見知った石づくりの正面を見あげた。ここには、幼少時代の思い出がたくさん詰まっている。厳しい冬のせいで地所は鬱々としていたものの、たしかにこの場所にはなつかしさと愛着を覚えた。学校が休みのときは池で釣りをしたり丘を馬で疾走したりして、何時間も過ごした。秋にはおじと一緒に狩猟の一行に加わったりもした。

レオもここで幸せになれる、とヘイドリアンは思った。

ゴドウィンが家出した娘の息子を快く受け入れるのであればだが。ずっと前のことになるが、あの男は娘の名前を口にすることすら誰にも許さなかった。オックスフォード大学に通っていたヘイドリアンは、人づてに彼らの口論について知ったのだった。オードリーが愛する人と結婚すると宣言すると、ゴドウィンはもし本当にそうしたら勘当してやると脅したそうだ。ゴドウィンがヘイドリアンに結婚を申し込ませるつもりだったことは、長らく暗黙の了解になっていた。しかし、ヘイドリアンはオードリーをきょうだいのように、そのうえ、やや敬虔すぎる女性と考えていた。オードリーが駆け落ちしたときも失恋の痛みはなく、ただ、彼女との結婚の権利を放棄する機会があればよかったのにと思った。一方のゴドウィンは、まるでオードリーは死んだかのようにふるまっていた。そうすれば、オードリーはせめてイングランドにとどまれたかもしれないと。

そしていま、オードリーは本当に死んでしまった。

ヘイドリアンの胸が締めつけられた。堅物だったとはいえ、オードリーとは若い頃から親しくしていた。だから、彼女たち夫婦にどんな悲劇が襲いかかったのかをどうしても知りたかった。ミス・ファンショーの顔に浮かんだおびえた表情や、レオの前で話すのを拒んだあの態度からすると、何か恐ろしいことが起こったに違いない。

巨大な正面玄関ががちゃりと開き、ひとりの男が柱廊に出てきた。栗色の上着と淡黄色のぴったりした長ズボン（パンタロン）に身を包んだゴドウィン伯爵は、まさに堅苦しい紳士の典型だった。ふさふさだった髪はこめかみあたりまで後退し、暗い金色は加齢で藁みたいに薄い色になっている。身長も体格もそれほど大きくないにもかかわらず、いからせた肩から誇り高くあげられた顎にいたるまで、威厳がにじみでていた。

ミス・ファンショーとレオの姿に気づくと、ゴドウィンの顔から歓迎の笑みが消えた。困惑したしかめっ面が、ふたりの訪問を予期していなかったことを裏づけていた。

ヘイドリアンはよろしくない事態に備えて身構えた。ミス・ファンショーと同じように、ゴドウィンが感激してレオを認めるだろうとは思えなかった。それでも、この顔合わせが円滑に進むように、できるかぎりのことをしようと決心した。

レオのために。そしてオードリーのために。

ヘイドリアンはミス・ファンショーに腕を差しだした。今回ばかりは彼女も紳士的な作法を拒絶しなかった。彼女の手袋をはめた指が肘に巻きつく。感じよく微笑んだ唇とは裏腹に、握る手は緊張していた。とっさに気が動転してしまったのかもしれないが、自立心の強い彼女の性格を考えると意外だった。

本人には気づかれていないものの、ヘイドリアンはミス・ファンショーの勇気に敬服していた。死ぬ間際の女性と交わした約束を守るために、はるばる海を渡ってきたのだ。知り合いの令嬢に、そのような不屈の精神を持った人物はいないだろう。きっとほとんどの令嬢が快適な社交界から離れろと言われただけで、気つけ薬が必要になりそうだ。

玄関までの三段ある広い階段をのぼる途中で、ミス・ファンショーはレオの手を取った。少年は柄にもなく内気になり、彼女のスカートにくっついた。ヘイドリアンは同じ年頃だったときの自分を思いだした。夫を亡くした母親を残して、親類たちと暮らさざるを得なかった。母親が泣いていたことや、恐怖や孤独を感じたことは、いまだに忘れられない——とはいえ、ヘイドリアンは少なからずこの家とここの人たちになじんだ。

レオにはミス・ファンショーしかいない。

「会えて光栄だよ、クレイトン」ゴドウィンが言った。「察するに、暴風雨で遅くなったのだね？　道に迷ったのではないかと、リチャードが冗談を言っていたよ。ともかく、前にオークノールに来てくれてから五年は経つな」

「社交シーズン中にロンドンでしょっちゅう顔を合わせているから、わざわざ旅をする必要もないと思ってね。あとひとこと、とてもお元気そうだ」

ふたりの男が握手を終えると、伯爵の愛想のいい物腰は消え、ほかのふたりに向けた高慢な視線に取って代わった。「客人をお連れかな？」

「旅の途中で偶然お会いしたんだ。ゴドウィン卿、ミス・ファンショーとレオをご紹介しよう。あなたを訪ねてきたそうだ」ヘイドリアンはわざと少年の姓を省いた。ミス・ファンショーにお辞儀をせずに手を差しだす隙を与えたくなかったので、従僕が押さえている扉へとふたりをせき立てる。「おいで、寒いから入ろう」

玄関広間もさほどあたたかくはない。ヘイドリアンは長年ここで暮らしていた経験から、そんなことだろうと予想していた。たとえここに暖炉があったとしても、これほど広大な空間をあたためるのは困難だ。

ヘイドリアンは従僕に外套を手渡しながら、ふとゴドウィンがすぐ後ろについてこなかったことに気づいた。重い足取りで近づいてくる伯爵の顔は、ずいぶんと青白く見えた。ミス・ファンショーの名前に聞き覚えがあったのか？ やはり彼女からの手紙を受け取っていたのか？

ヘイドリアンはうすうすそうだろうと感じたものの、まだ確信はできなかった。

伯爵に注意を向けたまま、ミス・ファンショーはマントとボンネットを脱いだ。そのふるまいはわずかにぎこちなく、自分が受け入れられているかどうか不安なようだ。レオがおもちゃの船を放さないでもいいようにしながら、彼女は少年の上着を脱がせてやった。

ミス・ファンショーがこちらに向き直ると、ヘイドリアンは思わぬ欲望に襲われた。分厚い外衣を脱いであらわになった均整の取れた姿に見惚（みほ）れずにいるのは至難のわざだ。彼女の身なりに下品なところはまったくない。むしろ、飾り気のないプラム色のドレスが輝かんばかりの美しさを際立たせている。ロンドンなら、男性たちから熱い注目を集めるだろう。アップにした黒褐色の髪に鮮やかなグリーンの瞳という見事な組み合わせに、誰もが引き寄せられてしまうはずだ。ミス・ファンショーは頭を高く掲げて肩をいからせ、挑むような恐ろしい顔つきをした。まるで、戦いに備えて身構えているかのようだ。

「ゴドウィン卿」彼女は切りだした。「わたしが何者かはご存じかと」

「この件は内密に話し合うほうがいいだろう」ヘイドリアンがやんわりと言った。従僕の前でずっと行方も知らなかった孫の話題を持ちだしたりしたら、ゴドウィンに不快感を抱かせるだけだと、彼女にわからせようとしたのだ。

ミス・ファンショーは推し量るようなまなざしをヘイドリアンに向け、それから小さくうなずいた。ちょうどそのとき、レオが彼女のスカートを引っ張った。

「ミス・ファンショー、あの斧と剣を見てよ!」不穏な空気にはまるで気づいていないらしく、レオが首を伸ばし、羽目板張りの壁に取りつけられた武器のコレクションや、オークの広々とした階段の両側に置かれた甲冑を眺めていた。「本物の騎士だ! ふたりいるよ!」

ミス・ファンショーは微笑みながらレオを見おろし、少年の乱れた髪を梳かした。「本当ね。こんなものを着て戦争に行くのは、どれほど重かったでしょうね」

「でっかくて強い男じゃなきゃ無理だよ。ぼく、大きくなったら騎士になりたい。剣で敵をやっつけるんだ」

レオが空中で剣を突くまねをすると、ゴドウィンの淡青色の目が細くなった。伯爵がしゃがれ声でヘイドリアンに話しかける。「家族が客間で待っている。従僕にあのふたりを厨房へ案内させる。ミス・ファンショーとは昼食のあとで話すよ」

「だめだ」ヘイドリアンは言った。「彼らもわれわれと一緒に二階へ行く」

伯爵はいらだった様子で唇をかたく結んだ。ヘイドリアンが若い頃から知っている表情だ。しかし、ゴドウィンはもう後見人ではないし、公爵にたてつくべきではないこともわきまえているはずだ。いまみたいに容赦のないまなざしを向けられているとあってはなおさらだ。ヘイドリアンは自分の父親のいとこに敬意を払い、権力を振りかざすようなまねはめったにしない。だが、この状況では公爵という地位が役に立つ。

ゴドウィンはこわばった面持ちでうなずき、先に階段をのぼった。ミス・ファンショーとレオを引き連れ、ヘイドリアンはそのあとに続いた。レオはおもちゃの船をお守りのように大事に抱えている。少年は保護者のスカートにくっついたままだったが、壁に並んだ古い盾をあんぐりと口を開けて見ていた。こんなに素晴らしいものは初めて見たとばかりに。

ヘイドリアンはその様子をいい兆候と受け取った。まもなくレオは、この家の多彩な歴史を知ることになるだろう。そしていずれは、自分の高貴な家系のよさがわかるようになるはずだ。もちろん、ゴドウィンがくだらない自尊心を捨て、娘の息子を認めることに納得できればの話だが。

一行は二階の薄暗い廊下を進み、アーチ型の戸口を抜け、緑と金の鮮やかな色合いで装飾された客間に入った。室内は暖炉でぱちぱちと音を立てる炎のおかげで、この家のどこよりもはるかにあたたまっている。新たな客人が入ってきたのと同時に、炉端近くに座っていたふたりの人物が立ちあがった。ヘイドリアンはミス・ファンショーより前に踏みでて、ゴドウィンの妻、プリシラに挨拶した。

田舎でもつねに流行に気を使っているレディ・ゴドウィンは、豊かな胸の下にクリーム色の組み紐を添わせた、サフラン色のシルクのドレスに身を包んでいた。白髪まじりの頭は、白鳥のような首が引き立つようにきれいに整えられている。

伯爵夫人は微笑みながら前に進みでて、ヘイドリアンにお辞儀をした。「閣下、ようやくお着きになってうれしいかぎりですわ。とくにエレンは、ゆうべの晩餐であなたとお会いできなくてひどく落ち込んでいましたの。いまちょっと上へ行っていますけれど、すぐにおりてまいりますわ」

一瞬、ヘイドリアンは頭の中が真っ白になった。はるか年下のはとこが、なぜ自分の不在を気にするのか——そこで、この訪問の目的を何から何まで腹立ち紛れに思いだした。レディ・エレンが花嫁にふさわしいかどうか確かめに来たのだ。

そんなことも忘れるほど、気をそらされてしまったのはなぜだ？

ヘイドリアンは伯爵夫人の頰に義務的なキスした。「氷雨で道が通れなくなってしまい、途中で避難せざるを得なかったんだ」

小麦のような金髪の若い男が歩みでて、ヘイドリアンと握手を交わした。仕立てのいい青の上着がジェーン・オースティンの小説に出てくる名士のような雰囲気だが、針金みたいな体格のせいで肩にパッドが必要なのは間違いない。ワイマーク子爵リチャードは、ゴドウィンのひとり息子で、伯爵位を継ぐことになっている。まだ二〇歳ながら、ロンドンでは賭博好きとして名を馳せていた。

「この退屈なパーティを活気づけるために、客人を連れてきてくれたようですね、クレイトン。それで、どういう方々なのです？」

リチャードがほんの一瞬レオに視線を投げた。それから唇の端を片方だけ持ちあげて笑みを浮かべ、ミス・ファンショーを物欲しそうに凝視した。その態度に、ヘイドリアンの血が沸騰する。

ヘイドリアンは、場違いな怒りのほとばしりをなんとか鎮めようとした。感情で分別を曇らせるなんて彼らしくない。すぐさま目下の問題に対処したほうがよさそうだ。

「レディ・ゴドウィン、リチャード、こちらはミス・ファンショーだ。ちょうど同じ宿屋で足止めを食らってね。偶然にも、彼女がこちらの一家に大変由々しき知らせを届けるために、ここオークノールへ向かっていると知ったんだ」

ゴドウィンの鼻の穴がふくらんだ。伯爵は口を挟む代わりに、レオを射るように見つめている。家族として似ているところでも探しているのだろうか？

ヘイドリアンには、金髪や少し丸みのある青い目が似ているように感じられた。顔の骨格も似ているかもしれない。子どもの顔は大人ほど定まっていないから、判断するのはまだ難しいが。

ミス・ファンショーは守るようにレオの肩に手を置いて立っていた。「みなさんにお会いできて光栄です。レオとわたしはここへ来るためにとても長い道のりを旅してきました」

「それなら、きみの話をぜひとも聞きたい」ヘイドリアンは暖炉に近づき、呼び鈴の紐を引いた。「だがきみも、この話は大人の耳だけに入れたいだろう」

最初からレオを下の階に行かせてもよかったが、全員がまず彼を見ておくことが肝心だった。ヘイドリアンは少年のもとへ行き、腰をかがめて目の高さを合わせた。小さな顔に浮かんだ用心の色が、父親の死後にここへ連れてこられて暮らすことになった頃のヘイドリアン自身を思い起こさせる。彼はやさしく言った。「さあ、坊や。ここに残って、退屈な話を聞きたいかい？　それとも、厨房でケーキやビスケットを食べるほうがいいか？」

レオはミス・ファンショーのスカートから離れずにいたが、おやつをもらえるとわかると、そばかすの散った顔に元気が戻った。彼女をちらっと見あげる。「いいの？　ミス・ファンショー？」

ミス・ファンショーがレオの髪を撫でた。「もちろんよ。ただ、甘いものを食べすぎてはだめよ。病気になっちゃうわ」

レオはまごついた。「ぼくがおやつを食べているあいだに、いなくなったりしないよね？」

「絶対にしないわ。すぐに迎えに行くと約束する」

彼女のあたたかい微笑みが、必要以上にヘイドリアンの胸を打った。心の奥底に感傷的な思いをかき立てる。この感情を深追いする気はないが、ただひとつはっきりしていることがある。ミス・ファンショーがこの孤児の強い味方でいるのは、ひとえにレオへの愛ゆえだ。はとこが彼女に息子の運命をゆだねた理由が、ヘイドリアンにもわかった気がした。

戸口に現れた従僕にヘイドリアンが指示を出しに行っているあいだに、ミス・ファンショーはレオを抱きしめ、それから少年を送りだした。ヘイドリアンが戻ってくるとき、みなが自分——とミス・ファンショー——を興味津々で見つめていることに気づいた。ゴドウィンは歯を食いしばっているらしく、高貴な顔に深いしわが刻み込まれている。

リチャードが飾り棚のほうへ歩いていった。「ブランデーが欲しい人は？」デカンタを揺らしながら尋ねる。「一杯やりたそうに見えますけど、クレイトン」

ヘイドリアンは首を振って断った。できればリチャードを同席させたくはないが、彼の家の客間なのに追いだすわけにはいかない。もしかしたら、家族全員が聞いてしまったほうがいいのかもしれない。そうすれば、何度も説明する手間が省ける。

レディ・ゴドウィンが青白い手をはためかせた。「わたしのことをなんと気のきかない女主人かとお思いでしょう、愛しのヘイドリアン！　もうすぐ昼食の時間だけれど、軽食を持ってこさせるべきでしたわ」

「いまは結構」ヘイドリアンは言った。「それよりお座りいただきたい。全員だ」

伯爵夫人が当惑した様子で従った。暖炉近くの椅子に座り直し、スカートを整える。ミス・ファンショーも同じく従って完璧な姿勢で腰をおろし、膝の上で両手を組んだ。ひとりひとりを観察している油断のない視線だけが、唯一淑女らしくない点だった。

残りの男性ふたりも近くの席に座り、一方のヘイドリアンは炉棚に肘を置いて立っていることにした。「これでみんな落ち着いたな。悲しい知らせがある。ご存じのとおり、レディ・オードリーと彼女の夫は一〇年前にイングランドを出ていった。残念ながら、ミス・フアンショーはふたりが亡くなったという知らせを届けに、アメリカから来てくれた」

レディ・ゴドウィンは息をのんだ。「そんな。なんと恐ろしいことでしょう!」

伯爵夫人は悲しんでいるそぶりをしているにすぎない。しかし涙が出ないのも、オードリーの継母だったという事実を考えれば無理もない。ゴドウィンの二番目の妻は、自分自身の子であるリチャードとエレンをえこひいきしがちだった。リチャードはというと、それほど悲しみに打ちひしがれた様子はなかった。というのも、オードリーが駆け落ちしたとき、彼はまだほんの一〇歳の子どもだったのだ。いまは何気なく椅子の背もたれに寄りかかり、グラスに入ったブランデーをくるくるとまわしている。

ゴドウィン伯爵はいかなる感情も表に出さなかった。その表情の読めない顔は大理石から彫りだされたのかと思うくらいだ。さらに思考を読み取られまいとするかのように、目を暖炉の炎に移して凝視している。

なるほど、とヘイドリアンは思った。ほぼ間違いなく、ゴドウィンはミス・ファンショーが送った手紙を少なくとも一通、もしくは二通とも受け取っていた。なぜなら、伯爵には知らせに驚いた様子がまったくないのだ。さらに、その手紙の内容を家族に伝えていなかったのも明白だ。

「かわいそうな娘にいったい何があったの?」レディ・ゴドウィンは尋ねながら、ハンカチを探しだして頬に当てた。「病気? それとも何か恐ろしい事故? ああ、この家を出てあんな野蛮な未開の国に行ってはならないと、オードリーに忠告しましたのよ! 平民の副牧師と結婚するなんてもってのほかだとも申しましたのに！」

「ともかく」ヘイドリアンは懸命にいらだちを隠しつつ、ぴしゃりと言った。「過去を蒸し返してもしかたがない。何があったかは客人がよくご存じだ。彼女はオードリーの親友だった」彼はミス・ファンショーに突き刺すようなまなざしを送った。あの美しい顔の裏に、どんな秘密が隠されているのかと思いながら。「おそらくこれから彼女が説明してくれる」

5

全員から注目されているのを感じたナタリーは、努めて平静に一同の詮索するような目を見返した。オードリーの家族に何を期待していたのか自分でもわからないけれど、こんな気のない反応をされるとは思っていなかった。クレイトン公爵をのぞいて悲しみをあらわにしているのは、伯爵夫人ただひとりだ。しかしそれも心からの嘆きを示しているのではなく、むしろ演技をしているように感じられた。

レディ・ゴドウィンはオードリーの継母だったと、ナタリーは思いだした。この女性は駆け落ちを喜んでいるみたいだったと、昔オードリーがそれとなく教えてくれた。どうやら伯爵夫人は、夫の最初の結婚でできたひとり娘で、自分にとって継娘であるオードリーを決して好きになることはなかったようだ。

オードリーの異母弟、ワイマーク子爵もまた、ほかの家族同様、この痛ましい知らせにあまり動じていないらしい。動揺どころか興味津々といった感じで、ブランデーをちびちび飲みながら座っている。まるで刺激的な噂話でも聞いているみたいだ。

ゴドウィン伯爵は石みたいに押し黙ってナタリーを見つめているだけだった。長い船旅の途中でいまの瞬間について想像していたときには、この男が長女の死を知って苦悩を味わってくれればいいと願った。長年のあいだに、オードリーを国外に追いやって関係を絶ってしまったことを後悔するようになっていますようにと。でも、彼の高貴な顔からは何も読み取れなかった。

ゴドウィン伯爵はいま見えているとおり無関心なのだろうか？　それともナタリーの手紙を一通だか二通ともだか受け取った何週間も前に、すでに哀悼をすませているとか？　ナタリーにとってまったく知らない人物なので、答えを見極められなかった。

誰よりも偽りのない感情を見せたのはクレイトンだ。屋根つき四輪馬車の中で、ナタリーがオードリーが亡くなったと打ち明けたとき、彼の顔にはっきりとした悲嘆が浮かんでいた。この家で一緒に育ったので、はとこをきょうだいのように思っていたと、彼は言っていた。

いまのクレイトンは厳かにたたずみ、ナタリーが話すのを待っている。

その重々しい顔つきに、ナタリーはある種の慰めを見いだした。少なくとも公爵だけは、誰のことも決して悪く言わない、やさしくて寛大なオードリーに愛情があったのは間違いない。オードリーは心から愛する人と一緒になるためならぜいたくな生活を捨てるのも厭わないような、強い信念を持った立派な人だった。

ここにいる人たちは、オードリーの亡くなった事実だけではなく、彼女がどのような生き方をしてきたかも知るべきだ。

ナタリーは喉に込みあげてくるものをのみ込んだ。「オードリーの身に何が起こったか理解するためには、まず彼女のアメリカでの生活について知っていただく必要があります。オードリーと夫のジェレミー・ベリンハム牧師は、お互いに対して、神の御言葉に対して、深い愛を共有していました。ふたりはペンシルヴァニア州に住み着き、地元住民に熱心に信仰を説いてまわりました。七年ほど前にフィラデルフィアで、わたしは夫妻と初めて出会いました。ふたりは荒野に教会地区を整備するための資金を募っていました」

ワイマーク子爵が渋い顔をした。「まさか姉が金の無心をしていたんじゃないだろうな」

「価値ある目的のために寄付を募るのは、決してあさましいことではありません」ナタリーは鋭く言い返した。「貧しい人々を助けたあなたのお姉さまの献身は、称賛されてしかるべきです。わたしは地域社会との関わりがあったので、必要な資金を集める手伝いをオードリーに申しでました。そして彼女と親友になったのです。オードリーが町を去ったあとも、手紙で連絡を取り合っていました。二年前に西部の開拓前線で自分たちと一緒に暮らさないかと彼女から手紙をもらい、わたしは……その機会をありがたく受け入れたのです」

フィラデルフィアを離れたくてたまらなかった個人的な理由について詳しく話しだしそうな自分を、ナタリーは無理やり押しとどめた。オードリーの話をしているときに、こちらのつらい身の上話など必要ない。

レディ・ゴドウィンは口をゆがめた。「開拓前線ですって？　わたしの継娘が野蛮人にまじって暮らしていたというの？」

「たしかに、その地域には先住民がいました」ナタリーは冷淡に返事をした。「でも、彼らは友好的で、ときどき野生動物や乾燥させた皮などを物々交換していました。ほかに農民もいて、土地を切り開いて作物を育てていました。教会地区は小さな集落になっていて、地元の人からは〝ベリンハム〟と呼ばれていました。頑丈な丸太の壁で囲まれ、居住区域に小さな教会と学校を備えていました。わたしは子どもたちに読書と算数の授業を教え、一方のオードリーは病人の看病をしていました。彼女には人を癒す才能があったのです。ご存じなかったですか？」

全員がぽかんとする一方、クレイトンが唇の端を片方だけ持ちあげてかすかな笑みを浮かべた。「オードリーがよく子ども部屋で人形に治療を施していたのを覚えているよ。それに、わたしがほんのちょっと膝をすりむいただけでも、ありとあらゆる軟膏(なんこう)や包帯を持ちだして看護婦ごっこをすると言って聞かなかったな」

ほんの一瞬だったけれど、ナタリーは自分が微笑み返しているのにふと気づいた。まるでクレイトンと自分が根底の部分で深くわかり合っているかのような、不思議な縁を感じた。しかし、それは理屈に合わない。平等に対する確固たる信念に関して、ナタリーとイングランドの公爵が共有できるものなど何ひとつないはずなのに。まして、彼女はもう二六歳だ。用心深くなりすぎているので、端整な顔立ちを理由にあっさり男性に惹(ひ)かれたりはしない。

ナタリーは話を続けた。「オードリーは医学の教科書を読んで薬草療法を学びました。それに、人々にやさしく接する方法を心得ていたんです。とくに、重傷患者に対してはそうでした。入植者たちがベリンハムに集まってくる理由のひとつは、彼女がいたからと言っても過言ではないでしょう。みんな、あそこなら歓迎されるし、安全だと感じられたのです。少し前の戦争中は、ほかのいたるところで小競り合いの話を耳にしましたが、あそこは静かで平和な場所でした。少なくとも……八月終盤のあの午後までは」

ナタリーは視線をそらし、膝の上で手を握りしめた。あの出来事を話そうとすると、全身に拒否反応が現れた。いまでも叫び声が聞こえ、血や煙のにおいが感じられる。当時のことを考えただけで、骨の随まで冷たくなった。

「それから?」ワイマーク子爵が先を促した。異常なまでに夢中になっている。「どうか続きを、ミス・ファンショー」

ナタリーは乱れながらもひと呼吸ついたが、それでも言葉をしぼりだすには努力が必要だった。「門は開いていました……日中はいつも開放していたのです。商人や農民、顔見知りの先住民など、人々が出入りするのにはわたしたちは慣れていました。とはいえ、あの午後は見知らぬ少人数の集団が居住区域に乗り込んできたのです。そのうちのひとりが……教会の階段でジェレミーを撃ち殺しました。ほかのやつらは剣を振りまわし始め、通りすがりの人を残らず切り倒し、逃げようとした人々を追いかけたのです。農民たち、先住民たち、子どもたち……そしてオードリーを」

ナタリーは少しのあいだ目を閉じた。校舎の窓から目撃したあの恐ろしい光景が、こんなにも鮮明に心に刻まれてしまっているのが耐えられない。記憶を懸命に抹殺しようとしたにもかかわらず、いまだに悪夢が呼び起こされる。

レディ・ゴドウィンが苦しげにうめいた。顔色は青ざめ、目は恐怖で丸くなっている。「愛しのオードリー、なんてかわいそうなの！　野蛮人に殺されるのではないかと、わたしはいつも恐れていたのです！」

「彼らは野蛮人でした。たしかにそうです」ナタリーはいらだった口調で言った。「そして、英国歩兵の赤い上着を身につけていました」

クレイトンが驚いてびくりとした。「本当か？」

「ええ。ただ、服装がぼろぼろだったことから考えて、隊から離れた反乱兵だったのかもしれません」

「ふん、ぼくは信じないぞ」ワイマーク子爵が言い、サイドテーブルに乱暴にグラスを置いた。「わが軍はちゃんとした教養があるから、女性や子どもを襲ったりしないさ。もちろん、牧師や農民もね」

ナタリーはワイマーク子爵をにらみつけた。「だったら、あなたは戦争の現実をわかっていませんね。アメリカ人であるわたしたちは敵だったのです。こちらと条約を結んだ先住民の人々もそうでした。そして敵は殺されるのです」

これ以上ワイマーク子爵を非難するまいと、ナタリーは唇を引き結んだ。この甘ったれた貴族たちにここまで現実を思い知らせるのは酷だろう。攻撃を命じたのは彼らではないのだから。それに、彼女だって以前はそれなりに甘やかされていた時期があった。あの頃は、人間の心に悪が忍び込むことがあるなどと知らなかったのだ。

ゴドウィン伯爵は自らを奮い立たせ、ぶっきらぼうに尋ねた。「奇襲をかけられたとき、きみはどこにいたんだね、ミス・ファンショー？　なぜきみは生き残って、この話をすることができるんだ？」

「発砲音が鳴り響いたとき、わたしは校舎で授業をしていました。窓に駆け寄り、血生臭い光景を目にして、生徒たちが危険にさらされないように守らなければならないと思いました。みんな、七歳か八歳にも満たない幼い子どもたちばかりだったのです。わたしは裏手の塀近くにある納屋に生徒たちを隠し、なんとか静かにさせようとしました。ほかの人たちのように無残に殺されてしまわないように」

「ああ」レディ・ゴドウィンがすすり泣くような声をあげた。「もうたくさんだわ！　そのような暴力行為を聞かされるのにはもう耐えられません。リチャード、引き出しからわたしの気つけ薬を持ってきてちょうだい」

ワイマーク子爵が律儀にも立ちあがって飾り棚のところへ行き、小さな青い瓶を持って戻ってきた。そのコルク栓を開け、母親の鼻の下で手をひらひらさせる。レディ・ゴドウィンは息子から瓶を受け取り、中の気つけ薬を嗅いではレースのハンカチで顔をあおぐのを交互に繰り返した。

「これ以上話すのは許さんぞ、ミス・ファンショー」ゴドウィン伯爵がうなるように言った。「こんなふうに妻を苦しめさせるわけにはいかん。彼女は育ちがよく、そのような残虐な行いに慣れておらんのだ！」

「最後まで聞いてもらわないといけないんじゃないのか、ミス・ファンショー」クレイトンが力強い口調で反論した。「彼女にはまだ言うべきことがある。最悪の箇所はもう終わっているといいんだが」

クレイトンがナタリーに真剣なまなざしを向けた。まるで慎重に話せと警告するかのように。

ナタリーは小さくうなずいた。クレイトンが心配するのももっともだ。彼らにまだ最悪の部分を聞かせてはいない。でも、喉があまりにも締めつけられていて、あの大虐殺について詳しく説明するのはもう無理だった。自分の身に起こったことを言葉にするなんて、サーベルでぱっくりと切り裂かれた親友の腹一面の傷から流れだす血を、半狂乱になって止めようとしたことを語って聞かせるなんてもう無理だ。

死人のように青ざめながら、オードリーが目を開いた。「わたしはもう手遅れだわ……約束して、レオを安全なイングランドへ連れていくと……」

ナタリーはわれに返って深く息を吸い、それから吐いた。「幸いにも、何人かの住民が銃を持っていたので応戦できました。おそらく集落の半数は生き残ったでしょう」ゴドウィン伯爵をまっすぐ見据えてつけ加える。「あなたの孫であるレオも」

唇をかたく結ぶ以外、ゴドウィン伯爵はなんの反応も示さなかった。しかし、ナタリーには彼が驚いていないのがわかった。伯爵は知っていたのだ。

「孫?」伯爵夫人が憔悴しきったような演技とは裏腹の鋭い口調で、おうむ返しに訊いてきた。いまは椅子にきちんと座り直していて、気つけ薬は膝の上に忘れ去られている。「どういうことですの? まさかあの……あのみすぼらしい少年が孫だなんて言わないでしょうね!」

「あのみすぼらしい少年の名はレオポルド・アーチボルド・ベリンハム。いま六歳で、オードリーのひとり息子です」ナタリーは視線をゴドウィン伯爵に戻した。「これでおわかりでしょう、ゴドウィン卿、なぜわたしがこの長旅を決意したのか。家族と一緒に暮らせるようにレオをイングランドへ連れていってほしいというのが、オードリーの最期の願いでした。この件についてあなたに二度手紙を送りましたが、一度も返事はもらえなかった。手紙は受け取っていただけましたか?」

ゴドウィン伯爵の顎の筋肉が動いた。真実を無理やり白状させられるのは気に入らないとばかりに、まなざしが揺らぐ。「一通はな。二週間前に。どう返事をしたものか決めかねていた」

つまり、ゴドウィン伯爵は手紙を引き出しにしまい込んで見なかったことにしたというわけだ。

ナタリーは怒りの炎が燃えあがるのを感じた。孫が会いに来るという喜ばしい知らせを、こんなにもぞんざいに扱うなんて。疎遠になった娘にいまだに恨みを抱いているなど、およそ信じられない。けれど、この男を厳しく非難しても、さらなる憤りをかき立てるだけだろう。彼がまず気にかけるべきはレオでなければならない。

「では、ここで決断しなければなりませんね」ナタリーは冷静に言った。「ともかく、レオは血を分けたあなたの孫です。オードリーがこの世を去ったとき、おそらくあなたとの確執も一緒に死にました。一〇年前におふたりのあいだに何があったにせよ、いまの状況とは切り離すべきです」

「他人にわが家のことを命令されるつもりはない」ゴドウィン伯爵が声を荒らげた。「これは家族の問題だ」

「ミス・ファンショーは事を荒立てようとは思っていないはずだ」クレイトンがやんわりと言った。「とはいえ、彼女の言い分も一理あると認めたほうがいい。あなたには、少年を貴族の孫という地位にふさわしく養育する義務がある。あなたがあの子を保護することも教育することも拒否したと社交界に知れ渡るのは、望ましくないのでは？」

ふたりの男たちは見つめ合った。ついに、ゴドウィン伯爵がまばたきをする。

「しばらくのあいだ、ミス・ファンショーと少年は子ども部屋に滞在するがいい。だが、許可もなく来たりせずに、わたしからの招待を待つべきだったのだ」

「ミス・ファンショーはオードリーとの約束を果たしたにすぎない」クレイトンが言った。「約束を守った人間は称賛されるべきだと思うが」

ナタリーは味方してくれた公爵に心の中でふたたび感謝した。おかげで、この毒ヘビの巣窟でそこまで孤独を味わわずにすんでいる。クレイトンのほうがだいぶ年下であるにもかかわらず、父親のいとこに対してかなりの影響力があるらしい。公爵のほうが伯爵より地位が上だから？　彼らの古臭い階級制度をもっと知っていればわかるのに！

ワイマーク子爵は椅子に座ったまま成り行きを見守っていたが、ここで身をのりだして言った。「思うに、ミス・ファンショー、あなたはあの子どもの出生を証明する正式な書類を持っているはずだよね？」

「残念ながら、レオの洗礼記録は襲撃者たちが教会に火をつけたときに失われてしまいました。とはいえ、レオの身元を承認した宣誓供述書ならあります。アメリカ連邦議会の議員数名が署名してくれています。そのおかげで、あの子の渡航書類も得られました」

「それはずいぶん異例じゃないのかな」ワイマーク子爵が片眉をあげる。「その議員たちはどうして少年の身元を保証する気になったんだい？　オードリーとジェレミーの知り合いだったのか？」

ナタリーは首を振った。「というより、彼らが知っているのはわたしのことです。わたしの父は二年前に他界する直前までペンシルヴァニア州の上院議員でした。ワシントンやフィラデルフィアで父が主催するパーティで、わたしはときどき女主人役（ホステス）を務めていたのです」椅子から立ちあがり、一行を見渡す。「書類なら旅行かばんに入っています。持ってきましょうか？」

「あとにしろ」ゴドウィン伯爵がはねつけるように手を振って怒鳴った。「昼食のあとでわたしの書斎に持ってきたまえ。いまは少年の面倒を見ていろ」

ヘイドリアンは、従僕がミス・ファンショーを客間から退出させるのを見守った。ほっそりとして優美な彼女は胸を張って歩いていった。その天性の気品と率直な言動が、必要以上にヘイドリアンを魅了した。この女性が恐ろしい――しかも英国兵の手による――大虐殺を生き延びたとは、外見からは誰も想像がつかないだろう。

その醜悪な事件の際に、ミス・ファンショーが語った以上にひどいことがいろいろ起こったはずだ。彼女の目の中に見え隠れした苦悩が多くを物語っていた。彼女の話を聞いて、ヘイドリアンは気分の悪さを覚えると同時に、なぜか戸惑いを感じた。日頃から公爵であることを誇りに思っていたものの、彼女の経験を耳にしたあとでは、上流階級の恵まれた生活など……些末(さまつ)なことに思える。さらに、英国議会で戦争に公金を投じることに自ら賛成し、その結果オードリーの死を招いたのだと考えると、厳しい現実を突きつけられて目が覚めるような思いだった。かつての植民地を軽蔑するイングランド人たちに、ヘイドリアンはつねづね共感してきた。四〇年ほど前に、やつらが厚かましくも本国に対して反乱を起こして独立したからだ。

ところがいまふと気づくと、アメリカ人について、彼らのものの考え方について、もっと知りたいと興味をそそられている。ミス・ファンショーについてはとくに。

ミス・ファンショーが視界から消えるやいなや、伯爵夫人が非難めいた口調で夫に話しかけた。「どうして手紙が届いていたことを教えてくれなかったの、アーチー？　なぜ秘密にしておいたの？」

ゴドウィンは座ったまま向きを変え、妻の手を軽く叩いた。「ミス・ファンショーについて何も知らない段階で、きみに面倒をかけたくなかったのだよ。来週ロンドンへ行ったときに、この件を調査する者を雇うつもりだった。もちろん、いずれはきみに話していたさ」

「父上が警戒するのもわかるな」そう言うと、リチャードは椅子におさまっていた針金のような体を起こして、ブランデーのお代わりを取りに行った。「ひょっとすると、ミス・ファンショーは詐欺師かもしれないんだから」

ヘイドリアンはリチャードのほうに体を向けた。「いったいどういう意味だ？」鋭く問いただす。「ミス・ファンショーの話を聞いただろう。明らかにオードリーを知っていたじゃないか」

「ああ、その点は疑っていませんよ。でも、もしかしたらオードリーが殺されたときに、ミス・ファンショーはチャンスだと思ったんじゃないかな。だからこの話をでっちあげたんだ」リチャードがブランデーに口をつけ、青い目を細めた。「姉上が貴族とつながりがあるのを知って、偽の書類を手に入れることにしたのかもしれない。自分の息子をオードリーの子どもと言い張り、父の善意に乗じて不自由のない生活をしようと」

レディ・ゴドウィンがクッションの入った金の肘掛けを握りしめた。「そういうことなら、あなたの遺産の一部をいただこうとして冒険家になるのも納得だわ！」

初めのうち、ヘイドリアンは彼らの話を信じられない思いで聞いていたが、次第に怒りが込みあげてきた。恥ずかしながら白状すれば、屋根つき四輪馬車の中で初めてミス・ファンショーからオードリーのことを聞かされたとき、まさにその疑いが心をかすめはした。だが、彼女の率直な態度や、奇しくも貴族嫌いの性質に触れてからは、すぐさまその疑念は消散した。あまりに正直でまっすぐなミス・ファンショーに人をだますことなどできるわけがない、というのがヘイドリアンの考えだった。

「ばかげた話だ」ヘイドリアンはひとりひとりに顔をしかめてみせた。「あなたたちは、なんの証拠もなくあの女性の人格を中傷している。一族の長女の友人だった人なのに。ミス・ファンショーがこの家の客人であることを、どうか忘れないでいただきたい」

「クレイトンの言うとおりだ」ゴドウィンが同意した。「結論を急いではいけない。とはいっても、わたしの親族だという正式な法的証拠もないのに、見知らぬ子どもをあっさり引き取って育てるわけにはいかん」

「もし本当にあの女がわたしたちをだまそうとしているのなら、この屋根の下に一瞬でもとどまらせてはならないわ」伯爵夫人が言った。「いますぐあのふたりを追いだしてちょうだい！」

「そこまでヒステリックになる必要はありませんよ」ヘイドリアンは辛辣に返した。「ミス・ファンショーはあなたたちを脅したりはしていない。少年に関しては、あの子を注意深く観察すれば、家族に似ているかどうかわかるだろう。もしそれで安心できるというなら、わたしがレオと話して、自分の母親について聞きだしてもかまわない」

「ミス・ファンショーがあの子に貴族の子息の演技を教え込んだかもしれない」リチャードが警告した。「あなたがそんなに信じやすい性質だとは知りませんでしたよ、クレイトン」

「きみがそんなに無慈悲だとは知らなかったよ」

リチャードの不機嫌そうな顔を見て、ヘイドリアンはぴんときた。この青年はまたとんでもない借金をして、父親の銀行口座からどうしても金をしぼり取りたいに違いない。けちなゴドウィンからしぼり取れるだけしぼり取りたいのに、新たに一家の財産を要求できる人物が現れたら、自分の分け前が減ってしまうというわけだ。

伯爵が立ちあがった。「ロンドンから顧問弁護士を呼ぶ。書類を精査させて、本物かどうか判断してもらおう。そのあいだはもちろん、ミス・ファンショーとあの少年にここに残ってもらってかまわん」

「レオだ」ヘイドリアンは言った。「あの子の名前はレオだ」

ゴドウィンがなだめるようにうなずいた。「もちろん、レオだったな。それにしても、よりによってこのようなごたごたが起こったときに、きみが訪ねてくるとは残念だ。せっかくの機会なのに厄介事に煩わされて、さすがにうれしいふりはできんよ」

「そのとおりですわ」レディ・ゴドウィンも同意した。「閣下、かわいいエレンとの旧交をあたためたいでしょう。どんな邪魔が入ろうと、あなたがせっかく滞在してくださるのを台なしにさせるわけにはまいりません。ああ、あの子が来ましてよ」

何か動く気配がして、ヘイドリアンの視線は客間の戸口に引きつけられた。細身の若い女性がそこでもじもじしており、内気なゴシキヒワを連想させた。彼女は淡黄色のモスリンのドレスに身を包み、ギニー金貨色の巻き毛に縁取られた上品な顔は、若々しく愛らしい美しさにあふれている。

レディ・ゴドウィンの顔が誇らしい笑顔で輝いた。伯爵夫人が立ちあがり、娘に部屋へ入るよう合図する。「いらっしゃい、ダーリン。閣下にお辞儀を」

娘は従順に前へ進みでて、膝を曲げてお辞儀をした。大きな青い瞳がヘイドリアンをちらりと見あげたが、すぐにまつげが慎み深くふたたび下を向いた。何度も練習を重ねたらしい様子で、さえずるように言う。「ごきげんよう、閣下。ご訪問くださり、大変うれしく存じます」

これがレディ・エレンだ。

前に会ったときは胸もぺちゃんこで、妖精みたいに小さな一二歳の少女だったが、自分の父親を手玉に取る方法はしっかり心得ていた。ヘイドリアンはそのとき、一家とともにウィットナッシュの五月祭に行った。そこで彼女はゴドウィンからアイスクリームを買う金をうまいこと巻きあげ、五月柱(メイポール)の周りではしゃぎ、人形劇にくすくす笑っていた。

この数年のあいだにレディ・エレンは成長し、体のしかるべきところはすべてきちんと丸みを帯びている。とはいえ、その形のいい胸にこっそり視線を走らせてしまった自分を、なんと好色なのだろうとヘイドリアンは感じた。そんなふうに狼狽(ろうばい)するのは、レディ・エレンがはとこで、これまで幼い少女として認識していたせいに違いない。ふたりが大人としてあらためて仲良くなれば、気がとがめることもないだろう。

ヘイドリアンはレディ・エレンと一緒に長椅子に腰をおろした。伯爵夫妻に微笑みかけられると、あたかも自分が雌馬をあてがわれた優秀な種牡馬になったような気がした。「最後に会ってからずいぶん経つね、レディ・エレン。教えてくれ、いまだに『パンチとジュディ』の人形劇で笑うのかい？」

レディ・エレンは顎を引き、まつげの下から内気そうなまなざしでヘイドリアンをちらりと見やった。「いやですわ、閣下。あいにく、もうつまらないです」

「そうではなくて、正しいふるまいを学んだのよね」母親が言い直した。「あなたは非の打ちどころのない令嬢になったのよ」

「社交界にデビューする準備は完璧のようだな」ヘイドリアンは言った。「男性陣がきみの周りに群がって、そのすてきな笑顔を奪い合うだろうね」

すると、レディ・エレンの笑顔がたちどころに消えた。「そうかしら？」甲高い声をあげる。「だって……わたしなんてただの田舎者だし、花嫁学校を出たばかりですもの。殿方と何を話せばいいかわからないわ……あなたとも」

ヘイドリアンはレディ・エレンの華奢な手を取り、軽くぽんと叩いた。「何も怖くはない。ただ好きなことを話せばいい。誰もがきみの魅力に気づくだろう」

「閣下も気づいてくださるといいのだけれど」レディ・ゴドウィンが誘導するように口を挟

んだ。

　ヘイドリアンは首を傾け、礼儀正しくうなずいた。「この一週間、はとこと一緒に過ごせるのが楽しみだ。積もる話もあることだし」

　それなら、なぜ自分は求婚者ではなく兄のような気持ちでいるのだろう？

　レディ・エレンはヘイドリアンが求める理想の妻の条件をすべて兼ね備えている。つややかな金髪、大きな青い瞳、繊細な顔立ち——彼女の容姿は美しい。家柄も申し分なく、長い歴史を持つ名高い貴族の家系出身だ。ヘイドリアンは二九歳でレディ・エレンが一八歳と、年齢差も理想的。彼のほうには身を固める心づもりがあるし、彼女のほうは健康な息子を産み、五つある地所に住んでいる大所帯を統括する方法をこれから学んでいけるだけの若さがある。

　ヘイドリアンはそれから数分ほどレディ・エレンと談笑してから、昼食に向けて着替えるために席を立った。客間を出て階段を駆けあがっている途中、いやなことから一時的に逃げているような罪悪感でいっぱいになった。まるで、やたらと煩わしいギリシア語の授業を抜けだした少年のようだ。

　あの娘との会話は、ちょっとした試練のようなものだった。彼女は頬を赤らめたり口ごもったりするばかりで、興味のある話題を探すのもひと苦労だ。母親に促されるものの、乗馬や趣味の話も、今度の社交シーズンの話すらも気乗りしない様子だった。レディ・エレンはあたかも、見て愛でる以外に用途のない棚の上の陶器人形みたいだ。

だが、ヘイドリアンとの交際にもっと慣れてくれば、そんな印象もなくなるだろう。お互いをよく知る時間が必要なだけだ。若く世慣れしていない少女に、勇敢なミス・ファンショーほどの快活さや魅力を期待してはいけない。

6

「ああ、お嬢さま、そのようなことをなさってはだめです！」

狼狽した声を耳にして、ナタリーは後ろを振り返った。椅子の上に立ち、子ども部屋の隅にできた蜘蛛の巣をほうきで払おうとしているところだった。レオはナタリーとここで昼食をすませ、いまは窓際のテーブルについて、戸棚から引っ張りだしてきたブリキの兵隊一式で夢中になって遊んでいる。

モブキャップにエプロン姿のメイドが、あわてて子ども部屋に駆け込んできた。一六歳にもならないであろうその少女は、本気で取り乱しているようだった。そばかすの散る顔の中で、茶色の目が大きく見開かれる。メイドはくすんだ赤茶色の眉をひそめながら、掃除用具入れを床に置いた。

ナタリーはべたべたする蜘蛛の糸をきれいに払い終えて床におりた。「ごめんなさい。椅子にあがっていたせいで、びっくりさせてしまったかしら？　ご覧のとおり、まったく問題はないわ。それで、あなたは？」

「スーザンです。でも、お嬢さま、自ら掃除なんていけません。これはわ、わ、わたしの務めですから」

「この部屋は埃まみれよ。人が住めるようにするには、どこもかしこも拭き掃除をしなきゃだめね。わたしたちふたりで作業すれば、半分の時間で終わるわ」

「ですが、お客さまはレディでいらっしゃいます！」

「くだらない」ナタリーはきびきびと言った。「わたしはアメリカ出身よ。あの国では、人々が階級によって区別されることなんてないの。自由の身である女性として、あなたが働いている横でぼうっと突っ立っていられないわ。だから、力を合わせて進めましょう」

ナタリーはぼろ雑巾を握りしめ、飾り棚や本棚を拭き清め始めた。スーザンが相変わらず怪訝そうにしているのを見て、ナタリーは言った。「あなたは寝室から始めてくれるとすごく助かるわ。そうすれば、レオとわたしは今晩きれいなところで眠れるもの」

「かしこまりました、お嬢さま」スーザンはお辞儀をすると、モップとほうきを持って廊下をちょこちょこと走っていった。

ナタリーはお辞儀が好きになれない。とはいえ、きっとクレイトンの言うとおり、現地の習わしを受け入れるべきなのだろう。自分だって、メイドの少女に居心地の悪い思いをさせたいわけではもちろんない。スーザンは自分より身分が上だと思う相手に敬意を示すよう教育されてきたのだ。イングランドの使用人は全員そうだ。

それでも、平等主義のナタリーにとって、お辞儀をするのは抵抗を覚える。

雑巾はすぐに真っ黒になった。この子ども部屋は何年もほったらかしにされていたらしい。

ナタリーは窓のほうへ行き、その両開きの扉を開いた。窓枠から身をのりだし、雑巾から大量の埃を振り払う。

午後半ばの空気は、朝の肌寒さに比べてあたたかくなっていた。気温はさわやかと言っていいほどで、いまでは昨日の暴風雨が悪い夢だったように思える。おだやかなそよ風が土の香りや新しい息吹、それから春の兆しを運んでくる。子ども部屋は最上階にあるため、遠くのゆるやかな丘陵や、植えつけに向けて耕された畑の広がる農地全体を見渡せた。

アメリカの開拓前線と比べ、何もかもがはるかに整い洗練されている。ナタリーだって、イングランドのすべてが気に入らないわけではない。この整然とした風景には、たしかな安らぎを感じる。一年以上も荒野で暮らしたあとゆえに、この心が落ち着くのどかさがうれしい。きっと、国や地方ごとにそれぞれのよさがあるということだ。

かび臭い部屋を外気にさらそうと窓を開けっぱなしにしたまま、ナタリーはレオに近づいて髪をくしゃくしゃっとかきまわした。「ずいぶんと静かね」

「戦いが始まるところなんだ、バン、バン！」レオは手に持ったおもちゃの騎兵を敵の軍隊めがけて振りまわし、それからナタリーを見あげた。少年の目が輝いている。「ミスター・コウシャクはここに来る？　戦いを見せたいんだ」

レオはその名前でクレイトン公爵を呼ぶようになっていたが、ナタリーはもうやめさせるのをあきらめていた。レオの青い瞳に浮かぶ無垢な期待に、彼女の心は揺さぶられた。この子の人生には、父親のように尊敬できる男性が必要だ。けれど、たしかにレオがここで暮らす権利についてクレイトンは支持してくれたものの、彼のような地位にある貴族がこれ以上子どものことに手を煩わせるとはとうてい思えない。たとえその子と血がつながっていたとしても。

「きっとまた別の日にね、ダーリン。今日はご親戚と会っているでしょうから。さあ、寒くなってきたら教えてね。そうしたら窓を閉めるわ」

レオがふたたび軍隊ごっこを始めると、ナタリーは壁にかかった絵の埃を払うことに集中した。そのうちの二六枚はアルファベットの絵で、それぞれの文字がうまい具合に動物として描かれている。彼女は手を動かしながら、少年のクレイトンがこの部屋で腰をおろし、まさにこの同じ絵をじっと眺めてアルファベットの勉強をしているところを空想した。いまの偉大なる権力者の姿から、父の死を嘆き悲しむか弱い少年の姿を想像するのは難しい。

ここまでの道中で、クレイトンは五歳という若さで公爵位についたと言っていた。父親のいとこであるゴドウィン伯爵が選定後見人となったために、オークノールで暮らすようになったと。クレイトンの母親はどこにいたのだろう？　息子と一緒にここへ移ってきた？　それとも母親も他界してしまった？

意味のない推測だ。それより、レオの運命について考えたほうがいい。

レオの親類と対面してみて、厳しい現実を突きつけられた。ゴドウィン伯爵はよそよそしかったし、レディ・ゴドウィンは自分に酔いしれていたし、ワイマーク子爵は無神経だった。誰ひとりとして、長らく存在を知らなかった孫が自分たちの輪に入ってくるのを喜んでいないようだった。クレイトンだけがレオの味方をしてくれたが、公爵は単なる客人にすぎない。すぐにここを去っていくから、レオには目を配ってくれる人が誰もいなくなってしまう。

その考えが、ナタリーを体の芯まで震えあがらせた。

レオをイングランドに連れてくるために海を渡ったりしなければよかった。そんな激しい後悔が胸に込みあげる。たしかにあの貴族たちはレオの血縁者かもしれないが、どう見てもあの子に関心なんてほとんどない。愛してもらえない人々のもとにレオを置き去りにするのかと思うと、ナタリーはためらいを覚えた。あの子を奪い去って、アメリカに連れて帰りたい。フィラデルフィアに戻れば、自分の手でレオを育てながら、そこに学校を開くという夢をかなえることもできる。

けれど、オードリーと約束したのだ。それを必ず守ると誓ったのだ。それに、もしオードリーが自分の父親を血も涙もない暴君だと思っていたなら、こんな頼みごとはしなかったはずだ。そうはいっても、見捨てられるという仕打ちを受けたにもかかわらず、オードリーはなぜそれでもなおゴドウィン伯爵を信じたのだろう？　平民と結婚した罪で勘当されたというのに。

〝S〟の文字を白鳥(SWAN)として描いた額装の絵の埃を払いながら、ナタリーは眉をひそめた。排他的な英国の上流階級については、幼い頃に父親から教わったことがある。イングランドで育った父親は、自分たちの閉ざされた社会に属する貴族としか結婚しない習慣を軽蔑していた。恐れ多くもそのルールを破ったという理由で、ゴドウィン伯爵は娘を捨てた。そのうえ、レオを受け入れるかどうかさえ、わからないのだ。

扉を静かにノックする音が、ナタリーの鬱々とした思考に割って入った。

若い女性が子ども部屋をのぞき込んでいる。淡黄色のドレスを身にまとい、胴着(ボディス)の下に黒のリボンを結んでいる。金色の巻き髪に、瞳は青磁のような青色だ。彼女の視線はナタリーからレオへきょろきょろと移動した。

「こんにちは」女性が溌剌(はつらつ)とした口調で言った。「お邪魔じゃないかしら。アメリカからはるばるやってきた甥(おい)がいると聞いて」

甥？　この女性が以前オードリーが言っていた異母妹に違いない。

ナタリーは埃まみれの雑巾を置いて、エプロンで手のひらをぬぐった。「どうぞ入ってください。ちっとも邪魔じゃありません。ちょうど部屋を掃除していたところなんです」

前に進みでた女性は小さくかわいらしい鼻にしわを寄せながら、あたりを見まわした。

「長いあいだ誰も子ども部屋を使っていなかったものね。わたしはレディ・エレンよ。あなたは……？」

「ミス・ファンショーです」ナタリーは片手を差しだそうと思ったものの、これほど無垢な美しさを埃だらけの指で汚すのはためらわれた。かといって、一〇歳近くも若そうな女性にお辞儀をするつもりも、むろんなかった。「あそこの、窓際にいるのがレオです」

ナタリーの不作法を気に留める様子もなく、レディ・エレンは颯爽(さっそう)と通り過ぎてレオのほうへ歩いていった。少年の周りをうろちょろし、胸のあたりでほっそりとした両手をぎゅっと組み合わせる。「まあ、なんてかわいい坊やなの！　すっごくハンサムだし！」

レオが振り向いてレディ・エレンを見た。「あなたはだあれ？」

「あなたのおばのエレンよ。あなたのママの妹なの。わたしがおばだなんて、しかもそのことを今日の今日まで知らなかったなんて、驚きだわ！」

「ママはもうここにはいないよ。いまは天国で天使になってる」

「そうなんですってね。ほんの少し前に聞いたわ」レディ・エレンの顔がくしゃっとゆがんだ。下唇が震えている。「かわいそうな子だこと。本当にひどく悲し――」

「何カ月も前のことですから」ナタリーはさえぎった。レオにあの恐怖を思いださせたくなかったのだ。何しろ、少年はようやく悪夢を見なくなったところだったから。「ほら、レオは戦場を見せたいんじゃないかしら」

「まあ、すごい！　兄のリチャードがまさにその兵隊さんで遊んでいたのを思いだすわ。でも来て、レオ。ほかのおもちゃも全部見たいでしょう」

ナタリーはその場を離れ、たらいの水で手を洗った。肩越しに見ていると、レディ・エレンがずらりと並ぶ戸棚のほうへ来るようレオを手招きしている。そこには、子どもを夢中にさせるものがなんでもそろっていた。レディ・エレンは縄跳び、積木、木製パズルなどを引っ張りだし、乱雑に積みあげて散らかした。レオは板張りの床に座り、駒をまわして遊んでいる。

ナタリーがリネンのタオルで手を拭いていると、レディ・エレンが小走りで近寄ってきて、ばつが悪そうに小声で言った。「レオにオードリーのことを話すべきじゃなかったわね。わたしったら、なんて軽率なのかしら！　父は、わたしがあまりに衝動的すぎると思ってるの」

ナタリーも声をひそめた。「レオは両親が亡くなったあと、しばらく悲しみが癒えなかったものですから。また満ち足りたような顔が見られてよかったわ」

レディ・エレンの大きな青い目に涙があふれそうになった。「そうね。あと、このドレスのせいでわたしを悪く思ったりしないでね」

「ドレス？」

「もちろん喪服を着るべきだったでしょ。でも、母がその必要はないって言うの。オードリーが亡くなってもうずいぶん経ってしまっているし、どっちにしても疎遠だったのだからって。わたしは姉のことをほとんど覚えていないわ。だけど、なんらかの形で彼女を偲びたいなと思ったの。それで、これを足してみたのよ」レディ・エレンが胸の下で蝶結びにした細長い黒のリボンを指さした。

その様子に、ナタリーは胸を打たれた。少なくとも、この若い女性はほかの家族よりも友好的だし、レオに対して心からの気遣いを示してくれる。「そこまで考えてくれるなんて。オードリーの大親友だったわたしが保証します。彼女はとても幸せに暮らしていましたし、自分を悼んで喪服を着てほしいなんて誰に対しても望まないはずです」

「それなら、このことで心苦しく思わなくていいのね」レディ・エレンは薔薇色の唇をすぼめた。「かわいそうなレオのために、何かできることがあればいいのだけれど」

「あなたがときどき遊びに来てくれれば、レオもうれしいに違いありません」

その言葉を聞いて少女の顔がぱっと明るくなったが、ほぼ同時にうつむいてしまった。

「ああ、でも、わたしたち家族はシーズンのために来週ロンドンへ発ってしまうわ。だけど父の方針で、子どもはオークノールに残らなきゃいけないの」

ナタリーは愕然とした。予期していなかった展開だ。使用人しかいないこの屋敷に、レオが置き去りにされるなんてとんでもない。「シーズンってどういう意味です？　春だからということ？」

「いやだわ。復活節から六月まで、ロンドンに社交界の人が一同に集まる時期のことよ。アメリカにはそういう社交シーズンはないの？　なんてかわいそうなのかしら。だって、一年でいちばん輝かしい時期じゃない。みんなそう言ってるわ」

「あなたはこれまで行かれたことはないのですか？」

「ええ。今期がまさにわたしのデビューシーズンなの」レディ・エレンは両手を組み合わせ、くるくるとまわった。スカートがふわりと広がる。「わたしがどれだけ興奮しているか、想像できるかしら！　舞踏会に夜会にパーティでしょ、あとお買いもの……」彼女はそこで動きを止めた。警戒心がかわいらしい顔から快活さを一掃する。扉に向けられた視線が凍りついていた。レディ・エレンが小声でうめく。「そんな。彼だわ」

ナタリーは不思議に思い、レディ・エレンが見つめる方向に目を向けると、心臓があばら骨に当たるほど跳ねあがった。広い肩幅に沿う仕立てのいい青の上着に身を包んだ、うっとりするほどハンサムなクレイトン公爵が、子ども部屋に入ってきた。そびえ立つような長身のせいで、広々とした部屋が狭くなったように感じる。ナタリーは自分のみっともない身なりがひどく気になってしまい、掃除中にほつれた髪を整えたい衝動を必死で抑え込まなければならなかった。

クレイトンの視線がナタリーと、隅に立っているレディ・エレンをかすめた。ふたりが一緒にいることに、彼は少し驚いているようだ。

レオが顔を輝かせ、おもちゃとテーブルでできた迷路の中を大急ぎで駆けてきた。「ミスター・コウシャク！ ミスター・コウシャク！ あなたは来てくれないってミス・ファンショーは言ってたけど、そんなわけないってぼくにはわかってたよ！」

クレイトンが唇の端を片側だけ持ちあげて笑みを浮かべた。「賢いじゃないか、坊や。わたしが家を案内してやると約束したのも覚えているな」

「先にぼくの戦いを見てよ」レオがクレイトンの大きな手を握りしめて窓のほうへ引っ張っていった。「何時間もずーっと、これをやってたんだ」

クレイトンは少年に引っ張られるがままにされていたが、途中で立ち止まり、ナタリーたちに優雅に会釈をした。「どうも、お嬢さま方」

レディ・エレンが深々とお辞儀をした。一方のナタリーは胸を高鳴らせているのとは裏腹に、冷淡にうなずき返した。クレイトンのまなざしが一瞬ナタリーにとどまる。すると彼女の肌はぞくりとし、全身が一気に目覚めた。彼には毎回こんなふうに、うぶな少女のようにどぎまぎさせられる気がする。

ナタリーはもう若くないのだから、そんな夢見がちな妄想にとらわれるなんてどうかしている。しかも、相手は彼女と同じくらい若くないイングランド人貴族なのに。彼女が感じたのは、魅力的な男性に対する女性としての本能的な反応にすぎない。

クレイトンはテーブルのほうへ進み、かがみ込んでそこに配置された戦闘場面を見渡した。「なるほど。ふたつの大きな軍隊をつくったんだな。強大な英国軍歩兵隊と、対するはフランス軍だ」

「違うよ、ミスター・コウシャク！　これは強くて大きなアメリカ軍対英国軍だい。赤い服の英国兵を倒して、海に突き落としてやるんだ。バン！　バン！　バン！」レオは兵隊のうちの一体を使い、ほかの何体かをテーブルから叩き落とした。

クレイトンは少年の髪をかきまわした。「それなら、全滅させられる前にわたしは英国軍役をやらないとな」

「〝ぜんめつ〟？」

「やっつけられる。懲らしめられる。負かされる、ということだ」

「へえ！　こいつらは〝ぜんめつ〟するんだ。だって、アメリカ軍がいちばん勇敢だからね！　ボカーン！」レオは別の兵隊を放り投げた。

ナタリーは口を開き、礼儀正しくなさいと注意しようとしたが、驚いてやめた。クレイトンがテーブルの英国軍側に行き、兵隊の一行を戦場へと行進させてアメリカ軍への攻撃を始めたのだ。両軍は本気で戦った。大人と少年が一緒になって生き生きとした効果音を発しながら。

貴族らしい態度を忘れ去っているクレイトン公爵を見ていると、ナタリーの唇に不覚にも笑みが浮かび、心の氷がぐらぐらと溶けかかった。あれほど高貴な紳士が子どもと遊ぶとは思ってもみなかった。おそらく、彼が高慢で横柄だという最初の印象をあらためるべきなのかもしれない。

いや、やっぱり横柄だ、とナタリーは思い直した。クレイトンは偶然の出自によって現在の富と地位を受け継いでいる。いま謳歌(おうか)している多くのぜいたくを手に入れるために、一日だって働く必要はないのだろう。彼の生活を楽にするために明け方から日暮れまで働く下々の者について、考えたことすらないかもしれない。

ふと気づくと、レディ・エレンがこっそりと扉へ向かっていた。ほんの数分前の明るい女性とは打って変わって、顎を引いた姿は内気で控えめに見える。

ナタリーはすっと彼女のそばに移動した。「何か不都合でも?」

「いえ……ええ」レディ・エレンはささやいた。「もう、子ども部屋なら安全だと思ったのに。わたし、あの方から逃げるためにここへ来たの」

ナタリーも声をひそめた。とはいっても、部屋じゅうに響く騒々しい遊び声で、クレイトンに盗み聞きされることはまずなさそうだ。「公爵から逃げるため? でもなぜです?」

「両親がわたしをあの方と結婚させたがっているの。だからよ。公爵はわたしに求婚するつもりなんだって、母が言ってたわ」

その事実に、ナタリーは衝撃を受けた。なるほど、だからクレイトンはオークノールまで旅してきたわけだ。公爵は花嫁を探していたのだ。だけど、その相手がはとこ？　たとえ貴族でも、そのような婚姻はよろしくないのでは？　「クレイトン公爵はあなたよりずいぶん年上のようだけれど」

「一〇歳以上もね」レディ・エレンはほとんど聞こえないくらいの小声で不満をこぼした。「あの方って、とーっても退屈でつまらないの」

退屈？　つまらない？　レディ・エレンは、まったく別人の話をしているのかもしれない。レオを探しまわってくれて、郵便馬車に乗りそびれたふたりに自分の馬車に乗らないかと申しでてくれて、そしていまこの瞬間に少年と戦闘ごっこに夢中になっているあの人とは。

「彼ともっと親しくなるのに時間が必要なだけじゃないかしら」

「ふん」レディ・エレンはその意見を鼻で笑って却下した。「公爵はたしかにすごくハンサムかもしれないわ。でも、あの方のせいで何もかもめちゃくちゃになっちゃう。わたしは初めての社交シーズンを楽しみたいの。婚約者なんかに縛られずにね。それに、結婚の約束なんて、父が公爵のお父さまと結んだ、古いばかげた取り決めにすぎないのよ。どうしてわたしがそれを守らなきゃならないのかわからないわ。つまりね、父たちが公爵と結婚させようとしてたのは、わたしじゃないの。それは——ああ！　あの方が来るわ！」

レディ・エレンはふたたびうつむき、あたかもクレイトンに気づかれませんようにと願っているかのように、小さなカニ歩きで扉へとじりじり進んだ。

「ミス・ファンショー」公爵はナタリーをじっと見つめながら言った。「レオに家の中を案内してもかまわないか？　もちろんきみも一緒に」

ナタリーは同意すべきではなかった。レオが子ども部屋を使えるようにやっておくべきことはまだたくさんあるし、あの子に最後のつらいお別れを言うまでには、すべてを完璧に整えておきたい。けれど、午後はずっと閉じこもりきりだったので、部屋の外に出られるかもしれないという期待は、埃と戦うよりはるかに魅力的に感じられた。「ええ、ありがとうございます。屋敷のほかの場所もぜひ見ておきたいです。その、迷ったりしたくないというだけの理由ですけど」

「よし」クレイトンははとこに視線を移し、愛想よく声をかけた。「きみも一緒にどうだい、レディ・エレン？　きみのこともエスコートさせてもらえれば大変ありがたい。この古い巨大建築のことなら、きみはわたしと同じくらいか、もっと詳しく知っているだろう」

レディ・エレンはその場で立ち止まった。伏し目がちになり、内気な態度で言う。「申し訳ございませんが、わ……わたしは晩餐に向けて着替えなければなりませんので」

「晩餐は七時からだろう。まだ四時半にもなっていないじゃないか」

「ええ……あの……手紙も書かなければなりませんの。失礼させていただきますわ、閣下」

そう言って、レディ・エレンはお辞儀をして廊下へ飛びだし、視界からいなくなった。

レディ・エレンの去ったあと、公爵は顔をしかめて立ちつくしていた。眉間のしわを見るかぎり、彼女のよそよそしい態度に戸惑っているようだ。年若く快活なレディ・エレンの好みからすると、彼は年上すぎて退屈だと思われていることにまるで気づいていないのだ。

けれど、ナタリーにはその事実をクレイトンに教えてあげる義務はない。レディ・エレンに敬遠されていることに、そのうち自分でも気づくだろう。たとえ伯爵令嬢に拒絶されて自尊心の痛みを覚えるとしても、そう長いあいだではないはずだ。裕福で美男の公爵なら、結婚相手にふさわしい若い女性をいくらでも魅了できるだろう。クレイトンが選択肢に困るなんてことはありえない。

もちろん、彼がレディ・エレンを口説き落とすと決めているなら話は別だが。

レディ・エレンは美しい女性だ。そしておそらくクレイトンは、長年の取り決めに従ってそんな彼女に求婚できる瞬間を心待ちにしていたのだろう。でも、レディ・エレンはなんて言っていた？〝結婚の約束なんて、父が公爵のお父さまと結んだ、古いばかげた取り決めにすぎないのよ。つまりね、父たちが公爵と結婚させようとしてたのは、わたしじゃないの。それは――〟

レディ・エレンは結論を言わずじまいだった。もしこの取り決めにおいて、もともと花嫁として名前が挙がっていたのがレディ・エレンではないなら、いったい誰だったのだろう？

レオとクレイトンと一緒に子ども部屋から出ようとしたとき、ナタリーの心にかすかな記憶がよみがえった。何年も前、フィラデルフィアでオードリーと親しくなったばかりの頃のことだ。ある日の午後、ふたりはずっと座りっぱなしで、地元の病院で使う包帯を巻いていた。お互いの人生についておしゃべりをしていると、オードリーが打ち明けてくれた。彼女が愛するジェレミーと駆け落ちをしたのは、父親に結婚を反対されただけではなく、貴族との婚約を強制されそうになったせいだったと。オードリーは皮肉っぽく言っていた。〝考えられる？　わたしが公爵夫人だなんて〟

公爵夫人。

ナタリーの胸に真実の炎が燃えさかった。その貴族とは、クレイトン公爵だったに違いない。

7

「この周りの土地は全部きみのお祖父さんのものだ」クレイトン公爵は言った。「彼の地所は、きみの目で見渡せるかぎりどこまでも広がっているんだ」

レオは塔にある石づくりの幅広い窓枠に膝をつき、波打つガラスから外をのぞいた。沈みかけの太陽で水がきらきら輝いている場所を指さす。「見て！ 川がある！」

「毎年夏には、あの小川で釣りをしたな。あたたかくなったら、いちばんの釣り場所を教えてやろう。流れが曲がるところでね、マスがそこの岩のあいだに隠れたがるんだ」

「いますぐ行って見れないの？」

「今日はもう遅すぎるよ、坊や。それと、ひとりではあそこに行かないように。わたしがきみと同じくらいの年の頃、一匹のマスを釣ったんだが、それがあまりにも大きくて、川に引きずりおろされてしまった。竿に必死でしがみついているわたしを連れたまま、マスは泳いでいった。川をどこまでも引っ張られて、海に出るはめにならなくてよかったよ」

レオは口をぽかんと開けてクレイトンを見た。公爵の目がいたずらっぽくきらめいているのに気づいて、くすくすと笑う。「そんなの、魚には無理だよ。海にいるクジラならできるかもしれないけど」

「そうか？　乳母も信じてくれなかったな。服をずぶ濡れにして帰ったというのに」

ふたりのそばに立っていたナタリーは、微笑まずにはいられなかった。格調高い客間、朝食室、音楽室、晩餐室、図書室、保護用の布がかかった大きな三点のシャンデリアのある巨大な舞踏室を三人で歩いてまわっているあいだ、クレイトンは愉快な小話でナタリーとレオの両方を楽しませ続けるという才覚を披露した。そしてほんの数分前に、三人は狭い石の螺旋階段で塔のひとつにのぼってきたのだ。

中世に、この大きな円形の部屋が防衛のために使われていたのだとしたら、明らかにその目的はもう失われてしまっている。いまは不用品の山を保管しておく物置と化していた。椅子、飾り棚、暖炉用の衝立、壊れた蠟燭ランプ、埃よけの布がかけられた大量の絵画、いくつかの古い革製のトランクなど。

レオはもぞもぞと動いて窓枠から離れ、床に飛びおりた。部屋の反対側にあるトランクのひとつを指さす。「あそこの宝箱の中を見ていい、ミス・ファンショー？」

「見てもいいですか、でしょ」ナタリーは言い直した。「どれをさわるにしても、その前にお祖父さまに訊いてみなきゃだめよ。ここにあるのは、わたしたちのものではないのだから」

「それって、今日ぼくにしかめっ面をしてきた人？」レオは靴の爪先で床を蹴った。「あの人、ぼくのことをあんまり好きじゃない気がするな」

レオがゴドウィン伯爵にそんな印象を抱いているのかと思うと、ナタリーの胸は張り裂けそうになった。先ほど伯爵に孫と会う時間をつくらせるつもりで、彼の書斎にレオの身元を証明する書類を持っていった。何がなんでも、あの男に恥をかかせてでも、レオを認めてもらわなければならないと思って。しかし、伯爵は秘書と密談中で、彼女の願いを払いのけた。娘が命令どおりに結婚しなかったというだけで、自分の孫を拒絶するなんて信じられない。まさにその思いが、彼女の怒りと防衛本能をかき立てた。

ナタリーはレオの乱れた髪を整えた。「どうかしら。たぶん、お祖父さまにいくらか時間をあげないとね。彼はまだあなたのことを知らないけれど、素晴らしい子だってすぐにわかるはずだわ」ナタリーはそう願った。そうでなければならない。

この返答にレオは満足したようだった。首を伸ばし、クレイトンを見あげる。「あ、な、た、は、宝箱をのぞかせてくれる、ミスター・コウシャク？」

クレイトンは手をひらひらさせた。「どうぞ、心ゆくまで調べてかまわないよ」

レオは顔を輝かせ、大きなトランクのほうへ飛んでいって留め金をぐいと引っ張った。蓋を持ちあげると、蝶番（ちょうつがい）がきーっと音を立てた。「なんだ、ただの古い服か。女の人の」

不快そうに鼻にしわを寄せながら、別のトランクに移動してそれも開いた。今度は不用になったらしいがらくたがいろいろと入っている。レオは大興奮で中のものを掘りだし始めた。

「あ、見て、袋にビー玉が入ってる！　あと壊れた時計も！」

「中にとがったものがあるかもしれないわ」ナタリーは忠告した。「何かが突き刺さったりしないように注意するのよ」

「気をつけるよ」レオが返事をした。トランクに頭を突っ込んで宝物をかきまわし続けているせいで、声がくぐもっている。

「そんなにいらいらしなくても」公爵が小声で言いつつ、ナタリーのそばに歩み寄ってきた。「少年なら誰しもやることをやっているだけだ。もしレオが服を汚したら、家の見学は終わりにしよう」

ナタリーは自分がそんなに怖い顔をしていたという自覚はなかった。実のところ、動揺していたのだ。トランクの中を見てはいけないという彼女の指示を無視して、レオが公爵に許可を求めたからだ。わずか一日にも満たないあいだに、レオをほとんど知りもしない男に彼女の権威を奪われてしまった。

イングランドの公爵なんかに。

ところが、クレイトンに目をやり、唇の端を持ちあげてかすかな笑みを浮かべているのを見て取ると、ナタリーの刺々（とげとげ）しかった気分が消えて冷静になるどころか、はるかに危険な感情が芽生えた。あの唇が自分の唇をかすめる感覚を味わいたいなどという、とんでもない欲望に駆られたのだ。あの両腕につかまれ、かたく男らしい体に引き寄せられたいと。その渇望があまりに強烈で、ほてりが体じゅうに一気に広がり、膝に力が入らなくなった。

ナタリーは当惑し、クレイトンと距離を保たなければと自分に言い聞かせた。彼が古臭い特権階級を象徴する存在であるのはもとより、つい数カ月前までふたりの祖国は戦争で敵同士だったのだから。「案内してくれて感謝します」彼女は言った。「伯爵のお屋敷の広大さには本当に感動しました。ワシントンの大統領官邸よりずっと大きいわ。英国軍が焼き討ちする前の、という意味ですけど」

「それは去年の夏に起こったことだったな？　報告書で読んだよ」クレイトンはナタリーに謎めいた視線を送った。「アメリカ人がカナダのポート・ドーヴァーにあった製粉工場を破壊して、英国軍へのパンの供給を断ち切ったことに対する報復だった」

ナタリーはむっとした。「報復ですって？　それなら、神はこちらの味方をしてくださったに違いないわね。とんでもなく激しい雷雨で、敵が首都に放った火を消してくださったもの。それで英国軍はみな船に引き返したのよ」

ナタリーはクレイトンに屈辱を味わわせるつもりだったのに、彼のにこやかな笑みを見て拍子抜けしてしまった。「われわれの国は和平を結んだんだ、ミス・ファンショー。だから、きみとわたしも停戦すべきじゃないかな」

その笑顔のおかげでクレイトンはふだんより若く親しみやすく見え、傲慢な貴族らしさが薄まっているように感じられた。ナタリーは意に反して口元にぎこちない笑みを浮かべてしまった。昔の恨みに固執するのも野暮だろう。まして、公爵はこの敵意あふれる一家の中で、強力な味方となってレオを守ろうとしてくれたのだから。この理由ひとつだけでも、クレイトンの善意を失ってはならない。

「あなたの言うとおりね」ナタリーは認めた。「どうかお許しください」

クレイトンの濃い茶色の眉が片方だけ吊りあがった。「あの怒りっぽいミス・ファンショーが、こんなしおらしい態度を取ったりするかな？　頼むから、このうえお辞儀などしないでくれよ。きみが心をすっかり失ったかと思ってしまう」

「いやだ、お辞儀は絶対にしないわ！」ナタリーは向きを変えると、衣服の入ったトランクのほうへ歩き、金の羽根が飾られた長い棒つきの半仮面を手に取った。それを顔に持っていき、目の部分に開いた穴からいたずらっぽく公爵をのぞき見る。「昔ここで仮面舞踏会が行われたみたいね。主催したのは、たぶん先代伯爵でしょう。当代のおかたすぎるゴドウィン卿が、こんな軽薄な仮装をするなんて想像できないもの」

「意外や意外、仮面舞踏会を催したのは彼だ」クレイトンは物思いにふけった。「なぜだろう。そのことをいままで忘れていたよ。わたしがここで暮らすようになってすぐのことだったな」

クレイトンが近づいてくると、ナタリーは仮面をおろし、彼をじっくり観察した。公爵のグレーの虹彩を囲む独特の黒っぽい縁に目を留めないわけにはいかない。あの花崗岩色の冷徹さの奥を見通すことができたときに初めて、彼の瞳が誰よりも魅惑的なことに気づく。豊かなまつげと鋭いまなざしも相まって、彫りの深い顔立ちには罪と誘惑をにおわせる魅力が宿っている。

クレイトンが手を伸ばして仮面を取った。彼の指がナタリーの指をさっとかすめる。そのわずかな接触が、にわかに彼女に震えを起こさせた。ナタリーは腕をこすって暖を取るふりをした。「ここは冷えるわ。石壁のせいね」

クレイトンが眉をあげた様子は、ナタリーのごまかしを見透かして面白がっていることを物語っていた。公爵は仮面を脇に投げ、トランクから金のケープを引っ張りだして彼女の肩にかけた。におい袋のラベンダーの香りが彼女の鼻先に漂う。彼のコロンの陶酔的な香りも。

「窓のほうへおいで」クレイトンは言った。「日の光があたためてくれる」

公爵は片手をナタリーの背骨の付け根あたりに添え、窓へと導いた。その手のひらの熱はどんな陽光よりも彼女に深く染み入り、クレイトンに素肌を愛撫(あいぶ)されたいという驚くべき欲望をかき立てた。なんとか気をそらすべく、公爵と身を離して向き合った。ケープがひらりと回転する。「その仮装舞踏会について教えてください。どんなことを覚えています?」

まるで過去をのぞき込んでいるかのように、公爵の目がぼんやりした。「派手な服装をした人たちを、手すりから見おろしていたのを覚えているよ。サラおばさま――最初のレディ・ゴドウィンのことをそう呼んでいた――が二階にあがってきて、オードリーとわたしにおやすみのキスをしてくれた。おばさまは金で縁取りされた白いロングドレスを身にまとい、ケープを羽織っていた。まるで天使のようだったよ」

ナタリーは首をかしげた。「その人が……オードリーのお母さま?」

「そうだ。サラおばさまは、それからしばらくして出産中に亡くなった。赤ん坊も一緒に。わたしはレオと大して変わらない年齢だったはずだ。たしか七歳かそこらだったかな。オードリーが泣いていて、家じゅうが悲しみに暮れていたのを覚えている」

つまり、クレイトンは父親だけではなく、母親代わりの女性までも失ったのだ。彼の本当の母親はどこにいたのだろう？　ナタリーはものすごく知りたかったけれど、いまの一家について知るほうが先だと自分に言い聞かせた。「伯爵はそれからすぐに、いまのレディ・ゴドウィンと結婚したのね」

公爵がうなずいた。「当時わたしはイートン校に通っていた。一学期目を終えて家へ戻ると、あの人がいたんだ」

「イートン校。全寮制の男子校ね？」

「そうだ。へえ、イートンの評判ははるばる大西洋を越えて届いているんだな」

ナタリーは、ずいぶん昔に自分の父親もイートン校に通っていたことは言わないでおいた。波乱に富んだこちらの家族の歴史について、公爵に知らせる必要はない。「オードリーが言っていたのかも」ナタリーはぞんざいに答えた。「オードリーの話で思いだしたけれど、ずっとお礼が言いたかったんです。今日レオを守ってくれてありがとうございました。息子を気にかけてくれたあなたに、オードリーもとても感謝したと思います」

部屋の反対側に座り込んで小さな木箱の中身を調べている少年を、クレイトンは見やった。「オードリーとわたしは一緒に育ったんだ」小声で言った。「だからもちろん、彼女の息子を助けたい。それにオードリーがイングランドを去ったのには、自分にも責任があると思っている」

「なぜ？」

「ゴドウィン卿が娘と取り返しのつかない喧嘩をしたとき、わたしはオックスフォード大学に通っていた。ここオークノールにいれば、オードリーの結婚を祝福してやれたんだが」

「あなたの祝福が伯爵にとって重要だったと？」

「ああ。ゴドウィン卿は前から、オードリーとわたしを結婚させるつもりだった。とはいえ、彼女は地元の副牧師と恋に落ちた。ジェレミー・ベリンハムは敬虔すぎるきらいがあったものの、まずまずのしっかりした男だったと思う。わたしが賛成の声をあげる機会があれば、幸せな夫婦としてイングランドに残れたかもしれない」クレイトンは耳ざわりな低いつぶやきを漏らした。「そうしたら、オードリーはまだ生きていたかもしれないのに」

クレイトンの後悔は心からのものだと、ナタリーには感じられた。彼の父親とゴドウィン伯爵のあいだの取り決めがどうであれ、クレイトンはオードリーを将来の花嫁としてではなく、きょうだいとして見ていた。だったらなぜ、レディ・エレンには求婚するつもりでいるのだろう？

はるかに若い女性には、きょうだいの絆をそこまで感じていないのかもしれない。オードリーとは違い、レディ・エレンとは子ども部屋で一緒に過ごしたりもしなかったのだろう。だからレディ・エレンを、クレイトンのような高位の者の花嫁にふさわしい貴族の血を引く令嬢として見ることができるのだ。

「人生は〝もしこうしていれば〟ということばかりです」ナタリーは慎重に言った。「何が起こるかなんて、誰にもわかりません。オードリーとジェレミーは自由意志でアメリカへ移住する選択をし、ふたりで幸せな一〇年を送ったのです。イングランドを離れたことを決して後悔してはいませんでした」

にわかには信じられないというように、クレイトンが口元をゆがめた。少しのあいだ窓の外を眺める。日の光が髪のいくつかの房をキャラメル色に際立たせた。公爵が向き直ると、ナタリーは彼の熱い視線を感じた。「ベリンハムという男の生い立ちをよく知っているとは言えなくてね。イングランドに家族はいたのか？　ゴドウィン卿と折り合いがつかなかった場合、レオをあちらの家族のもとへ連れていくことはできるのか？」

「ジェレミーは孤児でした」レオの耳に届かないようにとひそめたクレイトンの声に合わせ、ナタリーも小声になった。「救貧院で暮らしていたときに、ある教区の牧師さまがジェレミーの聖書を記憶する速さに目を留められ、彼にちゃんとした教育を授けたそうです。親類はひとりもいなかったと思います」そこで公爵が何を言いたいのかに気づき、ナタリーは彼に近づいて辛辣にささやいた。「ゴドウィン伯爵が実の孫を拒むと、本気で思っているの？　そこまで彼は無情な人なの？」

「ゴドウィン卿は礼節に対して厳しい考えを持った誇り高い男だ。オードリーが父親に逆らって自分より身分の低い者と結婚したとあれば、怒って当然だ」

「当然？」ナタリーの父親がつねづね批判していた貴族の結婚というものを公爵があっさり肯定したことに、彼女はなぜかショックを受けた。「ジェレミーは尊敬すべき実直な人でした。世襲の地位にこれほど執着するなんてばかげてるわ」

「そうはいっても、それがイングランドの伝統なんだ。われわれみんなが、きみたちアメリカ人のような新興の反逆者になれるわけではないからな」

クレイトンの瞳がいたずらっぽく光ったのに気を取られてはいけない。「わたしから見れば、ゴドウィン伯爵はオードリーに対して暴君のような態度を取ったのです。伯爵と実際に会ってみて、なぜ彼女がレオをここへ連れてくるよう頼んだのか理解できないわ」

「おそらくオードリーは、父親がつねにあそこまで敵意に満ちていたわけではないとわかっていたんだ。かつてのゴドウィン卿はオードリーを溺愛していた。なんだかんだ言っても、彼女はここで幸せな子ども時代を過ごしたはずだ」

「愛しい娘を溺愛していたなら、あんなふうに見捨てたりしなかったでしょう。ゴドウィン伯爵が本当にオードリーのことを思っていたなら、彼女が去ったあとも連絡を取ろうとしたはずです」

公爵は肩をすくめた。「オードリーがアメリカに移住したのは知っていたが、具体的な場所はわからなかった。それを言うなら、どうしてオードリーのほうから手紙をよこさなかった? 当然、父親の居所は知っていたのに」

「ゴドウィン伯爵に勘当されたからでしょう。彼は自分が望む相手と結婚しないのなら、もう娘じゃないと言い放ったのよ」

「オードリーがイングランドを去ったことで、ゴドウィン卿は深く傷ついていたよ。そのせいで冷たく無口で情け容赦のない人に変わってしまった。われわれがオードリーの名を口にするのも許さないほどに」

ナタリーは上質のケープをきつく握りしめた。自分には愛情いっぱいの父親がいた分、ゴドウィン伯爵のふるまいは非難されてしかるべきだと思った。「ともかく、この件でレオにいっさいの非はありません。伯爵が血を分けた孫を拒絶するなんて間違っています」

それでも、クレイトンは顔をしかめただけだった。どう返答すべきか考えているらしく、部屋の反対側でいまだに宝探しに忙しいレオを見やる。それから、困惑した公爵の目がナタリーの目を焦がすように見つめた。「これを言うのははばかられる、ミス・ファンショー。だが、きみは真実を知っておくべきだ」

「真実?」

「ああ。事態はきみが理解しているより込み入っているんだ。つまり、わたしの親類はきみが……詐欺師ではないかと疑っている」

「なんですって?」クレイトンがほかにどんなことを言っていたとしても、これ以上は驚かなかっただろう。「意味がわからないわ。どうしてそうなるの?」

「実のところ、レオはオードリーの息子ではないのかもしれないという話が出ている。きみがアメリカでオードリーと出会ったときに、貴族の一家に潜り込む計画を立てたのではないかと。レオはきみの子なのに……ペテンを働いてあの子のために遺産を得ようとしているのではないかと」

あまりのショックに、ナタリーは呆然とクレイトンを見つめた。公爵の射抜くような視線は彼女の反応を推し量っているようで、その姿はどこから見ても横暴な貴族といった感じだ。ようやくわかってきた。ナタリーが昼に客間を退出したあと、クレイトンは親戚たちと一緒になって彼女の性格を分析したに違いない。そして、重罪を犯せる人間だと判断したのだ。

喉元に怒りが込みあげ、ナタリーは一歩後ろへさがり、石壁にぶつかった。「あなたまでそんなばかげた話を信じたなんて言わないで！　どうしてよ、レオはわたしに似てもいないじゃない」

「まさにわたしは彼らにそう言ったんだ。ゴドウィン卿は、あの子の書類を調べさせるためにロンドンから顧問弁護士を呼んだ。だから、この問題はすぐに解決するはずだ。ともかく、いい、わたしがそんな話を信じたとはひとことも言っていないぞ」クレイトンがふたりの距離を詰め、ナタリーの手を握った。公爵のあたたかい指がしっかりと彼女の指を包む。「わたしはきみの味方だよ、ナタリー。信じてくれ」

クレイトンを信じていいのだろうか？　そんなことをすれば、ばかを見ることになる。貴族というのは脅威を感じると上流階級の門戸をばたんと閉じ、彼らの高位という壁を破ろうとするどんな試みもはねつけるに違いない。貴族であるがゆえに権力を持つクレイトン公爵が忠誠を誓う相手はゴドウィン伯爵家であって、ナタリーや孤児の少年ではないだろう。

それなのに、クレイトンに触れられたせいで、そしてハスキーな声で名前を呼ばれたせいで、ナタリーは愚かにも懐柔されそうになっている。あんなに親しみを込めて名前を口にすべきではないのに。あのとき、公爵がキスしたがっているという、このうえなくばかばかしい考えが浮かんでしまい、そんなふうに呼ばないでほしいと言う気になれなかった。彼の深いグレーの瞳は、魔法使いの誘惑の呪文をひとつ残らず唱えるかのようにナタリーを魅了して……。

「ミス・ファンショー、ミス・ファンショー！」

レオの声が魔力を打ち破った。少年の声に漂うかすかな悲痛にナタリーは動揺し、母性本能を呼び覚まされた。彼女は振り向いて、円形の部屋の反対側の壁近くに立っている小さな姿に目を留めた。レオはいつになくまじめな表情を浮かべ、ナタリーに向かって手招きしている。

最初は、レオが怪我(けが)をしたのではないかと思った。こんな壊れたがらくただらけのところにいれば、傷を負っても少しも不思議はない。それにもかかわらず、ナタリーは美貌の紳士に気を取られて少年を見守っていなかった。

ナタリーはがらくたの合間を縫うようにしてレオのそばに駆け寄った。「どうしたの、ダーリン？　血が出たの？」

レオが青い目を皿のようにして首を振り、壁に立てかけられた何枚もの額入りの絵を無言で指さした。そのうちの一枚にかけられていた埃よけのリネンは、すでにはぎ取られている。カンヴァスが伏せられていたので、何がレオの心をかき乱したのか確かめようと、ナタリーは大きくて持ちにくい絵を表に返した。またもや動揺に襲われる。

それは、レオの母親の等身大の肖像画だった。

図書室で金箔(きんぱく)の椅子に腰かけたオードリーは、若くみずみずしい美しさを放ち、洗練された顔立ちに夢見るような表情を浮かべて遠くを見つめていた。金色の巻き毛に覆われた頭にはピンク色の薔薇のつぼみがいくつも飾られ、何本かの後れ毛がほっそりとした首筋を伝っている。その色白の肌に、真珠の優美なネックレスが映えていた。上品な白のドレスを着た膝の上には開かれたままの本が置かれ、あたかも幸せな未来に思いを馳せようと、少しのあいだ読書をやめたかのようだ。

ナタリーの視界が涙でぼやけた。レオを動揺させたくなくて、まばたきで涙を払う。親友をもう一度見られるなんて驚きだ。たとえそれがカンヴァスの上の油絵だとしても。それに、こんな豪華な衣服に身を包んだオードリーを見るのは奇妙な感じだ。シルクや宝石を捨て去り、心から愛した男性と一緒にいるために荒野の簡素な小屋で手織のドレスを着ていたオードリーに、あらためて称賛の念を覚えた。

けれど、ゴドウィン伯爵は長女の肖像画をこのごみの山に追いやった。家族の誰ひとりとして二度とオードリーを見ることがないように隠したのだ。どうしてそこまで娘を粗末に扱えるのだろう?

レオは立ちつくして肖像画を眺めている。人差し指をしゃぶっているが、この赤ん坊じみた癖を見るのはもう何カ月ぶりのことだ。ナタリーは少年をスカートの近くに引き寄せ、小さな肩に腕をまわした。「あなたのママ、なんてかわいかったのかしら。偶然これを見つけて、さぞかし驚いたでしょう?」

レオは絵に触れようとするかのように手を伸ばしたものの、すぐにまた指を口に入れ直し、無言でうなずいた。

いつの間にかクレイトンがそばに来ていた。その存在に気づいて、ナタリーの筋肉が緊張する。公爵はレオの前にしゃがみ込み、声を低くして尋ねた。「どうだ、坊や？　いい肖像画か？」

少年がふたたびうなずいた。

「ときどき思うんだが、指を口にくわえたまましゃべるのは難しいよな」クレイトンは手を伸ばし、指が口から出るまでレオの腕をそっと引っ張った。「これでちゃんと答えられるかな。あの絵に描かれているのが誰かわかるだろう？」

「当たり前じゃないか。ママだよ」レオは無邪気そのものの顔でナタリーを見あげた。「パパの絵もある？」

「残念だけどないわ」ナタリーはレオの髪を後ろにかきあげた。「ほら、あなたのママはゴドウィン伯爵の娘だったでしょ。彼女はこの屋敷で育ったの。わたしたちがいま滞在している、まさにあの子ども部屋でね。だから、ここにママの肖像画があるのよ」

レオは少しのあいだ考えをめぐらし、小さな声で尋ねた。「もし誰ももういらないなら、この絵をもらえる——もらってもいいですか？」

ナタリーの喉が詰まった。「お祖父さまにお許しをいただかないと」

「ゴドウィン卿にはわたしから話しておく」クレイトンがそう言って体を起こした。「さあ、坊や。子ども部屋に絵を運んでやろうか。きみの寝室にかけよう。どうだ?」

レオの目が輝いた。「うん、お願いします、ミスター・コウシャク」

レオが失った母親を絶えず思いだしてしまうようなものを飾るのは反対だと言いたいのをこらえ、ナタリーは唇を噛んだ。最近になってようやく悲しみから立ち直ったのに。でも、レオに話が筒抜けのところにいるのに、彼の悪夢のことを持ちだすことはできなかった。

公爵が特大サイズの絵を持ちあげ、ナタリーに塔の螺旋の石段を先におりるよう合図した。彼女はレオの小さな手を握りしめながら、先ほどクレイトンがレオに言ったことに対して怒りを煮えたぎらせていた。〝あの絵に描かれているのが誰かわかるだろう?〟

クレイトンはレオを試したのだ。どう答えるかうかがっていた。公爵がどれだけ否定しようと、ほかの貴族の親戚連中と変わりないのだ。

やっぱりこの人も、レオはオードリーの息子ではないかもしれないと疑っている。

8

二日後、レオが姿を消した。

ナタリーがほんの数分のあいだ自分の寝室へ行ってレオのいた部屋に戻ってくると、少年はいなくなっていた。小型机の椅子に座らせ、こつこつと単語帳の書き写しをさせておいたのに。いまや木製机の上に石板とチョークが捨て置かれ、レオの座っていた椅子は空っぽになっている。

同じく机にあったおもちゃの騎兵も、いなくなっていた。

「レオ？　ここにいるの？」

返事はなく、ナタリーは大きな部屋をすばやく一周し、レオがおもちゃに夢中になって床にかがみ込んではいないかと見てまわった。戸棚を調べ、少年がかくれんぼをしていないかも確かめた。それから廊下を突進して、自室の向かい側にあるレオの寝室に入った。そこには、きちんと整えられた簡易ベッドと、背面がはしご状の椅子と、整理だんすの上の壁にかけられたオードリーの肖像画以外には何もなかった。

なんてこと。またしてもナタリーはオードリーの息子を見失ってしまった。数日前の宿屋のときとまったく同じ状況だ。今度はどこへ行ってしまったのだろう？

ナタリーは広い子ども部屋の中にある別の三つの寝室も調べたが、やはりそこにも少年はいなかった。さっき、レオは落ち着きがなかった。椅子の中でくねくねと体を動かし、まだ授業が続くのかと不機嫌そうだった。いま思えば、レオには鬱積したエネルギーを放出する機会が必要だったと、ナタリーは気づいてやるべきだった。ふたりはこの二日間ずっと子ども部屋に閉じこもりきりだったから、これほど快晴の日には、レオを庭の散策にでも連れだしてあげればよかったのだ——高慢な親類たちに反対されるかもしれないなんて気にせずに。

ナタリーは開け放たれた扉の向こうへ足を踏みだし、廊下の両側を見やった。「レオ？」返ってきたのは、狭い廊下にこだました自分の声のみだった。この階には、ほかに使用人の寝室が何部屋かあるだけだ。ちょうどそのとき、足を引きずるような音が聞こえた。ナタリーが階段へ駆け寄ると、両手いっぱいにリネンを抱えたメイドが、重い足取りで階段をあがってくるのが目に入った。

「スーザン！　たったいまレオを見なかった？　いなくなっちゃったの」

スーザンの若々しい顔に不安がよぎる。「いいえ、お嬢さま。探してまいりましょうか？」

「わたしが行くわ。あなたは子ども部屋にいてちょうだい。もしレオが戻ってきたら、ここから離れないようにして」

ナタリーは扉のフックからチョコレートブラウン色のショールをつかみ、階段へと急いだ。レオがこの家の招かれざる場所に迷い込んでしまう前に、探しだす必要がある。あの子がゴドウィン伯爵とばったり出くわしでもしたら、大惨事になるのは間違いない。あの男はレオの出生にひどい難癖をつけてきたのだから、なおさらだ。

一家は、ナタリーがペテン師で、自分の息子を貴族になりすませようとしているのではないかと疑っている。クレイトンからそう教えられて以来、ナタリーは彼らからレオを遠ざけようと決心していた。ほんのしばらくのあいだだけ、と自分に言い聞かせる。ゴドウィン伯爵の顧問弁護士がロンドンから到着して、レオの書類が本物かどうか確認するまでのあいだだけと。書類が本物だと判明すれば、伯爵はレオを孫として受け入れるしかなくなるだろう。彼にほかの選択肢はないのだ。

それまでのあいだ、意地悪な発言をされたり、冷たいしかめっ面を向けられたりして、レオに傷ついてほしくない。少年はオードリーの肖像画を見つけて以来ずっと幸せそうで、ナタリーはとてもほっとしていた。大虐殺のあとずっと苦しんでいた悪夢も見ていなかったので、なんとしてもこの状態を保ってやるつもりだ。

ナタリーは階下の廊下を急いで通った。靴でフラシ天の絨毯（じゅうたん）を踏んでもなんの音も発しない。優雅な部屋の数々をのぞき込みながら、公爵と一緒に屋敷を見てまわったときのルートをたどり直す。あの塔の部屋まであがってみたけれど、レオはどこにも見当たらなかった。ときおりナタリーはレオの名前を叫んだ。「レオ！　どこにいるの？」

裏階段を通って一階へおりたナタリーは、角を曲がったところでレディ・ゴドウィンとぶつかりそうになった。伯爵夫人は豊満な胸の形がはっきりとわかるミリタリーブルーのシルクドレスを着ている。白髪まじりの頭にレースのキャップをかぶったその姿は、嫌悪で口をすぼめてさえいなければ、威風堂々として見えたかもしれない。伯爵夫人はナタリーの高い鼻を見おろそうとした。しかし、気取った表情をしようにも、こちらのほうが頭半分ほど背が高く、ナタリーにはなんの効果もなかった。

「ミス・ファンショー。たったいま、あの子どものことを呼んでいたようだけれど？」

「名前はレオです」ナタリーはいらだちながら答えた。「そうです。わたしが目を離した隙に、子ども部屋からいなくなりました。あの子をどこかで見かけてはいませんよね？」

「もし見かけていたら、ただちに上の階へ送り返して、夕食はパン粥だけにしてやるわ。これからは、あの子を子ども部屋に閉じ込めておいてちょうだい。見知らぬ子にこの家をうろうろされては困るのでね」

「レオは見知らぬ子なんかではありません。ゴドウィン伯爵の孫です」

「まだわからないわ。さあ、伯爵があなたの不注意に気づく前に、あの子どもを見つけたほうがいいんじゃなくて。夫はわたしほどやさしくないわよ」レディ・ゴドウィンはあおるような言葉を投げかけ、衣ずれの音を響かせながら颯爽と去っていった。

ナタリーは何度か深呼吸をして、怒りの炎を消そうとした。自分自身への批判なら我慢できるが、レオに向けられたものとなるとそうはいかない。あんな恐ろしい襲撃で両親を失くしたあの子に必要なのは、愛や慈悲なのに。親族から拒絶などされるべきではないのに。もう何度目になるかわからないが、ナタリーはレオをイングランドに連れてきたことを激しく後悔した。

けれど、ナタリーはレオの母親と約束したのだ。あまりに早すぎた父親の死後、ナタリーはオードリーに慰めてもらい、家と教師の職を提供してもらった。ナタリーが最低限できるのは、親友の死ぬ間際の願いをかなえることくらいだ。

だだっ広い図書室や人けのない晩餐室といった一階の部屋を調べ終わり、ナタリーはレオが戸外に出たのではないかと思い始めた。ふたりは子ども部屋の窓のはるか下で働く庭師たちをよく眺めていた。冬のあいだに地肌の露出した花壇を掘り返し、春に向けて準備をしているところだった。また、軒に巣をつくるツバメのつがいも観察していた。今朝は、公爵がレディ・エレンとワイマーク子爵と一緒に馬で出かけていくのが見えた。

馬の背に乗ったその小さな一団が雑木林に消えていなくなるまで、ナタリーはクレイトンの立派な姿をじっと見守った。ついに彼はレディ・エレンをうまく言いくるめて、求婚を受け入れさせたのだろうか？　その可能性を考えると、みぞおちのあたりに不安が渦巻いた。英国貴族の結婚という大いなる同盟がどういうものかなど知ったことではないけれど、彼らはお似合いのカップルには見えない。

レオはミスター・コウシャクが約束した魚釣りに連れていってくれるのはいつなのと、とても悲しそうに訊いてきた。クレイトンがレオに関心を示すのは、この子が本当にオードリーの息子かどうかを知りたいだけの可能性もあると思い、ナタリーは言い訳を繕った。本当のところ、レオを川に案内するつもりなど公爵にはなかったとしたら……。

川。そうよ！　レオはそこへ行ったに違いない。

ナタリーははじかれたように屋敷の奥へ向かい、庭園に続く扉を見つけた。外に出ると、耕されたばかりの土の香りが空中に漂っていた。春のにおいや太陽のあたたかさ、新しい生命の兆しが彼女は大好きだが、いまは何よりレオを見つけなければならない。

ナタリーが敷石の上を急いでいると、薔薇の茂みの手入れをしていた白髪まじりの老庭師が帽子を持ちあげ挨拶してきた。ナタリーは立ち止まって尋ねた。「幼い男の子を見かけませんでしたか？」

「いえ、マイ・レディ」そう言って庭師が額をこすると、チーク材さながらの黒い肌に汚れの筋がついた。「見た覚えはありませんな」

〝マイ・レディ〟はやめてと訂正したくなったけれど、ナタリーは庭師に礼を言って、悪臭のする馬糞がこんもりのった彼の手押し車の横を猛スピードで通り過ぎた。小道沿いにも馬糞が落ちているので、スカートが汚れないように裾を持ちあげる。おそらくレオは別の扉から家を出ていったのだろう。

庭園の塀の向こうには広大な芝生の絨毯が広がっており、茶色の枯葉の中に緑の若芽がちらほら見えた。起伏のある地形のせいで、上の階の窓から見えていた川が隠れてしまっている。だが、ナタリーにはだいたいの方角がわかっていたので、芝地を通って雑木林の中に入った。ここでは、小さないくつもの葉芽が枯れた枝に柔らかな緑のもやをかけている。

冷たい風に何本かの黒褐色の巻き毛を吹きあげられ、ナタリーは肩のショールをきつく巻きつけた。呼吸するたび、昨秋に落ちた葉の豊かな香りを感じる。太陽が森林の床をまばらに照らし、この風景にまるで大聖堂のような静謐さをもたらしている。なんとも不思議なことに、このイングランドの森林がアメリカの荒野を思いださせた。少なくとも、ここでは熊や狼との遭遇を恐れて銃を持ち歩く必要はないのだけれど。

ナタリーが水の流れる音と木々に囲まれた小川のかすかな光を察知したちょうどそのとき、川辺にひとりの人物が立っているのが見えた。目を凝らしてみる。違う。ひとりではない、ふたりだ。

男女が熱いキスをしながら抱き合っている。

ナタリーはその場で立ち止まった。遠くからでも、金色の巻き髪と、コマドリの卵のような青色の丈長の薄い上着を着た細身の体つきから、その女性が誰だかわかった。レディ・エレンだ。彼女は情熱的な抱擁に夢中になっているようで、頭を後ろにそらし、喉元に男性が鼻を押し当てるのを許している。

あれは公爵?

ナタリーの頭から爪先までをいらだちが満たした。レディ・エレンはクレイトンが好きではないと明言していたのに!

するとレディ・エレンの恋人が頭をあげて、自らの愛情の対象に向かって甘くささやいた。ナタリーは驚きに目をぱちくりさせて男性を見た。あの若々しい顔立ちは、間違いなくクレイトンではない。

奇妙な安堵を覚えたナタリーは、遠まわりをして川へ向かうことにした。盗み見してしまったところを見つかりたくはなかった。この秘密の情事にはいっさい感心がない。

しかし、ナタリーが後ろにさがり始めたとき、靴が枯葉の上でばりばりと音を立ててしまった。カップルがさっと離れる。ふたりとも目を丸くし、呆然とナタリーを見た。男性は質のいい上着の中に手を入れて紙束を取りだし、こっそりとレディ・エレンに手渡した。それから、一目散に屋敷とは反対方向の森の中へと姿をくらました。

レディ・エレンはペリースの中にその紙束を押し込んだ。麦藁のボンネットが紐で首の後ろにぶらさがっていたが、それをそそくさと頭の上に引っ張りあげて紐を結び直しながら、ナタリーのほうへ急いでやってきた。

「ミス・ファンショー！　わたしと一緒にいた男性は誰だったのだろうとお思いでしょう。ミスター・ラニヨンは隣人なの」

「それ以上の関係に見えましたけど」ナタリーはそっけなく言った。

「まあその……彼はわたしに夢中なのよ」レディ・エレンは頰を愛らしく紅潮させつつ、ペリースからはみでている紙束の上で手をひらひらさせた。「とっても素晴らしい詩を書いてくれるの。彼ったら、わたしが鮮やかなサファイアのような瞳と、小麦色のクリームのような肌をしていると思っているのよ」

「そうですか」ナタリーは微笑みそうになるのを抑えた。まさしく、うぶな若い女性に取り入ろうとした趣味の悪い詩さながらだ。「あなたは、初めての社交シーズンを婚約者に邪魔されずに楽しみたいのだと思っていましたが」

「そうよ！　ミスター・ラニヨンの結婚の申し出を受けるつもりはないわ」レディ・エレンは胸の前で両手を握りしめ、くるくると回転した。細い足首の周りでスカートが揺れる。「ただ、取り巻きがいるってすごくすてきじゃない。ミスター・ラニヨンも来週ロンドンへ行くの。ご家族と一緒にね。どの舞踏会でも一緒に踊るつもりよ」

「でしたら、彼にまた会うのはそれまで待ったほうがいいですよ。付き添い役（シャペロン）にちゃんと監督してもらったうえで。あなたたちが森で逢引（あいびき）するのを、ご両親が承認するとは思えませんから」

少女はつつましく視線を落とした。「わかったわ、ミス・ファンショー」

レディ・エレンの言葉を信用していいものかとナタリーは思ったが、自分自身で解決しなければならない問題というのもある。「それより、ここの森でレオを見かけませんでしたか？子ども部屋を出ていってしまって、川までおりてきたのかもしれないと思ったのだけれど」

「あら、違うわ。さっき、あの子が厩舎へ向かっているところを見たもの」

厩舎！　おもちゃの騎兵を持っていったことを考えれば一理ある。「レオは馬を見に行ったに違いないわ。一緒に戻りませんか？」

レディ・エレンは断らず、ナタリーの横で歩調を合わせた。「父に言わないわよね？」少しばかり心配そうに言う。「ミスター・ラニヨンのことだけれど」

「告げ口する理由が見当たりませんから。それにしても、こそこそ会わなければならないなんて、彼は結婚相手としてはふさわしくないのですか？」

「男爵の三男だもの。ああ、父がこのことを知ったら大目玉よ。父も母も、わたしに最高の爵位を望んでいるの」

少女にこれ以上の不作法を勧めるのは気が引けたものの、ナタリーは言わずにはいられなかった。「もし男性を好きになったなら、地位やお金はそれほど重要ではないはずです」

「やあね、わたしはオードリーみたいにすべてを捨てたりできないわ。それに結婚については、いまはまだ考えたくもないの」

ふたりは森から出て、要塞のような屋敷のほど近くにある厩舎へ歩いていった。知り合って間もないにもかかわらず、ナタリーはレディ・エレンを少しだけ妹のように感じていた。自分が社交界から、競売で最高入札額を出した人に売られる優秀な雌馬みたいに見られていると知ったら、レディ・エレンはどれだけ悲しむだろう。「まあ、あなたはまだ若いから、軽はずみに結婚の約束などしないほうがいい気がしますね」

「それこそわたしが母に言ったことなのよ。なのに母は、クレイトン公爵を誘惑して求婚させなさいって言い張るの。今朝なんて、あの方と一緒に乗馬にまで行かされたんだから」レディ・エレンは小さなかわいらしい鼻にしわを寄せた。「母は、公爵が老けてて堅苦しいなんてことは気にしないの。わたしがあの方と何を話せばいいのかまったくわからないのもお構いなしよ」

ナタリーは顔をしかめた。「てっきり、クレイトン公爵がそろそろあなたを魅了して求婚を受け入れてもらっている頃かと思っていました」

「魅了？　まさか。あんな人、ちっともロマンティックじゃないのに。あの公爵がわたしに詩を書くところなんて想像できる？　笑っちゃうじゃない！」

突然、レディ・エレンの目が丸くなり、薔薇色の唇からぐずるような声が漏れた。「ああ、なんてこと、あの方よ！　わたしは失礼するわ、ミス・ファンショー。公爵に見つかる前に逃げなきゃ！」

レディ・エレンはドレスの裾を持ちあげると一目散に駆けだし、庭園の塀に沿ったシャクナゲの植え込みへとまっしぐらに向かった。そして、密生した低木でボンネットまで隠れるように身をかがめながら、家の裏口までこそこそと進んでいった。

その光景を目にして、ナタリーは笑わずにいるのに必死だった。

ほどなくして、公爵が大股で裏庭にやってきた。広い肩にぴったり合ったミッドナイトブルーの上着に身を包んだ姿は、目を見張るものがある。雪のように白いクラヴァットが首元を飾り、ぴかぴかの黒いブーツと淡黄色のブリーチズが長く力強い脚を際立たせていた。いちばん高価な服を買いそろえて超高級仕立屋からそのまま出てきたかのごとく完璧な装いだ。

〝老けてて堅苦しい〟なんて、クレイトンを言い表すのにナタリーなら絶対に使わない言葉だろう。この人を見ただけで、思わず息をのんでしまう――たとえ彼がほかの親戚と同じくらい信用ならないとしても。あの塔の部屋で、公爵が肖像画に描かれた女性が誰かわかるかどうかレオを試したことを、ナタリーは簡単には忘れるつもりはなかった。まるで、六歳の少年が自分の母親の身元について嘘をつくよう言いくるめられているかもしれないと言わんばかりだった。

レオ。そうだ、あの子を探さなければならなかった。

公爵がナタリーに気づいて近づいてきたのを無視して、彼女はふたりが落ち合わないように芝生を横切った。楡の木々のあいだに、厩舎の赤い屋根が現れる。ナタリーが厩舎にたどり着かないうちに、クレイトンが追いついて歩調を合わせた。

「ミス・ファンショー。なぜわたしから逃げる?」

クレイトンの口元に浮かぶ得意げな笑みをちらりと目にして、ナタリーの神経の一本一本に震えが走った。キャラメルブラウンの髪がそよ風に吹かれて額にかかっているせいで、端整な顔立ちに愛らしさが加わっている。自分が否定している貴族階級をまさに具現化したかのような男に、愚かにも魅了されるべきではないのに。「逃げてはいません。自分のやるべきことに集中しているのです。誰もが好きにできる暇な時間を持てあましているわけではありませんので」

「だが、きみはついさっきレディ・エレンと散歩をしていたじゃないか。上の階の窓から見えたぞ。ところで、彼女はどこへ行った?」

ナタリーは屋敷のほうをちらりと盗み見た。幸い、レディ・エレンは視界からいなくなっている。「彼女とちょうど行き違ってしまったようですね。すでに屋敷へ戻りましたよ」

「きみたちふたりは森のほうからやってきた。あそこで何をしていたんだ?」

クレイトンの問いかけるような鋭い視線は、ナタリーの心の奥底をのぞき込んでいるように感じられた。公爵は、レディ・エレンがほかの求婚者と逢瀬を楽しんでいたと考えているのだろうか？　彼女の愛情を得ようとするライバルの若き隣人と一緒だったと？

とはいえ、ナタリーが打ち明けていい秘密ではない。

「実は、レディ・エレンはレオを探すのを手伝ってくれていたのです」ナタリーはつくり話をした。「レオが川へおりていったのかもしれないと思ったのですが、あそこにはいませんでした」

「ああ、そうそう」クレイトンが愛想よく言った。「悪がきがいなくなったと、レディ・ゴドウィンが言っていた。だからわたしはここにやってきたんだ。きみがもう見つけたかどうか確認しにね」

それなら、なぜ最初にそう言わなかったのだろう？　わざわざ無関係な話をしたのはどうして？

ナタリーがひと息吸い込むと、クレイトンの刺激的で男らしい香りが感じられた。「レオは悪がきではありません。これから厩舎を調べに行くところでした」

「わたしもつきあおう。もしレオがまた許可なく逃げたのなら、あの坊っちゃまには正しいふるまいについて、さらに授業をしてやらなくてはいけないからな」

公爵の瞳がきらめいたのを見て、ナタリーの心はかき乱れた。そのとき、クレイトンに肘をつかまれた。彼の手の感触は袖を通り抜けて、体の内側を焼き焦がすかのようだった。付き添いを断るのは不作法になってしまう、と自分に言い聞かせる。レディ・エレンを別にすれば、レオの幸せを気にかけてくれたのはクレイトンだけだ。イングランドの階級制度には賛成しかねる。でも現実問題、公爵位にある人を味方につければ役に立つのは間違いない。レオを試すようなまねをしたクレイトンを信用できるならの話だが。

公爵に対してうっとりしてしまう気持ちを払拭するには、おそらく彼の結婚話を持ちだすのがいちばんだろう。「オークノールにいらしたのは、レディ・エレンに求婚するためだったのですよね？」

クレイトンは歩みをゆるめ、ナタリーに射るような視線を送った。「そんなにあからさまかな？」

ナタリーは歩調を彼に合わせた。「あなたのほうが興味を持たれているみたいな話を、先日彼女がおっしゃっていました」

「レディ・エレンが？　具体的にはなんと？」

「実際のところは、ほとんど何も」ナタリーは言葉を濁した。「ただ、彼女とあなたのお父さまのあいだに古い取り決めがあったとだけ」

「わたしの父とゴドウィン卿は若い頃からとても親しかったんだ。互いの子どもが将来結婚することを取り決め、一族の絆を強めるのが名案だと信じていた。それに、わたしの公爵領がここから三〇キロほどの場所にあるから、レディ・エレンは結婚後も両親とそう遠くないところにいられる」クレイトンの口元が皮肉っぽくねじれた。「だが正直に言うと、レディ・エレンはこの縁談にあまり乗り気ではないようだ」

公爵はレディ・エレンを愛しているのだろうか？　それとも、一族への義務を果たそうと決意しているだけなのだろうか？　判断するのは難しい。「きっと、レディ・エレンは気後れされているのかもしれません。あなたが結婚するのはオードリーのはずだったから。みんな誰かの身代わりになどなりたくないものです」

「きみの言うとおりかもしれないな」クレイトンが考え込む。「女性がそういう立場を甘んじて受け入れるとは思えない」

クレイトンのまなざしがナタリーの顔をさまよい、少しのあいだ唇に据えられた。ナタリーにも多少は男性についての知識があったので、公爵が情欲に駆られていることはわかった。そう気づいたとたん彼女のほうも、クレイトンのたくましい体に抱きしめられたい、燃えるようなキスを味わいたいという欲望に襲われた。それはあまりに激しい感情で、体内を焼かれているかのように感じた。

そのとき、冷たい突風が吹きつけ、ナタリーを正気に戻した。なんという狂気に脳をかき乱されていたのだろう？　イングランド人なんてまったく興味がないのに――何より、自分の親類といままさに婚約しようとしている公爵なんてもってのほかなのに。

「その……」ナタリーは軽い口調で切りだした。「レディ・エレンをうっとりさせる方法をお探しなら、彼女のために頻繁に自作の詩を贈ってみるといいかもしれません」

「詩だって？」クレイトンの顔に、滑稽なほどの不快感が浮かんだ。「冗談だろ」

「ちょっと思っただけです」ナタリーは笑いを噛み殺しつつも、公爵を気の毒に思った。「それはそうと、その上着は数日前に着ていらしたものですか？　もしそうなら、レオの靴が当たってついた泥汚れを、従者の方がきれいにしてくださったようでほっとしました」

クレイトンは新品さながらの上着に目を落とした。「チャムリーは素晴らしい逸材だ」

会話が止まり、ふたりは厩舎をはじめ巨大な納屋や赤煉瓦づくりの馬車置き場などが立つ建物群に着いた。さらに放牧場もいくつかあり、数頭の馬が運動のために出されている。厩舎の前庭では、使用人たちがさまざまな作業に取り組んでいた。納屋の正面にいる若い馬丁は新鮮な厩肥をシャベルで手押し車に放り込み、はしごの上にいる雑用係はペンキブラシで白い装飾を塗り直している。ほかにも、馬車置き場の開いた扉からは、数日後に控えた一家のロンドン出発に備えて、作業員が四輪馬車の真鍮の金具を磨いているのが見えた。

いまだけは、将来のことを心配したくはない。馬や革のにおいを吸い込むと、とても幸せな気分になったからだ。乗に乗っているときの解放感、顔に当たる一陣の風、次の丘を越えた先に何があるかわかったときの興奮、そうしたものをナタリーはずっと愛してきた。何頭かの立派な乗用馬が柵で仕切られた囲いの中を後脚で跳ねまわり、たてがみに陽光を浴びている。

「ああ、久しぶりに馬に乗りたいわ！」ナタリーは衝動的に口にした。「イングランドの地所の厩舎って、みんなこんなに大きくて手入れが行き届いているんですか？」

クレイトンがうれしそうな笑みを向けた。「われわれイングランド人は馬が大好きだからな。競馬は国民的娯楽なんだ。わたしもサフォーク州のニューマーケット近くにある地所で、繁殖を行っている。そこにはこの厩舎の二倍の馬がいるんだ。うちの種牡馬の子どもが去年レースで優勝した」

「ニューマーケット。父がその競馬場の話をしていたのを覚えているわ。父も、フィラデルフィアのすぐ郊外の農場で馬を育てていました」父が突然亡くなり、ナタリーがその土地を売却せざるを得なくなるまで。

「父上が？」クレイトンは詳しく知りたいとばかりに顔を輝かせ、品定めするような視線でナタリーを眺めた。「だったら、イングランドを訪れたことがあるに違いない」

「ええ、若い頃に」

「きみの話からすると、父上は馬の育種家であり、上院議員、つまり政治家でもあったわけだ。まるでイングランドの貴族みたいだ」

そう言われて、ナタリーは落ち着きを失った。クレイトンに図星を指されたも同然だったせいだ。彼女の家族が実はイングランドの貴族階級とつながりがあると知ったら、公爵はなんと言うだろう？　真実は絶対に明かしたくない。なぜなら、生まれつき高貴な血筋とされる公爵も、厩舎の庭で働く使用人たちも、人間としての価値は変わらないとかたく信じているから。

幸い、話題を変えるきっかけができた。「見て、レオがいるわ。あの子を連れてきます」

ナタリーはレオのほうへ急いだ。少年は放牧場の柵の白い細板に沿って小さな騎兵を走らせている。彼女があの子を叱ってやらないと決意した瞬間、怒気をはらんだ馬の鼻息が聞こえてきた。放牧場内で、激高した種牡馬が暴れている音が響いている。

その直後に、ワイマーク子爵が囲いの向こう端のほうで大きな鹿毛の馬にまたがっているのに気づいた。どうやら興奮した馬の操縦に難儀しているようだ。彼は馬丁に向かって叫んだ。すると、馬丁があわてて囲いの門の掛け金を外しに行った。

種牡馬が後脚で立ちあがり、前脚で空中をかく。蹄鉄が土を打ち、馬が前へ跳ねだした。レオが開け放たれた門を通り過ぎる、まさにそのときに。

9

レオに向かって歩いていくミス・ファンショーの均整の取れた姿に、ヘイドリアンは彼女の均整の取れた姿に見惚れていた。彼女はまたシナモン色のドレスを着ている。宿屋の専用応接室のテーブルの下に隠れていた悪がきを探しにやってきて、初めて出会ったときに身につけていたドレスだ。あのときと同様、いまもやはり不思議に思う——襟ぐりもそれほど開いていない長袖のドレスに、なぜここまでそそられるのだろう。肩にかけられた茶色のショールがほっそりとしたウエスト、女らしい腰、惚れ惚れするほどの曲線を描く臀部をいっそう強調し、ドレス姿をより官能的に見せている。

ヘイドリアンを魅了しているのは、おそらく服装ではなく、その人自身なのだろう。ナタリー。類稀(たぐいまれ)なる女性にふさわしい類稀なる名前。彼女の大胆で率直な性格は、ベッドの中でも同じくらい情熱的なのではないかと思わせる。それが真実であるかどうかを確かめるつもりは毛頭ないが、それでも官能的な妄想をかき立てられた。彼女のドレスの下のなめらかな素肌をまさぐるところ想像していたとき、いらだった馬のいななきが聞こえてきてわれに返った。

ヘイドリアンの視線がさっと放牧場へ移る。そのとき初めて、リチャードがサンダー——はとこが新しく買った鹿毛の種牡馬——にまたがっているのに気づいた。馬は頭を持ちあげて鼻を鳴らし、横に飛び跳ねている。リチャードは暴れる馬を落ち着かせようと手綱を引いた。愚か者が！　若造には、あの気性の激しい馬を操るには経験が足りないと注意してあったのに。

そのとき、サンダーが後脚で立ちあがり、前脚で空中を蹴った。リチャードは奇跡的に地面に放りだされず、必死でしがみついた。種牡馬はふたたび四脚の蹄をすべて地面におろし、前方へ勢いよく突進した。

開け放たれた門のそばをのんびり通ろうとするレオに向かって一直線に。

ナタリーがレオに向かって走りながら、気も狂わんばかりに少年の名前を叫んだ。しかし、ドレスの長い裾が邪魔をして、レオともども命を落としかねない。

ヘイドリアンは全速力で走った。両脚が激しく上下に動き、心臓がばくばくと打つ。まるで糖蜜の沼の中を走っているかのごとく、なかなか進まないように感じた。心の中で何度となく祈りを唱える。〝頼む、神よ。頼む、神よ。頼む、神よ〟レオとナタリーが馬に押しつぶされ、血だらけで横たわっているという悪夢が脳裏をよぎり、ヘイドリアンはあらんかぎりの力を振りしぼってふたりにたどり着こうとした。

レオが不思議そうにナタリーを見た。そばかすの散った顔には好奇心が浮かび、目はまん丸に見開かれている。そのとき、蹄の音を耳にしたに違いない。亜麻色の頭を放牧場のほうに向けると、少年は凍りついた。

巨大な種牡馬が庭の固まった土に蹄を打ちつけながら、レオめがけて猛突進している。作業員のひとりが大声をあげて警告した。馬がほんの一瞬よろめいた。そのわずかのあいだに、ヘイドリアンはナタリーを猛スピードで追い越してレオをつかんだ。

もう一方の腕をナタリーのウエストにまわし、なめらかな動きでふたりを馬の進路から引っ張りだした。三人は囲いの近くの小山に倒れ込んだ。

まさに間一髪だった。ヘイドリアンがふたりに覆いかぶさったそのとき、馬が真横を駆け抜け、彼らに土のかたまりを浴びせかけた。ひとつの蹄が肩をかすめ、ヘイドリアンはぎくりとした。

庭の隅へ走ってきた馬を馬丁が両腕を振って止めようとしている姿が、ヘイドリアンの視界に入った。びっくりしたサンダーはまたも後脚で立ちあがり、今度はうまいこと騎手を払い落とした。リチャードが地面に転がり落ちると、鹿毛の馬は芝生を突っ切る弾丸さながらに飛びだし、なめらかなたてがみを風になびかせた。

激しく倒れ込んだせいで怪我をさせたかもしれないと心配になり、ヘイドリアンは助けたふたりに注意を向けた。ナタリーは呆然とした様子で胸を波打たせていたが、唇を開いて息を切らしながら言った。「レオ……?」

少年はすでに身をよじってヘイドリアンの下から抜けだしていた。「ぼく、つぶれちゃったよ！　あの馬どうしたの、ミスター・コウシャク？　なんであんなに怒ってるの？」

「あいつには訓練が必要なだけだ」ヘイドリアンは頭を起こし、不安げにレオの体に目を走らせた。「大丈夫か、坊や？　腕とか脚に痛みはあるか？」

「ううん。でも、ぼくの騎兵さんがいなくなっちゃった」レオは嘆き悲しんだ。「探さなきゃ！」

レオはすっくと立ちあがった。たったいま死を免れたとはとても思えない。ちょこちょこと走っていき、おもちゃを探そうとしゃがみ込んで地面に目を凝らしている。厩舎の庭では作業が再開された。近くからはシャベルのこすれる音、厩舎に立てかけてあるペンキ塗りのはしごがきしむ音が聞こえてくる。少し離れたところからは、大惨事になりかねなかった事故についてひそひそ話す数人の馬丁たちの声が、ヘイドリアンの耳に響いてきた。

だがナタリーに視線を落とした瞬間、彼女以外のことはまったく考えられなくなった。ヘイドリアンの下にナタリーが横たわっている。彼女の柔らかく女性らしいふくらみは、彼のかたい体をクッションのように受け止めていた。ふたりの体がぴったり重なっているという歓び（よろこび）が、ヘイドリアンの身を焦がした。熱い血潮が電光石火のごとく下腹部を燃えあがらせ、一瞬にして性的興奮をもたらす。情欲に襲われているこの時間は、まさに地獄のようだった。

それにもかかわらず、その興奮に酔いしれている。

ヘイドリアンはナタリーを解放する気になれなかった。いますぐは無理だ。彼女の成熟した体を味わうまでは。彼女もまた、自分と同じようにこの執拗（しつよう）な渇望を感じているのだろうか？

ヘイドリアンが見つめていると、日に照らされたグリーンの瞳に映るものが、危ないところで危機を脱したという衝撃から、彼を性的に意識する表情へ変化した。ナタリーのふさふさとした黒っぽいまつげが少しだけ下を向いたが、乙女のように恥ずかしがって目をそらすことはなかった。ヘイドリアンの視線を受け止めているあいだも、乳房は彼の胸の下で上下し、片手は彼の前腕をつかんだままだった。

その美しい顔からは、自制心がはっきりと読み取れる。ふたりが親密になっても大きな災いを招くだけだと、ナタリーがヘイドリアンと同じくらいわかっているのは間違いない。彼女はヘイドリアンに対して慎重な態度を取っている。貴族を軽蔑していると、あんなにはっきり宣言しているのだから当然だ。

〝慎重〟という言葉は、ナタリー・ファンショーを正確に表現しているとは言えない。彼女はアメリカの開拓前線で大虐殺を生き延びたのだから。たったいま、ためらいもなく危険に飛び込んでいったのだから。そして、ヘイドリアンがどういうわけか痛快に感じてしまうほど、自分の心の内を躊躇なく語るのだから……。

「クレイトン」ナタリーはやや荒い息遣いをしている。「わたしが立ちあがるには、あなたにどいてもらわないと」

彼の下でナタリーがもぞもぞと動く。そのせいでヘイドリアンは気も狂わんばかりになった。必死で欲望を振り払い、理性を取り戻そうとする。紳士たるもの、高潔な女性に欲情するなどもってのほかだ。いくらそうしていたくても、ナタリーの体に包まれて永遠にここで横になっているわけにはいかないのだ。使用人たちから丸見えのこんな厩舎の庭ではなおさら。

ヘイドリアンは体をどけてナタリーを解放すると、立ちあがって肺いっぱいに冷たい空気を吸い込み、頭をはっきりさせた。それから手を伸ばし、彼女が立ちあがるのを手伝った。

ナタリーは極めて女性らしい仕草でしわの寄ったスカートを振り広げ、生地を撫でて整えた。

「こんなふうに地面に放り投げてしまってすまない」ヘイドリアンは言った。「どこかを強く打っていないといいが」

「どうってことないわ。レオもわたしも生きている。重要なのはそれだけですから」ナタリーはヘイドリアンの顔をじっと見つめた。「むしろ、あんなふうにとっさに助けていただいたのだから、お礼を言わなくては。あの馬が一直線にレオに向かってくるのを見たときは、恐ろしくて……」

ナタリーはぶるっと身を震わせ、片方の肩からずり落ちていたショールを直した。そらした目に涙がきらりと光る。激しくまばたきをし、必死に感情を抑えようとしているのは明らかだ。その瞬間、ナタリーのオードリーの息子に対する愛情がどれほど深いかを、ヘイドリアンはようやく悟った。腕の中にナタリーを抱き寄せたい、彼女を慰め守りたいという強い衝動に駆られる。誰に見られていようとかまわないと思った。だが、ヘイドリアンが無意識に一歩近づくやいなや、ナタリーはなんとかぎこちない笑みを浮かべてこう言った。「さあ！　みんな無事で、一件落着ね。わたしと一緒にいるところを見られたら恥ずかしいでしょう。ひどい見た目になってるはずだもの！」

ナタリーは両手を持ちあげ、倒れた拍子に乱れてしまった黒褐色の巻き毛を整えようとした。結いあげた頭から髪の房がいくつかほどけて、胸のあたりに垂れている。クレイトンとぴったり体を重ねていたせいで頬を紅潮させている彼女は、ちっともひどい見た目などではない。あまりに愛らしいその姿を見て、ヘイドリアンの胸に感傷的なあたたかい気持ちが広がった。ふだんの冷淡で傲慢な彼からは想像もできない感情で、どうかしてしまったとしか言いようがない。

「ばかを言うな」ヘイドリアンはぶっきらぼうに返した。「きみは誰よりも――」

「ああ、なんてこと！」ナタリーがさえぎった。「血が出てるじゃない！」

ナタリーは動揺した様子でヘイドリアンの左肩を見つめていた。彼が見おろすと、上着の袖の上のほうが裂けていて、その下のシャツも破れていた。蹄と同じ大きさくらいの傷から血が流れでている。肩に傷を負った事実に気づかされたいま、猛烈な痛みに襲われた。

「サンダーの蹄で切れただけだ。大したことじゃない」

「もう二、三センチずれていたら、頭だったかもしれないわ！」ナタリーはポケットに手を突っ込んで折りたたんだハンカチを取りだし、傷口にそっと押し当てた。「サンダー――それがあの馬の名前ね？」

「そうだ」ヘイドリアンは痛みを無視して、女性らしい魅惑的な香りを味わいながら、ナタリーがすぐ近くにいることだけを考えた。「最近リチャードが購入した種牡馬なんだ。あの馬は興奮しやすいから、経験の浅いはとこが乗りこなすのは無理なのに」

ナタリーの美しい瞳がヘイドリアンの瞳を見あげる。「あれほど神経質な動物をなつかせるのは、簡単ではないでしょうね」

「まさにそのとおりだから、リチャードはサンダーに乗ってはいけなかったんだ。はとこの馬丁のバートが、きちんと指導しているはずなんだが」

「そう」ナタリーはハンカチを持ちあげて傷を調べた。彼女はヘイドリアンより頭半分しか背が低くないため、難しい作業ではない。そのとき彼は初めて思った。自分くらいの背丈の男がはるかに小さく華奢な女性たちを毎回見おろさなければならないのは、なんと面倒なことだろう。「厩舎に包帯の用意があるかもしれないわ」ナタリーが言った。「止血のために、ちゃんとこれを当てておいてください。そうしたら、わたしが見てきます」

「その必要はない」ヘイドリアンは即座に反論し、破れた生地の中にハンカチを押し込んだ。そうすれば、上着とシャツでハンカチが押さえられる。「チャムリーが治療してくれるだろう」

「あなたの従者にはいろいろな才能があるんですね。でも、仕立屋に送らずに上着を修理できるとはさすがに思えないわ。裂け目がぎざぎざだから、袖を丸ごと取り替えなきゃならないだろうし」

「そう落ち込んだ顔をしないでくれ」ヘイドリアンは言った。ナタリーに心配されて心があたたかくなる。「きみとレオが無事だったんだから、上着がだめになったことなど大した問題じゃない」

「あなたはとても親切な人ですね、ミスター・コウシャク。レオとわたしが周りにいると、あなたの高価な服は無事ではいられないようだから、なおさらね」

ナタリーの笑顔に心を揺さぶられ、彼は衝動的に言った。「わたしの名前はヘイドリアンだ。その名で呼んでもいいと思えるくらい友人だと思ってもらえているとありがたいが」

「それなら、わたしのことはナタリーと呼んで」彼女はそこで間を置き、かすかに皮肉っぽく口元をゆがめた。「ご親類から田舎の成りあがり者と親しくするのを反対されやしないかと、怖気づかなければね」

「ゴドウィン家のことはまかせておいてくれ」ナタリーの美しい頬が土で汚れていたので、ヘイドリアンは思わず親指でぬぐった。薔薇の花びらくらい柔らかい肌の感触に鼓動が速まり、またしても彼女に惹きつけられる。「悪いが失礼する。リチャードにひとこと言ってこなければ。どうやらサンダーがようやく彼を振り落としたようだからな」

無理やりナタリーから離れ、芝生に座って膝をこすっているリチャードのところへ向かった。首を折らなかったとは、あのいまいましい若造も幸運に恵まれたものだ。それ以上の報いがあってもいいくらいなのに。もう少しでレオとナタリーを踏みつけるところだったのだから。

幸運といえば、きみは誰よりも美しいとヘイドリアンが言いかけたまさにそのとき、ナタリーは傷のことを指摘してさえぎってくれた。彼女のおかげで、ほとばしりでた賛辞を口にするなどという愚行に走らずにすんだ。ナタリー・ファンショーは鮮やかな濃いグリーンの瞳、黒褐色の髪、美しい曲線を描く肢体をあわせ持つ、ひときわ魅力的な女性かもしれないが、徹底した平等主義であるために公爵の妻には向かない。ふたりはまったくかけ離れた世界の生まれだ。ヘイドリアンなら、自分がいる上流階級の中ではるかにふさわしい女性をよりどりみどりなのだ。

レディ・エレンもそのひとりだ。

ヘイドリアンが顔をしかめたのは、肩の痛みのせいだけではなかった。ほかのことに気を取られていて、未来の花嫁のことをすっかり忘れてしまっていた。もう二度とこんなことがあってはならない。

それにもかかわらず、ヘイドリアンは気づくとナタリーのことを考えていた。彼女に激しい欲望を覚えたとしても、責められるべきではない。死の床についているのでもないかぎり、大人の男なら誰だってナタリーを魅力的だと感じるだろう。とはいえ、ヘイドリアンは彼女を遠くから愛でて、平常心を保つことに決めた。

ふたりは友だちになるのだ。ただの友だち、それ以上ではない。

ナタリーは髪を留めるふりをしながら公爵——ヘ、イ、ド、リ、ア、ン——が去っていくのを見守った。彼は、地面に座って膝をこすっているはとこのほうにまっすぐ大股で歩いていった。ワイマーク子爵のそばに立つ作業着姿のがっちりとした黒髪の男性が、馬丁のバートに違いない。公爵はワイマーク子爵のもとにたどり着くと、バートとふたりではとこを引っ張って立たせた。若者はバックスキンのブリーチズと緑の上着の埃をはたき始めた。

ナタリーは視線を引きはがし、レオを探した。少年は放牧場の柵のそばで腹這いになり、予期せぬことなど何も起こらなかったかのように、おもちゃの騎兵で遊んでいる。レオをこっぴどく叱るべきなのに、彼女はいまだにひどく動揺していて、そうする気力を奮い起こせずにいた。

動揺しているのは、レオとともに馬に踏みつぶされそうになったせいばかりではない。そのあとでヘイドリアンの下敷きになったせいでもあった。彼のかたい体が鮮明に記憶に残っている。ずっしりと重く男らしい体が胸や腰に押し当てられていた。そのうっとりするような感触が、これまでまったく知らなかった欲求を呼び覚ました。ヘイドリアンがナタリーに対して感じた欲望をかなえてあげたいというめくるめく願いが、体の奥深くに熱い興奮の炎を燃えあがらせる。その興奮の余韻で、いまだに体が震えていた。

なんということ。ヘイドリアンはイングランドの貴族、しかも最高爵位にある人だ。自分にはまったくふさわしくない男性に、こんなにも惹かれるなんてばかげている。

そうでしょう?

とはいえ、女性なら誰しもクレイトン公爵に魅了されるだろう。称号を抜きにしても、背が高く、立派な体つきで、才覚と力強さに満ちた雰囲気をかもしだしている。そよ風がキャラメルブラウンの豊かな髪を乱れさせ、太陽の光が一部分をより明るいキャラメル色に際立たせる。けれど、ナタリーを惹きつけているのは、その悪魔的なまでにハンサムな外見だけではない。初めは冷淡で人を寄せつけない印象だったグレーの瞳に、いまでは知性とユーモアがうかがえる。ナタリーはヘイドリアンと雑談をするのが楽しかった。公爵はまじめな表情をしているときが多いけれど、痛烈な機知を発揮することもあり、一緒にいると刺激的な相手だ。ナタリーが意地悪な発言をしても、怒るどころかユーモアでかわしてくれる。自分のことを笑い飛ばせるくらい客観視できる人に、彼女は心惹かれてしまうのだ。

しかし、いまのヘイドリアンは公爵そのものだった。

あの容赦ない顔つきからすると、はとこを厳しく叱責している最中なのは間違いない。ワイマーク子爵のほうは不機嫌なしかめっ面をしている。彼ら一族の力関係は実に興味深い。ワイマーク子爵の正確な年齢は知らないけれど、おそらく二〇歳くらいで、まだ大人とは見なされていないのだろう。年上の親戚に叱りつけられるなんて、これから大人の仲間入りをしようという若者なら誰だって不愉快なはずだ。

そよ風がヘイドリアンの鋭い声を運んでくるものの、内容はほとんど聞き取れなかった。しかし、公爵の声色がナタリーと一緒にいるときのあたたかくハスキーな声とはまるで別物なのはわかる。先ほどの記憶がよみがえり、彼女の胸は締めつけられた。ナタリーがヘイドリアンの怪我に気づいたとき、公爵は何かを言いかけていた。

〝きみは誰よりも――〟

誰よりも……なんだろう？　誰よりもずけずけ言う女？　誰よりもいらいらする？　誰よ

りも美しい？

ナタリーは首を振って、甘い夢物語にうっとりとする自分を否定した。ばかげている。どう考えても、ヘイドリアンは彼女をつまらない女だと思っているはずだ。一日じゅう自分を美しく見せること以外何もしなくていいぜいたくな暮らしをしている何十人——何百人かもしれない——もの上品な令嬢と、公爵は知り合いに違いないのだから。荒野の学校で教師をし、平等主義を振りかざしてお辞儀を拒み、わずか数日のあいだに気まぐれな六歳の男の子を二度も見失ったような田舎くさいアメリカ人のことを、決して褒めたたえたりはしないだろう。

そう、仮にヘイドリアンがナタリーに興味を持っているにしても、情事の相手として考えているにすぎないはずだ。

イングランド育ちのナタリーの父親は、高貴な血筋の女性を妻にする一方で平民に手を出す貴族たちを軽蔑していた。父親の父親——ナタリーの祖父——は、そんな上流社会の一員だった。こうした貴族への嫌悪が主な理由で、彼女の父親は若くしてアメリカに移住したのだ。父親が自らの経験から得た教訓を無視して貴族に愛情を抱いたりしたら、愚かというものだろう。

クレイトン公爵には、レオをゴドウィン一族に認めさせるための協力者でいてもらうのがいちばんだ。

ナタリーはそうかたく決意して、本当に重要なことに注意を向けた。「レオ、立ってちょうだい。どうして子ども部屋を出ていったのか話し合わなきゃね」

おもちゃの騎兵を走らせている途中で、少年が動きを止めた。警戒するような視線でナタリーの真剣な表情を見あげてから、のろのろと立ちあがってうなだれた。「文字の練習をもっとやりたくなかったんだ。もう知ってるもん」

「もうやりたくなかった、でしょ」ナタリーは訂正した。「だからって好きなところを歩きまわっていいわけじゃないの」〝ここはアメリカじゃないんだから〟と言いたくなったものの、レオに昔の生活を思いださせるのは忍びなかった。「家の中や庭を一時間近くもあちこち探しまわったのよ」

「ごめんなさい」レオはつぶやき、靴の爪先で土を蹴った。

少年はきちんと反省しているように見える。だが、それでもナタリーは身をかがめてレオと目の高さを合わせ、小さな肩に両手を置き、今朝はぴかぴかだったのに、いまや汚れてしまったそばかすの散る顔をのぞき込んだ。「黙ってこの厩舎まで来たせいで、危険な目に遭ったでしょ。もう少しで馬に倒されるところだったんだから。ひどい怪我をしていたかもしれないわ」

「でも、ぼくを倒したのはミスター・コウシャクだよ。彼が助けてくれたんだ」

レオの青い瞳に英雄への崇拝がきらめいたので、ナタリーは胸に痛みを覚えた。自分がいなくなったあとも、ヘイドリアンがこの子をがっかりさせませんように。先のことは考えたくなかったので、ごくりと唾をのみ込んで言った。「そうね。あの人がここにいてくれて、あなたはとても運がいいわ。でも、もう二度とこんなふうに逃げださないと約束して。わかった？」

「はい、ミス・ファンショー」

「よくできました。それじゃ、子ども部屋に戻りましょう。遊んで土まみれになっているから、洗わないとね」

レオが聞き分けよく同意したので、ナタリーは立ちあがって少年の小さな手を握った。屋敷へ戻るには、ヘイドリアンのほうへ歩いていかなくてはならない。公爵はいまだに厩舎の庭の端ではとこと話し込んでいる。そこへ近づくうち、ナタリーは誰かの視線を痛いほど感じた。

それは公爵ではなかった。

囲いの柱にだらしなく寄りかかっているバート——筋骨たくましい馬丁が腕組みをしてナタリーをあからさまに見つめている。縮れた黒髪に縁取られた、無骨だがハンサムだったはずの顔は曲がった鼻のせいで台なしになっている。ナタリーと目が合うと、バートは口元にいやらしい笑みを浮かべたので、彼女の全身があわ立った。

ナタリーはショールをきつくかき合わせ、バートをさげすむように冷たくにらみつけたあと、視線をそらした。ひとり身の女性につけ入ろうとする船乗りや、それ以外のろくでなしを何度も撃退してきたので、こういう表情をつくるのはお手のものだ。

ちょうどそのとき、ヘイドリアンがナタリーを招き寄せた。「リチャードがきみとレオに言いたいことがあるそうだ」

若者のむっつりとした表情から判断するに、ワイマーク子爵が話したがっているとはとうてい思えない。とはいえ、近づいてきて、ぎこちなくお辞儀をした。「あなたと少年を危険にさらしてしまい、申し訳なかった。わざとではなかったんだ」

「わかりました。元気のいい馬を操縦するのは、とても難しいですものね」

ナタリーの返答はむしろワイマーク子爵を怒らせたらしく、彼はいっそうしかめっ面になった。その瞬間、誇り高い若き貴族が自分の乗馬技術を遠まわしに非難されていると受け取りかねない言葉をつけ足すべきではなかったのだと、彼女は気づいた。

しかし、ヘイドリアンは満足したようだった。「おいで」そう言ってナタリーの腕を取る。「きみとレオを送っていこう」

彼女は振り向きざまに、もう一度ワイマーク子爵の憤慨した顔を見やった。どうやら彼は、オークノールにレオとナタリーがいること自体が不快なようだ。もちろん一家は、ナタリーが詐欺師で、自分の息子をオードリーの子と偽っているのだろうと疑っている。そうだとしても、ワイマーク子爵は少なくてもレオには親切にするべきだ。自分の甥かもしれないのだから。

ワイマーク子爵も両親と同じく、アメリカの荒野で平民の父親に育てられたレオを単純に見くだしているのだろう。

原因がなんであれ、ワイマーク子爵がレオを嫌っていると知り、ナタリーはひどく心配になった。子爵はまだ若造の向こう見ずな貴族で、子どもを危険にさらしたことを気にも留めていないように見える。ナタリーがレオを血のつながった家族のもとに置いていきたくない理由が、またひとつ増えた。

10

「大きくなったら騎兵さんになるんだ」レオが宣言した。

厩舎の庭を出発して、三人は屋敷へ戻る砂利道を歩いていた。はとこと折り合いがついたことで、公爵が先ほどより肩の力が抜けて楽しげなのが、ナタリーにもわかった。

「騎兵？」ヘイドリアンが驚いたふりをして尋ねた。「船長になるという野望はどうした？」

「それより、馬に乗って戦いに行くほうがいいや。そしたら、剣でフランス人をやっつけられるもん。これを受けてみろ、フランス野郎！　うわあ」レオは宙を突き刺すような身振りをしてから、倒れ込む敵さながらに小道沿いの芝生の上に大げさに崩れ落ちた。

公爵が目を輝かせ、立ち止まってレオを見おろした。「ほう、坊や。ようやく正しい対戦相手を選んでくれたようだな」

レオは息を吹き返して、上半身を起こした。顔にはしわが寄っている。「〝たいせんあいて〟ってなあに？」

「敵のことだ。もう英国軍じゃなくなったじゃないか」

レオはしばらく考え込んだあとで肩をすくめ、ふたりの前をスキップしながら進んでいった。いかにも子どもらしく、大人の事情など知ったことではないとばかりに。

「子守役のメイドのスーザンのおかげで、レオは英国軍と戦わないことにしたのよ」クレイトンとふたたび歩き始めながら、ナタリーは説明した。「彼女が英国対フランスの身の毛もよだつような戦争話を聞かせてくれたの」

昨夜メイドがレオを風呂に入れているときに一度、それから今朝、朝食を運んでくれたあとにもう一度、ナタリーはふたりの会話を漏れ聞いた。わずか数日のあいだに、レオは生まれた祖国への愛国心をひるがえし、イングランドという新たな故郷に肩入れするようになっていた。そのことを考えると、ナタリーは悲しみに胸が疼いた。

ヘイドリアンに同情するようなまなざしを向けられ、ナタリーは心の奥底まで見通されているような気がした。彼が手を伸ばし、ナタリーの手をそっと握る。「こうなる運命だったんだ。レオが伯爵の孫としてここで暮らすのなら、イングランドの生活に順応しなければならないだろう」

公爵の手のぬくもりが伝わってくるせいで血が沸き立ち、考えがまとまらないので、彼女は手を引き抜いて離れた。「だからって、わたしまでここの何もかもを好きにならなきゃいけないわけではないわ」

ナタリーが身を離したのを面白がっているかのように、ヘイドリアンが唇の片方の端を持ちあげて笑みを浮かべた。「それもそうだな。だが、ここに順応するのはレオ自身のためになることだ。いい子でいることもそうだ。あの子は許可なく子ども部屋を出ていくべきではなかった」

「それについては、もうあの子に言って聞かせたわ」

「ほかの人からもお説教をされたほうが効果的かもしれない。おい、坊や。戻っておいで」

レオが空想の馬の手綱を引くふりをして、彼らのほうへぱかぱかと走ってくるあいだ、公爵は小道の脇に立つオークの木にナタリーを案内した。手を振って、屋敷と広大な芝地を見渡せる石のベンチに彼女を促す。「少しだけ座らないか？」

ナタリーはためらい、ヘイドリアンの肩をちらりと見た。包帯代わりのハンカチから血がにじみでている。「傷はどうなの？ 手当てをしないとだめでしょう？」

「別になんでもない。あと数分くらいどうってことない」

ナタリーが座ると、ヘイドリアンはその横に腰を落ち着けた。ありがたいことにベンチは充分な大きさがあり、ふたりは数センチほど間隔を空けて座ることができた。厩舎の庭で体が重なって身を焦がすような思いをしたあとなのだから、いつまでも公爵と一緒にいるべきではない。彼がそばにいるだけで、胸がどきどきする。

とはいえ初春の午後はあまりに心地よく、いますぐ子ども部屋に閉じこもる気にはなれなかった。青い空を背景にスズメの群れが飛翔し、柔らかな風が掘り起こされたばかりの土のにおいを運んでくる。オークの木はまだ葉を茂らせていないので、広がった枝のあいだから日光が差し込み、ナタリーは寒さを感じずにすんだ。

レオはふたりの前で立ち止まり、ためらいがちな視線をヘイドリアンに向けた。「ぼく、走るの速すぎたかな、ミスター・コウシャク？　そんなつもりじゃなかったんだ！」

ヘイドリアンは前かがみになって膝に肘をつき、レオと目の高さを合わせた。「いや、わたしが気になっているのは、きみが黙って子ども部屋から抜けだしたことのほうだ。いけないことだとわかっていただろう？」

少年がうなだれた。「イエス、サー」

「今日きみはミス・ファンショーにものすごく心配をかけた。紳士なら、そういうふるまいはしないものだ」

「でも、ぼくは紳士じゃないよ。ただのちびすけさ。パパがそう呼んでた」

ナタリーの胸に熱いものがあふれた。レオはまだ幼いので、両親のことを完全に忘れてしまうのではないかと心配していた。両親の死から何カ月も経つけれど、オードリーの肖像画を寝室に飾ってからというもの、レオは何度か彼らの話をしていた。襲撃後の数週間のように、記憶に心を乱されることはないようだ。

「たとえちびすけの紳士でも、規則には従わなければならないぞ」ヘイドリアンは言った。「これからはミス・ファンショーの言うことを聞いて、ちゃんと指示どおりにするんだ。わかったか？」

レオが何度もうなずいた。「イエス、サー、ミスター・コウシャク」

ヘイドリアンがレオに鋭い視線を向けながらつけ加えた。「ほかにも、きみが行儀よくしたほうがいいもっともな理由がある。もし、ちゃんとしたふるまいができるとわたしに証明してみせたら、ポニーを買ってやろう」

「なんですって？」ナタリーは咳き込むように言った。風の中の煙のごとく、公爵への好意は何もかもあっさりと消えてなくなった。「だめ――」

「ポニー？　本物のポニー？」レオの興奮した声が彼女の言葉をかき消した。少年は目を大きく見開き、汚れが縞状についた顔を輝かせた。「乗り方を教えてくれる――教えてもらえますか？」

「もちろんだ。乗馬はどんな若い紳士も学ぶ必要があるからな」

「やったー！　ぼく、誰よりもいちばんの紳士になる！」

「よし。じゃあ、遊びに行っておいで。だが、われわれから見えるところにいるんだぞ」

レオは少年らしく元気いっぱいに、馬の駆け足をまねて芝生を走っていった。

レオがふたりの声が届かないところまで行った瞬間、ナタリーは膝の上で拳を握りしめ、ヘイドリアンに向き直った。公爵はいかにも子どもに甘そうな笑みを浮かべている。どこからどう見ても、高価な贈りものを約束して満足しきりの様子で、両親の価値観に従ってレオを育てようとしてきたナタリーの努力を踏みにじったことには気づいていない。「あの子を物で釣るなんて！　そんなの子どもの教育にはよくないわ。いい子にすることはそれ自体が尊い行いなのだと学ぶべきなのに」

「くだらない。レオは乗馬を習っていてもおかしくない年齢だ。あの子にやる気を起こさせるために、ポニーを買ってやると言っただけだ」

「ポニーなんてぜいたくすぎるわ！　あなたが村でレモンキャンディをひとつ買ってあげたいと言うなら、わたしも気にしない。それか、頭を撫でてやさしい言葉をかけてあげるとか。でも、こんなのだめよ」レオの将来に対するナタリーのあらゆる不安が一気に噴出した。「レオが甘やかされるのはいやなの。望むものはなんでも与えられるぜいたくな育ち方をしたあなたみたいに。そんなんじゃ、あの子はろくな人間にならないわ！」

ヘイドリアンのうれしそうな表情はいっさい消え、険しい顔で唇を引き結んだ。「きみはわたしのことをそんなふうに思っているのか？　わたしがどんな人間かをきみに判断されるいわれはない」

言いすぎてしまったと気づいたものの、ナタリーは引きさがらなかった。「あなたの名誉を傷つけるつもりはなかったわ。でも公爵なんだから、あらゆる富に恵まれ、ぜいたく三昧で育ったのは間違いないでしょう」

「わたしの幼少時代は決してそうではなかった」

「へえ？　レオがアメリカでやっていたみたいに、公爵も小枝と葉っぱで遊んだのかしら。いいえ、それとも、開拓者が彫ってくれた、わずか数体の木彫りの動物で遊んだのかしら。いいえ、あなたは子ども部屋にあんなに膨大な数のブリキの兵隊を持っていた。ほかにもたくさんの高価なおもちゃに囲まれていたんでしょうね。ポニーがいたのは言うまでもなく」

ヘイドリアンはぎりぎりと歯を食いしばった。額にはしわが寄り、まるで内なる悪魔と格闘しているかのようだ。「きみがどうしても知りたいなら言うが、あの兵隊のおもちゃはリチャードのものだ。戸棚にあるほかのほとんどもそうだ。わたしがレオくらいの年だったとき、ゴドウィン卿は子どもにおもちゃなど与えないほどけちな男だった。わたしが母からもらったおもちゃもほとんど取りあげたくらいだ。二度目の結婚後にようやくやさしくなり、ふたりの子ども——つまりリチャードとエレンを甘やかすようになったんだ。だがその頃には、わたしはすでに一年の大半を寄宿学校で過ごすようになっていた」公爵の射るような視線がナタリーを突き刺した。「五歳でここにやってきたとき、わたしはほとんど何もない生活を強いられた。オードリーも同じだ。だから彼女はアメリカの開拓前線での暮らしにもうまくなじめたんじゃないのか。同い年のわれわれは一緒に育ったが、きみはオードリーのことを甘やかされていたとは言わないだろう」

ヘイドリアンの長広舌を聞いて、ナタリーはやや勢いを失った。彼女に神経を逆撫でされたとばかりに、公爵は態度を硬化させている。彼の幼少時代は、ナタリーが思っていたほど安楽な境遇ではなかったのかもしれない。実際、オードリーについての指摘は的を射ていた。彼女が特権を持って生まれた人間のようにふるまったためしなど一度もなかった。

怒りが引いていくにつれ、ナタリーはヘイドリアンに興味津々な自分に気づいた。公爵には、一見しただけではわからない一面があるらしい。「ごめんなさい。決めつけるべきではなかったわね。でも……もし実のお母さまがご存命なら、どうしてあなたはオークノールに来なければいけなかったの？　なぜお母さまと一緒に暮らせなかったの？」

「法的な後見人となったのはゴドウィンだ。当然ながら父は、跡継ぎであるわたしの養育について前もって手はずを整えていた。教育面も財産面もしっかり監督してくれると信頼できる人物に育てられるように」

「あなたとお母さまを引き離さずに後見人の義務を果たす方法はなかったの？　幼いあなたが両親をいっぺんに失うなんて、あまりに残酷すぎるように思えるわ。お母さまはあなたのお世話をできたのに」

ヘイドリアンが皮肉っぽく口元をゆがめた。「きみは母を知らないから」

「それなら、教えてもらえないかしら。お母さまは養育者としてふさわしくないところでもあるの？　ひょっとして、子どもに無関心とか？　冷たいとか？」

「ちっともそんなことはない——実のところ、母はわたしを溺愛している」ヘイドリアンは少しのあいだじっと遠くを見つめた。なんとか適切な表現を探そうとしているかのようだ。「母は……物事を深く考えず、能天気で、感情的なんだ。歯が痛いというメイドの世話を焼きすぎたり、好きで読んでいる小説の架空の登場人物が死んだと大泣きしたりする。衝動的でもあるから、金の価値をこれっぽっちも気にせずに散財してしまう。子どもの頃は年に二度、一週間ずつ母のもとを訪れていたが、そのときはよくおもちゃ屋でわたしが気に入ったものをすべて買ってくれたものだ」

「それらと一緒にあなたはここへ送り返されるけれど、結局は全部ゴドウィン伯爵に取りあげられてしまったのね？」

ヘイドリアンはうなずいた。「取っておくのを許されたのはひとつだけで、それ以外は慈善事業に寄付された。さあ、そんなに驚いた顔をしないでくれ。おかげで甘やかされずにすみ、ろくな人間になれたのだから」

ナタリーが発した非難の言葉をユーモアに包んで返されたので、ナタリーは決まり悪げに微笑んだ。上流階級の子どもがみんな過度に甘やかされているわけではないと知って、レオのためにもよかったとほっとした。城のような屋敷を見あげ、最上階にある子ども部屋の窓に目を留めると、母の贈りものすら手放すことになり、悲しみに打ちひしがれた幼い少年がここに戻ってくるところを想像した。「お父さまはどうしてお亡くなりに？」

「狩猟の時期に落馬したんだ。正直なところ、父についてはほとんど覚えていない。よくわたしを高い高いして笑わせようとしてくれた長身の人という印象だけは残っている。それ以外は……何も」

「かわいそうなお母さま。夫と息子を一度に失っただなんて。彼女から引き離されたのは、やっぱりひどい気がするわ」

「母には妹のエリザベスがいた。あいつは望むものをなんでも与えられ、そのせいで母の衝動的なところやわがままな性質を丸ごと受け継いでしまった。だが、同時に母譲りのやさしい心を持っているから、そうした欠点があっても誰もリジーを嫌いになれないんだ。それで妹はとんでもなく裕福な侯爵とうまいこと結婚したわけだ。最終的には夫のレンベリーを貧乏に突き落としかねないが」

ヘイドリアンのかすかな微笑みには、母親と妹への偽りのない愛情が見て取れた。ナタリーはそれに胸を打たれ、公爵に対して築いていた壁がほんの少し崩れるのを感じた。「おふたりにはよく会っているの？」

「離れていた年月を埋め合わせるくらいには」ヘイドリアンが皮肉っぽい笑みを浮かべてみせた。「ふたりの無駄使いを叱るのに、かなりの時間を費やしているよ。彼女たちを改心させることはまだあきらめていないのでね」

「これまで、貴族ってみんなどうしようもない浪費家だと思っていたわ」

「わたしは守銭奴でも聖人でもない。もし母のもとにあのままとどまっていたら、賭博や放蕩三昧で自分の財産を無駄使いしていてもおかしくなかったよ」

ナタリーはふたりのあいだの冷たい石のベンチに手をついた。「それでもやっぱり、子どもが母親から引き離されるのは間違っていると思うわ」

ヘイドリアンが目をそらし、物思いにふけっているような表情を浮かべた。それからナタリーに視線を戻し、肩をすくめてみせる。「もう過ぎたことだ。わたしはオークノールで育ったおかげで、節度と規律を学んだ。子どもの頃はゴドウィン卿が厳しすぎると思っていたが、いまなら彼が後見人だったことに感謝できる。賢い投資のやり方や、領主として成功するすべを教わったのだからな」公爵がいたずらっぽく微笑んだ。グレーの瞳が陽光を浴びてかすかに青みを帯びている。「というわけで、ナタリー、きみの中では最低だったわたしの評価を少しはあげられたかな？」

ヘイドリアンの笑顔は、魔法使いの魔力を総動員したかのようにナタリーを魅了した。公爵はただ愛想よくしているだけなのに、どうして恋でおかしくなった少女みたいな気分になるのだろう？

ヘイドリアンに合わせて、ナタリーも軽い口調で言った。「もちろん、わたしが間違っていたと認めます。あなたは子どもの頃に甘やかされていたわけではなかった。たまたま生まれが災いして、不当にも特権階級になってしまっただけなのね」

ヘイドリアンが皮肉っぽいくすくす笑いを漏らした。「わたしという人間である以上、公爵という身分が変わることはない。たとえ変えることができたとしても、変えるつもりはない。だから、もしきみがイングランドで平等主義の革命を起こしたいなら、われわれは敵同士というわけだ。だがこちらとしては、むしろぜひともきみを友人だと思いたい」

〝友人〟ヘイドリアンに魅了されっぱなしだというのに、本当に友人になどなれるのだろうか？　まったくかけ離れた世界に生まれた無念さに胸が痛むというのに？　ナタリーは正気でいるために、ふたりの関係は一時的なものにすぎないのだと、自分に言い聞かせた。レオの将来がたしかなものになり、少なくともひとりは強力な味方がいると確信できたら、彼女はアメリカに帰国するので、公爵とはそれっきりになるだろう。

あの子につねに正しい道を歩ませてくれる味方がいると確信できたら。

「それなら、友人として」ナタリーは言った。「どうしてあなたがぜいたくすぎる贈りものでレオを甘やかそうとするのか聞かせてもらいましょうか。ポニーなんて、悪いことをしたあの子がもらうべきではないのに。思うに、あなたはレオの中に自分自身を見ているのではないかしら。それで無意識のうちに、自分が子どもの頃に与えられなかったものを埋め合わせようとしているんじゃないの？」

そう指摘され、ヘイドリアンは驚いたようだった。庭園の塀の外側で地面に膝をつき、土の中の何かを小枝でつついているレオのほうに目を向ける。

「ばか言わないでくれ！」ヘイドリアンが怒った口調になったが、すぐに調子をやわらげた。「その……少なくともそういうつもりはなかった。きみは本当にそう思っているのか？」

「そういう可能性もあると思ったの。あなた自身はポニーを飼っていたの？」

「一度、母が買ってくれたことがあった。わたしとちょうど同じ大きさの、立派なチョコレートブラウン色の雄だった。名前はマッドと言ったな」

少年の頃のヘイドリアンを思い浮かべ、ナタリーの心は和んだ。いまだにそんなにはっきりと覚えているのだから、その贈りものは公爵にとって大きな意味があったに違いない。

「マッド？」

「わたしはまだ六歳だった。ポニーを気に入ってね。母がロンドンの公園に連れていってくれたおかげで、馬丁に乗り方を教えてもらえた。だが、ゴドウィン卿がマッドを売ってしまった。ポニーはたくさん穀物を食べるし、乗馬ならすでに厩舎にいる馬で練習すればいいと言って……どうやら、この話はきみの言い分を証明しているみたいだな」

ヘイドリアンがいらだった視線をナタリーに投げた。けれど、公爵は誇り高いので、自ら答えにたどり着くほうがいいと思い、彼女は眉を持ちあげただけで黙っていた。

「ああ、まったく」ヘイドリアンが心の声を漏らした。「きみがわたしを精神分析するのは勝手だが、あの悪がきにポニーが必要なことは変わらないぞ」

「ゴドウィン伯爵がまたポニーを売ってしまったら？」

「そんなことはできないに決まっている。わたしがそうはさせない。それから、どうか思いだしてほしいのだが、オードリーはわたしにとってきょうだいのような存在だった。もしレオが彼女の子なら、わたしはあの子のおじのようにふるまわせてもらってもいいと思うが」

ナタリーは硬直した。「もし？　あの子は間違いなくオードリーの息子だって言っていたじゃない。それとも、やっぱり伯爵と一緒でまだレオを疑っているというの？」

ヘイドリアンは驚きの表情を浮かべ、石のベンチの上で向きを変え、ナタリーのほうに体を傾けた。額にしわが寄り、渋い顔になっている。「そんなわけはない。〝もしレオが彼女の子なら〟と言ったのは、単なる言葉のあやで、わたしの言い方がまずかった。すまない」

ナタリーはじっとヘイドリアンを見つめ返した。真剣な表情を目にして、公爵を信じたい気持ちになる。でも、レオのためにはっきりさせておかなければならない。「この前、あなたは塔の部屋で、レオに肖像画に描かれた人物が誰かわかるかと訊いたわ。あの子を試しているようだった」

「その件について調べるとゴドウィン卿に約束したから、ただそれだけだ。わたし自身はすでに確信していた」ヘイドリアンが手を伸ばし、そこから誠意を伝えるかのようにやさしくナタリーの手を握った。「きみは良識と知性のある女性だ、ナタリー。だから聞かせてくれ。

本当にきみを詐欺師だと思っているなら、わたしがあの子にポニーを買う気になると思うか？」

ヘイドリアンの手のぬくもりに、ナタリーの鼓動が跳ねあがった。ふたりの心がひとつであるかのような、不思議な絆を感じる。ほんの数日前に出会ったばかりのうえ、共通点などほとんどないことを考えると、そんなのはありえない。それなのに、この感覚は消えることがなく、手をしっかりと包む公爵の手の感触がいっそう意識された。

ナタリーは必死で会話を続行した。「その点は認めるわ。でも、レオにポニーを買ってあげることにはまだ同意していないわよ」

「それなら、きみを納得させるために全力を尽くさなければな」

ヘイドリアンが彼女の手を自分の口元に持っていき、指の背に軽くキスをした。ナタリーに向けられたまなざしはきらめきを帯び、確実に勝つとわかっている決闘に挑むかのようだ。公爵のいたずらっぽい態度に、彼女は口元をほころばせ、あらがうことのできない渇望が全身に押し寄せるのを感じた。彼はどうやってわたしを納得させるつもりだろう？　なぜその方法をこんなにも知りたいのだろう？

ふたりのあいだの引力が太陽と同じくらい明るく激しい閃光(せんこう)を放ち、ナタリーの奥底を溶かした。ヘイドリアンのかすかに下を向いた黒いまつげ越しに、彼女を見つめる熱いまなざしがうかがえる。その顔には、情熱と誘惑、そして歓びの兆しが浮かんでいた。

それからすぐに、ヘイドリアンの熱っぽい表情が少しずつ変化していった。男らしい顔立ちが冷静さという仮面に覆われ、瞳はもはや本心を映してはおらず、陽気な微笑みは消え去っている。ナタリーが単なる平民で、はとこの息子の一時的な保護者にすぎないことを思いだしたのかもしれない。ヘイドリアンがクレイトン公爵であり、女性を魅了する才に長けた有力な貴族であることを、ナタリーも思いださなければならない。

ヘイドリアンは石のベンチから立ちあがり、ナタリーを引っ張って立たせてから手を放した。「時間を取らせたな。この件はまた別の機会に話そう」

ナタリーはうなずき、公爵のそっけない口調に合わせて言った。「包帯を巻く前に石鹸で肩を洗うようチャムリーに伝えてね。清潔にしておけば傷は化膿しないと、オードリーはかたく信じていたのよ」

「ごもっともな助言だ。行こうか？」

ふたりは庭園の塀のほうへレオを迎えに行った。少年の膝の部分は湿り、顔には泥の染みがついている。レオは汚れた手を開き、興奮した面持ちでふたりにミミズを見せた。そのもぞもぞ動く生き物は土の中に住むものだから、あまりいいペットにはならないとヘイドリアンに諭されるはめになったが。

レオたちを見守りながら、ナタリーは厩舎の庭で種牡馬に危うく踏みつぶされそうになったことを思いだしていた。ワイマーク子爵は過失を犯しておきながら、しぶしぶ謝ったにすぎない。子爵の不誠実な態度や、伯爵夫妻のレオを煙たがる冷酷さからしても、無防備な少年にとってオークノールは安全な場所とは言えない。

ナタリーが学校を開くためにアメリカへ帰っても、公爵がレオを守ってくれるはずだ、と自分に言い聞かせる。それでも、心の奥の不安をぬぐい去ることができなかった。ヘイドリアンだってもうすぐ生活拠点であるロンドンに戻るのに、どうして当てにできるだろう？

「なんてこと！」伯爵夫人のプリシラが窓から大声を張りあげた。「アーチー、こちらへ来て、あれを見てちょうだい！」

数分前、プリシラは娘の社交界デビューの準備について話そうと、夫の書斎に入ってきた。壮麗な舞踏会を計画していて、あわよくばそこで娘とクレイトン公爵との婚約を発表したいと考えている。そのためには、守銭奴の夫からたっぷりと予算を捻出する必要があった。伯爵は生来のどけちで、あらゆる出費を渋る。一家で早めにロンドンへ行きたいという妻の嘆願も、社交シーズンにゴドウィン・ハウスを開けておくための費用を一カ月余分に出したくはないからと却下したくらいだ。

娘が公爵夫人という高貴な称号を手に入れるためには、安くすむわけがない。そのことを夫にわからせなければ。

そんなわけで、プリシラは夫のお気に入りのブランデーをグラスに入れ、彼がいつも褒めてくれるマリンブルーのシルクドレスに身を包んでやってきた。もはや結婚当時の慎み深い花嫁ではないかもしれないが、優美な体型を維持するために努力はしてきた。そして長年のあいだに、伯爵をおだてて鍵のかかった財布をこじ開ける技をいくつか身につけた。

そのひとつが窓のそばに立つというものだ。そうすれば、日の光がプリシラの豊かな胸の形を強調してくれる。伯爵もほかの男たちと同じく、いやらしいことで頭がいっぱいのときがいちばん操りやすい。問題は、彼女の策略がすべて吹っ飛んでしまったことだ。プリシラが窓の外を見やると、娘の結婚のお膳立てに骨折るどんな母親たちも震えあがらせるほど衝撃的な光景が目に飛び込んできた。

プリシラがくるりと向きを変えると、伯爵は依然として暖炉近くの革張りの椅子に座ってブランデーをすすっていた。「ゴドウィン」きつい口調で言う。「ちょっともう、いますぐこちらに来てちょうだい！」

伯爵が顔をゆがめたので甘い会話は期待できそうになかったが、プリシラはそれよりも、せっかくの縁談が台なしになるかもしれないと不安だった。ゴドウィンがグラスを置き、立ちあがって窓のところまで来るのを、プリシラはいらいらしながら待った。

「なんだい？」伯爵が尋ねた。

夫がプリシラの胸元をじろじろと眺めていたので、彼女は伯爵の腕をぐっと引っ張って、注意を窓のほうへ向けさせなければならなかった。「外を見てちょうだい！クレイトン公爵がミス・ファンショーと一緒にいるわ。あんまりにも親密そうじゃないの！」

ゴドウィンは窓の外をぼんやりと眺めた。「屋敷に向かって歩いているだけじゃないか」

「ほんの少し前までは、オークの木の下でぴったり寄り添って座っていたのよ。さらにね、公爵があの女の手にキスして、目をじーっとのぞき込んだの！　最初にわたしが呼んだときに来ていれば、自分の目で確かめられただろうに」

「見間違いだろう。たとえクレイトンが彼女に興味があったとしても、あの男は根っからの紳士だから、屋敷から丸見えのところで情事に及んだりしないよ」

「情事ですって？　わたしの言いたいのは、そういうことではないわ。もしあの植民地から来た成りあがり女が、わたしたちの目の前でエレンから公爵を横取りするつもりなら、どうするのよ？」

「おいおい、公爵が自分よりはるかに身分の低い女と結婚するわけがない。ミス・ファンショーはたしかに美しい、それは認めよう。彼女はまさしく、男が情婦にしたいと思うような恥知らずな女だ。クレイトンは数週間前に愛人(シェラミ)と別れたから、代わりにでもしようとしているのだろう」

公爵とミス・ファンショーが少年を呼びに行って、一同が屋敷の中へ姿を消すあいだ、プリシラは顔をしかめたままだった。夫はのんきに構えているが、彼女はいやな予感にさいなまれていた。貴族の男というのは、往々にして身分の不釣り合いな相手と結婚するものだ。公爵の母親を見ればわかる。

「ミス・ファンショーを見くびってはだめよ」プリシラは言い張った。「あの女の気取りようったらなかったわ。さっき廊下で出くわしたとき、素性を知らなければ、彼女を領主夫人だと思ったでしょうね。あなたは……」

「なんだね？」

何がプリシラの頭にずっと引っかかっていたのか、ようやくわかった。「あの女の黒褐色の髪とグリーンの目になんとなく見覚えがあったの。いまようやくぴんときたわ。彼女はリンカンシャーの忌むべきファンショー家と関係があるとは思わないこと?」

「たわけたことを。彼女はアメリカ人だぞ」

「どうかしら。わたしは、ミス・ファンショーがクレイトンを狙っているに違いないと確信しているわ。どうか思いだしてちょうだい。あの女はすでに、子どものことでわたしたちをだまそうとしているのよ」

伯爵が怖い顔をした。「それが本当かどうかまだわからん」

ゴドウィンがずっとあの子どもを非難しないことが、プリシラには気がかりだった。夫はこれがつくり話ではなく、レオが本当にオードリーの息子だと思っているのではないかと不安になる。だから、いまゴドウィンはいつにも増して無口になっているに違いない。伯爵が娘の駆け落ちにひどく取り乱していたのは、もう何年も前のことだ。だが、孫かもしれない子どもがいきなり現れ、古傷が開いてしまったのだ。

レオがここに来ないほうが、誰にとってもよかったのに。

それに、プリシラははるか昔に結婚したとき、かなりの持参金を携えてきた。そのうちの一ペニーたりとも、自分と血のつながらない子どもに渡るのは見たくない。クレイトン公爵のような裕福な結婚相手をみすみす取り逃がすつもりも、むろんない。

プリシラは横に動いて夫のそばへ近づくと、彼の袖を撫でた。「わたしはただ、あなたの力になろうとしているだけなのよ、ダーリン。ミス・ファンショーは信用ならないと、どうか心に留めておいてちょうだい。息子をゴドウィン家の跡取りに仕立てあげるのをあきらめて、公爵をかっさらう魂胆かもしれないわ」

夫をなだめようとした努力もむなしく、ゴドウィンの表情は険しさを増した。「そういう意味のない憶測はもうたくさんだ！　顧問弁護士が到着するまで、この件についてはこれ以上何も聞かん」

ゴドウィンは向きを変えてテーブルのほうに歩いていき、グラスを取って勢いよく飲んだ。プリシラは夫をにらみつけた。まったく男ときたら！　ときおり頑固すぎて、やるべきことが見えなくなるんだから。ミス・ファンショーの魂胆をあばくのは、どうやらプリシラの役目になりそうだ。

あの女に、厄介な少年を自分のいるべきアメリカへ連れ帰させるようにしなくては。

11

「詩はたしなむのかな?」晩餐時に、ヘイドリアンはレディ・エレンに尋ねた。

リネンのかかったテーブルの真正面に座っていたレディ・エレンが顔をあげた。青い瞳を大きく見開き、驚きを浮かべている。名だたる肖像画家のトマス・ゲインズバラでも、これより美しい若き令嬢の絵は描けなかっただろう。繊細な顔立ち、薔薇色の唇、金色の巻き髪が蠟燭の柔らかい光に照らされている。花嫁学校を出たばかりの若い女性にふさわしく、小ぶりの真珠のネックレスがほっそりとした喉元を飾っていた。

「詩ですか?」レディ・エレンは控えめというより、ほとんど恐れているかのようだった。

「ほんのちょっぴりだけです、閣下」

レディ・エレンはすぐさまうつむいて、ふたたびデザートを飾るラズベリークリームの砂糖衣(アイシング)を、フォークでつつきまわし始めた。口に入れることはほとんどない。ヘイドリアンが観察したところ、ほんの数かけらかじっただけだった。

レディ・エレンがヘイドリアンよりも料理に興味を持っているらしいとわかり、彼はかすかにいらだちを覚えた。コース料理のあいだ、彼女の関心事だとか、友人だとか、きたる社交シーズンの予定だとかについて質問して、なんとか会話を弾ませようとした。だが何を言っても、せいぜい一、二分しか彼女に注意を向けさせることはできなかった。

「恥ずかしがることはなくてよ、ダーリン」テーブルの末席から声をかけたレディ・ゴドウインもまた、娘をなだめすかそうと奮闘するもほぼ徒労に終わり、ヘイドリアンにこわばった笑みを向けた。「エレンはシェイクスピアの一四行詩（ソネット）に心酔しておりますのよ、閣下。引用してお聞かせできるほどのお気に入りがいくつかあるはずですわ」

レディ・エレンはぐるりと目をまわした。「それはわたしが一五歳のときの話よ、お母さま。どっちにしても、来週ロンドンに行ったら読書をしている時間なんてないわ」

リチャードがゴブレットに入ったワインを飲み干した。「おまえはバイロン卿の詩が好きなんじゃないのか、エレン。令嬢方のあいだで大流行だもんな。ぼく自身はあんなくだらない戯言など読む気にならないけど」

「リチャード」伯爵夫人がたしなめるような口調で言った。「閣下が詩へのご関心を示してくださっているときに、大変失礼よ」

実際のところ、ヘイドリアンもそんなくだらないものにちっとも関心はなかった。レディ・エレンに試しに愛の詩でも書き送ったらどうかとナタリーに言われたから、その話題を持ちだしたにすぎない。ありがたいことに、レディ・エレンは関心がないようだ。彼女の愛情を勝ち取るために陳腐な詩――韻を踏まなければならない詩など勘弁願いたい――をいくつも書かなければならないとしたら、嫌気が差していたことだろう。

「全然かまわない」ヘイドリアンは応じた。「わたしにもリチャードにも、馬のほうがよっぽど興味深い話題だしな。きみの新しい競走馬の調子はどうだ？　先週ラディントン卿から安く購入したやつだ」

リチャードは、従僕に皿をさげるよう合図している父親をちらりと見た。明らかに、厩舎の庭で起こった出来事について知られたくないようだ。あの種牡馬がレオとナタリーを踏みつけそうになっていなければ、ヘイドリアンも同情してやったかもしれない。

「サンダーは競走馬じゃないですよ」リチャードは言い訳がましく返した。「あれは優勝馬の血を引いているから、すぐに高額の種付け料を取れるようになるでしょう」

ゴドウィンはリチャードを貫くような目つきで見つめた。「そう祈っておけ。あんな向こう見ずな買いもののせいで、おまえは今四半期とその次まで金がないんだ。またわたしに借金を頼みに来るんじゃないぞ」

「でも、タッターソールの馬市場の相場より四〇ギニーも安く手に入れられたんだ」

「そもそも、あれほど気性の荒い馬を買わなければ、はるかに節約できたんだ。すでにスノッドグラスが手紙で文句を言ってきたぞ。あの馬が彼の植えつけしたばかりの畑を突っ切って、小作人のひとりを危うくぺしゃんこにするところだったそうだ」

「スノッドグラス男爵？」レディ・エレンが活気づいた。「男爵は手紙を誰に届けさせたんです？」

「末の息子だ。名前はまったく思いだせん」

「ジャスパーよ」レディ・エレンが明るい声で答えてから、やや決まり悪そうに周りを見渡して皿に視線を落とした。「とにかく彼だと思うわ」

レディ・エレンがいきなり興味をそそられたような表情になったので、ジャスパーとやらもまた彼女に求婚しようとしている競争相手なのだろうかと、ヘイドリアンは考えた。その可能性が浮上しても、思ったほど動揺しなかった。

その理由を考える間もなく、レディ・ゴドウィンが席から立ちあがった。「エレン、殿方にはここでポートワインを楽しんでもらいましょう。そのあいだ、わたしたちは客間で過ごせばいいわ」

レディ・エレンは席を立ちたくてたまらない様子だった。淡い薔薇色のシルクドレスに身を包んだ美しき令嬢は椅子から飛びあがり、母親のあとを追って戸口から出ていった。ヘイドリアンはレディ・エレンが去っていくのを見守りながら、彼女がナタリーとは似ても似つかないのを残念に思った。ふたりの女性の気質は、これ以上ないほどにかけ離れている。レディ・エレンが恥ずかしがって彼と目を合わせないようにする一方、ナタリーは小生意気なほど自信にあふれ、自分の意見を口にする心づもりができている。ナタリーとは、どんな会話をしていても気づまりに感じることはない。それどころか、話していると楽しくてしかたがなかった。ときには意見が対立するが、率直で歯に衣着せぬ彼女を素晴らしいと思っていた。だからこそ、身分に大きな隔たりがあるにもかかわらず、ナタリーを対等な存在と見なすようになったに違いない。

そう認めるのは、おかしな感じだ。大人になってからというもの、みんなの上に立つのが当たり前になっていた。人から敬意を示されるのがふつうだった。ヘイドリアンがそれを要求するわけではなく、単純にそういう習わしだったのだ。公爵より身分の低い者たちは、彼に意見を求め、彼の判断に従う。そして、敬意を表してお辞儀する。

ナタリーは違った。彼女だけは断固としてヘイドリアンに媚を売らない。しきたりにこだわらないその姿勢が、ヘイドリアンの心を開かせ、好奇心をかき立てた。

だからこそ、今日ナタリーに秘密を打ち明けてしまったのかもしれない。ほかの女性からあんな個人的な質問をされたら、凍てつくような視線ではねつけていただろう。実際はそうはせず、これまで誰にも明かしたことのなかった幼少期について、思わず真実を口にしてしまった。子ども部屋におもちゃがなかったことを。五歳で母親と妹から引き離されたことを。何年も忘れていたポニーのマッドのことまで。とはいえ、マッドが売り飛ばされてからの一週間、泣きながら眠ったことを黙っているだけの分別はまだ残っていた。

ナタリーは一心に耳を傾けたあと、ヘイドリアンを誤解していたと謝ってくれた。それでも、レオにポニーを買い与えることは断固として許さなかった。認めたくはないが、きっとナタリーの言うとおり、悪い行いをした少年にご褒美をあげるようなまねをするのは、ヘイドリアンがレオに幼い頃の自分を重ねているからかもしれない。だが、そんなのは知ったことではない。オードリーの息子が自分と同じように幼少期の喜びを奪われるのは許しがたい。

待てよ。本当に喜びを奪われたのだろうか？　そんなことはないと自分に言い聞かせてきた。だとしたら、ナタリーの言い分は間違っていることになる。

「われわれだけにしてくれ」ゴドウィンが言った。

ヘイドリアンははっとわれに返り、伯爵が息子に命じているのだと気づいた。リチャードは椅子にもたれて座り、細面に詮索するような表情を浮かべている。「妹のことかな？　近く発表でもありますかね？」

「出ていくんだ」ゴドウィンがさらに辛辣な口調で言った。「公爵と内々に話がしたいのだ。われわれが何を話し合うかは、おまえには関係ない」

「わかりました。なら、失礼しますよ」リチャードが立ちあがった。ワインのゴブレットをつかみ、それを掲げてヘイドリアンに挨拶する。どう見てもほろ酔い状態で、ふらつきながら部屋の外までのろのろと歩いていったが、一瞬立ち止まって振り向きざまに言った。「早いことエレンに指輪をはめたほうがいいですよ、クレイトン卿。ほかの男に目をつけられる前にね！」

息子の態度が気に入らなかったので、ゴドウィンの頬がほのかに赤く染まり、白髪まじりの金髪と好対照を成した。従僕を退出させると、クリスタルのデカンタを手に取ってグラスふたつに注ぎ入れ、片方をヘイドリアンに差しだす。「息子が申し訳ない。ときどき厄介でな。酔っているときはとくにひどい」

「かまわない」ヘイドリアンはルビー色の豊潤なワインをひと口含んだ。父親のいとこであるゴドウィンはけちかもしれないが、なかなかのワイン貯蔵室を持っている。「このポートワインがすべてを埋め合わせてくれる」

ゴドウィンはテーブルの枝付き燭台の明かりにグラスをかざした。「見事だろう？　この年のものでうちにある最後の一本だ」

ふたりでスペイン産やポルトガル産の何品種かのブドウの長所について議論したあと、伯爵が切りだした。「よければ、リチャードが言っていた件について話をさせてもらいたい。数年ぶりにわが娘と会ってみて、わが娘へのいまの気持ちをうかがいたい。数年ぶりに会ったあの子は、きみのお眼鏡にかなったかな？」

この質問をされることはわかっていたのに、ヘイドリアンは答えを用意できていなかった。「レディ・エレンは若く礼儀正しいご令嬢だ。素晴らしい公爵夫人になる資質をすべて兼ね備えていることは、誰もが認めるだろう」いったん間を置いてから、本心を告げることにする。「だが、彼女自身がその役割を果たしたいと願っているかどうかは疑問だ」

「エレンは内気なところがある。なんといってもまだ一八歳で、花嫁学校を出たばかりだ」ゴドウィンがいらだたしげに眉をひそめた。「だが、いつもはもっと活発であることはわたしが保証する。公爵という高い身分の男性と面と向かうと、おびえて黙りこくってしまうのだろう」

「そうかもしれないな」ヘイドリアンは曖昧に同意した。

グラスをのぞき込んでポートワインをまわしながら、なんとなく気乗りしないのはどうしてだろうと考えた。これから大いなる同盟を結ぶのであって、恋愛結婚をするわけではない。

レディ・エレンは条件を充分に満たしている。生まれたときから、貴族の家庭を切り盛りできるよう訓練されてきた。内気なところも、公爵夫人になれば徐々になくなるだろう。どのみち、おしゃべり好きや自己主張の強い女性は敬遠するつもりだったのでは？　一緒にいて心の平穏を得られないような妻に縛られて、残りの人生を過ごすつもりはなかった。

ところがナタリーと出会って、結婚に対する考え方が間違っていたような気がしてきた。彼女は疑いようもなくおしゃべりで自己主張が強いのに、話しているとこのうえなく楽しい。男の友人相手にしかありえなかったような機知に飛んだやりとりができるなんて、貴重な経験だ。奇妙にも、ナタリーと一緒にいると、自分がいつもより生き生きしているように感じられた。ほんの数日前に知り合ったばかりだと考えると、これほど何もかもしっくりくるなんてありえない。それなのにどうしたことか、ナタリーとなら何時間でも話していられそうだった。

少なくとも、レオのポニーについて話し合っていたときまでは、そう思っていた。あのとき、ヘイドリアンはナタリーの手を口元に持っていき、ふざけ半分にキスをした。しかし、彼女のきらめくグリーンの瞳をのぞき込んだら、抑えきれない欲望がほとばしりでた。ナタリーのうっとりした表情とわずかに開いた唇を見て、彼女も同じ気持ちであることを確信したのだ。あの狂おしい瞬間に、ナタリーを芝生に横たえたいという激しい誘惑に駆られ、そのあとはどうなろうと……。

ゴドウィンが咳払いをした。「この件に関して、互いに満足のいく合意ができればと思っておる」

この件？　ヘイドリアンはなんの話をしていたのか思いだすのに少し時間がかかった。レディ・エレン。結婚。ためらっている自分。

「レディ・エレンには、すでに婚約した身であるという制約なしに、初めての社交シーズンを楽しんでもらうのがいちばんではないかな」差しさわりのない意見を述べる。「社交界を経験するのは、会話の技術を磨き、自信をつけるいい機会になる。いま結婚を焦っても、彼女を不幸せにするだけだ」

ゴドウィンが顔をしかめた。「言いたいことはわかる。しかし、互いの家族がより強い絆で結ばれることが、亡くなられたお父上の――わたしのでもあるが――願いだったのを忘れてはなるまい。残念ながら、あの頃に意図していたようにはうまくいかなかったが」

「オードリーのせいで、というわけか」ヘイドリアンの中で眠っていた怒りが目を覚ました。身をのりだし、伯爵の尊大な顔に浮かんだ険しい表情を凝視する。子どもの頃には、この男を失望させたくなくてびくびくしていたというのに。「この一〇年、あなたは彼女の名を口にしていない。もうそうしてもいい時分だと思わないか？」

ゴドウィンが無表情なまなざしを向けてきた。「彼女は自らわれわれを切り離したのだ。それは向こうの過ちであって、わたしの過ちではない」

「オードリーは過ちを犯したわけではなく、決断をくだしただけだ。その決断を、あなたは尊重し、受け入れるべきだった。そうしていれば、彼女はイングランドに残り、大虐殺で死ぬこともなかったかもしれない」声が詰まったので、ヘイドリアンは頭を振った。「ちなみに言っておくが、どのみちわたしはオードリーに求婚するつもりはなかった。彼女がほかの男を愛しているかぎりは」

「愛だと！　彼女には良縁の結婚をする義務があった。ゴドウィン家の期待を裏切ったのだ」

「あ、い、いあなたの期待を裏切ったのでは？　オードリーの意思とは関係なく結婚の取り決めが結ばれたせいで」

そして、レディ・エレンとヘイドリアンも自分たちの意思とは関係ないところで結婚の取り決めが結ばれた。だからこそ、もし彼女が望まないなら、絶対に無理強いはしたくない。実際、父親同士が決めたこの結婚に一度は同意する判断をくだしたが、それが正解なのかどうかわからなくなってきた。

「いまとなっては、すべて過ぎたことだ」ゴドウィンが残っていたポートワインを飲み干した。「これ以上話す必要はない」

「いや、ぜひとも話さなければならない。オードリーの息子が、いままさにこの家にいる。あの子ども部屋に。正当な孫としてレオを受け入れることで、あなたはオードリーとのわだかまりを解消できるかもしれないんだ」

伯爵が目をそらし、歯を食いしばった。「顧問弁護士の助言を聞いてから判断するつもりだ。マスグレイヴは優秀な法律家だからな。一両日中には到着するだろう」

ゴドウィンの強情な顔に向かって眉をひそめながらも、ヘイドリアンはなんとか平静を保とうとした。伯爵は一〇年ものあいだ長女に対して心を閉ざしてきたのだから、そう簡単に譲歩したりはしないだろう。それに、ゴドウィンの青い瞳には苦痛の影が揺らめいている。いっさいの希望を捨てるのはまだ早い。

だが、もしうまくいかなかったら？

レオが祖父の辛辣な攻撃の矢面に立つなど、誓って許すつもりはない。ナタリーは正しい。あの少年はたしかに、同じ年頃だった自分自身を思いださせる。父親の死を嘆き悲しみ、母親の慰めを受け入れることも許されず、ひとりぼっちで途方に暮れていた自分を。ゴドウィンは孫を認知するのさえ渋っているのだから、レオの状況のほうがはるかに過酷だ。

「弁護士が明確な回答を出せなかったら？」ヘイドリアンは尋ねた。「その男は外国の文書にどれほど詳しい？」

「すぐにわかるだろう」

「しかし、その場合はどうするつもりだ？　ミス・ファンショーが船旅に耐えてまであなたのもとへ連れてきたレオを見捨てるわけにはいかないだろう」

「ミス・ファンショー」伯爵の視線が鋭くなった。「それで思いだした。今日の午後、妻のプリシラがわたしの書斎の窓から、きみとあの女が一緒のところを見ておってな。木の下でふたり一緒に座っていたとか」

ヘイドリアンは口汚い言葉をのみ込んだ。何もやましいことはしていなかったものの、伯爵夫人に個人的なひとときを監視されていたと知って腹が立った。「彼女と厩舎から歩いて戻ってきたのでね。レオが芝地で遊んでいるあいだ、少しばかり日光浴をしていたんだ」

「それだけかな？　妻は、ふたりの明らかに親密な様子に気づいていたが」

「親密？」

「そうだ。ミス・ファンショーの手にキスしているところを見られておったのだよ。なんたることだ、クレイトン。きみなら、もう少し思慮深さを発揮するだけの分別があってもよさそうなものなのに。愛人を囲いたければ好きにすればいいが、わが家であの女を誘惑するのはよしてくれ。純真な娘にふたりがいちゃついているところを見せるわけにはいかないのでね」

ヘイドリアンは冷ややかな目でゴドウィンをにらみつけた。この男に襲いかかって締め殺してしまわないように歯を食いしばる。ここで暮らしていた長年のあいだですら、かつての後見人にここまでの激高を覚えたことはなかった。

すばやく立ちあがって言う。「それなら、こちらはミス・ファンショーに対する中傷を許さない。彼女はあなたの娘の親友であり、あの高潔な人柄を非難されていいはずがない。あなたは孫の世話を引き受けてくれている彼女に感謝すべきなのに、過去にとらわれているせいで悪意に満ちたものの見方しかできずにいる」

ヘイドリアンはゴドウィンの驚いた顔に最後の一瞥をくれてから、きびすを返して晩餐室から大股で出ていった。これ以上伯爵と一緒にいたら、後悔しそうなことをやらかしていただろう。

暗い子ども部屋で、ナタリーは自室の向かい側にある部屋の扉を開けた。その隅にある簡易ベッドまで爪先立ちで歩いていき、ランプの金色の光でレオを照らす。少年は毛布の下で横向きに丸くなって寝ていた。亜麻色の髪はくしゃくしゃに乱れ、あどけない子どもらしく両目が閉じられている。抱きしめていたおもちゃの騎兵が絨毯に落ちてしまっていたので、ナタリーは拾いあげてナイトテーブルに置いた。

彼女の胸は締めつけられた。ここを去らなければならないときが恐ろしくてたまらない！でも、その日はどんどん近づいている。

ゴドウィン伯爵の顧問弁護士がロンドンから呼びだされたものの、誰もいつ到着するのか正確には知らないようだ。レオの書類が本物と認められたあとも、少しのあいだはあの子と一緒にいられるはずだと思い、ナタリーは自分をなだめた。ゴドウィン伯爵は町の斡旋所を通じて新しく家庭教師を雇うだろう。ぜひともその職に就きたい。たとえ、そのせいでフィラデルフィアに学校を開くのが遅くなるとしても。とはいえ、伯爵が自分の孫をアメリカ人に教育させるはずがないのはわかっていた。

つまり、あと一、二週間しかレオと一緒にいられないかもしれない。その一瞬一瞬を大切にするつもりだ。それにしても、レオの存在を快く思わない家族と一緒にここにあの子を残していくのは、はたして正解なのだろうか？

そうした厄介な不安のせいで、ナタリーは眠れなかった。ゆうに一時間以上はベッドで寝返りを繰り返したあと、ホットミルクを飲みに厨房へ行くことにした。子守役のメイドが隣の部屋で眠っているから、レオは問題ないだろう。

ナタリーは静かにレオの寝室の扉を閉め、電気の消された子ども部屋を通り抜けた。空気が冷え冷えとしているので、着古した毛織のローブを羽織っていてよかった。使用人が使う急な階段をおりていくあいだ、ランプのかすかな光は陰気な吹き抜けの部分をほんの少し照らすにすぎなかった。

おそらく真夜中近くだったに違いない。家は墓地のようにしんと静まり返り、静寂を破るのはナタリーが足を引きずって歩くかすかな音だけだった。気味の悪い雰囲気のせいで肌がちくちくしたが、ナタリーが怖いのは幽霊ではない。

レオがこんな息が詰まる場所で、ヘイドリアンと同じく愛情を与えられずに育つのかと思うと恐ろしかった。公爵は子どもの頃に愛情を欲していたと明言はしていないけれど、ナタリーにはその気持ちが読み取れた。

ゴドウィン伯爵に会ってみて、彼が冷淡で近寄りがたい後見人だったことが容易に想像できた。子どもの宝物だったポニーまで売ってしまうような頑固な男が、ヘイドリアンに思いやりを示したとは思えない。公爵がレオを甘やかしたくなるのも当然ではないだろうか？

あれから眠るまで、レオはすこぶる行儀がよく、約束してもらったポニーの話をとめどなくしていた。ナタリーはもう反対するのをやめることにした。ヘイドリアンが幼い親戚にそれほど高価な贈りものをしたいと望むのなら、彼女に止める権利はない。

結局のところ、レオは特権階級の世界へ行ってしまった。伯爵の孫として名門校で教育を受け、いつの日か上流貴族の仲間入りをするのだろう。生まれ故郷や、彼を愛した両親や、海を越えて連れてきた女性のことは、遠い記憶になっていくのだろう。

ナタリーは喉元に込みあげてくるものをのみ込んだ。少なくとも、ヘイドリアンにはレオの父親代わりになる意欲があるようだ。とはいえ、もっと頻繁にオークノールを訪れようと本気で思ってくれているのだろうか？　ナタリーは生まれながらに貴族への不信感を植えつけられてきたので、公爵に何ひとつ期待することができなかった。ましてや、ヘイドリアンが彼女たちと一緒にいたがるのは、レオを心配しているからではない気がしていた。

ヘイドリアンがナタリーに欲望を抱いているからではないかと。

ナタリーは危うく木の階段を踏み外しそうになり、親柱にしがみついた。イングランドの公爵に対してこんな血迷った考えを抱くなんて、どうかしている。ふたりは月と太陽ほどにかけ離れているのに。それにもかかわらず、ヘイドリアンが彼女の手を唇へ持っていったときのことを思いだすたび、心臓が早鐘を打った。ヘイドリアンの瞳にはあまりに強烈な欲望が浮かんでいたので、見間違えようがなかった。

公爵がナタリーとベッドをともにしたがっている。

彼女はかつて父親から言われたこと――イングランドの貴族というのは、より低い身分の女性に享楽を求めるものだ――を自分に言い聞かせた。誘惑に身をまかせれば、ナタリーが何もかも失う一方、クレイトン公爵は名声に傷がつくこともなく去っていくだろう。だから、ふたりのあいだに薄っぺらい友情以上の何かが生まれてはならないのだ。

ナタリーが洞窟のような厨房に入ると、巨大な暖炉のうずみ火が赤熱光を発している以外、室内は真っ暗闇に包まれていた。彼女は蠟燭を掲げて食料庫へ向かった。そこの棚にはハムやソーセージ、果物の砂糖煮やピクルス、お菓子や香辛料など、さまざまな種類の食材が置かれ、おいしそうな香りを漂わせている。天井から吊りさげられた乾燥ハーブの束は、もっと刺激的なにおいを発していた。

ナタリーは少し捜索したのちに、冷たいミルクの缶を見つけ、一杯分を小さな片手鍋に注ぎ入れた。取っ手が少しゆるんでいる気もしたが、これ以上大きな鍋を汚したくない。暖炉の火床に敷いた五徳に鍋を置き、ひとつまみのシナモンと砂糖を加えた。そして金属製の火かき棒で赤々と光る燃えさしをつつく。炎が舐めるように燃えあがって熱を放射し、彼女の冷えた手をあたためた。スプーンでミルクをかきまぜていると、炎に励まされているような、なつかしいシナモンの香りに慰められているような気分になった。

慣れ親しんだ作業をしているとありふれた喜びが感じられ、アメリカの荒野での暮らしを思いだした。そこでは、必要に迫られて料理を学んだ。最高の腕前ではなかったけれど、自分やオードリーのささやかな家族のために、栄養満点の料理をつくろうと果敢に挑戦したと自負している。

ナタリーはミルクを火にかけたまま、長い調理台の横を通り過ぎ、使用人用の陶器のカップや皿が入っている棚へと歩いていった。ミルクを少しずつ飲んで心を落ち着かせ、またベッドに戻るつもりだった。そして、なんとか信じてみるつもりだった。レオはきっとこの家で幸せに暮らしていけると……。

突然、木のきしむ音が静寂を破った。

驚いたナタリーは、物音のしたほう、濃い闇に覆われた片隅に向き直った。その暗がりから、大きな黒い影が浮かびあがった。

12

まるで洞穴から姿を現した熊のように、巨大な影が暖炉の光の中に入ってきた。ナタリーの首筋がぞくぞくとあわ立つ。無骨だが整った顔についた曲がった鼻、いやらしい笑み、モップみたいに縮れた黒髪には見覚えがある。

ワイマーク子爵の馬丁のバートだ。

手織のシャツと茶色のズボンに身を包んだ馬丁は、ナタリーをまじまじと見つめていた。その貪るような視線が、彼女のローブ姿に釘づけになっている。「こんばんは、お嬢さん。ずいぶんと夜更かしなこった」

ナタリーはローブの襟をつかみながら、ポケットにナイフが入っていればいいのにと思った。速まる鼓動を鎮めようと、何度か深呼吸をする。怖がっているところを見せるわけにはいかない。そこで、片眉をあげてバートをにらみつけた。「どうしてここにいたことをすぐに知らせなかったの？　なぜ陰に隠れていたの？」

「先にここにいたのはおれだぜ。あんたが気づかなかったのは、こっちのせいじゃない」

「こんな夜遅くに屋敷内にいてはいけないはずだわ」馬丁たちは厩舎で寝るものだ。イングランドのしきたりはよくわからなかったけれど、ナタリーは当てずっぽうに言い足した。「扉には鍵がかかっていたから、あなた、忍び込んだんでしょう」

バートが肩をすくめ、しわくちゃのシャツからパンくずを払い落とした。「扉の取っ手をちょっと揺すったら開いたんだ。深夜のつまみが欲しくてね。だが、こりゃ思っていた以上にたくさんのごちそうにありつけそうだ」

バートがゆっくりと近づいてくる。彼の暗い瞳に浮かぶ色欲を見て、ナタリーの背筋に震えが走った。この厨房にはふたりしかいない。ほとんどの使用人は屋根裏で寝ているし、家政婦長と料理人の部屋は廊下の反対端にある。

遠すぎて、ナタリーが叫んでも誰にも聞こえない。

彼女はじりじりと後退した。できれば、調理台を挟んで相手と距離を取りたい。たくさんある引き出しのどれかにナイフが入っているはずだが、どこかはわからなかった。探そうとすれば、バートが即座に襲いかかってくるだろう。

ほかに武器となるものは？　火かき棒。それなら間違いなくナタリーの背後にある。暖炉に立てかけておいたのを覚えている。

ナタリーは自信ありげな態度を装って冷ややかに言った。「首にされたくないなら、わたしから離れていることね。粗暴なふるまいをすれば、遠慮なくワイマーク子爵に伝えるわ」

「おいおい、おれが何をしたっていうんだ？　きれいな女性を称賛しちゃいけないなんて法律はないぜ」薄ら笑いから判断するに、バートはあとずさりするナタリーを追いつめて楽しんでいるらしい。「どっちにしろ、若旦那は気にしないさ。ワイマーク卿の話じゃ、あんたはアメリカで野蛮人と暮らしてたんだってな。野蛮人と寝たことがあるのか？」

ナタリー自身を中傷されたことも腹立たしいが、それよりもショーニー族の原住民をばかにされたのがさらに頭に来た。原住民たちは動物の皮や乾燥肉をさまざまな品と物々交換しに来る善良で親切な人々だった。彼らの片言の英語をナタリーが理解できないでいると、微笑みながら身振り手振りで教えてくれた。彼女は数週間かけて原住民たちのなまりを学んだが、そのあとにあの大虐殺が起こり、すべてが変わってしまった。

「言いすぎよ」ナタリーは学校教師らしく精いっぱい厳格な声で言った。「あなたの侮辱を聞くのはもうたくさん。いますぐここから出ていって！」

バートは歩みをゆるめた。ナタリーが調教の必要な雌馬であるかのように、甘いささやき声を出す。「落ち着けって、お嬢さん。あんたが誰と寝ていようが、おれにはどうでもいい。その柔らかい肌にさわってみたいだけなんだから。三つ編みをほどいて、裸の胸に広がるところを見てみたいだけだ」

ナタリーは震えをこらえた。バートは暴力を振るう気だ。前にもこんなふうに襲われそうになったことがある。

彼女はパニックを起こすまいと気を張って暖炉に近づいた。視線はバートに据えたままだったが、炎の熱が感じられ、ぱちぱちという木の音が聞こえてきた。鍋の中で泡立ったミルクが、かすかに焦げたにおいを放っている。

ナタリーは少しずつ暖炉との距離を詰め、見つからないように手探りで背後の細長い火かき棒を探した。指先にざらざらした煉瓦の表面が当たる。

馬丁がヒョウのように飛び跳ねた。

そして、火かき棒と一緒に灰かきシャベルをつかんで後ろにさがり、それらを戦利品さながらに高く掲げる。「危ないなあ」くすくす笑いながら言った。「怪我はしてほしくないんでね」

バートは両方の道具を厨房の向こうへ放り投げた。それらは石の床に当たってがしゃんという音を立てたあと、濃い闇の中に吸い込まれた。

ナタリーは波のように襲ってくる恐怖をこらえた。次はどうしたらいい？　脅しも忠告も、なんの抑止力にもならなかった。バートは筋骨隆々の巨体の持ち主だ。こちらに勝ち目はない。いくら平均的な女性より背が高いとはいえ、自分の限界は知っている。バートなら力づくで彼女を押さえつけられるだろう。

唯一の望みはバートの不意をつくことだった。おびえきった小娘のようにふるまい、こちらが弱気になっていると思わせなければならない。

ナタリーは肩を丸めて顎を引き、無理やり畏縮してみせた。「お願いです。どうか傷つけないで」震える声で言う。「わたしは身持ちのかたい女なの」

バートが彼女からほんの数十センチのところに来た。火明かりの落とす影が、彼のほくそ笑んだ表情の上で揺れ動く。その顔つきは、ナタリーの演技にだまされた証拠だ。バートがにやりと笑うと、唇のあいだから二列の黄色い歯がのぞいた。「よし、それでいいんだよ。たいていの女が初めは抵抗する。だがどうせ、全員がおれのブリーチズの中のでっかい息子を味わいたがるんだ」

男のごつい指がズボンの前ボタンを外し始める。バートが手元を確かめようと下を向いた瞬間、ナタリーはいまだと思った。熱くなった鍋の取っ手をローブのひだでくるんで持ちあげ、煮えたぎった中身を相手にぶちまけた。

バートは視界の隅でナタリーの動きをとらえたに違いない。悪態をつきながら、片腕を持ちあげて防御しようとした。しかし、やけどをするほど熱いミルクが袖やズボンの上部だけでなく、顔や手といったむきだしの素肌にも降り注いだ。彼は痛みのあまりうなり声をあげ、股間を押さえ込んだ。熱々の白い液体が顎から服の上へと滴り落ちる。

ナタリーがまばたきするより早く、バートが猛り狂った雄牛さながらに突進してきた。恐怖に襲われた彼女はとにかく本能のままに行動した。馬丁に向かって思いきり鍋を振りまわしたのだ。

バートがナタリーの肩をがっちりつかんだまさにそのとき、彼の顔の片側に片手鍋ががつんと当たる音がした。バートがのけぞり、彼女の肩をつかんでいた手がゆるむ。彼が前に倒れてくる勢いで、ナタリーは暖炉の煉瓦にぶつかった。鍋や食器が床に落ちて騒々しい音を発する。ナタリーは唇を開いて叫ぼうとしたが、出てきたのはきゃっという小さな音だけで、そのまま馬丁の下敷きになって倒れ込んだ。

バートの目は閉じられている。

重い体の下で、ナタリーは身動きが取れなかった。酸っぱいウイスキーの悪臭で息が詰まる。バートを殺してしまったの？　彼は死んでしまったの？　埋もれていた記憶があふれだし、正気をのみ込んだ。激しい恐慌に拍車がかかる。ああ、そんな！　前とまったく同じだ。逃げられない、見えない、息ができない。胸の鼓動が速くなりすぎたせいで、視界が真っ暗な闇に侵された。狂気に取り乱しつつ、ぐったりと動かないバートの巨体を押したり蹴ったりする。

次の瞬間、突然バートの体の重みがなくなった。ナタリーは恵みの空気を肺に吸い込んでから、両手と両膝をついてあわてて起きあがった。呆然とする中、ヘイドリアンが目に入った。公爵がバートの襟首をつかんでいる。手に力が入りすぎ、図体の大きな馬丁が爪先立ちになるほど持ちあがっている。

混乱したナタリーが安堵を感じる暇さえないうちに、ヘイドリアンがバートの向きを変えて何度か頬に平手打ちを食らわせた。すると、ようやく馬丁が目を覚ました。

バートが困惑してまばたきをする。「公爵――」

「よし、起きたか。気絶した男を殴るのは、わたしの道義に反するのでね」

ヘイドリアンは片腕を後ろに引き、バートの顔に拳をめり込ませた。馬丁は横によろめいて、調理台に突っ込んだ。その拍子に調理台が斜めにずれ、バートは穀物袋よろしく、どすんと音を立てて床に落ちた。鼻と口の端から、おびただしい量の血がほとばしる。首をだらりと垂らした馬丁はシャツの裾をひっつかみ、それで止血しようとした。「痛っ！　痛いじゃないか！　おれの鼻を折ったな！」

「生きていることに感謝するんだな。もう二度とミス・ファンショーに手を出すな。わかったか？」

「別に傷つけるつもりじゃ――」

ヘイドリアンは手を伸ばし、バートの耳を思いきりひねった。「わかったか、か？」

「痛っ！　わかりましたって、閣下。もう二度としません！」

公爵が後ろにさがり、冷ややかな目で馬丁を凝視した。「ほら、そんなみっともない姿でここにいてもらっては困る。荷物をまとめて、ただちにオークノールから出ていけ」

バートがぎこちなく起きあがった。立ってもまだふらついている。ミルクと血で汚れた顔は、やけどを負って皮がむけていた。頬の片側の、ナタリーが鍋で殴ったあたりには赤黒い跡ができている。馬丁は鼻声で哀れっぽく言った。「おれはワイマーク卿のもとで働いているんですよ。あの方以外には解雇できないはずでしょう」

「リチャードはまだ大人と見なされていないのでね。おまえの主人はあいつの父親だ。それから、忘れているといけないから教えてやるが、ゴドウィン卿は治安判事だ。流刑地のボタニー湾へ送られるのが望みなら、ぜひともここに残って自己弁護をしてくれ」

馬丁が黙りこくった。とはいっても、大きな音ではなをすすり続けていたが。やがてナタリーに恨みがましい一瞥をくれると、背を向けて外に通じる控えの間へと重々しい足取りで歩いていった。その後ろをヘイドリアンがついていき、ふたりとも彼女の視界から消えた。ほどなくして公爵のそっけない声が聞こえたかと思うと、扉が開いてまた閉まり、鍵をかけるがちゃがちゃという音がした。

ナタリーは緊張のあまり無意識に震えていた。危険が去ったことをほとんど理解できずにいる。頭が混乱したまま、こぼれたミルク、割れた食器、斜めに押しやられた調理台といった、厨房のひどい散らかりようを見渡した。もしヘイドリアンが入ってこなかったら……。

彼女はふたたび恐怖という暗闇にのみ込まれそうになったので、とにかく動いて気を紛らわした。思い返してはいけない。忘れてしまったほうがいい。前だってそうしたのだから、今回もまたできるはず。ぎこちない動きでかがみ込んで、銅製の片手鍋を手に取った。

ナタリーは目を大きく見開き、壊れた鍋をまじまじと見つめた。「なんてこと！」

ヘイドリアンがナタリーのそばに来た。大きな手のひらを彼女の肩甲骨のあいだにそっと当てる。「ナタリー？　怪我をしたのか？　あいつがきみを傷つけたのか？」

彼女は打ちひしがれたまなざしでヘイドリアンの顔を見あげた。「取っ手を壊しちゃったの！　きっと料理人が激怒するわ」

ヘイドリアンは体に緊張をみなぎらせていたものの、表情をやわらげた。ナタリーのかたく握りしめた手から鍋を外し、それをじっくり調べる。「鋲（びょう）がゆるんでいたんだろう。それだけだ。きみが必死に戦った名誉のしるしだと思えばいい。それでも料理人が激怒するようなら、新しい鍋一式をわたしが買い与えてやる」

もう安心していいはずなのに、ナタリーはいまだにひどく動揺していた。理性を失う一歩手前だ。「あなたにものを買ってもらいたくないわ！　自分で弁償できますから！」

ナタリーはくるりと向きを変え、調理台から折りたたまれた雑巾の山をつかんで持ってくると、ひざまずいてこぼれたミルクを一心不乱に吸い取った。石の床じゅうに白い斑点が飛び散っているうえ、椅子の近くには血の染みもついている。ひと晩かければ、惨事の痕跡をひとつ残らず拭き取れるだろう。こすって、洗って、磨くのだ。大虐殺のあとにもやったように……。

ヘイドリアンが手を伸ばし、彼女を引っ張って立たせた。ナタリーがつかんでいた雑巾をはじき飛ばし、彼女を抱き寄せる。ナタリーの頭を自分の肩に寝かせ、後頭部にそっと手を当てた。「大丈夫だ、かわいい人」ヘイドリアンは彼女の髪に唇をつけてささやいた。「もう安全だ」

公爵は一連の動作で、守られているというおだやかな安心感を与えようとしたのだろう。それにもかかわらず、ナタリーはヘイドリアンの腕の中で固まっていた。呼吸が速く浅くなっている。バートの威嚇するような顔のイメージが、大虐殺のときの兵士の顔に重なっていき、ついには完全に一致した。心の奥底に封印したあの恐ろしい記憶を、掘り起こしたくはなかった。それに、慰めを求めているわけでもない。

この十字架を背負うべきは自分であって、ヘイドリアンではない。

それでも、ヘイドリアンの筋肉質な体に抱きしめられていると、ナタリーは外界から守られていると感じられた。彼は上着もクラヴァットも身につけておらず、白いリネンのシャツと黒のブリーチズという軽装だ。公爵の体温が彼女のローブ、寝間着、肌へと染み込み、体の芯まであたためる。悲痛な思いが込みあげ、喉が詰まってすすり泣きが漏れそうになった。

ナタリーは泣くまいと唾をごくりとのみ込んだ。しかしすでに手遅れで、いったんむせび泣き始めると、もはや自分を抑えることができなかった。意思に反して涙がとめどなく流れ落ちる。膝から崩れ落ちそうになり、ヘイドリアンのシャツに顔をうずめた。公爵の力強い両腕でしっかり支えられたおかげで、床に倒れ込んでしまわずにすんだ。

ヘイドリアンに抱きしめられていると、それ以上悲しみの海に沈むことはなかった。公爵はずっとナタリーの髪を撫で、ささやき続けている。とはいえ、彼女は何を言われているのかわかっていなかった。苦痛にさいなまれるあまり、頭の中が過去の恐ろしい光景でいっぱいになっていたせいだ。

「彼を殺したくはなかったの」ナタリーは感情の波にさらわれ、泣き叫んだ。「殺したくはなかったのに。どうして襲ってきたりなんかしたのよ?」

ヘイドリアンがナタリーの髪を撫でていた手を一瞬止めたが、ふたたび彼女の苦痛をやわらげるべく動かし始めた。「落ち着いて。あいつは出ていった。きみが危ない目に遭わないようにわたしが守ってみせる。もう怖がることはない」

ヘイドリアンに決然とした声で慰められ、喪失感に支配されていたナタリーはわれに返った。最後にもう一度激しく身震いしたあと、ヘイドリアンが手に押し当ててくれていた折りたたまれたハンカチを受け取り、それで泣き顔をぬぐった。少しずつ正気を取り戻し、自分が公爵の腕の中で叫んでいたことにはたと気づく。

貴族なんかに自分がどう思われているかがなぜこれほど気になるのか、まったくわからない。気になるのはたしかだが、あまりに消耗しきっていて、その理由をはっきりさせる気になれなかった。

ナタリーは顎をあげ、濃いまつげ越しにまばたきをしながらヘイドリアンを見つめた。彼女が自制心を失って人目もはばからず泣き崩れたにもかかわらず、公爵は不快感を示すどころか、いったい何があったのだろうと心配そうに眉をひそめている。ああ、しまった。自分は泣いている最中におかしなことを口走ったらしい。何を言ってしまったのだろう？

ナタリーはひとつでも質問されたくなかったので、ヘイドリアンの筋肉質な胸を覆うシャツの涙に濡れた部分に手を滑らせた。「わ――わたし、あなたのシャツ一面を水浸しにするつもりはなかったのよ。どうやら、毎回あなたの服をだめにしちゃうみたいね」

「そのほうがチャムリーは退屈しない」ヘイドリアンが心配そうに見つめながら、ナタリーの濡れた頬を親指でやさしくぬぐった。「本当に大丈夫か、ナタリー？」

ナタリーはなんとかきっぱりとうなずいてみせた。今夜バートに襲われたことだけが取り乱してしまった原因だと思わせておくほうがいい。「その……あの馬丁に驚いただけよ。暗がりの中に誰かいるなんて、夢にも思わなかったから。ただホットミルクが飲みたかっただけなの」

「へえ。きみも眠れなかったんだな」

「ということは、あなたも？」

ヘイドリアンが唇の端を片方だけ持ちあげてかすかな笑みを浮かべた。「図書室で読書をしていたらリンゴのタルトが食べたくなって厨房におりてきたんだ。それがわたしの大好物なので、料理人が焼いておいてくれたんだ」

「ああ」危機一髪のところで公爵が現れたことを、ナタリーはこの瞬間まで疑問にすら思っていなかった。「食料庫の棚にタルトのお皿が置いてあるのを見たわ」

「それじゃあ失礼して、取ってこよう」

ヘイドリアンがナタリーの肩をやさしく押して彼女を放し、厨房を横切った。ナタリーは公爵がそばにいない喪失感に襲われた。相変わらず脚に力が入らないので、テーブルの端に腰をおろす。エネルギーを使い果たしてしまい、散らかった部屋の片づけを始めることもできない。はなをかみ、くしゃくしゃになった彼のハンカチをローブのポケットにしまい込んだ。あんなふうに取り乱すなんて恥ずかしくてたまらない！ 何が起こったのか、自分でもよくわかっていなかった。自立した強い女性であることを誇りに思っていたのに、理性を失うなど彼女らしくない。

しかも、ヘイドリアンの目の前で！ いったい公爵にどう思われているだろう？

そんなことはどうでもいいはずなのに。けれど、頼れる男性がいてありがたかったのは否定できない。ナタリーはあまりにも長い時間ひとりでいすぎたのだ。男やもめのひとり娘として育ち、父親の意向でしょっちゅう政治議論にまざっていたので、日頃から男性との会話を楽しんでいた。しかしここ最近は、ほとんどレオとふたりきりの生活だった――少年をどれだけ愛していようと、大人の男性と話すのと同じというわけにはいかなかった。

ヘイドリアンがリネンの布がかかった皿を持って戻ってくる頃には、ナタリーはまっすぐ立てるまでに回復していた。「もう一度ミルクの鍋をあたためようかしら。あなたも飲みたい？」

「実のところ、われわれにはもっと強い飲みものが必要じゃないかな。階上の図書室に行こう。とにかく、ここよりはあたたかいはずだ」

ヘイドリアンがナタリーの腕を取ろうと前に進みでたが、彼女は首を振った。「厨房を散らかしたままにはしておけないわ。それに、暖炉の火に灰をかぶせないと」

「朝になればメイドが片づけてくれる」ヘイドリアンが調理台に皿を置いた。「火に関しては、ちょっと失礼」

「どうやるか知ってるの？」

「もちろんだ。公爵だって、まったく役立たずというわけではない」ヘイドリアンが口元におどけたような笑みをかすかに浮かべ、暖炉の周りを見渡した。「とはいえ白状すると、必要な道具が見当たらないんだが」

ナタリーが厨房の反対側を指さした。「バートがあっちへ投げたの」

ヘイドリアンの笑みが消えた。道具を取りに行く前に、ナタリーに険しい表情を向ける。

火かき棒を武器にしようとして失敗したことを悟られたのだろうか？　彼女がどれだけ恐ろしかったか、公爵には想像もつかないだろう。ましてや、そのときのショックで、封印していたおぞましい記憶がよみがえってしまったなんて……。

ナタリーは震えをこらえながら、自分の体に腕をまわした。去年の夏の出来事についていつまでも思い悩む必要はない。過去は封印しておくのがいちばんだ。あれから数カ月はずっと何も考えないようにしてきた。レオの世話に集中し、少年が悪夢にさいなまれれば慰めて、ふたりの多くない荷物をまとめ、旅行書類の手配をした。時の流れがあの出来事を忘れさせてくれることを願い、いつも忙しく動きまわっていた。じっくり考える暇ができないように……。

「これで納得していただけたかな、マイ・レディ？」

ヘイドリアンが燃えさしに灰をかぶせ終わっているのに気づき、ナタリーは目をぱちくりさせた。炎はおさまり、火床の上に赤熱光が残っているだけになっている。厨房のほかの部分はともかく、暖炉だけは片づけがすんだようだ。

「お見事です、閣下」

「その呼び方はしないと誓っていたように思うが」ヘイドリアンが火かき棒の横にシャベルを立てかけながら言った。

「それは、あなたにも役に立つことができると知る前のことです」

「ほかにもいくつかできることはある」

ヘイドリアンの笑顔にかすかな欲望がにじんでいるのを見て、ナタリーの中にうずみ火のような情熱が燃えあがった。公爵の雄々しい美貌や、少し乱れたキャラメルブラウンの髪、男性的な目鼻立ちにどうしてもうっとり見とれてしまう。シャツの襟元から広い胸板が三角形にのぞき、煙を思わせるグレーの瞳はやさしさをたたえ……。

ヘイドリアンの視線は少しのあいだナタリーにとどまった。それから、彼は手の汚れを払って皿を取りに行った。「おいで、わたしが持ってきた蠟燭は消しておこう。廊下を照らすには、きみのランプだけで充分だ」

ナタリーが白目製のランプを手に取ると、揺らめく炎が金色の繭のごとくふたりを包み込んだ。一緒に厨房を出て、真っ暗な廊下を進むうち、なぜヘイドリアンがそばにいるとこんなにも安心できるのだろうと、彼女は思った。暴漢に襲われたあとなのだから、真夜中に男性とふたりきりで過ごすほど無防備でいるべきではないのに。寝間着姿であるいまはなおさら。

相手の男性が罪深いほどに魅力的ならなおさら。

13

　大広間にふたりの足音がこだまする。図書室に近づくにつれ、ヘイドリアンは自分の心臓が激しく打っているのを感じた。ナタリーと一緒にいる時間を引き延ばすなんて、どうかしているに違いない。彼らの人生はまるで正反対であるうえ、ナタリーはもうすぐアメリカへ帰るつもりなのだ。だが、今夜の彼はいつものそっけない態度を保つことができなかった。

　ヘイドリアンはナタリーに、先に図書室へ入るよう合図した。彼女が戸口を通り抜けたとき、魅惑的な香りがふわりと漂ってきた。やさしく、どこまでも女性的なにおいだ。彼はその瞬間に、美しい曲線を描く体を腕に抱いていたときのことを思いだした。厨房にいたとき、泣きじゃくるナタリーを椅子に座らせ、程よい距離を取ってそのまま放っておくことなど、まるで考えつかなかった。母親や妹にはいつもそうしているのに。ほかのまともな男たちと同じくヘイドリアンも、目の前で女性に泣かれるくらいなら、地獄の番犬と対峙したほうがましだと思っている。それなのに、先ほどは強い保護本能が働き、ナタリーを抱き寄せずにはいられなかった。彼女が危ない目に遭わないよう守ると信じてほしいと、伝えずにはいられなかった。

ナタリーが鍋で殴りつけてバートを気絶させたあと、馬丁のずっしりと重い図体の下敷きになった光景を、ヘイドリアンは生きているかぎり決して忘れることはないだろう。彼女のもとに駆けつけるまでの短い時間が、永遠にも感じられた。バートの顔に拳を打ち込んでやったときは、大いにすっきりした。ナタリーにさらなる心の傷を与える恐れがなければ、なんの躊躇もなくあのろくでなしを殺していただろう。

ヘイドリアンは記憶を葬ろうとしながら、ナタリーに続いて図書室に入った。そこには床から天井まである本棚がいくつも並び、型押しの装飾が施された革張りの本がおさめられている。いま大事なのは、ヘイドリアンがあくまでおだやかな態度を取ることだ。彼女は落ち着いているように見えるが、いまだに混乱と動揺を感じているに違いない。

さらに、今夜ナタリーが感情を爆発させたのは、バートに襲われたせいだけではないと、ヘイドリアンは確信していた。別の理由もあるはずだ。それを知りたいのはやまやまだが、彼女の人生を詮索する権利など自分にはない。彼は単なる知り合い、友人でしかない。ふたりは、レオを守りたいという共通の望みで結びついているにすぎないのだ。

それにもかかわらず、蠟燭がつくりだす光と影が図書室をくつろげる隠れ家のように見せていることに、ヘイドリアンは気づいた。誘惑にはうってつけの夜といった雰囲気だ。ナタリーは上流社会の厳しい規則にうといので、男女がこうしてふたりきりでいることがどれほど不適切かに気づいていないだろう。誰かに見られたりすれば、醜聞を立てられて、彼女の名誉は地に落ちる。

だが当然ながら、ナタリーはアメリカに帰るのだ、とヘイドリアンは自分に言い訳をした。それに、どうせ誰も起きていない。ほかの家族は何時間も前に寝室へ引きあげた。そもそも、欲望なら完璧に抑えられる。ブランデーで彼女の神経を落ち着かせ、あの暴行からきちんと立ち直ったと確認できたら、ベッドまで送るのだ。

そして自分は引きあげる。

細くしなやかな体つきのナタリーが、炎が揺らめく大理石の暖炉に向かった。コーヒーブラウン色の長椅子が、テーブルを挟んで向かい合っている。少し前まで、ヘイドリアンはそこに座って熱心に本を読んでいて、いきなり厨房へ行かなくてはという衝動に駆られたのだった。実に不思議だ。彼は非常に理性的で、虫の知らせなどというものは信じていない。しかし、ナタリーとのあいだに絆を感じているがゆえに、彼女の身に危険が迫っていることを察知できたのかもしれない。

いまナタリーは立ちつくし、弱々しく燃える炎を見つめている。つややかな黒褐色の三つ編みが片方の肩に垂れかかり、ふだんの勇敢さとは対照的に幼く儚げに見える。入念に準備してきたヘイドリアンの人生がこの女性によっておびやかされるかもしれない、という考えが彼の脳裏をかすめた。

そのせいでヘイドリアンは取り乱した。計画を変更するつもりなどないのに。レディ・エレンと結婚するとすでに決めている。

それなのに、心の奥底では別の欲求が渦巻いている。次から次へと優美な愛人を渡り歩いた末に田舎育ちの独身女性にここまで惹かれていると知られたら、ロンドンの友人たちに笑われそうだ。透けるほど薄いネグリジェではなく、着古したフランネルの寝間着に興奮していると知られたら。貴族の令嬢と結婚するつもりなのに、突飛で快活でずけずけとものを言うアメリカ人が欲しくてたまらないと知られたら。

ええい、くそっ。いまはこんなことを考えている場合ではない。もうやめよう。今夜はナタリーを落ち着かせることが何よりも重要だ。

ヘイドリアンはタルトの皿を置き、ナタリーのそばへ行った。彼女の手からランプを受け取ってそれをテーブルに置いてから、彼女の冷たい手を指を絡ませて握り、先ほどまで自分が座っていた長椅子に案内した。「きみの肌は氷みたいだ。おいで、火の近くに座ったらいい」

暖炉のいちばん近くの席についたナタリーは、必死で自分を鼓舞しようとしているようだった。「あなたにお礼を言っていなかったわ」

ヘイドリアンは腰をかがめて片膝をつき、ナタリーの両手を自分の両手で挟んであたためた。彼女の肌の柔らかさや手のしなやかさを強く意識する。両方の手のひらで小鳥をすくっているみたいだ。「お礼だって？」

「ええ。わたしの命を救ってくれたのは今日二回目ね」ナタリーはヘイドリアンの手を裏返し、甲側の赤くなったところを観察した。「一回目は、わたしの代わりに肩を怪我した。今回は、指の関節の皮がすりむけてしまった」

「種牡馬との一件は不測の出来事だった。今夜のことは、あの悪党の頭を殴って倒したのはきみの手柄だ。わたしはとどめの一撃を食らわしただけだよ」ヘイドリアンは片眉を吊りあげた。「きみが鍋を振りまわしているときは、絶対にそばに寄らないようにしないとな」

ヘイドリアンが冗談めかして言うと、ナタリーが瞳を輝かせた。「紳士らしくふるまっていれば、何も怖がることはないわ。ちなみに、高貴な生まれか否かで紳士かどうか決まるわけじゃないの。これまで、さまざまな立場にいる立派で尊敬できる紳士と出会ってきたもの。重要なのは礼儀と道義、それから人に対する敬意よ」

「その中に公爵をひとり入れてもらえるといいが」

「もし入れていなかったら、わたしはいまここにいないわ」

理屈に合わないものの、ヘイドリアンはナタリーに認められたことに大いに満足しつつ、立ちあがって近くの飾り棚のほうへ行った。「シェリー酒がいいかな？　それとも、もっと強いブランデーとか？」

「ブランデーをお願い。父とよくブランデーやウイスキーを飲んでいたの」

ナタリーの淑女らしくはない好みにも驚かず、ヘイドリアンはデカンタからふたつのグラスにブランデーを注いだ。「人間は中身が大事だというきみの考えは正しい。そういった資質をひとつも持たない貴族を何人も知っている。とはいえ、どんな社会階級にもろくでなしはいるものじゃないかな」

「アメリカには階級がないのよ」ナタリーが小生意気に指摘する。「生まれながらの権利で他人を支配する人はいないの」

こんなふうにからかわれるのも愉快に感じながら、ヘイドリアンはナタリーにグラスを手渡した。「平等主義の統治制度は、アメリカのようにできたばかりの国ではうまく機能するようだ。でも、ここイングランドでは、自分たちのやり方がはるかに根深く染みついている。貴族社会は、ウィリアム征服王の時代からずっと続いているんだ。いまからそれを変えるとなると、混乱を招いて社会が崩壊しかねない。われわれの両親の世代にフランスで革命が起こったみたいにね」

「ふーん」ナタリーがグラスを持ちあげ、乾杯するふりをした。「そうね、二度も救ってくれた人にギロチンでの処刑を望むわけにはいかないわね。ところで、肩の具合はどう？」

ヘイドリアンは彼女のきらめくグリーンの瞳を見つめているうちに頭が混乱し、種牡馬に蹴られたことを言われているのだと理解するまでに少し時間がかかった。「ときどきかすかに疼くが、それだけだ」

実際は、ずきずきと鈍い痛みをずっと感じている。しかし、ブランデーがどうにかしてくれるはずだ。半分ほどを一気に飲んでから、暖炉に近づいて薪(まき)をくべる。火かき棒でつつくと、火の粉が煙突に舞いあがった。ヘイドリアンは自制しなくてはと思っていた。アメリカ人家庭教師と和やかな時間を過ごしているだけなのだから、こんなふうに欲望を感じるのは不適切だ。紳士だと保証してもらったばかりだというのに、キスをしたいという愚かな衝動に屈して、自分の印象を台なしにしたくはない。

ヘイドリアンが向き直ると、ナタリーがテーブルに置いてあった本をぱらぱらとめくっているのが目に入った。彼女は不思議そうな顔をしながら、ちらりと目をあげた。「この地図帳、北アメリカの地図のところにしおりが挟んであるわ」

「きみとレオが住んでいた集落の場所が知りたくて、さっきそれを見ていたんだ。オードリーとジェレミーの名から取ってベリンハムと呼ばれていると言っていたな」

ナタリーはブランデーを飲んでうなずいた。「ミシガン領土の南部にあるの。でも、できて間もないから、この地図には載っていないわ」

「ああ、おかしいなと思ったんだ。どのみち、アメリカのことはよく知らないから、きっと見当違いなところを見ていたんだろう」

ヘイドリアンはナタリーの向かい側の長椅子に腰をおろした。慎重に距離を保っておくに越したことはない。そうすれば、誘惑にも難なく耐えられる。これは必要な予防策だ。柔らかな火明かりの中で、彼女があまりにも美しく見えたから。

ヘイドリアンが飲みものを手にするやいなや、ナタリーは立ちあがった。自分のブランデーのグラスと地図帳を持ってテーブルをまわり込み、彼のすぐ隣に座る。その瞬間、ヘイドリアンは動揺を覚えた。ナタリーと一緒にいると、初恋の少女に夢中になっている少年さながらにのぼせあがってしまうのは、どういうわけだろう?

ナタリーは少しいぶかしげにヘイドリアンを見つめた。「なれなれしすぎると思われていないといいけど。地図を見るのに興味がありそうだと思っただけなの」

「もちろん興味がある。ひどくね」

〝きみに興味がある〟と言っているかのようで、それこそなれなれしく聞こえる。しかし、ヘイドリアンの下心にナタリーは気づかなかったか、あるいは無視することにしたようだった。ふたりの膝の上に開いた地図帳を広げ、右側のページがヘイドリアンの腿に、左側のページがナタリーの腿に、そのあいだに本の背が来るようにした。

「あなたがベリンハムを見つけられなかった理由はね」ナタリーは言った。「その教会地区は七年前に建てられたばかりだけど、この地図は一〇年以上前のものみたいだから。ね？　オハイオが北西部領土の一部になっているもの」

「それじゃあ、ベリンハムはどこだ？」

「ここよ。エリー湖の西端の近く、いまのオハイオ州との境からすぐ北のところ」

ナタリーが指している場所に明かりが落ちるように、ヘイドリアンはサイドテーブルからランプを移動させた。「オハイオ……って、いまはアメリカの一部なのか？」

「そう。一〇年以上前に加盟したのよ。それがわたしの記憶に残っているのは、新しい州を創立する手順について制定した授権法が議会を通過するのに父が関わっていたからなの。当時わたしはもう一四歳だったはず。だから、あの祝典もはっきり覚えているわ。パレードが行われたり、うちに連邦議会の議員たちを招いて特別な晩餐会が催されたり。コース料理のうちデザートのときだけ、わたしも参加させてもらえたの」

ヘイドリアンは皿を手に取った。「デザートといえば、タルトはどうだ？」

ナタリーは小さなタルトをひとつ受け取り、微笑みながら礼を言った。彼女の意識が地図帳に集中しているあいだ、ヘイドリアンはその見事な横顔をじっくり観察する機会に恵まれた。長く濃い色のまつげの先が、火明かりで金色に染まっている。頬は見た目どおり花びらのように柔らかいのだろうか、と知りたい気持ちで胸が締めつけられた。彼女にキスしたらどれほど幸せだろう。喉元に鼻をこすりつけ、ローブを開いたら……。

ヘイドリアンは気を紛らわせようと、貪るようにタルトを食べた。シナモン風味のリンゴとさくさくした生地が舌の上でとろけたが、一瞬にしてその味をナタリーの素肌であるかのように感じてしまった。

ナタリーはというと、タルトを少しずつかじりながら、地図をじっくり眺めていた。「見て」指先でページに触れる。「ここがフィラデルフィアよ。わたしが生まれた場所。そしてオードリーと出会った場所。彼女とジェレミーは教会地区を整備するための資金集めにここへやってきたの」指を下へずらす。「それからここが首都のワシントン。そこでもたくさんの時間を過ごしたわ」

「きみの父上は上院議員だったたな」

「ええ。母はわたしを産んだときに亡くなった。それで一六歳になったときに、父からホステス役を務めてほしいと頼まれたの。大統領や各国の要人たちを迎えるパーティを企画するのは、名誉でもあり挑戦でもあった。準備の大切さを学んだわ。それと、予期せぬ来賓があったり、スフレが落ちてしまったりといった危機をどう脱するかもね」

ヘイドリアンは、陽気に顔を輝かせるナタリーに魅了されると同時に、彼女の多種多様な経験に興味をそそられた。

「つまり、荒野で暮らす前はアメリカ社会の中心にいつもいたわけだ」

「そうなの。父の仕事のおかげよ」ナタリーの口調が愁いを帯びた。「父が恋しくてたまらないわ。立派な人だったの。やさしくて失敗にも寛大で、素晴らしい演説家だった。しかも、たまにいる政治家みたいに、中身のない演説をぶったりしなかった。人々を助けることに本当に骨身を砕いていたわ。誰かが吹雪の中で遭難していたら、父は上着を脱いで差しだすでしょうね。たとえそれで自分が凍えてしまっても」

「本物の紳士だったわけだ。差し支えなければ、父上に何があったのか訊いてもいいか?」

「二年前に心臓発作で倒れたの。うちの馬牧場にもっと時間を割くつもりで、議会から退いたばかりだった」ナタリーは火のほうへ陰鬱な視線を投げた。「わたしたちは、その朝早くから乗馬に出かける予定になっていたの。けれど、父が朝食をとりにおりてこなくて。わたしが二階へ行って、まだベッドに横になったままの父を見つけたわ。父は……とても安らかに見えた……」

口ごもったナタリーの手の上に、ヘイドリアンは自分の手を重ねた。彼自身は父親についてほとんど覚えていない。大人になってからも父親と仲良くしてきたナタリーのほうが、はるかにつらいだろう。「気の毒に。父上が苦しまなかったと知って、いくらか慰められたのではないかな?」

ナタリーが息を深く吸い込んだ。「ええ。ありがたいと思っているわ。幸せな思い出もたくさんあるし」

「きみは自分の親戚について話したことがなかったな。慰めてくれるようないとこや、おばや、おじはいたのか？」

「残念ながらいなかったわ。母はひとりっ子だったの。父は……」はっきりとした理由はわからないものの、ナタリーの態度がよそよそしくなった。自分の手をヘイドリアンの手の下から引き抜き、地図帳からタルトのくずを払うふりをする。「その、父の親戚はとっても遠くに住んでいたから」

ナタリーの私生活に深く立ち入りすぎてしまったと、ヘイドリアンは強く感じた。残念だ。なぜ彼女が結婚していないのか、知りたくてしかたがなかったのに。美しく明るい女性にこれまで大勢の求婚者がいたとしても、なんら不思議はない。しかも、世間の注目を浴びて暮らしていたのなら、なおさらだ。おそらく、単に愛する父親と離れるのがいやだったのだろう。

ヘイドリアンは地図帳を脇に置いて立ちあがり、デカンタを取ってきてふたりのグラスに注ぎ足した。「それで、オードリーの家族がきみの家族になったわけか。不思議に思ったんだが、なぜ彼女たち夫婦は教会地区をそんな辺鄙(へんぴ)なところに整備したんだ？」

「フィラデルフィアで巡回牧師さまが、開拓前線の原住民たちに神の御言葉を届ける必要が大いにあると説教をされていたの。それをジェレミーが聞いて、オードリーと一緒にもっとも善行を果たせそうなところに行ったのよ」

「オードリーたちは危険だとは考えなかったのかな？　北西部領土をめぐって争いがあったのを覚えている。アメリカ人のほかに、英国人やカナダ人も領有を主張していた」

「オードリーたちが集落をつくっていた頃、あの地域は平穏だったの。やがてレオが生まれて、それを彼らは開拓前線にとどまるべきだという神のお告げだと考えた。だから原住民と仲良くなって、信仰を分かち合い、みんなが共生できることを行動で示そうとしたの」

上品な金髪のオードリーが赤ん坊と牧師の夫と一緒に開拓前線にある粗野なつくりの小屋で暮らしているところを、ヘイドリアンは想像してみようとした。いくら丸太の塀で囲まれていたとはいえ、敵地の中の教会地区はとてつもなく危険なはずだ。

「どうしてオードリーたちは、戦争が始まったときに立ち去らなかったんだ？　それにきみは？　戦争の真っ只中にあそこへ行ったんだろう？」

「ベリンハムは、いちばん近いレーズン川の戦地からも四〇キロ近く離れていたから。ともかく、あのあたりでは小競り合いもないまま一年が過ぎたの。わたしはいつだって教えるのが楽しかったし、父が亡くなって、自分が役に立てる別の道を探すべきときだと思っていたから」

「だが、結局ベリンハムはそこまで安全な避難地ではなくなった」ヘイドリアンはつぶやいた。

突如として、ナタリーの顔に苦悩が影を落とし、美しい瞳から輝きを奪った。彼女はにわかに立ちあがり、寝間着の首元をきつく握りしめた。「わ、わたし、この話はこれ以上したくないわ。もう遅いし」

心の中で自分を罵りながら、ヘイドリアンも立ちあがった。なぜ、大虐殺のことをほのめかして悲痛な記憶を呼び覚ましてしまったのだろう？　彼の知ったことではないのに。他人の問題には首を突っ込まないということを絶対に譲れない信条にしているのに。相手が激しく動揺しかねない状況ではなおさら。

しかし、ナタリーは痛ましい襲撃を生き延びた。その経験は、明らかにいまだ彼女に重くのしかかっている。彼女がひとりで苦しんでいると思うと、ヘイドリアンはただただ耐えられなかった。

歩み寄って、ナタリーの肩に両手を置く。こわばって震えているのを感じ、張りつめた筋肉を揉みほぐした。「本当に話したくないのか、ナタリー？　あの虐殺のあいだには、きみが打ち明けてくれた以上のことが起こったんじゃないかと思っている。英国兵が集落を襲撃したとき、きみは教室にいたと言っていた。それから納屋に子どもたちを隠したと。ほかには何があった？」

ナタリーは目をそらし、唇を噛んだ。「あなたは知らないほうがいいわ」

ヘイドリアンは彼女の頬を包み込み、自分のほうへ向き直らせた。「だが、きみはそういうわけにいかないだろう」やさしく言う。「そのときのことがきみを蝕んでいるんじゃないのか。それが厨房であんなふうに泣き崩れた本当の原因なんじゃないのか。きみは〝彼を殺したくはなかったの〟と言った。バートのことでないのは間違いない。ぴんぴんしたあいつが部屋から歩いて出ていくのを、その目で見ていたのだから」

ナタリーの暗いまなざしがヘイドリアンにじっと据えられた。だが、実際には彼を見ておらず、心の中にある過去の恐怖を見ているように感じられた。「過去を蒸し返しても、なんの役にも立たないわ」

「だが、きみの中で腐らせておいても、やっぱりなんの役にも立たない。重荷は分かち合って背負うほうが楽だ」

なぜそんなことが口をついて出たのかわからない。それこそまさに、ヘイドリアンが人生で避けてきたことだ。冷淡で打ち解けない彼を友人たちは尊重し、自分たちの個人的な悩みをぶちまけたりしないほうが身のためだと理解している。この瞬間までヘイドリアンは、もっとも暗い秘密など決して誰からも打ち明けられたくないと思っていた。

ところが、いまはナタリーの暗い秘密を打ち明けてほしい。

つかのま、ふたりの視線が絡み合った。それから、ナタリーが荒い息をしながらヘイドリアンから離れ、両腕を自分の体にまわした。「すべて……あっという間の出来事だったわ。レオも含めた子どもたちを安全な場所へ誘導したあと、わたしはひとりの年長の子に幼い子たちの面倒をまかせた。彼らには納屋で静かにしていてもらうつもりだった。わたしはそこで一緒に縮こまっているわけにはいかなかった。わかるでしょう。友人や隣人を助けに行かなければならなかったの。彼らの命が失われかけていたから」

ヘイドリアンは寒気を覚えつつ、暖炉の前を行ったり来たりするナタリーを見つめた。彼女のローブの裾が足首の周りで揺らめく。「そんな。武器を持った軍隊相手に何ができると思ったんだ?」

「わたしには拳銃があったわ。幼い頃から、父に自分の身を守る方法を教わっていたの。子どもたちを残し、発砲音と……悲鳴のするほうへと急いだ。けれど、校舎の正面に行く途中、ひとりの男が急ぎ足で角を曲がってきた……英国兵のひとりだったわ」

ヘイドリアンは拳をかたく握りしめ、ナタリーのもとへ行くのを堪えた。張りつめた態度から、彼女が自分の周りに壁をつくり、慰めを拒否しようとしているのは明らかだ。とくに英国人からの慰めを。

ナタリーは炉火に視線を移し、単調な声で続けた。「その男はものすごく近くにいた。ほんの数十センチ先に。手に剣を持って、わたしに飛びかかってきた。その目はとんでもなく血に飢えていた。まるで……悪魔の顔を見ているみたいだったわ。後ろに逃げるなんて、もちろんできなかった。だって、その男を子どもたちのところへ案内してしまうことになるもの。だから拳銃を持ちあげた。でも不発に終わって、男に拳銃を叩き落とされてしまった。男はわたしを地面に投げ飛ばし、スカートを押しあげようとした。だけど、わたしがポケットにナイフを忍ばせていたことを、あいつは知らなかったのよ。わたしは……わたしは、男の喉をかっ切った」

最後のところで、ナタリーの声が揺らいだ。彼女は両手に顔をうずめ、身を震わせている。

ヘイドリアンはすかさずナタリーのほっそりとした体を両腕で包んだ。願わくば、彼女の苦しみを奪い去れないものか！　ナタリーのこわばった背中を撫でながら、慰めの言葉をつぶやく。きっと、いま以外の状況なら陳腐だと思ったに違いない言葉を。だが、ほかに言えることは何もなかった。こんな恐ろしい記憶を浄化できるようなことなど何も。

同時に、ヘイドリアンは激しい怒りに襲われた。誰かが、ましてや英国兵がナタリーを——そしてオードリーを襲おうとするとは。ロンドンに戻ったら、民間人、とくに女性に対する軍隊のふるまいについて、陸軍大臣に二言三言、選び抜いた言葉を浴びせてやる。

ふたりの体は徐々に一体化していくかのようだった。ナタリーの呼吸がヘイドリアンの首をあたため、両腕が彼のウエストにまわされる。彼の怒りは、力強く押し寄せる愛情の波に取って代わった。とりわけ信心深くもないのに、彼女の命が助かったことに、心からの感謝の祈りを静かに捧げた。いまこうして彼女を抱きしめていられることに。

ナタリーが頭を持ちあげたとき、ふたたび涙の豪雨が降るだろうとヘイドリアンは半ば予想していた。しかし、彼女のおびえた視線はただ悲しみをたたえているだけだった。「なぜオードリーではなく、わたしが生き残ったの？」

苦悩のあまりナタリーの声が震える。彼女をどう慰めればいいのかわからず、ヘイドリアンは途方に暮れた。思うに、オードリーは人々の救いになることはできても、身を守るために戦うことはできなかったというのが真実だろう。良家で育ったがゆえに、危機的状況ではうまく立ちまわれなかったに違いない。

ヘイドリアンはナタリーの頬から黒褐色の髪の房を払った。「きみには武器と、応戦する意志があったからだろう」

ナタリーは一瞬それについて思いをめぐらせた。「誰かを殺すなんて恐ろしいことよ。いまでも悪夢を見るわ。あの血……それからあの男の目から生気が失われていくのを見ていたときの」

「きみはやるべきことをやったまでだ」ヘイドリアンはやさしくきっぱりと言った。「そいつは死んで当然だった」

「だとしても、おぞましいことに変わりはないわ。わたしはその男の下で身動きが取れなくなってしまい、しばらくしてようやく抜けだせたの。さっきバートがわたしの上に倒れ込んできたとき、当時の記憶が一気によみがえってきた。だからわたし……わたし、取り乱してしまって」ナタリーが目をそらした。「ごめんなさい、ヘイドリアン。自分の問題にあなたを巻き込むつもりはまったくなかったの」

ヘイドリアンはナタリーの顎をそっとつかみ、自分のほうを向かせた。「謝る必要はない」

「だけど、いままでこんなふうに泣いたことなんてなかったのに。あの虐殺のあとだって」

「おいで、座ろう」ヘイドリアンはナタリーを長椅子に導いた。腕の中に彼女がぴったりおさまり、脇腹に柔らかい胸が当たっている最高の感触については、気づかないふりをする。たったいま恐ろしい体験を告白してもらいながら、みだらな考えを抱くなんて下劣な男くらいだ。「きみは驚くほど分別のある女性だと思う。それに、きみの勇気には感嘆している。

わずか数年のうちに、父上が亡くなって、次は親友たちまで失った。きみがこの経験を秘密にしてきたのは、ひとえに打ち明ける相手が誰ひとり残っていなかったのが理由かもしれない」

なぜナタリーにこれほどまで感情移入しているのだろうと、ヘイドリアンは思った。いつもは心の奥底を語ることは避け、冗談やしゃれで飾った話をするほうが好きなのに。だが今夜は、くだらないやりとり以上のものを切望している。男に慎重になって当然と言える女性の複雑な心情を明らかにしたい。

ナタリーの表情がやわらいだ。火明かりを受けて、瞳がエメラルドのように輝く。彼女は体をヘイドリアンのほうに傾け、彼の胸の中央に片手を置いた。ほんのりとぬくもりを感じたヘイドリアンは、彼女とは友だちでいるとかたく決意したにもかかわらず、体じゅうの血を煮えたぎらせた。「あなたの言うとおりよ、ヘイドリアン。たしかに誰もいなかった——あなたに出会うまでは」

14

ナタリーは自分の大胆さに驚いた。意識的にヘイドリアンに触れることにしたわけではない。手そのものが意思を持っているかのようだった。その手と公爵の素肌を隔てているのは、上質なキャンブリック地のシャツだけだ。彼女はかたい筋肉のぬくもりに酔いしれた。男性に誘いをかけるなんて彼女らしくない。しかも、自分とはまったく不釣り合いの人に。公爵に。胸に秘めておいたほうがいいさまざまな理由から、英国貴族を軽蔑して育ってきたのに。

しかし、今夜ヘイドリアンは血の通った人間になり、たまたま貴族に生まれたがゆえに彼をさげすむことはもはやできない。ナタリーがつらい秘密を告白したことで、ふたりの絆はさらに深まった。どうしたわけか、彼らは単なる知り合い、はたまた友人以上になってしまった。とはいっても、ふたりのあいだに具体的に何があるのかは、じれったくも謎のままだ。

ナタリーは、悲しみはどこへ行ったのかと心の中を探しまわった。そしてありがたいことに、あの重苦しさから解放されていることに気づく。不思議と、もはやそれほど過去にとらわれていない。当時のあらゆる出来事を重荷とは感じず、心が軽くなった気がする。それもこれも、ヘイドリアンのおかげと言っていい。公爵はナタリーに、守られていると、大切にされていると感じさせてくれた。そんなことは久しくなかった。もしかしたら、初めてかもしれない。

つまり、ヘイドリアンはとても危険な男性だということだ。

この安心感は幻想にすぎない。少なくともある程度は。貴族が彼女にいっときの享楽以上のものを与えてくれるはずがない。実際ヘイドリアンにとって、真夜中に女性と一緒にいることなど日常茶飯事だろう。彼ほど裕福で魅力的な男性なら、イングランドじゅうに傷心の女性を置き去りにしてきたはずだ。

そのひとりにはなりたくない。

それにもかかわらず、ブランデーによるほろ酔いの高揚感と魂の奥底からわきあがってくる思慕が、良識をうわまわった。空気中にもエネルギーが満ちているように思える。ヘイドリアンも同じように感じているだろうか？　はっきり断言できるのは、ナタリーの手のひらの下にある彼の心臓の力強い鼓動が加速したということだ。

ヘイドリアンがナタリーの頬に指先を滑らせた。その跡に火花のような興奮が残る。「打ち明けてくれてうれしいよ、ナタリー。もっと早くに厨房へ行って、つらい目に遭わせないようにできればよかったのに」

「でもそうしていたら、いまでも心の中に苦痛を閉じ込めたままだったでしょうね。苦痛を解き放ったら、とてもすっきりしたわ。あなたに告白したことで、想像もできなかったほどの解放感がもたらされた」劇的な出来事がひと段落したので、ナタリーはからかうような軽い口調になった。「正直なところ、宿屋で初めてあなたに会ったとき、こんなに話を聞いてくれる人だとは思わなかったわ。あまりにも横柄で、自分より身分の低い人たちのことなんて気にも留めないような印象だったから」

ヘイドリアンが唇の端を片方だけ持ちあげて笑みを浮かべた。「悪いが同意しかねる。小さな悪がきがわたしの専用応接室に駆け込んできて食事の邪魔をし、テーブルの下に隠れたのを思えば、とてつもなく礼儀正しくしたつもりだ」

「あなたはよそよそしくて冷たかった」ナタリーは言い返した。「けれど、翌朝レオを探すのを手伝ってくれて、その冷たい傲慢さの下には、やさしくて思いやりのある紳士が隠れているんだってすぐに気づいたわ」

ヘイドリアンの瞳が光った。「そんなこと、ほかの誰にも絶対に言わないでもらいたい。冷たく傲慢な雰囲気を保つのに苦労しているのでね」

「あなたみたいな地位の人には造作もないことでしょ」ナタリーは我慢できずに公爵のかたい胸板に手を走らせ、小憎らしい笑みを投げかけた。「それで、初めて会ったとき、あなたはわたしをどう思ったの？　お辞儀をしなかったから、不作法な田舎者って思ったに違いないわね。なんて無教養なやつだとも。だって、あなたと握手をするという大罪を犯してしまったんだもの」

「むしろ、これまで出会った中でいちばん愛らしく、いちばん型破りな女性だと思った。ただ、少しばかりいらだった――」

「いらだった？　きっと、足を後ろに引いてお辞儀をしなかったからね」

「話をさえぎらないでくれ、不作法な田舎者だな」ヘイドリアンがいたずらっぽく言った。

「本当のところ、魅力的だと感じた。さらに白状すると、きみの髪をほどきたくてたまらなかった」

「わたしの髪？」

「ほどけて流れるのを見たいと思っていた。いまもだ。よかったら――」ヘイドリアンの言葉の魔力にはまり、ナタリーはうなずいた。公爵が三つ編みに手を伸ばしてすばやくほどくと、彼女の髪はくるくるときつい螺旋を描いて落ちた。その長い黒褐色の髪に、彼が指を通す。すると髪がほどけて乱れ、ナタリーの肩と胸にふわりとかかった。「思っていたよりずっときれいだ。クロテンの毛皮のように柔らかく豊かだ」

心の奥底に欲望が流れ込む。男性に結んでいない髪を撫でられるなんて、驚くほど親密なことに思える。寝室で夫……あるいは恋人にされる仕草のようだ。ヘイドリアンはそのどちらにもなりえないのだと、ナタリーは厳しく自分に言い聞かせた。「わたしにいらだったんじゃなかったかしら」

「第一印象の話をしていたんだったな。言わせてもらえるなら、見知らぬ人に私的な時間を邪魔されて、少しだけ腹が立った」ヘイドリアンがナタリーの手を自分の口元に持っていき、指の関節にキスをした。「だが、あのとき感じたささいないらだちなど、外見も内面も美しいきみを称賛する気持ちにすぐかき消されてしまった」

ヘイドリアンの冷淡な仮面は完全に消え去り、瞳は煙のようにあたたかみを帯びている。本当に美しいと思ってくれているの？　あらゆる警戒心にもかかわらず、ナタリーは彼が本心から口にしていると信じたくてたまらなかった。ふたりの距離の近さに、自分と同じくらい彼の気分も高まっていると。見つめ合っているうちに、ふたりのあいだに官能的な雰囲気が色濃く漂った。ナタリーは呼吸を止められないのと同じく、欲望の磁力にあらがうことができなかった。

公爵が頭をさげ、ナタリーの唇をかすめるようにキスをしたとき、それは必然のように思えた。ぞくぞくする小さな震えが全身を駆けめぐり、ヘイドリアンのキスという至極の快楽を味わいたくて目を閉じる。まさにこの瞬間になるまで、自分がどれほどこのときを待ち望んでいたのかに気づいていなかった。彼はナタリーがかけがえのない存在であるかのごとく両手で顔を包み込み、重ねた唇をわずかに滑らせた。それは思いやりにあふれた愛情の証でありながらも、深い官能をかき立て、彼女のもっとも秘められた部分を疼かせた。なんてこと。この人に惹きつけられる。この瞬間の無上の歓びは、いままでの経験とは比べようもなかった。ふたりが出会ったのがわずか数日前だとは、にわかに信じられない。ナタリーはヘイドリアンをずっと前から知っているかのように感じた。

公爵はほんの一瞬で唇を離した。ナタリーがまつげを持ちあげたとき、彼の瞳の中に輝く銀色の炎が燃えていた。ヘイドリアンは両手をナタリーの肩に落としてもなお情熱をたたえた表情をしていたので、彼女の心臓は止まりそうになった。顔にはむきだしの欲望が浮かんでいるにもかかわらず、彼はいきなり歯を食いしばり、よそよそしい態度を取り始めた。「ナタリー」ヘイドリアンはしゃがれた声で言った。「もう行ったほうがいい」

彼女はわけがわからず、落胆して公爵に向かってまばたきをした。そのあと熱情のもやがかかった思考から抜けだしてようやく理解する。当然だ。彼は厨房でナタリーが襲われるのを目撃した。彼女がこらえきれずに泣いている姿を目にした。恐ろしい打ち明け話に耳を傾けた。今夜ナタリーは感情をむきだしにしている。生まれながらに高潔なヘイドリアンには、そんな彼女につけ込むことなど決してできないのだ。

けれど、ナタリーは公爵から離れたくなかった。いまはまだ。彼が自分の心を狂わせる存在だとわかっていても。

ナタリーは両腕を持ちあげて公爵の首にまわし、彼の髭の生えたざらつく顎に頬をこすりつけた。「紳士でいようとしないで、ヘイドリアン」小声で懇願する。「せめてあと少しのあいだだけ」

ヘイドリアンの瞳の中の炎がより明るく燃えあがった。親指でナタリーの顎を上に傾けながら、彼女をじっと見つめる。そして荒々しく息を吐いた。「なんということだ。きみはあまりに魅力的すぎる」

ふたりはそれ以上何も語らず、心をひとつにして互いの唇をふたたび重ね合わせた。今度は、ヘイドリアンの経験に裏打ちされた巧みさと、抑えられない情熱が感じられる。公爵がナタリーに欲望を抱いているとわかったせいで、激しく燃える恋の炎が血管の中を流れ、骨の髄まで染み渡る。

ヘイドリアンが唇をこじ開けて中に入ってきて、ナタリーを奥まで味わう。舌を絡ませることがこのうえなく魅惑的で、顔や髪を両手で撫でられたときよりもはるかにみだらな気持ちになった。ずっと昔に求婚者たちから軽くキスをされたことしかなかったので、この新しい経験にナタリーは歓びを覚えた。まるで公爵に眠っていた本性を呼び覚まされ、さらなる何かを渇望する気持ちがあふれそうになっているかのようだ。具体的にどうなるのかわからないながらも、さらに先へ進みたいと願い、ヘイドリアンにもっと近寄った。彼のシルクのようなもつれた髪に手を差し入れて、大胆かつ熱烈にキスを返す。

きっと、この瞬間をいつまでも忘れることはないだろうと、ナタリーは痛感した。ヘイドリアンの男らしい体に抱きしめられている魅惑の歓び、彼の口の中に残るほろ苦いブランデーの味、震えるほどの興奮を呼び起こす愛撫、そうしたすべてがナタリーの心に焼きついた。ふたりの抱擁がいつまでも続くわけではないのはわかっている。だから、それを胸にしまって永遠に閉じ込めておくつもりだ。

ヘイドリアンの手が、ナタリーのなめらかな首筋を伝いおりていく。脈打つ喉元で一瞬さまよい、そのあと寝間着の下へ滑り込むと、肩の素肌を撫でた。彼女の首筋に垂れている後れ毛を払い、手の愛撫と同じ経路で唇を這わせていく。

濡れたベルベットのような舌が柔肌を味わっているあいだ、ナタリーは身を震わせた。頭を後ろに倒し、ヘイドリアンがいとも簡単に呼び覚ました恍惚感に酔いしれる。公爵が探索を続けようとローブを開いたときも、それがごく自然なことに思えた。快感の中を漂っていたナタリーは、寝間着の前ボタンが外されたことにもほとんど気づいていなかった。彼の手が中に忍び込み、乳房を包み込むまでは。親指で先端を愛撫されると、体の芯まで一気に熱くなり、彼女は満足のあえぎを漏らした。

ヘイドリアンはもう片方の手でナタリーの顔を傾け、ふたたび深くゆっくりとキスをしたあと、髭の生えた頬を彼女の頬にこすりつけた。公爵のあたたかい吐息を、ナタリーは肌に感じた。「きみが欲しい、ナタリー」彼が息も絶え絶えにささやく。「欲しくてたまらない、きみのすべてが」

その情熱的な言葉と、敏感な素肌を愛撫される快感が、ナタリーの警戒心を崩壊させる。めくるめく情欲の海に溺れ、男性と体を重ねたいという強烈な本能をついに理解した。ひと筋の理性が警告を発しているにもかかわらず、ヘイドリアンに奪われたくて、このまま行き着くところまで導いてほしくてたまらない。

指先で公爵の濡れた唇の輪郭をなぞった。「ヘイドリアン……いまあなたといると……自分がこんなにも生きていると感じられるなんて知らなかった」

「ああ」

そのひとことにこもった所有欲の強さに、腹を立ててもよかったはずだ。しかし、ヘイドリアンの愛撫に身を焼かれていると、自分が彼に情熱を向けられて歓びを感じ、わが身を捧げたいと思っていることに、ナタリーは気づいた。公爵が頭をおろして胸の先端を口に含んだ瞬間にはひときわはっきりと。

ヘイドリアンの舌の動きに内なる炎がさらに燃えあがり、ナタリーはその驚くべき快感に息をのんだ。公爵の広い肩や豊かな髪に、せわしなく手を這わせる。乳房の頂きを唇で巧みに引っ張られるたび、体の奥深くがずきずきと激しく脈打った。神経が高ぶり、我慢の限界を迎えて、警戒心の最後のかけらが砕け散った。彼の唇が与えてくれる刺激的な感覚に、すべての意識が集中する。外の世界も、過去も未来も存在しないかのようだ。必要なのはヘイドリアンだけ。空気がないと生きていけないのと同じく、ヘイドリアンは彼女にとって必要不可欠な存在となった。彼がもたらしてくれる快感をすべて味わいつくしたい……。

突然、ヘイドリアンが身を引いた。ナタリーの肩を握っている手に力を込め、まっすぐ座り直す。彼女のあらわになった胸が冷たい空気にさらされた。ナタリーは当惑して目を見開き、よそよそしくなった彼に文句を言いかけた。「いったい――」

ヘイドリアンがナタリーの唇の上に指を当てて黙らせた。公爵の顔からは、興奮の跡がすっかり消えてなくなっている。グレーの瞳は彼女を通り越して、その先に向けられていた。

次の瞬間、彼が気をそらした理由がナタリーにもわかった。

遠く大広間で錠をがちゃがちゃといじる音がしていた。扉がかちゃりと開閉されるくぐもった音のあとに、近づいてくるスタッカートの足音が続く。

ヘイドリアンがナタリーのローブの前をぐいとかき合わせながら、小さく悪態をついた。

「こんなところを見られてはならない。きみが破滅してしまう」

彼女も事態を把握し、欲望が鎮まった。あたかも氷水を浴びせられたかのように、自分が良識からあまりにもかけ離れたふるまいをしていたことに気づいた。

官能の魔法が消え失せたので、ナタリーは飛びあがって身だしなみを整えた。ヘイドリアンも同じく、暗がりに置かれた椅子にかけた上着を取りに行った。彼女がローブの紐を結び直し、もつれた髪を手ぐしで整えたとき、すでに図書室の前まで足音が迫っていた。

ワイマーク子爵が部屋に入ってきた。ふたりに向かって歩いてくる足取りが、どことなくふらついている。服装は乱れ、クラヴァットがほどけて首からだらしなくぶらさがっていた。

「あれ、ミス・ファンショーじゃないか」ろれつがまわっていない。「ここの明かりが目に入ってね。クレイトンかと思ったんだが……ああ、そちらにおいでか」

ヘイドリアンが暗がりから歩みでた。ほんの一瞬前までの情熱的な恋人は消えている。険しい顔に冷たく平然とした表情を浮かべ、ワイマーク子爵をじっと見つめた。「もう寝たものと思っていたが」

「裏口から抜けだしたんですよ。散歩がてら〈ウサギ狩り〉まで行って、ちょっと賭け勝負をね。伯爵には言いませんよね？」

「おまえが人生を台なしにしようと、わたしの知ったことではない」

「クレイトン公爵ならぬ〝礼法公爵〟は正しい道を踏み外すことは決してないってわけか」ワイマーク子爵が意味ありげな視線をナタリーに向けた。「とはいっても、今夜はお楽しみを見つけたようだ」

彼女は怒りに震えながら息を吸い込んだ。しかし、口をついて出そうになった反論を自制心で押しとどめた。屈辱のあまり、頬がかっと熱くなったけれど。ワイマーク子爵の言ったことは事実なのに、自分に何が言えるだろう？

ヘイドリアンの顔が凍りついている。両脇で拳を握りしめ、はとこのほうへ一歩進みでた。

「酔っているのは大目に見てやろう、リチャード。実際問題、今晩ミス・ファンショーは恐ろしい目に遭ったんだ。責任の一端はおまえにもあるんだぞ。彼女はちょうど階上に戻るところだった」

ヘイドリアンはナタリーが去るのを見守った。何か言われるかもしれないと覚悟していたが――そうなっていたら、ナタリーの評判を守るのはもっと難しくなっていただろう――彼女には落ち着いておやすみなさいと言うだけの分別があった。

静かに図書室の扉へ向かうナタリーは堂々として見えた。長身のほっそりした体に暗い金色のローブを身につけ、頭を高くあげて胸を張っている。不当な扱いを受けたと泣きながら訴えるような女性ではないのだ。ヘイドリアンとのあいだになまめかしい雰囲気が漂っていたことなどみじんも感じさせないほど、威厳のある物腰を保っている。内に秘めた情熱的な女性の存在を自分だけが知っているという事実に、彼は強烈な満足感を覚えた。それを知って気分が高揚するものの、決して知るべきではなかった。

だが、ヘイドリアンは少しも後悔していない。

間抜けさながらに見つめ続けていたことに気づき、いまや誰もいない戸口から視線を引き離すと、思考を無理やり引き戻して理性あるふりをしようとした。幸い、ぼうっとしていたことをリチャードには気づかれていない。

はとこは飾り棚へ直行し、自分で酒を注いでいた。振り返って挨拶代わりにグラスを持ちあげた拍子に、東洋風の絨毯にブランデーがこぼれた。「酒場で出される酒なんて、ひどい代物ですよ。けちな父親のことをひとつ褒めるとすれば、貯蔵室に上級品をそろえているってことだな」

若造がひと口すると同時に、ヘイドリアンは攻撃を開始した。「さっき厨房で、おまえの馬丁がミス・ファンショーを襲ったんだ」

リチャードがブランデーを噴きだし、咳き込みながらグラスをおろした。「なんだって？バートが？」

「聞こえただろう。ミス・ファンショーがホットミルクを飲みに階下へ行ったときに、あのろくでなしが無理やり乱暴しようとしたんだ。わたしが入っていったとき、ちょうど彼女はやつの頭を料理鍋で殴っているところだった。ついでにわたしの右フックも食らわせておいたよ」

リチャードはぼさぼさのくすんだ金髪を落ち着かなげにかきあげた。「ぼくは信じませんよ。き……きっと彼女のほうから誘った――」

熱い怒りが込みあげたのは今夜二度目のことだ。ヘイドリアンの中にかろうじて残っていた理性が、はとこをいますぐ物理的に痛い目に遭わせてやりたいという衝動を押しとどめた。

「そんな中傷をするなら、おまえを打ちのめす」

リチャードは仰天した様子で、よろめきながら長椅子のところまで行ってすぐに座った。

「ごめんなさい。深い意味もなく口にしただけですよ」

ヘイドリアンは深呼吸を数回して、自分を落ち着かせた。いつも冷静な彼らしくない行動を取れば、ナタリーが傷つくような疑いを生むだけだろう。落ち着いて話せるくらい心を鎮められたと感じてから、そっけなく言う。「バートはミス・ファンショーに大変な精神的苦痛を与えた。この一時間ほど、彼女の神経をなだめるのにひどく苦心したんだ」ほかにも彼女の精神状態に影響を与えた出来事が起こったが、リチャードにはすべて馬丁のせいだと思わせておくに越したことはない。

「彼女がバートを訴えたりしないよう、あなたから言い聞かせておいてくれるといいんですが」

「あのろくでなしは解雇した。ここから去ったよ」

「去った？」リチャードは大あわてで立ちあがり、そのせいで危うく倒れそうになってブランデーの残りを全部ぶちまけてしまった。腹立たしげに空になったグラスを一瞥すると、それを暖炉に投げつけた。酔いどれが狙いを定めたところでグラスが砕け散ることはなく、テーブルの下まで絨毯を転がっていっただけだった。「あなたにそんなことはできませんよ、クレイトン。あいつは、ぼくの馬丁だ。あなたのじゃない！」

「もう遅い。自分で代わりを探すんだな」

「でも……サンダーをうまく扱える腕があるのはあいつだけなんだ！　あの種牡馬は数週間の調教が必要なのに。じゃないとレースに出られるようにならないよ！」

「そんなことはどうでもいい。女性に乱暴を働くやつが、オークノールにとどまることは許されない。きみの父上も同意するに決まっている」

ゴドウィンの話になると、リチャードの顔に恨みがましさとともに沈んだ表情が浮かんだ。

「あなたみたいにうなるほど金があれば、そう言うのは簡単でしょうね。腕のいい調教師は安くないんですよ。だけどバートは、賞金の分け前と引き替えに無給で働いてくれていた。このままじゃ借金が返せなくなる……」不機嫌そうにヘイドリアンを見る。「気にしないでください。あなたにはわからないでしょうから」

窮地に追い込まれた男に同情しないわけではなかった。とはいえ、ヘイドリアン自身は社交上の娯楽として必要なときしか賭博はやらない。それに、手を引く頃合いを見極められる。一方、悩ましいことに、リチャードはここ一年かそこらで、みるみるうちに賭けにはまっていった。

「おまえは大人とは認められていない」ヘイドリアンは指摘した。「賭博の借金の責任は問われない」

この意見に、さすがにリチャードも憤慨したようだった。「まさか！　友だちへの支払いを踏み倒せと？　もう二度と顔向けできないよ」

「少なくとも、おまえが名誉を大事にしているようでよかった。もし身の破滅を避けたいのなら、まずは賭けをやめることだ。次に、あのいまいましい種牡馬を売ることだな。あれを安く買えたのには理由がある。あまりに興奮しやすくて、まともな競走馬にはならない」

「サンダーを売ったくらいじゃ、借金のほんの一部の足しにもならない」

「それなら、父上に借金を精算してもらう代わりに、賭博台には近づかないと誓うんだな」

「ふん！　あの年寄りは締めつけを厳しくするだけですよ。そんな誓いを立てたら、いつまでもそのことを言われ続ける」ふらつきながら立っているリチャードの顔に、狡猾そうな表情が浮かぶ。「ぼくに数千ほど用立ててくれないですかね、クレイトン？　もうすぐ義理の兄弟になることですし」

　ヘイドリアンの心でレディ・エレンと結婚するという意志に迷いが生じていることを、リチャードは知らない。晩餐のあと、ヘイドリアンはゴドウィンに数カ月のあいだ婚約を延期すべきだと伝えた。レディ・エレンが内気な性格を克服するのに充分な時間が取れるようにと。さらに事態は複雑になっている——ナタリーに惹かれ始めているせいで、ぬかりなく計画してきたはずの将来が混沌としつつあった。じっくり考え直す時間が必要だ。とはいえ、結婚のことは私的な問題なので、酔っ払ったリチャードに事情を打ち明けるわけにはいかない。

「金は貸さない」ヘイドリアンはきっぱりと言った。「そろそろしっかりして、自分の力でこの窮境から抜けだす方法を見つけるべきだ」

リチャードは苦い顔になり、酒のお代わりを注ぎに重い足取りで飾り棚へ歩いていった。この愚か者が母親に甘やかされてきたことは、ヘイドリアンも知っている。だがきっと、この危機がはとこを成長させるだろう。少しのあいだ苦労すれば、貴重な教訓を得られるはずだ。

リチャードが振り返り、反抗的で怒りに満ちたまなざしでグラスの縁をにらんだ。「偉そうにしているが」彼がつぶやく。「まさか、妹を裏切るようなくず野郎じゃないですよね」

「なんだと?」

「あなたがミス・ファンショーに向けていたまなざしが気になりました。今夜ここでおふたりがとても親密にしていたことを、伯爵はどう思うかな。もちろん、黙っていてあげないこともないですよ——それ相応の見返りがあるなら」

激しい憤怒がヘイドリアンを根底から揺るがし、溶岩流のごとく表出する。人生で初めての経験だった。抑えきれなくなった怒りに駆られ、大きく踏みだして貧弱なリチャードの襟をつかむと、はとこの足が浮くほど持ちあげた。「わたしを脅迫しようなどとは思わないほうがいいぞ、リチャード」

「き……脅迫じゃない、た……ただ金を貸して——」

リチャードの青い瞳が恐怖に見開かれるまで、ヘイドリアンは握りしめる手に力を込め続けた。神に誓って、この若造がナタリーの名を汚すことは許さない。「われわれの取り決めについて説明しよう」ヘイドリアンは最高に冷たい声で言った。「おまえはわたしからびた一文借りられない。それから、ミス・ファンショーについては口にしないこと。わかったか？」

リチャードが息をのんだ。泥酔状態でありながらも、どうやらヘイドリアンの顔に浮かんだかたい決意を悟ったようだった。

「ご……ごめんなさい、クレイトン。悪気はなかったんだ。何も——何も言いませんよ」

貧弱な顔立ちに極度の恐怖が表れるのを見て、ヘイドリアンの理性を奪った激しい憤怒が全身に行き渡るかのようだった。手の力をゆるめ、嫌悪感もあらわにリチャードを押しやる。若造がよろよろと後ろにさがって長椅子に崩れ落ち、叱られた幼い少年よろしくうずくまった。

「取り決めは守ってもらうぞ」ヘイドリアンはきつく言い渡した。

そしてきびすを返し、大股で図書室を出る。自分の足音が大広間に鋭くこだますると、少しずつ怒りが鎮まっていった。平常心を取り戻したと思えた頃、この一件についてじっくりと考えをめぐらせた。いままでは、つねに自制心を働かせて生きてきた。感情を厳しく抑制できることに誇りを持っていた。しかし今夜、その自負は完全に揺らいでいる。自分の中に、押し殺せないほど胸が高鳴る気持ちが存在すると気づいてしまった。そのせいで、控えめに言っても心が落ち着かない。

すべての原因はナタリーだ。

ヘイドリアンは階段をあがりながら、どうしてもナタリーのことを考えてしまった。彼女が自分の腕の中で情熱に身を震わせていたことを。彼女の開かれた唇が柔らかかったことを。肌の味わいを。背中を弓なりにそらして、完璧な胸をこちらの口元に差しだしてくれたことを。邪魔が入らなければ、彼女を長椅子に押し倒し、あのまま図書室で体を重ねていただろう。

なんと考えなしの愚か者なんだ！　高潔な女性に、あれほど無分別なことをすべきではないとわかっているのに。まだ青くさい若者だったときですら、ここまで無責任なふるまいはしなかった。ナタリーがキスを望んでいたとしても、許される問題ではない。

リチャードの闖入（ちんにゅう）にいらだったものの、結果的には幸運だった。ヘイドリアンが情事の相手に選ぶのは経験豊富な女性だけと決めている。ナタリーは世間のあらゆることを経験してきたにもかかわらず、男性とベッドをともにしたことがないのは間違いない。互いの欲望を満たしたりすれば、恐ろしく深刻な罰を受けるだろう。

だが、これは単なる欲望なのか？

一緒にいて理性的かつ論理的思考がまったくできなくなってしまう女性に、これまで会ったことはない。上流社会は、地位や富を目当てにクレイトン公爵夫人になりたいと列をなすイングランド美女たちであふれ返っている。ヘイドリアン自身がそういう状況になるよう仕向けたわけでも望んだわけでもなく、それが紛れもない事実なのだ。

長年のあいだにヘイドリアンの目に留まった女性も何人かはいたものの、結婚を前提に真剣なつきあいをしたいとまでは思えなかった。いまのいままで気づかなかったが、彼が妻に求めるのは、美しい顔と高貴な家柄だけではなかったのだ。機知と会話力、人間としての深みと知性、忍耐力と精神力、思いやりと官能性を持ち合わせている女性がいい。

ナタリーはすべての資質をあふれんばかりに備えている。彼女に対して漠然と感じていたつながりは、今夜、強力な絆となった。彼女を自分のものにしたい、守りたい、永遠につなぎとめておきたい。とはいえ、レディ・エレンあるいは同じような貴族の令嬢と結婚しなければならない義務がある。貴族社会を軽蔑している身分違いのアメリカ人家庭教師と結ばれるわけにはいかないのだ。

ヘイドリアンはその考えにはっとして、自分の寝室の前の影が落ちている廊下でいきなり立ち止まった。ナタリー・ファンショーとの結婚を本気で考えているのか？

まったくもってどうかしている。

公爵ともあろう者が、はるかに低い身分の女性と結婚したりはしない。ましてや外国人などありえない。そんな結婚を夢見て胸を躍らせるべきではないのだ。よそ者のナタリーは上流社会にある無数の規則を何ひとつ知らないし、知っていたところで従うわけがない。あらゆる高慢ちきや噂好きが、彼女を下世話なおしゃべりの種にするだろう。ヘイドリアンならそうした連中を冷たい視線で黙らせることができるが、ナタリーを上流社会という残酷な場所に投げ込むのは気が進まない。

もちろん、ナタリーのほうにクレイトン公爵夫人になる気がなければ話にもならない。彼女のような性格の女性を一度の熱いキスで自分のものにできると考えるほど、ヘイドリアンはおめでたくはない。実際のところ、もしナタリーに求婚でもしようものなら、彼女は悲鳴をあげて次の船でアメリカへ逃げ帰ってしまうのではないかと疑っている。

そして二度と会うことはないだろうと。

ヘイドリアンは混乱した心を抱えながら、両手を壁について、絨毯のツタの葉模様をにらみつけた。簡単には抜けだせない窮地にはまってしまった。しかも、結婚して腰を落ち着けてもいいと考えていた矢先に。

ひとつだけ、はっきりしていることがある。ナタリーの貴族に対する根深い軽蔑が薄れるまでには時間がかかるだろう。互いが本当にふさわしい相手かどうか見極める機会を得られるまで、どうにかして彼女をイングランドにとどめておかなければならない。

つまり、レディ・エレンと結婚しない可能性もあるということは内緒にしておく必要がある。ナタリーは公爵になど求婚されたくないはずだ。だからいまは、慎重に秘密にしておかなければならない。

15

「ああ、こんなに雨が強くなければいいのに」レディ・エレンはため息まじりに言った。「森で散歩がしたかったわ」

「雨だと泥ができるよ」レオが応える。「ぼく、泥が好きなんだ。でも、ミス・ファンショーは泥の中で遊ばせてくれない」

ふたりは並んで子ども部屋の窓に鼻を押しつけ、ガラスを滑り落ちる雨粒を眺めている。レディ・エレンは少し前、ちょうどナタリーとレオが昼食を終える頃に子ども部屋に入ってきた。そしていま、おばと甥はふたりとも、あいにくの天気を残念がっている。

ナタリーは教師用の机の席から彼らを見守っていた。明日の授業の準備をしようにも、なかなか身が入らない。少年に午後の読書をさせるのも忘れてしまうほど、集中力を欠いている。いつものようにきびきびと行動できないのは、雨模様のせいでもあるだろう。とはいえ、昨晩ヘイドリアンと熱いキスを交わして以来、夢の中を漂っているような気分だった。

羽根ペンをくるくるまわしながら、顎のまわりを羽根でなぞる。そんな無意識の仕草が、ヘイドリアンとのぞくぞくするようなキスを思いださせた。彼は寝間着のボタンを外し、むきだしの乳房を撫でて、その先端を口に含んだ——そうしたみだらな瞬間をすべて楽しんでいた。刺激的な記憶が、もう一度何もかもを体験したいという心からの欲求を呼び覚ます。けれど、それはありえない。まともな女性なら、あんな奔放なふるまいはしない。しかも貴族とだなんて。そんなのは身を破滅させるだけだ。

ため息をつき、インクつぼにペン先を浸す。しかし、単純な足し算や引き算の問題をつくる代わりに、ふと気づけば、重なり合うふたつのハートの落書きを紙に描いている。昨夜はヘイドリアンの夢を見ながら眠りにつき、今朝は軽蔑している貴族階級に属する公爵に夢中になっているという当惑で目覚めた。

いいえ、〝軽蔑〟は言いすぎかもしれない。イングランドに到着して以来、あらゆる地位の人たちと同じように、まともな貴族もいれば、そうでない貴族もいることを痛感していた。たとえば、レディ・エレンは親切で寛大である一方、兄のワイマーク子爵は失礼な酔っ払いだ。

ワイマーク子爵に、ヘイドリアンの腕の中にいるところを危うく見られそうになったなんて、恐ろしく恥ずかしい。子爵の陰険なまなざしを思いだすと、ぞっとする。子爵を見るとなぜか不安な気持ちになるので、いまひとつ信用できなかった。とはいえ、あのとき彼が図書室に入ってきてくれて、恥辱を覚えると同時に安堵もしていた。

もし邪魔が入らなければ、ヘイドリアンともっと深い関係になっていただろう。欲望が、物事を理性的に考える力を消し去ることができるなんて知らなかった。いまこの日中の光の中でなら、公爵といつまでも一緒にいたのは過ちだったとわかる。秘密を打ち明けて、心の距離をさらに縮めてしまったのも。夫と妻がするような親密な行為に及んでしまったのも。いまのままの関係が長続きするわけがないのに。ナタリーはゆくゆくはアメリカに戻り、学校を開くつもりなのだから。

さえずるような笑い声が、ナタリーの注意をレオとレディ・エレンに引き戻した。どうやらふたりは、どの雨粒がいちばんに窓ガラスを滑り落ちるかについて、ほのぼのとした言い合いをしているらしい。金髪の令嬢は華奢な体に淡いピンクのドレスをまとっていて、まさに完璧なイングランド美女といった感じだ。

ナタリーは作業をしているふりをあきらめ、ペンを置いて頬杖をついた。いまは、昨晩の行いの中でもっとも恥ずべき点と向き合うべきだ。あのとき、レディ・エレンのことを一度たりとも考えなかったのだ。

ヘイドリアンがこの若い女性に求婚するつもりなのは知っている。その理由ひとつ取っても、あんな行為に及んだのは、ナタリーにとっても公爵にとっても間違いだった。あの瞬間、ふたりともが欲望に押し流されてしまった。彼の愛撫で情熱を呼び覚まされて以来、ナタリーは夢の中を漂っているようで、まともに考えることもできない。でも、このようなことは二度と起きてはならない。レディ・エレンがいまはほかの男性に気を引かれているとしても、社交界にデビューして舞踏会でヘイドリアンと一度でも踊ったら、彼に魅了されるのは間違いない。

ナタリーはすっかり意気消沈してしまった。心を軽くしようと胸に手を当てる。これが嫉妬であるはずがない。雲の上にあるような貴族社会にはまるきり興味がないのだから。それに、ヘイドリアンが彼女に求婚することはありえないし――もしされたとしても、断るつもりなのだから。

公爵と深い仲になったりすれば、不幸と不名誉をもたらすだけだ。つらいけれど、これからはヘイドリアンを避ける以外に選択肢がない。

ナタリーが考えるべきなのはレオのことだ。ゴドウィン伯爵の顧問弁護士がいつやってきてもおかしくないので、あの子と過ごせる貴重な時間を大切にしたい。オードリーの息子にさよならを言うときは、きっと胸が張り裂けるだろう。まるでわが子のように心からレオを愛するようになっているから。

ちょうどそのとき、レオとレディ・エレンが手を組み、輪になって踊り始めた。レオが歌う。「雨、雨、あっち行け。出直しておいで」

「小さなレオは遊びたいんだから」レディ・エレンも歌に加わった。「雨、雨、スペインへ行け。もう二度と顔を見せるな」

ふたりはくすくす笑いながら、一緒に木の床に倒れ込んだ。この若い女性にはまだ子どもっぽいところがだいぶ残っている、とナタリーは思った。来年の今頃、レディ・エレンは赤ん坊の出産を控えた妻となっているのだろうか？　ヘイドリアンの妻に？

ナタリーは息を深く吸い込んだ。安堵するべきなのだろう。ヘイドリアンとレディ・エレンが喜んでレオの幸せを見守ってくれるだろうから……。

レオはおばを見あげた。「どうして雨はスペインに行かなきゃいけないの?」

「さあ」レディ・エレンが返事をする。「雨（レイン）とスペインが韻を踏んでいるからじゃないかしら」

教師であるナタリーは訂正せずにいられなかった。「実はね」席から立ちあがってふたりに加わる。「この歌は、二〇〇年以上前に英国海軍がスペイン無敵艦隊を打ち破ったときのことをお祝いしているの」

「〝むてきかんたい〟ってなあに?」レオが尋ねた。

「とても大きな船の軍隊よ。その頃のスペイン軍は海の支配者だったの」ナタリーは地球儀上で国々の位置を指し示した。「スペインはイングランドを征服しようとして、大砲を積んだ一〇〇隻以上のガレオン船を送り込んできた。英国軍の船はずっとずっと小さかったわ。でも、恐ろしい嵐が起こってスペイン無敵艦隊を追い散らした。たくさんのガレオン船が沈没してしまったので、イングランドは残った軍隊を簡単に倒すことができたのよ」

レオは心を奪われたように耳を傾けていた。「ぼく、大きくなったら、スペイン無敵艦隊と戦いたい。艦長さんになって、船乗りたちに大砲を撃てって命令するんだ。ドカーン!」

「あなたはベリンハム提督になれるわ」レディ・エレンが断言する。「そして、艦隊すべてを指揮するの」

「ベリンハム提督」その称号を慈しむように、レオが繰り返した。おもちゃの船を取ってきて、それを窓枠に沿って架空の波の上に走らせる。

ナタリーは少年を見つめながら、将来この子はどんな大人になるのだろう、その様子を自分は知ることができるのだろうかと、物憂げに考えた。とっさにレディ・エレンのほうを向き、彼女の華奢な両手を取る。「わたしがここを去ったら、レオの様子を手紙で知らせてもらえないでしょうか？」

「去る？」若い女性が無邪気に尋ねる。「でも、どうしてここにいられないの？」

ナタリーは両手を引き戻した。「わたしの住まいはアメリカにあるんです。フィラデルフィアで学校を開くつもりですし。ここにいられるのは、伯爵の弁護士が到着するまで。そうすれば、レオがオードリーの息子だと正式に認められるでしょうから」

ナタリーは不安げな視線をレオに向けたものの、腕を引っ張られて、注意をレディ・エレンに戻した。令嬢の青磁色の瞳が驚きに大きく見開かれている。

「でも、ミス・ファンショー、彼は……ミスター・マスグレイヴは、もうここにいるわ。わたしたちとの昼食に間に合うようにお着きになったの」

「弁護士が？」

「そうよ、少し前に父と書斎に入っていったわ」

警告の鐘がナタリーの胸を打った。ヘイドリアンにうつつを抜かしているあいだに、とても恐れていた瞬間がついにやってきていた。

「行かなきゃ」ナタリーは髪を撫でつけながら、とっておきのプラム色のシルクドレスではなく、こんな古びたシナモン色のモスリンのドレスを着ていることを後悔した。だが、見栄えに気を使っている暇はない。「子守りのメイドが戻るまで、レオとここにいてもらえませんか？」

「もちろんよ。クレイトン公爵が近づいてくるのを見て、ここへ逃げてきたんだもの」レディ・エレンは鼻にしわを寄せた。「つかまって、一緒にカード遊びをするとか、絵画展示室をそぞろ歩くはめになるかと思ったわ。でも、どこへ行くの？」

「ミスター・マスグレイヴのお話を聞きたいのです」

「だめよ！　父は書斎にいるときに邪魔されるのをいやがるわ」

「今回ばかりは、わたしが同席することに我慢してもらわないと」

ナタリーは厚かましくもそう告げると、子ども部屋を飛びだして一階まで階段を駆けおりた。ゴドウィン伯爵の書斎なら、ヘイドリアンが彼女とレオのために屋敷を案内してくれたときに教えてもらったので、どこにあるか覚えている。屋敷の奥の庭園に臨む場所だ。

ナタリーがたどり着くと、書斎の扉は閉まっていた。羽目板に耳を押し当てたが、木材が分厚くて不明瞭な男性の声しか聞こえてこない。鋭く高揚した口調からして、どうやら議論の真っ最中のようだ。

ナタリーは扉をノックしようと手をあげたが、突如として不安に襲われて尻込みした。これまでほとんどの時間を子ども部屋で過ごしていたので、ここに来た初日に嫌悪感のこもった冷たい視線でにらみつけられて以来、ゴドウィン伯爵には出くわしていない。もし彼を怒らせて、すぐさま家から追いだされたらどうしよう？　正式な家庭教師が来るまでレオと一緒に屋敷にとどまることすら許してもらえなかったら？

ナタリーの行動ひとつで、レオと別れる日が決まってしまう。それは今日かもしれない。そうなれば、レオも……彼女自身も心の準備ができないまま離ればなれになってしまう。

ナタリーはごくりと唾をのみ込んだ。いいえ、そんなことにはならない。落ち着いて理性を保ち、礼儀正しくすればいいだけだ。父親が開いた晩餐の席で、対立する上院議員同士の政治上の衝突を仲裁できたのなら、高慢なイングランドの伯爵ひとりくらいどうにかできるはず。

ナタリーは扉をとんとんと叩いた。少しして、扉が開く。自分がヘイドリアンと向かい合っていることに気づくと、胸が高鳴った。

クレイトン公爵よ、とナタリーは訂正した。というのも、真っ白なクラヴァットとダークブルーの最高級の生地で仕立てられた上着を身につけた彼は、正真正銘の英国貴族だった。昨晩のような魅力あふれる恋人にはいっさい見えない。くしゃくしゃだったキャラメルブラウンの髪はいまやこぎれいに梳かしつけられ、髭でざらついていた顎は完璧なまでに剃られている。思いやりにあふれた気さくな雰囲気も、いかにも公爵らしい冷たく傲慢な表情に取って代わっていた。

ほんの一瞬、ヘイドリアンのまなざしがやわらいだ気がした。でもすぐに、雨の日の陽光の加減でそう見えたにすぎないと思い直した。鋭い視線を放つグレーの瞳からは、彼がナタリーに会えてうれしいのかどうか、まるでわからない。しかめっ面から判断するに、実際はまったくうれしくないのだろう。ふたりの情熱的なキスは、公爵にとってそれほど意味のないものだったのだろうか？

ナタリーは失望を無理やり振り払った。当然、ヘイドリアンにとってあんな経験は特別ではなかったのだ。夜の暗闇の中で女性の体に触れることなど珍しくもなんともないのだろう。これを教訓にしよう。公爵に恋心を抱いても、なんの意味もないのだ。

ヘイドリアンがよそよそしい態度で軽く会釈した。「ミス・ファンショー、悪いが内輪の話し合いをしているんだ。またあとで来てくれ」

公爵から視線をそらすと、書斎の一部が見えた。ゴドウィン伯爵がだだっ広いマホガニーの机の奥に座っていて、その反対側の二脚ある椅子の一方に見知らぬ人が腰をおろしている。机の上には何枚もの書類が散乱していた。

ナタリーはつんと顎をあげ、自分が小柄で育ちのいいイングランド娘でなくてよかったと思った。もしそうなら、恐れに屈して立ち去ってしまっただろう。「レオに関する話し合いなら、わたしが同席する理由は充分にあるはずです」

ナタリーがヘイドリアンを通り過ぎて部屋に入ると、ゴドウィン伯爵の冷酷な青い瞳が射るように見つめてきた。伯爵に迷惑そうな顔をされたので、話し合いの邪魔をしてしまったのだとあらためて痛いほど感じた。「なぜここにいる？」伯爵が問いただした。「あの少年と階上の子ども部屋にいるべきだろう」

「ここにいるのはレオのためです。当然でしょう」

「実のところ、ミス・ファンショーはいいときに来てくれた」最初はナタリーの入室を拒もうとしたくせに、ヘイドリアンはそれをこともなげに覆した。「彼女を呼びに行かせたほうがいいのではないかと、まさに言おうと思っていたところだ。不用意な憶測を重ねるよりも、本人の口から説明してもらうほうが、はるかに建設的だ」

「どんな質問にも喜んで答えます」ナタリーは同意した。

ゴドウィン伯爵は唇を引き結んでヘイドリアンを見つめたが、そっけなくうなずいた。

「まあ、かまわないだろう」いらいらした口調で言った。

ヘイドリアンが机のほうへ行き、見知らぬ人物の隣の椅子を引いた。「どうぞかけてくれ、ミス・ファンショー」あくまで礼儀正しい紳士らしく、ナタリーを待つ。公爵がいかめしい表情を浮かべているのは、彼女に対していらだっているせいだと思っていた。だがそうではなく、まったく別のことを気に病んでいるらしい。張りつめた態度から、これから厄介なことが起こるだろうと予期しているのがうかがえた。

ナタリーは椅子に座って、膝の上で両手を重ね合わせた。いままでヘイドリアンがこの席に座っていたに違いない。革のクッションにまだぬくもりが残っている。ほのかに漂う男性用石鹸の刺激的な香りが、彼がそばにいることを痛いほど意識させた。安堵を覚えるなんてどうかしているが、ここにいる中でかろうじて味方だと思えるのはヘイドリアンだけだったのだ。

公爵が紹介を始めた。「ミス・ファンショー、こちらはミスター・マスグレイヴ、伯爵の顧問弁護士だ。きみから預かった法的な書類を確認してくれている」

マスグレイヴは茶色の髪をきっちりと梳かしつけ、黒っぽい服装をしている。わずかに突きだした歯と丸々とした体型が、餌をもらいすぎのビーバーを連想させた。金縁の鼻眼鏡を低い鼻にのせているせいで、顎を持ちあげてさげすむようにナタリーを見てくる。

弁護士が咳払いをし、ゴドウィン伯爵にちらりと目をやった。伯爵は話してかまわないという合図に手を振った。「ミス・ファンショー」マスグレイヴが尊大な口調で口火を切った。「あなたはアメリカ合衆国民だと聞いています。それで間違いありませんか？」

「はい。フィラデルフィアで生まれました」

「そして、六歳になる少年の一時的な保護者であると。名前は……」マスグレイヴが書類を調べる。「レオポルド・アーチボルド・ベリンハムですね」

「そのとおりです。レオは亡くなった友人、ジェレミーとオードリー・ベリンハムの息子です」ナタリーは強調しておくのが賢明だろうと考えた。「レディ・オードリーはゴドウィン伯爵の長女でした」

「それを証明するものは？」

「証明？　伯爵はオードリーを勘当したかもしれませんが、長女の存在自体を否定することはできないはずです」

マスグレイヴがふたたびナタリーを見おろす。細めた茶色の目が、眼鏡のレンズのせいで巨大化していた。「つまり、アメリカでお知り合いだったというその女性が、本当に伯爵閣下のご息女であられたという証拠はお持ちですか？」

ナタリーはいらだった。「オードリー本人に間違いありません。彼女から聞いた話をすればよろしいですか？　平民と結婚したせいで父親にこの家から放りだされたことを？　レオがオードリー本人の息子でないなら、どうしてわたしがわざわざここへ連れてくるんですか？　それでもまだ証拠をお望みなら言わせてもらいますが、ここオークノールの塔の物置部屋に追いやられていた肖像画の女性と、わたしの親友は同一人物でした」

ゴドウィン伯爵は椅子に座って耳を傾けていたが、いまや机に両手をついて半ば立ちあがらんとしていた。「誰がこそこそ嗅ぎまわっていいと言った？　きみとあの少年は、子ども部屋にいることになっていたはずだ」

「嗅ぎまわってなどいません」

「わたしと一緒だった」ヘイドリアンが進みでて、冷静に伯爵に話しかけた。「ミス・ファンショーとレオがここに着いた最初の日に、わたしが屋敷を案内したんだ。レオがあの肖像画を見つけて、すぐに自分の母親だと気づいた」

ゴドウィン伯爵がまた腰をおろした。「それはたしかなのか……？」

「本当です」ナタリーは繰り返した。「レオが自分の母親を間違えるはずがありません」

どこまでも厳粛で尊大な態度のクレイトン公爵を見あげるようにして、マスグレイヴは言った。「公爵閣下、お尋ねせねばならないのは、その肖像画が見つかったとき、ミス・ファンショーが少年とふたりきりになって、すばやく何か耳打ちできるだけの時間があったのかということです」

ナタリーはわきあがる怒りを抑えようと、スカートのひだの下で手を握りしめた。彼女がレオに嘘をつかせたとほのめかすなんて。だが、それも当然だろう。この弁護士は伯爵の利益を守るために雇われているのだから。ゴドウィン家の人々がナタリーを詐欺師かもしれないと疑っているとヘイドリアンが警告してくれたのは、あの日、塔の部屋で、まさに肖像画を見つける直前のことだった。

ヘイドリアンがすぐに返事をしなかったので、ナタリーはこれ以上ないくらい冷ややかな口調で言った。「恐れ入りますが、ミスター・マスグレイヴ、わたしは子どもに嘘をつけと教えるようなまねは決してしません。それから、あなたにわたしが詐欺師であるかのように決めつけられるのは不愉快です」

「ミス・ファンショーが気を悪くするのも当然だ」ヘイドリアンが口を挟む。「レオは肖像画を見て母親を思いだし、少年らしく嘆き悲しんでいた。あれが演技だったとは、とても思えない」

ナタリーはヘイドリアンの援護に感謝した。しかし、実は疑っているかのごとく、彼は反論の言葉をほんの数秒ためらったのだ。そのせいで、ゴドウィン伯爵も怪しむように目を細めたくらいだ。レオが肖像画を見つけたとき、ナタリーが真っ先に駆けつけて悲しむあの子を慰めた。だからといって、欺くような行為はしていないとヘイドリアンにはわかっているはずだ。そうでしょう？

彼は誰の味方なのだろう？

ナタリーは怒気を抑えなければならなかったが、それでも自分の気持ちをきちんと伝えられた。「ゴドウィン伯爵、あなたのお孫さんは、オードリーの肖像画をもらってもいいかと尋ねたのですよ。レオの寝室に飾っていいと、公爵からお許しをもらいました。反論はないですよね？」

その誇り高く貴族らしい顔が青ざめたように見えた。唇がきつく引き結ばれ、顎がこわばっている。雨が窓ガラスを打つ音が響く中、ゴドウィン伯爵はつかのまナタリーを見つめた。返事をしようともせず、弁護士に不機嫌そうな目を向けて、いきなり話題を変えた。

「マスグレイヴ、少年の身元を証明する書類に問題があると言っていたな」

弁護士は鼻眼鏡を調整した。「はい、レオポルド少年の身元を承認した宣誓供述書についてです。わたしの理解によると、アメリカでの出生記録はここイングランドとほぼ同じ方法でつけられています。ミス・ファンショー、だったらなぜ、教区簿冊の公証謄本をお渡しくださらない？」

想定内の質問だった。「伯爵にも説明したとおり、レオの両親は開拓前線に整備された教会地区で急襲に遭って亡くなりました。襲ってきた者たちはたくさんの建物を焼き払いました。教区簿冊が保管されていた丸太づくりの教会もそのひとつです。レオの洗礼記録は、そのときに燃えてしまいました。それゆえ、レオの身元について保証したわたしの宣誓供述書入りの書類を、弁護士に頼んで作成してもらうほかなかったのです」

「それは控えめに言っても、かなり異例ですな。それから、この宣誓供述書に署名しているふたりの証人は誰です？　ジョン・コンディットとヘンリー・クレイとあるが」

「わたしの父の友人で、広く尊敬されているアメリカ連邦議会議員です。ミスター・コンディットは上院議員で、もうひとりのミスター・クレイはいま下院議長をなさっています」

「彼らはレディ・オードリーとは縁があったのかな？」弁護士が尋ねた。

ナタリーは首を振った。「いいえ。しかし、わたしのことは少女だった頃から知ってくれています。おふたりとも、わたしの誓いの言葉を尊重してくださっています」

「なるほど」マスグレイヴはつれなくナタリーを見おろした。「それでしたら、あなたの話を裏づける具体的な証拠がないのを、伯爵閣下は考慮しないわけにはまいりませんな。この証人たちが信頼できる者かどうかも、いっさい保証がないわけですから」

「アメリカでは多大なる信頼を集める方々です。わたしたちの国に貴族階級はありませんが、地域社会の中でとても尊敬される立派な指導者がちゃんといるのです」

書斎を歩きまわっていたヘイドリアンがいきなり立ち止まって言った。「わたしからもつけ加えさせてもらえれば、ミス・ファンショーの父上は亡くなられる前まで長年のあいだ上院議員を務められてきた。彼女はそのホステス役として、大勢の政府高官と会う機会があったんだ」

ナタリーは自分が宣誓した内容を信じてほしかった。だが、父親に言及することで伯爵が宣誓供述書を受け入れてくれるなら、そうしてもかまわない。

「政治家か」ゴドウィン伯爵が鼻で笑った。「もし彼らが選挙で選ばれた庶民院議員みたいなものなら――」

鋭く扉を叩く音にさえぎられる。伯爵はその方向へいらだったまなざしを投げた。「今度はいったい誰が邪魔をしに来たんだ?」

ヘイドリアンが進みでた。「見てこよう」

「わたしが行きます、閣下」マスグレイヴが立ちあがり、木をかじりに向かうビーバーさながらの一心不乱さで書斎を横切った。取っ手に手を伸ばしかけたそのとき、扉が開いて彼にばしんとぶつかった。マスグレイヴは後ろに数歩よろめきつつ、ずり落ちそうになった鼻眼鏡を受け止めた。

レディ・ゴドウィンがオリーブグリーン色のスカートをくるくると回転させながら、書斎に飛び込んできた。後ろにワイマーク子爵が続く。昨晩の深酒のせいで、目がかなり充血している。

「アーチー、いますぐ伝えなければならないことがあるの」伯爵夫人はその場をさっと見まわした。細めた目が、椅子に座っているナタリーをとらえる。「どうしてミス・ファンショーがこちらに? これはあくまで身内だけの集まりのはずでしょう」

ゴドウィン伯爵が立ちあがり、悪意のこもったまなざしを妻に向けた。「いや、わたしが必要だと思った者たちの集まりだ。悪いが、きみのことは呼んでいないぞ、プリシラ。それからおまえもだ、リチャード」

「きっと思い直しますよ」ワイマーク子爵が父親に言った。「母上がたったいま突き止めた話を聞けばね」

ヘイドリアンがいらいらしながら、ふたりに近づいた。「いまは噂話や無意味な雑談をしている場合ではない。レオに関することでもないかぎり、あとでいいだろう」

「間違いなく、この状況に関わりのあることですわ、閣下」伯爵夫人が言い張り、ナタリーの席のほうにすっと移動した。軽蔑もあらわに唇がひん曲がっている。「ミス・ファンショー、お尋ねするけれど、あなたのお父上の名前はベンジャミンだったかしら？」

狙いすました質問に、ナタリーは硬直した。「はい」慎重に認める。「ベンジャミン・ファンショーはわたしの父です」

「それで彼はここイングランドでお生まれになったんじゃなくて？　リンカンシャーのファンショー家の出じゃありませんこと？」

ナタリーはしぶしぶうなずいた。こうなる可能性は心の奥にひそんではいたものの、それでもこれだけの年月が経ったあとで、父親を覚えている人がイングランドにいるとは正直思っていなかった。伯爵夫人は何を知っているのだろう？

ナタリーは視線をヘイドリアンに移した。公爵は驚きに顔をしかめてこちらを見ていたが、そのあとレディ・ゴドウィンに注意を向けた。「なぜミス・ファンショーの家系がレオと関係してくるのかわからない」

レディ・ゴドウィンはヘイドリアンにくるりと向き直った。「あら、けれど関係があることは保証いたしますわ、閣下。すぐに納得されるはずです。ファンショー家がまだ社交界に認められていた三〇年前の噂を思いだすのに、ちょっと時間がかかってしまいましたの。サー・バジル・ファンショー――ミス・ファンショーのお祖父さまね――が借金を踏み倒して上流社会から追放される前のことですわ」

伯爵が値踏みするような視線をナタリーに投げた。どうやら彼女を祖父と同罪だとでも思っているようだ。「なんとしたことだ。あの悪党のことなどすっかり忘れていたよ」

「厄介者なんだよ、親族みんなして」ワイマーク子爵がいきり立つ。「ぼくはハーロー校でファンショー家のやつと知り合いだったんだ。一学年上だったけどね。ロマのジャイルズって呼ばれてた。考えてみれば、あいつもミス・ファンショーと同じ黒褐色の髪と緑の目だったよ」

「それはね、サー・バジルの祖母から受け継がれたロマの血のせいですわ」レディ・ゴドウィンが嘲笑った。「そういう噂ですの。けれど、最悪なのはそこじゃなくてよ。ついさっき、『デブレット貴族名鑑』を見ていて、ある記憶がよみがえりましたの。サー・バジルの子どものひとりがアメリカに移住したという――ミス・ファンショーのお父上のことよね。わたしの口からは言いにくいけれど……彼は非嫡出子だったから、イングランドでは将来に希望が持てなかったからしいわ」

ふと気づくと、ナタリーはここにいる全員の注目の的になっていた。レオのために口を慎むべきときに暴言を吐いてしまわないよう、唇をかたく引き結ぶ。父親の生まれが卑しいから、なんだというのだろう？　父は徳があり高潔な人だった。たまたま非嫡出子として生まれたことを理由に父を軽んじるような、こうした傲慢な貴族たちよりもずっと。

中でもヘイドリアンは、冷たく謎めいた視線でナタリーをじっと見ていた。公爵があの情熱的な出来事を後悔しているのかもしれないと考えると、ナタリーは苦しくなった。あるいはもっと最悪なことに、卑しい血筋の女だから火遊びの相手にちょうどいいと思っているかもしれない。

「いったいこれがレオとどう関係するのか、いまだに聞かせてもらえていないのだが」ヘイドリアンが言い、泰然自若なまなざしをレディ・ゴドウィンに移した。「ミス・ファンショーの家族関係は今回の件に関係ない」

「彼女の人格のことを申しあげておりますのよ、閣下。彼女の父親はいかがわしい一家の非嫡出子だったのです。あの女には詐欺師の血が流れているというわけ」レディ・ゴドウィンは夫のほうへ近づいた。「おわかりでしょう、アーチー。ミス・ファンショーはまさしく、あなたをだますためによこしまな計画を仕組むような女なのよ」

ゴドウィン伯爵のしわの刻まれた顔に、不満げな表情が浮かんだ。「すべては噂であり、憶測だ。いま必要なのは事実だというのに。マスグレイヴ、いまの話が本当かどうかアメリカまで行って内密に調べられる調査官を知っておるだろう。なるべく費用のかからない調査官がいい」

「もちろんでございます、閣下」弁護士は返事をし、目の前の紙に乱暴にメモした。「間違いなく手配いたします」

「けれど、船旅であそこまで行って戻ってくるのに数カ月はかかりますわ」レディ・ゴドウインが異議を唱える。「そのあいだ、あの子どもがここで暮らすなんて。同じ屋根の下で！」

「もっともな指摘だ」ヘイドリアンがナタリーを注意深く見守りつつ、ほかの全員に向かって言った。「マスグレイヴも同意見だろうが、身元の確認が取れるまでは、法に基づいて、ゴドウィンにはレオを自宅に住まわせる義務はない」

ナタリーは開いた口がふさがらなかった。身元の確認が取れる？　ヘイドリアンは彼女の話を信じてくれていると、レオがオードリーの息子であることになんの疑いも持っていないと思っていたのに。

ヘイドリアンに裏切られ、腹部を蹴られたような衝撃を覚えた。昨夜示してくれたやさしさも愛情も、すべてが嘘だったという生々しい真実を理解するにつれ、体じゅうに痛みが走る。ほかの親族と同じで、やはり公爵もつれなく無慈悲なのだろうか？　そんなのは耐えられない！

なんとか抑えていた冷酷な怒りが、雪崩のごとくあふれだす。こんな不愉快な話し合いはもうたくさんだ。かけがえのない幼い男の子を、自分たちと同じ血を引く子どもを拒むような高慢な貴族たちも。

ナタリーはすっくと立ちあがった。「あなたたちみんな、恥を知りなさい！　レオはこの家で望まれていないことがよくわかりました。ゴドウィン伯爵、娘が愛する人と結婚したせいで、あなたの計画どおりにならなかったというだけで、自分の孫をのけ者にする権利などないでしょう。どうしてオードリーが最期の瞬間、あなたみたいな無情な人に息子を育ててほしいと頼んだのか理解に苦しみます」

伯爵は石のように黙りこくって立ちつくしていたものの、さすがに目をそらすだけの品位は持ち合わせていた。レディ・ゴドウィンは言葉も出ないほどの憤怒に口をぱくぱくさせ、ワイマーク子爵はいつもの陰険な態度で薄ら笑いを浮かべている。ヘイドリアンにいたっては――ナタリーはこの裏切り者に目もくれなかった。

「ミス・ファンショー！」マスグレイヴがぞっとするほどの独善ぶりを発揮してたしなめた。「自分より目上の方々に対しては言葉を慎みなさい」

「この人たちは〝目上の方々〟なんかじゃありません。あなたにとっても違うと気づくべきだわ」ナタリーはぴしゃりと言い放った。「ゴドウィン伯爵、あなたの大切なお金を調査官のために無駄にする必要はありません。ただちにレオを連れてアメリカに帰りますから。どうぞ安心してください。こちらからご連絡することは二度とないでしょう」

ナタリーは憤慨しながらきびすを返し、扉に向かってつかつかと歩いていった。しかし、ヘイドリアンが扉の取っ手に片手を置いて行く手をふさいでいる。もし制止されようものなら、このろくでなしの脛を蹴り飛ばしてやりたいと強く思った。

ナタリーが顎を持ちあげて悪魔的にハンサムな顔をにらみつけたとき、ヘイドリアンは彼女を見てもいなかった。視線は伯爵に向けられている。「調査官をアメリカに派遣してくれ、ゴドウィン。ミス・ファンショーとレオは、いますぐにイングランドを発つ必要はない。ロンドンに来て、わたしのところに泊まってもらう」

16

ナタリーの魅力的な緑色の目が不穏な光を放つのを見て、ヘイドリアンは彼女が余計なことを言いだす前に急いで腕をつかんで書斎から連れだした。ゴドウィン一家は憤慨からショックまでさまざまな表情を浮かべていたが、彼が気になるのはナタリーの反応だけだ。

その反応はすぐに判明した。

部屋から出て扉を閉めたとたん、ナタリーは身を振りほどいてヘイドリアンに向き直った。

「勝手に決めるなんて、何さまのつもり？　あなたとロンドンになんか絶対に行かないから。廊下の端まで一緒に行くのもごめんよ。ごきげんよう。別れられたらせいせいするわ！」

取りつく島もない口調と軽蔑したような表情に、ヘイドリアンは打ちのめされた。昨夜、口元に笑みをたたえ、やさしいまなざしで見つめてくれたナタリーとは大違いだ。もう二度とあんなふうに見つめられることはないかもしれないと思うと、彼の胸は締めつけられた。計画を強引に進めすぎただろうか。

ナタリーには、ああする必要があったのだと、わかってもらわなければならない。彼女とレオをヘイドリアンの保護下に置き、守るためにしたことなのだと。

足音を響かせてきびきびと歩き始めたナタリーを、ヘイドリアンは追いかけた。「聞いてくれ、ナタリー。説明するから――」

「ミス・ファンショーよ。それに信用できない人たちの言うことを聞くのは、もうたくさんなの。毒ヘビみたいなお仲間のところに、さっさと戻って」

「お願いだ。きみはわたしの意図を誤解している。ゴドウィンにいまはレオに対する義務はないと言ったのは、きみたちふたりをここから連れだすためだったんだ」

「へえ、よかったじゃない。うまくいったんだから。じゃあ、わたしたちはすぐにサウサンプトンに出発するわ」

「どうやってそこまで行くつもりなんだ？」

ナタリーは一瞬虚を突かれたような表情になったが、すぐにつんと顎をあげた。「村まで歩いていくわ。そこからなら郵便馬車に乗れるから」

「ウィットナッシュまでは五キロ近くある。雨が降っているし、もう午後も半ばだ。着くまでに日が暮れてしまうだろう。それも迷わずに行き着けたとしての話だ」

自分の馬車で送ろうなどと言うつもりはなかった。ナタリーがヘイドリアンの人生から永遠に消えてしまう手助けなど、絶対にしない。

「なんとかするわよ」ナタリーが頑固に言い張る。

「六歳の子どもを連れて？　そんなことを許すわけにはいかない」

「許す！」ナタリーが階段の下に飾ってある甲冑の前で足を止めて叫んだ。その声が冷えきった玄関広間に響く。図書室でランプの芯を整えている従僕をちらりと見て、彼女は声をひそめた。「ほかの人たちにどれだけ偉そうにふるまってもかまわないけど、わたしにそういう態度を取るのはやめてちょうだい」

ヘイドリアンは歯をぐっと噛みしめた。これほど腹が立つと同時に心惹かれる女性には、会ったことがない。頬が紅潮して生き生きとした美しさがさらに増したナタリーを、抱きしめたくてたまらなくなる。だがいまそうしても、前みたいに身をまかせてはくれないだろう。引っぱたかれるかもしれない。そういうしっかりと自分を持っているところも彼女の魅力とはいえ、ヘイドリアンの鬱憤は募った。

一瞬、レオを利用すればいいという考えが頭に浮かんだ。レオとは血がつながっているから、保護する権利があると主張することは可能だ。法廷に持ち込めば、公爵という身分を理由に監護権が認められるだろう。レオに会いたければ、ナタリーはロンドンに滞在するしかなくなる。だがそんな手を使ったら、彼女に決して許してもらえない。目先の戦いに勝っても、最終的には負けてしまう。いまでさえ彼女は、ヘイドリアンが敵であるかのように防御の壁を築いているのだ。

なんていまいましいのだろう。いつもは誰もがヘイドリアンの言葉に耳を傾ける。こんなふうに軽んじられ、軽蔑したような態度を取られることには慣れていない。

そう考えて、自分の尊大さに衝撃を受けた。そしてあらためてナタリーの立場から、いまの状況を見直してみた。彼女は血生臭い虐殺を生き延び、ひとり残された友人の子を引き受け、はるばる海を渡ってまで軽蔑している国に赴き、家族のところへ送り届けてくれた。それなのにいま、敵意むきだしの人々から人間性を否定されている。

しかもヘイドリアンはそんなナタリーに追い打ちをかけるごとく、裏切りとしか受け取れないようなことを言ってしまった。彼女はヘイドリアンを信頼してくれていたのに。

ナタリーがヘイドリアンを信用できないと決めつけたのも無理はないと理解して、彼は声をやわらげた。「きみの気持ちも確かめずに勝手なことを言ってすまなかった。こんなに雨が降っているときに出発したら、レオがずぶ濡れになってしまうと思ったんだ。そうなったら風邪を引く。わたしだってあの子のことを考えているんだと、わかってくれないか」レオだけでなくナタリーのことも考えていると言いたかったが、さすがにそれは控えた。

ヘイドリアンから謝られて少しだけ気持ちがおさまったのか、ナタリーが険しい表情をゆるめた。「望まれていないこの家からはさっさと出ていくのが、レオにとっていちばんいいのよ」

「きみの言うとおりだ。あの子は喜んで迎えてくれる場所にいるべきだな」ヘイドリアンが手を握ろうとしても、ナタリーが身を引かなかったので、彼はほっとした。緊張していた体にあたたかい血が通い、鼓動が速くなる。強くて勇敢な彼女の手がこんなにも華奢であることに感嘆しながら、ヘイドリアンは柔らかい指の背を親指でそっと撫でた。「二、三分でいいから、説明させてほしい。お願いだ」

ナタリーが唇を嚙みしめて、探るように彼を見つめた。「わかったわ。でも話を聞くだけよ」

ナタリーが乗り気でないのは明らかだったが、それでも話は聞いてもらえる。ヘイドリアンは彼女の背中に手を添え、玄関広間の横にある薄暗い応接室へ導いた。この屋敷では二階の新しい客間が好まれているので、タペストリーで覆われた石づくりの壁、紋章入りの盾が上に飾られた巨大な暖炉、かび臭い年代物の家具といったものものしい内装のこの部屋はほとんど使われていない。

未婚であるナタリーの評判を守るため、ヘイドリアンは扉を完全には閉めずにほんの少し隙間を残しておいた。部屋の中は冷え冷えとしていて暖炉に火を入れたかったが、少しでも放っておいたら彼女の気が変わりそうで、やめておく。

ナタリーはヘイドリアンから距離を取って、彫刻が施されている玉座のような椅子のそばに立った。「では説明して。祖父にまったく望まれていないと知って傷つく前に、レオをアメリカに連れ帰ってはならないのはなぜ？」

ナタリーが腕組みをして、挑むように彼を見あげる。ヘイドリアンの目が否応（いやおう）なく彼女の胸に吸い寄せられた。薔薇の花びらのように繊細な手ざわりの柔らかいふくらみを愛撫し、舌の下でその先端がつぼみのようにかたくなり、彼女が歓びの声を漏らしたことを思いだしてしまったので、あわてて記憶を振り払う。ナタリーがどれだけ魅力的でも、それに気を取られている場合ではない。いまはなんとか彼女を説得して、ロンドンまで一緒に来てもらわなくてはならないのだ。

ヘイドリアンは視線をナタリーの顔に戻した。「オードリーがレオをイングランドに連れていってほしいときみに頼んだのには理由がある。息子に上流階級の人間としての特権と、最高の教育を与えたかったからだ。きょうだい同然に育ったわたしにも、息子を会わせたかったのだと思いたい」

ナタリーが眉をあげた。「どうしてあなたの言うことを信じなくてはならないの？　あなたはレオがオードリーの息子だと、完全に信じたわけではないんでしょう？」

「完全に信じたわけではない？」ヘイドリアンは首を振ってきっぱりと否定した。「いや、わたしはまったく疑っていない。ゴドウィンが雇った調査員が決定的な証拠を手に入れてくれると確信している。さっき書斎ではそんなふうに見えなかったかもしれないが、レオをこの屋敷から連れだしたくてわざとそうしたんだ」

ナタリーは疑わしげな表情のまま、椅子の背をつかんだ。「連れだす必要なんてなかったんじゃないかしら。伯爵はレオを追いだしたくてしょうがないみたいだもの」

「ゴドウィンは頑固な老人なんだ。オードリーが自分に逆らってイングランドを出ていったことが、いまだに許せないんだよ。だが、結局はレオのことを認めざるを得なくなるだろう。だから調べたいだけ調べさせたらいい。わたしと一緒にロンドンに行って何カ月か過ごしているうちに、ゴドウィンも孫がいるという事実に慣れるはずだ」

「何カ月かですって！　一週間か二週間でアメリカに戻るつもりだったのに」

ナタリーの活力にあふれた美しい顔を見て、ヘイドリアンは胸をぎゅっとつかまれたような気がした。彼女をイングランドから出ていかせるわけにはいかない。せっかく出会えたというのに。自分がいままで結婚というものを冷めた目でしか見られなかったわけが、ようやくわかった。ナタリーのような女性に会ったことがなかったからだ。陰鬱な雨が降っているいまも、彼女は感情のままにくるくる変わる表情と愛らしい魅力で部屋を明るく照らしている。鋭い知性を備えて率直にふるまうナタリーは、人形のごとく美しいだけの社交界の女たちとはまるで違う。

とはいえナタリーと出会って惹かれるようになってから、まだいくらも経っていない。一生続く関係を築いていけるかどうかは、もう少し時間をかけて判断しなくてはならないだろう。だがヘイドリアンにはその時間が取れない――ロンドンに来るよう彼女を説得できなければ。

ナタリーに手を伸ばしたくなるのを我慢するため、ヘイドリアンは部屋の中を歩き始めた。「きみがこの国に来てまだ一週間だ。オードリーとの約束は守れないとあきらめるには、早すぎるんじゃないかな」

「レオがここで望まれていないのなら、結論を引き延ばしても意味がないわ」

「だが、わたしはあの子にそばにいてほしいと思っている」本当にそう思っていると気づいて、ヘイドリアンは驚いた。いままで幼い子どもに興味を抱いたことなどないのに、レオのことは好きだった。「オードリーの息子なら、喜んでわが家に迎えたい。とはいえ、あの子にはきみが必要だ。少なくとも、もうしばらくは。すぐにアメリカへ戻らなければならない理由でもあるのか？」

「ええ。秋からフィラデルフィアで学校を始めたいの。そのための場所を探したり、教師を雇ったり、備品を買ったり、生徒集めをしたり、やらなければならないことがたくさんあるのよ」

熱意にあふれるナタリーの目に、ヘイドリアンは衝撃を受けた。教育に対する熱意というのは予想外の障害だ。彼女が思い定める未来に、ヘイドリアンの居場所はない。「ロンドンにいてもできることはある。たとえば学校の場所は、きみの代わりに不動産業者が探してくれるはずだ。きみの父上は影響力のある人物だったらしいから、伝手もあるだろう」

「そうかもしれないわね」ナタリーは視線を外して考え込んだあと、ふたたび用心深くヘイドリアンを見つめた。「でもロンドンに行っても、ゴドウィン伯爵が冷たい人間だという事実が変わるわけではないわ。孫であるレオのことをまったく知ろうとしなかったじゃない。一週間滞在しているあいだ、あの子に会いたいって一度も言わなかったのよ。わたしはレオを恥ずかしい秘密か何かみたいに、子ども部屋にずっと押し込めておかなくてはならなかった。レオがオードリーの息子だということを伯爵が頑固に認めようとしないなら、さっさとアメリカに戻ってわたしがあの子を育てるほうがいいわ」

「きみはきっと素晴らしい母親になるよ」ヘイドリアンは心から言った。「だが、ゴドウィンも見かけほど血も涙もないわけじゃない。ただ、子どもたちは大人の目に触れないところで勉学に励むものだという厳格な考えを持っているだけなんだ。わたしも彼とはほとんど顔いや畜産の方法など地所の経営について教わった」

ナタリーが眉間にしわを寄せ、鋭い視線を向けてきた。「それじゃ伯爵は、あなたが子どもだったときもまったく注意を向けなかったというの？　レオと同じように父親を亡くしたばかりだったあなたに？」

信じられないと言わんばかりの口調に驚き、ヘイドリアンはあわててつけ足した。「別に、ただ放っておかれたわけじゃない。イートン校に入る前は当然子守りのメイドや家庭教師が面倒を見てくれたし、週に一度は勉強の成果を見せるためにゴドウィンと会っていた」

「そんな話を聞いても、ちっとも安心できないわ！　なんてひどいのかしら。子どもには愛情と関心を向けてやらなくてはだめなのよ。使用人だけでなく、両親や家族が。とくに男の子には父親が必要なの」

ヘイドリアンは急に心もとない気持ちに襲われて、窓の前へ行った。そこから雨に包まれた丘陵地帯を見つめる。ずっと、後見人であるゴドウィンを尊敬し恐れてきた。そういうものなのだ。上流階級の子どもたちは、そうやって育てられる。

しかしナタリーの非難は、ヘイドリアンが心の奥に押し込めてきたいくつもの記憶を呼び起こした。転んで膝をすりむいたとき、厳格な家庭教師に走るからだと叱られたこと。病気になると、名前も覚えていないメイドたちに入れ替わり立ち替わり看病されたこと。しばらくのあいだはオードリーの母親である前伯爵夫人が毎晩枕元に来て、頬におやすみのキスをしてくれたこと。実の母親を訪ねることはほとんど許されていなかったから、七歳のときに伯爵夫人が死ぬと、胸が張り裂けそうな思いをしたこと。

風にあおられた雨が窓にぶつかる音で、ヘイドリアンはわれに返った。まだ返事をしていなかったと気づいて振り向く。「もしかしたら、きみにはわれわれイングランド人のやり方に慣れる時間が必要なのかもしれない。紳士は子育てにほとんど関わらないものなんだ」

「ばかばかしい。母が出産のときに命を落としてから、父がわたしを育ててくれたわ。家庭教師はいたけれど、父は毎日わたしと過ごす時間をつくってくれた。ゲームをしたり、お話をしてくれたり、日々の出来事を話し合ったりする時間を。だから、父の愛を疑ったことは一度もないわ。それに、父はここで育ったのだから、イングランド人のやり方をよく知っていたはずよ」

ヘイドリアンは前から興味を抱いていた話題に飛びついた。「ああ、リンカンシャーのフアンショー家だな。どうしてイングランドに家族がいると教えてくれなかったんだ？」

「大事なことだとは思わなかったから」ナタリーが肩をすくめた。「それから、父の生まれを聞いたら、わたしはレオの保護者にふさわしくないとあなたが思うかもしれないでしょう？」

「そんなふうに勝手に決めつけないでほしい。わたしはただ興味があるだけだ……友人として」ナタリーは謎に満ちた女性なので、いろいろな意味で興味をそそられる。彼女のすべてを知ろうと思ったら、一生かけて探らなければならないだろう。とはいえ、彼女に対して強い感情を抱いていると口にするのはまだ早い。ヘイドリアン自身も、その感情がなんなのかよくわかっていないのだから。

ナタリーがこちらを見つめた。中世の女王が玉座につくような威厳に満ちた身のこなしで、彫刻を施された背もたれの高い椅子に座り、ゆったりと手を振ってヘイドリアンにも座るように促す。「どうぞ座って、公爵さま。波乱万丈なわたしの家族の歴史をお話しするから」

ヘイドリアンはナタリーの向かい側に座り、ゆったりと脚を伸ばして椅子の背にもたれた。雨模様の空から降り注ぐ柔らかい光を受けた美しい顔に目を向ける。「ぜひ聞かせてもらいたい」

「ご存じのとおり、わたしの父は準男爵であるサー・バジル・ファンショーの非嫡出子だったの。サー・バジルは放蕩者として悪名が高かった人で、浮名を流した大勢の女性のひとりがオペラ歌手だった。その女性が身ごもると、彼は金銭的な援助はしたけれど、もちろん結婚はしなかったわ。英国貴族らしく、妻には家柄のいい女性を選んだのよ」

英国貴族が全員そうだとは思ってほしくない。「平民と貴族の結婚もたまにはある」

「女性が裕福な女相続人である場合は、そういうこともあるでしょうね。でも彼女はそうじゃなかった。父によると、彼の母親――つまりわたしにとっての祖母――は生まれたばかりの父をサー・バジルのもとに置いて去っていったそうよ。ヨーロッパをまわるオペラのツアーがあったから。祖母はのちにイタリアの貴族と結婚して、伯爵夫人になったわ。そのあとすぐに熱病で死んでしまったけれど」

「きみの父親を捨てた祖母を、責める気はないのか？」

ナタリーはため息をついた。「彼女は歌うことに情熱を傾けていたのよ。それに息子には、巡業で旅ばかり続く毎日ではなく、安定した生活を送らせたかったんだと考えたいわ。サー・バジルも父親としての義務を果たそうとしたんだと思う。放蕩生活がたたって財政的に逼迫していたのに、父をイートン校とケンブリッジ大学にやるだけのお金をなんとかかき集めたんだもの。でも父は結局、イングランドでは自分の生まれが著しく不利に働くと悟ったのよ。紳士としてきちんとした教育も受けたけれど、上流階級の多くの家で敷居をまたぐことすら許されなかったから」

ヘイドリアンはナタリーが英国貴族に対して辛辣な見方をする理由を理解した。「それで父上はアメリカに渡ったわけだ」

ナタリーがうなずいた。「若かった父は、生まれではなく能力で評価してもらえる新天地を求めたのよ。そして熱い志を抱いて自由の国アメリカに渡り、できるかぎり早く市民権を取ったわ」父親を誇りに思っていることを隠そうとせず、挑戦的な笑みを浮かべてヘイドリアンを見る。「これで、わたしのいかがわしい過去が明らかになったわね、公爵さま。あなたの家族の歴史に比べたら、ずいぶん波乱に満ちていたでしょう？」

ヘイドリアンは気がつくと笑みを返していた。「実を言うと、わが公爵家の祖先の中にも反逆精神にあふれた者や異端者がわずかながらいた。少数だが平民もね。いつか彼らについて話してあげよう。父上の話に戻るが、アメリカでずいぶん成功なさったようだね」

「ええ、父はビジネスの才覚も、土地を運営する能力も持ち合わせていたの。それに、沼地を畑として売りつけられるくらい口がうまかったわ。実際にそんなことをしたわけじゃないけど。取引に関してはかたくななまでに誠実だったから。快適に暮らせるだけの稼ぎはあっても決して裕福にはなれなかったのは、それが原因よ。やがて父は州議会の友人たちに説得されて上院議員になったわ」

「イングランドで受けた紳士教育の賜物だな」ヘイドリアンは言わずにはいられなかった。

「わたしもこの国の教育を否定するつもりはないわ」ナタリーが同意した。「でも父が育った環境は安定しているとはとても言えなかった。サー・バジルの賭博の借金で、いつも財政が火の車だったから。親戚の人たちも、程度の差はあれみんなそうだったみたい。はっきり言って、浪費家ばかりの一族の中で父だけが勤勉で大志を抱いていた。家族の中の厄介者を黒い羊っていうでしょう? 父はいつも笑いながら、自分は黒い羊の群れの中に一匹だけ紛れ込んだ白い羊なんだって言っていたわ」

その話から、ヘイドリアンはいろいろなことを理解した。ナタリーが冗談めかしてしゃべってはいても、英国貴族にとっては血統がすべてなのだという事実を突きつけられる。人間的に腐っていても生まれさえよければ、平民の血がまじっている者より上だと見なされる。彼自身、そういう考え方を植えつけられてきた。

だが凍えるように寒い暴風雨の日に、運命のごとくナタリーに出会って以来、自分の中で何かが変わったのを感じている。長いあいだ持ち続けてきた信念に逆らいたいという思いが芽生えたのだ。その変化が最終的にどこへ行き着くのか、いまはまだわからない。しかし、きちんとした後ろ盾があれば、ナタリーみたいな素晴らしい美人は必ずや社交界を魅了するということはわかっている。

とはいえ、それは貴族に対する先入観をとりあえず忘れるように説得できたらの話だ。そしてナタリーには、アメリカで学校を開くよりもこの国でヘイドリアンと一緒にいるほうが幸せになれると、わかってもらわなくてはならない。

「父上はサー・バジルと連絡を取り続けておられたのかな？」

「ええ、不定期に手紙のやりとりをしていたわ。父には母親の違う弟と妹がいたけれど、ふたりともすでに亡くなっているの。父の死後、サー・バジルはイングランドに来て一緒に暮らさないかと手紙をくれたのよ。わたしのいとこである孫もふたりいるからって。親切な申し出だったけど、もちろんお断りしたわ」

それはそうだろう。ナタリーはイングランドで暮らしたいとは思っていないし、爵位に興味がないのだから。彼女の心を変えるのは難しいとわかっていながら、ヘイドリアンはその機会が欲しかった。彼女の敬意を得るための機会が。「社交シーズン中は、サー・バジルもロンドンに出てきているかもしれない。そうだとしたら、訪ねてみたいかい？」

ナタリーがわずかに身をこわばらせ、朗らかな雰囲気が一気に消失した。ヘイドリアンを尊大だと責めた彼女が、尊大な表情でこちらを見る。「ロンドンに一緒に行くとは言っていないわ」

ヘイドリアンは膝に肘をついて両手を組み、身をのりだした。ナタリーを説得できる言葉を探して口を開く。「きみが来てくれることを心から願っている。レオをロンドン塔やサーカスに連れていったら喜ぶだろうし、港の船を見るのも楽しいだろう。イングランドに来てもっとも素晴らしい街を観光せずに帰るなんてもったいないよ」

「そのあいだ、あなたの屋敷に滞在するんでしょう?」ナタリーが眉をひそめて訊く。

「きみたちふたりに滞在してもらえたら光栄だ。クレイトン・ハウスにはおもちゃや本がそろった素晴らしい子ども部屋があって、滞在客に利用してもらっている。使用人は大勢いるから好きに使ってくれていいし、客室の設備や料理人の腕は一流だ。広い図書室もある。わが屋敷以上の滞在場所はないよ」

その言葉を聞いて、ナタリーはさらに行く気を失ったようだった。ヘイドリアンにとって困ったことに、彼女は不快そうな表情で立ちあがった。「見返りが欲しいんでしょう?」

彼もあわてて立ちあがって問い返す。「見返りだって?」

「あなたの愛人になるつもりはないから。昨夜は誤解を与えてしまったのかもしれないけど、そんな気はまったくないわ。一回キスしたくらいで、勘違いしないでちょうだい」

ナタリーが腹を立てた理由がわかって、ヘイドリアンの頭にかかっていた霧が晴れた。彼女は幼い頃から貴族の愚かしさを父親に聞かされてきたのだから、公爵の申し出を信用できないのも当然だ。どうすれば、彼にそんなつもりはないとわかってもらえるのだろう。

「どうか安心してほしい。そんな魂胆があったら、きみをクレイトン・ハウスに招きはしないよ。母も一緒に住んでいるんだから」

「お母さまと暮らしているの？　疎遠なんだと思っていたわ」

「子どもの頃はそうだった。年に二回しか母のもとに行くことを許されなかったからな。だが成人したあとは、ロンドンの屋敷を含めてすべての財産はわたしの管轄になった。そのとき、ロンドンのクレイトン・ハウスを主な住居にしてきた母を立ちのかせる理由はなかったんだ。母とはうまくやっている。買いものにつきあわされるとき以外は」

「まあ、そうだったの」

ナタリーが説明を聞いて当惑している様子はかわいらしかった。赤くなった頬を見ているとヘイドリアンの胸にやさしい気持ちがあふれ、同時に欲望もかき立てられた。彼女を抱きしめ、すべての心配を取り払ってやりたい。だが、その思いを伝える時間はあとでたっぷり取れる。ロンドンの屋敷に来てもらえさえすれば。

「だから、きみの評判はちゃんと守られるよ。母が同居しているというだけでなく、近くに住んでいる妹もしょっちゅう来るだろうからな。不埒な考えからロンドンに来てほしいと頼んでいるわけじゃない」

「あなたは頼んでなんかいないわ。命令したのよ」

ヘイドリアンはしょげた様子で微笑んだ。「悪かった。ミス・ファンショー、どうかレオと一緒にわたしの屋敷に滞在してほしい。レオが来てくれたら、母もきっと喜ぶ。ひとりだけいるレオと同じ年頃の孫をとてもかわいがっているから間違いない」

ナタリーはそれでも決心がつかないようだった。「公爵夫人はわたしが一緒に滞在することに反対なさらないかしら。ゴドウィン伯爵と同じように、財産狙いの女と思うかもしれないわ」

「それはない。母はかつて息子を取りあげたゴドウィンを、いまも許していないんだ。だから心配する必要はまったくない。それに、きみが本当に財産狙いの女なら、わたしと会った瞬間に色目を使ってきたはずだ。子どもを伯爵家の子息に仕立てあげるより、自分が公爵夫人になるほうが見返りがはるかに大きいからな」

ナタリーはヘイドリアンをまじまじと見つめたあとで、けらけらと笑いだした。愛らしい顔に面白がっているような表情が浮かび、さらに魅力的になる。「今度は玉の輿狙いだなんて！　お偉い公爵さまが成金の平民と結婚する可能性があるなんて、思いもつかなかったわ！」

自分の魅力をまったくわかっていないナタリーの様子に見とれて、ヘイドリアンは頬をゆるめた。「きみがそんなことをたくらんでいるなんて思っていないよ。ところで、前のように名前で呼び合わないか？　ひとつ屋根の下で暮らすのに、他人行儀なのは居心地が悪い。きみとレオが招待を受けてくれればの話だが」

ナタリーはしばらく考えてからうなずいた。「わかったわ、ヘイドリアン。それでは二、三週間、あなたとあなたのお母さまの屋敷に滞在させてもらいます」

彼は勝利の喜びを顔に出さないよう細心の注意を払った。ナタリーがロンドンに来てくれることをどれほど望んでいたか、悟られてはならない。彼女が持っている貴族への強い反感をやわらげるには、辛抱強く慎重に行動する必要がある。「よかった。じゃあ、きみはこれから荷づくりをしなければならないね。明日の朝、夜明けとともに出発しよう」

しかしナタリーはヘイドリアンの顔を見つめたまま、動こうとしなかった。「あなたはレオを気に入っているんでしょう？　あなたならいい父親になれるわ」

「わたしが？」

「ええ。そしてレディ・エレンはきっといい母親になってくれる。彼女なら、レオに必要な愛情を与えてくれるわ」

レディ・エレン？　どうして彼女の名前が出てくるのだろう。

ヘイドリアンはあっけに取られてしばらくまばたきを繰り返したが、やがてナタリーは彼がレディ・エレンと結婚すると信じているのだと思いだした。否定しようとしたものの、思いとどまる。ナタリーのために結婚の計画を変更しようとしていると知ったら、ロンドン行きを取りやめるかもしれない。

「そうかもしれないな」ヘイドリアンは曖昧に返した。

もちろん、レディ・エレンのことなどまったく頭になかったが。とはいえ、レオを養子にするという新たな提案は気に入った。それはつまり、ナタリーがヘイドリアンの妻となり、レオの母親になるということだ。彼女が妻になれば、毎晩ベッドで一緒に過ごせる。情熱的なキスを交わして以来、彼女が欲しくてたまらなくなっていた。

レディ・エレンに性的な興味を覚えたことは一度もなかったと、初めて気づいた。ナタリーの場合は、ドレスの下の肢体を思い浮かべてしまわないよう、つねに欲望と戦っている。そうでないと、丸い臀部を撫であげ、くびれたウエストをたどり、自分の手にぴったりおさまる胸を揉みしだきたくなってしまう。

しかし、ナタリーの貴族に対する抵抗をやわらげるのは、ひと筋縄ではいかないだろう。イングランドにとどまるようにそのうち説得できると思うのは、甘いだろうか。彼女がいつかヘイドリアンの世界になじんでくれると思うのは。アメリカで実現しようとしている夢をあきらめて彼を選んでくれると思うのは。

いまナタリーは頬を美しく染め、かたい意志を目に宿してこちらを見つめている。「ひとつ言っておかなくてはならないことがあるの。昨夜、あなたにキスをさせてしまったのは間違いだったわ。レディ・エレンに対して許されない行為だし、責任はわたしにある。ああいうことは二度と起こってはならないわ」

ふたりのあいだの空気がにわかに張りつめた。ナタリーの目を見れば、強烈に惹かれ合う磁力に彼女も気づいているのがわかる。ヘイドリアンの頭には、彼女と抱き合ったときの一瞬一瞬がはっきりと刻まれていた。ナタリーの口の中のブランデーの味、情熱的に応えてきた唇の柔らかさ、隙間なくぴったりと押しつけられたしなやかな体の感触。すべてがありありと記憶されている。シルクのようになめらかな胸に、もう一度触れたい。今度は服をすべて脱がせ、体に隠されている秘密をひとつひとつ見つけだして、熱い中心に身をうずめたい。

ほんの二歩足を進めるだけで、ナタリーを抱きしめられる。二度とキスはしないと言われたが、情熱をかき立てて応えさせるのは難しいことではないだろう。だがここにいるあいだは、そういうまねをしないほうが賢明だ。ロンドンに行ってから、彼女を誘惑すればいい。

ヘイドリアンは燃えあがった欲望を抑え込んだ。「きみもわたしも、レディ・エレンに対して不実な行為はしていない。婚約しているわけじゃないんだ。彼女は初めての社交シーズンを自由に楽しむべきだということで、ゴドウィンも同意した」

ナタリーは眉間にしわを寄せて詰め寄った。「でも……レディ・エレンと結婚するつもりなんでしょう？」

「それはまだわからない」ヘイドリアンははっきり言うのを避けた。

ナタリーが魅力的な唇を引き締めた。「あなたが彼女と結婚しなかったら、レオはどうなるの？　いまはもう、あの子がこの屋敷で育てられるなんて絶対に耐えられないわ、ヘイドリアン。ワイマーク子爵にはあんなことをされたし」

「あんなこと？」

ナタリーは扉の前で振り返って低い声で言った。「もちろん、乗馬事故のことよ。レオがもう少しで踏みつぶされるところだったと思うと、ぞっとするわ。正直言って、ワイマーク子爵にはどこか危なっかしいところがあって、怖くてしかたがないの。彼は信用できないわ」

ヘイドリアンは思いすごしだと言おうとした。リチャードは母親に甘やかされた、ちょっと軽率な若者にすぎないと。

けれどもナタリーが本当に不安そうにしているので思い直した。彼女から見れば、リチャードは酒と賭け事が好きな、怒りっぽく自制心に欠けた人間だ。ゴドウィン夫妻の冷淡極まりない態度と考え合わせれば、レオの身の安全を心配するのも無理はない。

自分の身内がナタリーとレオにひどい態度を取っていることに、ヘイドリアンは腹が立ってならなかった。

親密すぎるふるまいはとりあえず慎むべきだという決意を忘れて、ナタリーの肩に両手を置く。伝わってくるあたたかさを意識しながら、こわばった肩をそっと揉みほぐした。「リチャードにおびえる必要はない。ここを出たら、おそらくもう二度と会うことはないよ」

「それでも、レオが歓迎されないこの家ではもうひと晩だって過ごしたくないわ」

肩に置いた手から、ナタリーの震えが伝わってきた。ヘイドリアンの心にも急に懸念がわきあがる。彼女には大丈夫だと言ったが、間違っている可能性もある。

ヘイドリアンは花びらのように柔らかい頬を指先でそっと撫でた。「では、すぐに出発すれば安心かな？」

ナタリーの緑色の瞳が明るく輝く。「いますぐ？　今日のうちに？」

「まだ二、三時間は明るいだろうからな。荷づくりにどれくらいかかる？」

「すぐにできるわ」

ナタリーが身をひるがえして扉へ向かうときの腰の動きを見つめながら、ヘイドリアンは彼女を守ってやりたいという圧倒的な感情に襲われた。ナタリーとレオの安全を確保できる場所へ、早く連れていきたい。ふたりを傷つける者がいれば自分は一瞬の迷いもなく殺すだろうと悟った。

17

二日後、馬車をおりたナタリーは目を疑った。目の前に見える巨大な建造物が、個人の屋敷のはずがない。

蜂蜜色の石でつくられた建物は、玄関前の張り出し屋根が印象的だ。高い柱に支えられた切妻屋根には上部の三角形の部分（ペディメント）に装飾が施されている。古典的な様式の建物はワシントンにある大統領官邸と似ているが、この屋敷のほうが大きくて壮麗だ。ざっと数えると一階だけで巨大な窓が一二もあり、この区画に並んでいるほかの煉瓦づくりの屋敷と比べて王冠の宝石のように目立っている。

ナタリーはスカートが引っ張られるのを感じた。下を見ると、レオが大きな目で見あげている。「ミスター・コウシャクはこの宮殿で王さまと暮らしてるの？」

ナタリーは笑いながら、くしゃくしゃになった少年の髪を直した。「いいえ、違うのよ。ここは王さまの住む宮殿みたいに大きいけれど、そうではないの」

「心配することはない。すぐにクレイトン・ハウスに慣れて、楽しく過ごせるようになる」

ヘイドリアンが言った。

その声が体に響いたので、ナタリーはどきりとした。ヘイドリアンが馬からおりて近づいてくる。ぜいたくな馬車をふたりに譲り、ほぼずっと馬に乗ってきたのだ。外套をまとって帽子をかぶった姿はいかにも紳士らしいが、視線には熱がこもり、笑みを浮かべた唇からは獲物を狙う獣のような気配が伝わってくる。彼女はロンドンへの招待を受けたのは賢明だったのかどうか、またしても疑いを抱かずにはいられなかった。

ヘイドリアンはナタリーを欲しがっている。ふたりで分かち合った熱いキスが、公爵の欲望に火をつけたのだ。彼女もまた見つめられるたびに、体の芯がじりじりと熱くなっていくのを感じてしまう。

後ろめたく思う理由はないと言われたが、クレイトン公爵のことをそれほどよく知っているわけではない。だからナタリーとレオをここに招待した裏には言葉にできない理由があるのではないかというかすかな疑いを、振り払うことができなかった。誘いを受けたとき、ヘイドリアンはあまりにも満足そうにしていた。

ロンドンまでの道中、考える時間はたっぷりあった。公爵がオークノールを訪ねたのは、レディ・エレンと婚約するためだ。それなのに彼女とは婚約していないと断言した理由はなんなのだろう。レディ・エレンが年の離れた男性には興味がないと、彼はようやく悟ったのだろうか。それとも、ひとシーズンかけてゆっくり求愛すればいいと思っているのだろうか。

そしてヘイドリアンにとって、ナタリーはどういう存在なのだろう。小さい頃から父親に、貴族の非道さや女を劣った存在と見なして横柄に扱う気質を繰り返し聞かされてきた。でも母親が同居している屋敷で、ヘイドリアンが誘惑しようとたくらんでいるとは思えない。

自分は疑い深くなりすぎているのだと、ナタリーは考えた。きっと公爵は、レオのために彼女にも来てほしいと思っただけなのだ。

そう思うと、なぜか気持ちが沈んだ。不謹慎だとわかっていても、ヘイドリアンに求めてもらいたかった。公爵にはナタリーを思って眠れない夜を過ごしてほしい。アメリカに戻った彼女を、恋しく思ってほしい。きっとナタリーも彼が恋しくてたまらなくなるから……。

「わたしの経験から言うと、女性の中には鼠（マウス）を怖がる者がいる。だがミス・ファンショーの場合は屋敷（ハウス）が怖いようだな」

ヘイドリアンがレオに話しかける低い声が聞こえ、ナタリーはわれに返った。韻を踏んだ冗談に、少年がくすくす笑っている。彼女がまばたきをしてふたりのほうを見ると、男同士の連帯感を漂わせた楽しそうな視線を向けられたので、あわててしかめっ面を笑顔に変えた。

「ばかなことを言わないでちょうだい。こんなに大きな屋敷を見るのは初めてだから、驚いただけよ」

「いや、きみは怖いんだ。肝が据わった女性だと思っていたんだが、違ったようだな」

ヘイドリアンは尊大な公爵のイメージそのままに、にこりともせずに立っている。けれどもよく見ると太陽の光を受けたグレーの目にはユーモアがきらめいていて、ナタリーは膝から力が抜けるのを感じた。彼の魅力を無防備に受け止めてしまった自分を心の中で叱る。ヘイドリアンとこれ以上親密になってはならない。

ところが彼女が言い返す前に、レオが口を挟んだ。「ねえ、〝きも〟って何？　きもがすわったって？」

「勇気があるってことだ。恐れを知らないってことだよ。でもいまのミス・ファンショーは勇気が不足しているようだから、わたしの腕につかまっていけばいい」

公爵に腕を差しだされて、ナタリーは舌を出してやりたい誘惑に駆られた。でも周りに従僕や馬丁がいるのに、そんな子どもっぽいまねをするわけにはいかない。とくにあの辛辣な年寄りの従者チャムリーは、馬車から荷物をおろす作業を監督しながら、彼女にちらちらと悪意のこもった視線を向けてくる。

「怖いなら、ぼくの腕にもつかまっていいよ、ミス・ファンショー」レオが勇敢なところを見せようと申しでる。

見おろしたナタリーは、少年がヘイドリアンをまねて短い腕を曲げて待っているのを見て、愛しさに心臓をぎゅっとつかまれたような気がした。少年に笑みを向け、身をかがめながら小さな腕につかまる。それから反対側の手を伸ばして、公爵の腕にもつかまった。

「ふたりともやさしいのね。ありがとう。紳士がふたりいてくれて安心だわ」

レオがうれしそうな表情で胸を張った。やはりこの子には、礼儀作法やきちんとしたふるまいを学ぶための手本となる男性がそばにいることが必要なのだ。

レオを養子にするように、ヘイドリアンをなんとか説得できないだろうか。前にその話を持ちだしたときは、はっきりとした答えを得られなかったが、ここで過ごすあいだに承諾させるつもりだ。レオには孫を嫌っている祖父が後見人になって使用人たちの手で育てられる場所ではなく、愛情を持って関わってくれる人のもとで育ってほしい。

三人並んで玄関前の張り出し屋根の下に続いている大理石の階段をのぼりながら、ナタリーは奇妙な感覚にとらわれた。まるで長く留守にしていたわが家に、家族そろって帰ってきたようだ。一瞬、強いあこがれがわきあがったものの、すぐに幻想を振り払った。幻想を現実にするには自分が公爵夫人にならなければならないが、そんなことはありえない。

それに危険でもある。幻想に浸ることを自分に許せば、ヘイドリアンの魅力に簡単に屈してしまうだろう。でも公爵から求婚されることは絶対にないし、たとえ申し込まれても受けることはない。ナタリーはアメリカで学校を開き、自らの人生を切り開くのだ。実現しない夢物語に惑わされている暇はない。

白いかつらと深緑のお仕着せを身につけた従僕が、玄関の扉を開ける。中に入ると、広大な玄関広間に三人の足音が響いた。屋敷の内部は外観よりもさらに壮麗で、どこにまず目を向ければいいのか迷うほどだ。

ナタリーはボンネットの紐をほどきながらゆっくりと振り返って、金の柱頭のついた背の高い大理石の柱を見つめた。壁のくぼみには等身大の彫刻が飾られ、ドーム型の天井には楽しそうな妖精や智天使が描かれている。広い空間の両側から左右対称に階段が延び、『ロミオとジュリエット』に登場しそうな大理石のバルコニーへとつながっていた。

こざっぱりとした黒っぽい服をまとった数人の使用人が直立不動で並んでいるのを見て、

ナタリーはヘイドリアンがそばについていてくれてよかったとほっとした。正直に言うと、この壮麗な屋敷にも整列している使用人にも少しだけ臆している。列の中からとりわけ威圧感を漂わせているふたり——黒い服に身を固めた威厳のある中年の男性と、どっしりとした腰にじゃらじゃらと鳴る鍵束をつけた年配のいかめしい女性——が前に出る。

「お帰りなさいませ、閣下」黒づくめの男性が厳かに言ってお辞儀をするのと同時に、鍵束をつけた女性が腰をかがめてお辞儀をした。

執事のウィンケルマンと家政婦長のミセス・ダロウだと、ヘイドリアンが紹介する。「アメリカから来られたお客さまだ。レオ・ベリンハムはわたしの遠縁に当たり、ミス・ファンショーは一時的に彼の保護者を務めてくれている。彼女はレオの母親である亡くなったわたしのはとこ、オードリーの友人だったんだ」

ミセス・ダロウが驚いて目をしばたたき、ちらりとナタリーを見たあと公爵に視線を戻した。「申し訳ありません、閣下。昨日ご連絡をいただいたときに、ミス・ファンショーは家庭教師だと思い違いをして、子ども部屋に滞在していただく用意をしてしまいました。そういうことでしたら、客室を用意したほうがよろしいでしょうか？」

「ああ、頼む」ヘイドリアンは言い、手袋と外套を執事に渡した。執事が受け取ったものを、今度は従僕に渡す。

「その必要はありません」ナタリーは反論した。「わたしは家庭教師でもあるので子ども部屋でかまいません。ミセス・ダロウ、わたしのために余分な手間をかけないでくださいな」

「そんなわけにはいかない」ヘイドリアンがきっぱりと言う。「きみは使用人ではないんだ。家庭教師のための部屋に滞在させるなど、わたしの怠慢とそしられてもしかたがない」

「水仙の間ではいかがでしょう」家政婦長が滑るように主人の横に並んでうかがいを立てたあと、ナタリーに同情するような視線を向ける。「お子さまとはそんなに離れませんので。子ども部屋に続いている階段のすぐ横にありますから。ちょっとあがればいいだけです」

ナタリーはふらふらと奥のほうに歩いていってしまった少年に目を向けた。レオは顔を上に向け、馬にまたがって剣を構えた公爵の祖先の巨大な絵を見つめている。

「でも……レオについていてやらないと」

ヘイドリアンがあたたかい手をナタリーの手に重ね、そっと握った。「大丈夫だよ。あの子は安全だ。きみが一緒にいてやれないときは使用人が見ている。日中は好きなだけあの子と過ごすといい。わたしもそうする。それにあの子も、自分が置かれた新しい立場に慣れていったほうがいいからな」

ナタリーは言い返そうとして口を開けたものの、そのまま閉じた。

こんなふうにおだやかに筋道立てて諭され、彼女はそのうちアメリカに戻る人間なのだとほのめかされると、反対するのはばかげている気がした。少し過保護になっているのだろうか。貴族の子どもは使用人によって育てられるという風習には賛成できないが、ナタリーがいなくなれば、レオはそういう状況を受け入れざるを得ない。だとすると、あまり世話を焼きすぎないようにして、彼女のいない生活にレオを慣れさせるべきなのかもしれない。少年との別れを思い浮かべると、胸が痛くてたまらないが。

ウィンケルマンが控えめに咳払いをした。「閣下、公爵夫人は三〇分ほど前に、レディ・エリザベスとご一緒にボンド・ストリートから戻られています。お客さまを連れてお部屋に来てほしいと、おっしゃっておられました。何やらお子さまに差しあげたいものがあるようです」

「ボンド・ストリートだと？　タトル玩具店に行ったんだな」

執事は無表情なままだったが、片方の眉だけをかすかに持ちあげた様子がヘイドリアンの言葉を肯定している。「特徴のある紙に包まれたものが、いくつもございました」

「そうか」短いひとことで、ヘイドリアンが腹を立てていることがわかる。「ナタリー、一緒に来てくれないか？　きみの部屋を準備するあいだに、母と妹を紹介しよう」

従僕が彼女の外套とボンネットをすばやく受け取る。ナタリーはレオを連れてくると、ヘイドリアンと三人で左右から延びる階段の片方をのぼり始めた。途中で公爵が、提督だったおじの肖像画や、彼が子どもの頃そりで階段を滑りおりようとして木の部分につくってしまったへこみなどを説明してくれる。自分の屋敷に誇りを持っていることや、ふたりの緊張を少しでもほぐしたいと思っていることがありありと伝わってきた。

ナタリーはヘイドリアンの気遣いに胸を打たれたが、それでもこれほど豪華な屋敷を目にした衝撃からはなかなか立ち直れず、ここで暮らす自分の姿は想像すらできなかった。この屋敷はナタリーが育ったつつましい木造家屋とも、オードリーの家族と荒野で暮らしていた居心地のいい丸太小屋ともまるで違う。

ナタリーは階段の途中にあるバルコニーから、階下にいくつもある広い客間を見渡した。それから残りの階段をあがったあと絨毯の敷かれた廊下を進むと、ヘイドリアンが半分開いている扉の前で足を止めた。扉を叩いて中に到着を知らせ、真っ先に駆け込もうとしたレオを止めて愉快そうに目を光らせる。「女性が先だ」

ナタリーはためらった。濁流を渡って未開の地を進んだ経験があっても、公爵夫人が待ち受ける部屋に入るのは勇気がいる。でも、こんなふうにためらうのはおかしい。ヘイドリアンの母親と妹に会うのに、なぜ恐れなくてはならないのだろう。レオの将来を幸せなものにする味方となってくれるかもしれない人たちだ。

自分にそう言い聞かせて中に入ると、そこは金色に輝く豪華な居間だった。薔薇色の壁には花の絵がかけられ、刺繡（ししゅう）入りのクッションがのった椅子や、繊細な美術品を飾ってある棚やテーブルといったものがところ狭しと置かれている。空気までかぐわしい香りがした。

そのときスパニエル犬がきゃんきゃん鳴きながら奥から走りでてきて、寝室を守るようにアーチ型の入り口で止まった。その後ろから、ミントグリーンのドレスを着た栗色の髪の美しい女性が現れる。

ヘイドリアンの妹に違いない。公爵をやさしく女性らしくしたような女性は、腹部のふくらみから身ごもっているのがわかる。彼女はそのまま近づいてくると、うれしそうに叫んだ。

「ヘイドリアン！　お母さまにノックの音がしたって言ったところなのよ！」

公爵は妹の頬にキスをすると、身をかがめてスパニエル犬の垂れた耳をかいてやった。「リジー、おまえはまた母上をそそのかして、無駄遣いをさせたな」

「ウィンケルマンがしゃべったのね！　ちょっとした買いものくらいで大騒ぎして、わたしたちの楽しみを台なしにしないでよ。今日の午前中はお兄さまのお客さまのためにあれこれ選んで、とっても楽しかったんだから」青磁のような色合いの目があからさまな興味をたたえて、レオとナタリーを見る。「こちらの方たちなの？」

ヘイドリアンは妹の遠まわしな催促に従って、レディ・エリザベスことレンベリー侯爵夫人だとふたりに紹介した。「最初に言っておこう。平等主義者のミス・ファンショーは、お辞儀の習慣を受け入れられないらしい」

「平等主義者？」レディ・エリザベスはふざけた様子で兄の腕をぴしゃりと叩いた。「いやになっちゃうわ。お兄さまはわたしが勉強に熱心ではなかったと知っていて、わざと難しい言葉を使うんだもの」

「それって、アメリカには公爵や王さまがいないって意味なんだよ。ミス・ファンショーが教えてくれた」レオが説明する。

レディ・エリザベスは身をかがめてレオと目を合わせた。「まあ、頭がいいのね！　ねえ、うちにはあなたと同じくらいの年の息子がいるのよ。フィニーっていう名前なの。落ち着いたら、息子と遊んでくれる？」

レオは少し考えてから答えた。「ミス・ファンショーとミスター・コウシャクも一緒に行ってい？」

「もちろんよ！　ミス・ファンショーも大歓迎」抑えきれずに、レディ・エリザベスの口から笑いがこぼれる。「それに……ミスター・コウシャクも」

ナタリーは彼女に笑みを向けた。「どうかナタリーと呼んでください、レンベリー侯爵夫人。握手だけでお気を悪くなさらないといいんですが」

「もちろん気を悪くなんかしないわ！」ナタリーと短く手を握り合わせたあと、彼女は続けた。「わたしのことはリジーと呼んでね。レンベリー侯爵夫人なんて年寄りみたいだもの。それにいちいち足を引いてお辞儀をするのって、実際うんざりするものよ。とくに、パーティで挨拶の列に並んでいるときがいやなの。ドレスの裾を踏んでみんなの前でばったり倒れるんじゃないかって、どきどきするから。さあ、こっちに来て母と会ってちょうだい」

ナタリーは少し緊張を解いて、リジーのあとを追った。ヘイドリアンの妹を好きになれて、ほっとした。さっき部屋に入る前に足がすくんだのは、ゴドウィン伯爵夫妻と同じくヘイドリアンの家族からも敵意を向けられるのではないかと、無意識のうちに警戒していたのだろう。金目当ての詐欺師とさげすまれ、いたたまれない思いでこれから何週間も過ごしたくはない。

広い寝室は、居間と同じように薔薇色で統一されていた。背の高い窓にはピンクの細長い布がかけられ、金色の紐で留められている。羽根入りの枕がいくつも置かれたベッドは更紗（さらさ）の天蓋で覆われ、金色の頭板は優美な紋章入りだ。クリスタルや陶器などの繊細な置きものが平らな場所を埋めつくし、マントルピースの上では金メッキ（オルモル）の置時計が柔らかい音を立てて時を刻んでいる。

つまり圧倒的に女らしい部屋で、男性ならば誰でも居心地の悪さを覚えるに違いない。振り返るとヘイドリアンが歯を食いしばっているのが見え、公爵は鋼のような自制心でその居心地の悪さを我慢しているのだと気づいて、ナタリーはおかしくなった。レオでさえ、見たこともない少女趣味の部屋に呆然として、ヘイドリアンの背後に身を寄せている。

スパニエル犬がふわふわした尻尾を振りながら、椅子に座ったふくよかな女性に向かって毛足の長い絨毯の上を駆けていった。緑色の縞模様の紙に包まれた大小さまざまな箱をより分けている女性は紫色のクレープ地の豪華なドレスをまとい、頭にはそれよりもやや淡い色のシルクのターバンを巻き、指や手首や首元にはアメジストをきらめかせている。

クレイトン公爵夫人は堂々とした威厳のある女性だった。少なくとも、顔をあげて彼ら――とくに息子――に満面の笑みを向けるまでは。「ヘイドリアン、ダーリン！　ようやく帰ってきてくれたのね！」

公爵夫人が腕を広げると、ヘイドリアンはその中に入って母親の頬にキスをした。完全に抱きしめられる前にすばやく身を引いたものの、それ以上離れる前に両手で手をつかまれ、痛ましい表情をたたえた青い目で見あげられてしまった。公爵夫人は取り立てて美しいわけではないが、しわのある顔は豊かな感情で生き生きとしていて魅力的だ。

「ねえ、お願い。婚約はしていないと言ってちょうだい。あんなに短い手紙では何もわからなかったわ」

「婚約はしていません……いまはまだ」

ヘイドリアンがちらりと視線を向けてきたのがわかったが、それがどういう意味かナタリーにはわからなかった。公爵がレディ・エレンに求愛していることを言わないように警告されたのだろうか。

公爵夫人が安堵のため息をついて息子を解放し、縞模様の包み紙で顔をあおいだ。「ああ、よかった！　何年も会っていない花嫁学校を出たばかりの若い娘と結婚しようだなんて、あなたの気が知れないわ。しかもあんな男の娘と――」

「そのことはあとで話しましょう」ヘイドリアンは母親の言葉をさえぎった。「それよりも、オードリーの息子のレオ・ベリンハムに会ってやってください。それからこちらは、彼をアメリカの奥地からここまで連れてきてくれたミス・ナタリー・ファンショーです」

公爵夫人は膝の上に飛びのったスパニエル犬を指輪で飾った手で撫でながら、威厳に満ちた視線をナタリーとレオに向けた。重々しい表情でふたりを見つめる様子は近寄りがたさと親しみを同時に感じさせ、ナタリーはなぜかひざまずきたくなるのをじっとこらえた。おそらくこの国で人々がお辞儀をするのには、じっと見つめられるあいだのいたたまれなさを紛らわすという理由もあるのだろう。

やがて公爵夫人がふたりを認めたのか、あたたかい笑みを浮かべた。「クレイトン・ハウスへようこそ。さあ座って。おしゃべりでもしましょう」ナタリーとヘイドリアンが椅子に座るのを待って、ナタリーに言う。「昨日息子の手紙を受け取ってから、ずっとやきもきしていたのよ。男性が書く手紙って本当にそっけないんですもの。あなたもそう思うでしょう？　いちばん大事なことがちっとも書いていないんだから。それにね、ミス・ファンショー、あなたがこれほど美しいお嬢さんだってことに息子がまったく触れなかったのも驚きだわ」

ナタリーは褒め言葉に動揺して目をそらしたときに、リジーが兄に推し量るような視線を向けているのに気づいた。公爵自身はいつもどおりの超然とした態度で、みんなを見守っている。「あの――ありがとうございます。公爵はきっと、もっと大事なことで頭がいっぱいだったんだと思います。レオのことなんかで」

公爵夫人がレオに笑みを向ける。「本当にかわいらしい子ね！　こっちに来て、オーランドをかわいがってやってちょうだい。あなたと血はつながっていないけれど、亡くなった夫を通しての親戚ではあるのよ。だからわたしのことはミリーおばさまと呼んでね」

レオは前に出ると、公爵夫人の膝の上の犬をそっと撫でた。犬に顎を舐められて、くすくす笑う。「くすぐったいよ！　この子と遊んでもいい、ミリーおばさま？」

「もちろんよ！　だけど、ここにある包みの中身で遊ぶほうがいいんじゃないかしら」

大小さまざまなたくさんの包みを見て、レオの目が皿のように丸くなった。「でも、今日は誕生日じゃないのに！」

公爵夫人は手をひらひらと動かし、指輪をきらめかせた。「ああ、これはちょっとした歓迎の贈りものだから」

レオは海賊の宝の山に出くわしたかのように、おそるおそる包みに手を触れた。「見て、ミス・ファンショー！　開けてもいい？　ねえ、いいでしょう？」

ナタリーは屋敷の女主人の気分を害してはならないと懸命に自分に言い聞かせたが、どうしても黙っていられなくなった。贈りものの数のあまりの多さに啞然（あぜん）としてしまったのだ。

「いいえ、まだだめよ。公爵夫人、贈りものを用意してくださったお気持ちはうれしいのですが、これでは多すぎます。アメリカでは、レオは棒切れや石で遊んでいたんですよ」

「まあ、かわいそうに」リジーが思わずといった様子で声をあげる。「これまでずっと、我慢しなければならなかったのね」

「それでも、ナタリーの言うとおりですよ」ヘイドリアンが口を挟み、妹と母親を見た。

「そもそも、子ども部屋にはすでにおもちゃがたっぷりあるんですから」

「でも、この子に楽しく過ごしてほしいと思ったのよ」公爵夫人がふくれっ面をする。「ゴドウィンみたいなことを言わないで。あなたが子どもだった頃、甘やかすなっていう手紙をしょっちゅう受け取ったわ。あのけちんぼったら、あなたにあげたおもちゃを取りあげて捨ててしまったんだから」

「もう昔の話ですよ。それに倹約は大切です。このことは何度も話し合ったじゃないですか」

公爵夫人は手探りでハンカチを取りだし、涙が浮かんだ目の端を拭いた。「そんなきついことを言わないで、ヘイドリアン。わたしはただ喜んでほしくて用意したのに」

彼は突然の涙にうろたえているようだが、ナタリーの見たところ、公爵夫人が息子を見あげる様子にはどこか作為的なものが感じられた。彼女は好きなときに涙を出したり引っ込めたりできるのではないだろうか。

レオがいろいろな大きさの包みに目を引かれている隙にことをおさめようと、ナタリーはすばやく言った。「レオを喜ばせるためにわざわざ贈りものを用意していただいて、ありがとうございました。では、こうさせていただけませんか？　今日開けるのはひとつだけにして、残りは後日にしましょう。それも、レオがいい子にしていたらという条件つきで」

「一週間につきひとつというのが妥当でしょう」ヘイドリアンは小さく笑みを浮かべると、少年に声をかけた。「さあ、好きなのをひとつだけ開けていいぞ」

当然レオはいちばん大きなものを選び、床に膝をつくと黄色いリボンをむしり取って包み紙を破いた。中身を見て、うれしそうな顔をする。「わあ、王立郵便馬車だよ！　馬もついてる。御者もいるよ。ありがとう、ミリーおばさま！」

レオは飛びあがるように立って公爵夫人を抱きしめ、そのあいだほかの三人は少年を盛りあげようと声をあげて感心してみせた。オーランドが公爵夫人の膝から飛びおりて、新しいおもちゃで遊ぶレオを尻尾を振りながら見守る。ナタリーは精巧なつくりのおもちゃの値段を考えて、落ち着かない気分だった。公爵夫人は息子であるヘイドリアンを甘やかしすぎるとゴドウィン伯爵が考えた理由が、ありありと想像できた。

公爵は夢中で遊んでいる少年から母親に視線を移した。「母上はミス・ファンショーの祖父上をご存じではありませんか？　サー・バジル・ファンショーというんですが」

公爵夫人が興味をそそられたように目を見開いた。「サー・バジル？　リンカンシャーの？　放蕩者として名を馳せていたあの人なら、社交界にデビューした頃の恋人よ。彼のほうがずいぶん年上だったけれど。そういえば、彼の名前をずいぶん聞いていないわねえ」

「何年も前に、借金を払えなくなって社交界を追われたんです。父がアメリカに渡ったすぐあとに」ナタリーは説明した。「わたしの家族の歴史は波乱に富んでいるんですよ」

「あら、それはうちだって同じ。しかも責任の一端はわたしにあるの」公爵夫人があっけらかんと返す。「わたしの実家のことを、息子が話したはずがないわよね。亡くなった夫の命令で、隠蔽されてしまったから」

ナタリーが興味を引かれ目をやると、ヘイドリアンは憮然とした表情を母親に向けていた。

「わたしには人に会うたびに家族の血筋を披露する習慣はありません。それにいまはサー・バジルの話をしているんですよ」

「ああ、そうね」公爵夫人は言った。「サー・バジルとは連絡を取っているの、ミス・ファンショー？　あの人はまだ生きているのかしら」

「たまに手紙をやりとりしています。ロンドンでの住所も知っていますわ。コヴェント・ガーデンと呼ばれる地区です」ナタリーは公爵を見た。「ヘイドリアン、できたらいつか祖父を訪ねるのに馬車を貸してもらえないかしら」

彼がうなずく。するとリジーが椅子の上で背筋を伸ばし、兄とナタリーを交互に見た。

「いまヘイドリアンって言った？　兄が名前で呼ぶことをあなたに許したなんて驚きだわ」

「まったくね」公爵夫人が同意し、考え込みながらナタリーを見つめる。「息子がそういう親密なふるまいを他人に許すことは、めったにないのよ。ひと握りの親しい人間以外にとって、息子はクレイトンか公爵か閣下なの。そういう堅苦しいところは父親にそっくり」

本当だろうか？　女性ふたりに見つめられて、ナタリーの頰に血がのぼった。ヘイドリアンが口の端を片方だけ持ちあげている様子から、彼女が居心地悪そうにしているのを面白がっているのがわかる。公爵と熱いキスをしたことを見抜かれてしまう気がして、あわてて言い訳を口にした。「レオにとっていちばんいいことをしようと、ふたりで力を合わせてきましたので。ゴドウィン伯爵のところに置いてくるのは賢明ではないと、意見が一致したんです」

公爵夫人が餌に食いついた。「もちろん、そうだわ。オークノールは小さな子どもには最悪の場所だもの。陰気で寒々しくて、まるで要塞よ」

「わたしもそう思いました」ナタリーは同意した。

「わたしはあそこには行ったことがないの」リジーが言う。「だけどゴドウィン卿にはロンドンで会って、とても冷淡で厳しい人だと思ったわ。実はね、オークノールで何があったのか教えてもらいたくて、うずうずしているのよ」

「その件はあとで話そう」ヘイドリアンはレオにちらりと目を向けた。少年は床に座り込んで、おもちゃの馬車で遊んでいる。「サー・バジルのことに話を戻すと、ナタリーはもちろん彼を訪ねてくれていいし、レオを公園や街のあちこちに遊びに連れていくなど自由に行動してほしい。それから母上にお願いなんですが、ナタリーがこの街で過ごすための衣装をそろえるのを手伝ってあげてくれませんか?」

ナタリーは驚いて、びくりとした。「なんですって? 服なら旅行かばんにたくさん入っているのに」それは真っ赤な嘘だ。目の前の女性たちがまとっている最新流行のドレスと比べたら、自分が持っているわずかばかりの服は貧弱のひとことに尽きる。「でも、もう一、二着あってもいいかもしれませんね。そのための生地や糸を買える店を紹介してもらえたら、うれしいです」

「自分で縫うつもり?」公爵夫人はその考えにぞっとしたようだった。「いけませんよ! お客さまに一日じゅう針仕事をさせるなんて、女主人として失格だわ。午前中に、わたしの行きつけの仕立屋に行きましょう。マダム・バルボーはロンドン一の腕前なのよ。予約はしなくても大丈夫。わたしをいちばんの顧客だと言ってくれているから」

「それがいいわ」リジーが手を叩いた。「黒褐色の髪がとってもきれいね、ナタリー。それにその緑色の目! サフラン色か淡い黄色が似合うと思わない、お母さま? それか濃い赤紫色や紫色みたいな印象的な色。そういえばこの前マダムが、赤みがかった茶色のシルク地を見せてくれたの。ほのかに光っているような、深い色合いのすてきな生地だったわ」

ナタリーは焦って首を振った。「ごめんなさい。みなさんが力になろうとしてくださっているのはわかるんですけど、わたしにはそんな高価な衣装はとても買えません」

公爵夫人が指輪をはめた手をひらひらと動かす。「わたしにとってはささいな金額よ。わざわざ大西洋を渡ってレオを連れてきてくれたあなたへの、お礼の気持ちだと思ってちょうだい」

「申し訳ありませんが、お断りさせてください。そんなぜいたくな贈りものは受け取れませんので。わたしの気持ちは絶対に変わりません」

その言葉に、薔薇色の寝室はしんと静まり返った。公爵夫人は一気に冷たい態度になるだろうと、ナタリーは覚悟した。アメリカなんて新興国の人間に無礼にも言い返されて、腹を立てるのは当然だ。ところが公爵夫人は急にしゅんとして、まるでごちそうを取りあげられた子どものように口元をゆがめた。傷ついたような表情になり、目にうっすらと涙を浮かべているが、先ほど息子に見せたのとは違ってつくっている気配はない。

ナタリーはきつい言い方をした自分が心の狭い意地悪な人間に思え、気がつくと年上の女性の前に膝をついて両手を握っていた。「すみません。あなたを傷つけるつもりはなかったんです。ただ自分のものは自分で賄うことに慣れているだけで」

「そしてわたしは、なんでも買いあさることに慣れているの」公爵夫人がため息をつく。

「母上の最大の楽しみなんだ」ヘイドリアンが淡々と言った。

助けてくれない公爵に向かって、ナタリーは顔をしかめてみせた。母親が客人のために服を買う機会に飛びつくと、彼にはわかっていたに違いない。ナタリーの手持ちの服ではこの屋敷での滞在には不充分だとヘイドリアンが判定したと思うと、自尊心が傷ついた。

「いい考えがあるわ！」リジーが声をあげた。「実はわたし、赤ちゃんができたとわかる前に、新しいドレスをたくさん注文してしまったの。秋頃にね。でもいまはこんな体型だから、どうやっても着られない」愛情を込めて丸い腹部を撫でながら続ける。「だからナタリー、それらのドレスをあなたが引き取ってくれたらうれしいわ。あなたのほうが背が高いけれど、丈はメイドに直させればいいもの。そうすればあなたは一ペニーも払う必要がないし、衣装部屋を占領している邪魔なドレスを引き取ってもらえてわたしも助かるわ。ほっそりした体型に戻ってまたおしゃれを楽しめるようになる頃には、どうせ流行遅れになっているんですもの。ねえお母さま、あのスミレ色のサーセネット織りの生地を覚えている？　ナタリーの髪や目にすごく合うと思わない？」

公爵夫人がとたんに元気を取り戻した。「ええ、たしかにそうね。あの生地でつくったドレスにわたしが持っているスパンコールをちりばめたショールを合わせれば、完璧じゃないかしら。考えてみると、あのショールは一回も使っていないのよね。白髪が目立つ気がして」

ほかにどんな装身具が使えそうか楽しそうに検討を始めたふたりに、ナタリーは愕然として立ちあがった。新たな展開に当惑し、どうすれば止められるのかわからず途方に暮れる。ふたりの行為はどう考えても施しで、そんなものを受け取るのはごめんなのに、これほど熱心に生き生きと意見を戦わせているふたりにふたたび拒絶の言葉をぶつける勇気もわかない。

ヘイドリアンがうんざりしたように唇の片側を持ちあげると、ナタリーの横にやってきた。

「ふたりに抵抗しようとしても無駄だ。いつだってやりたいようにやるんだから。放っておいて、子ども部屋に行こう」

18

ヘイドリアンがレオの新しいおもちゃを持ち、三人は二階に向かった。レオは楽しそうにぺちゃくちゃとしゃべりながら、元気に階段をのぼっていく。「郵便馬車、すごく気に入ったよ。ちっちゃな馬たちも。本物のポニーにはかなわないけどね」

期待するようにちらりとヘイドリアンを見あげたレオに、公爵の母親と妹のぜいたく極まりない贈りもの攻撃からまだ立ち直れていないナタリーはきっぱりと言い聞かせた。「レオ！　いますぐポニーをもらえるなんて思ってはだめよ。贈りものは一週間にひとつだけって約束したでしょう。それも、あなたがいい子にしていたらの話よ」

「いい子にするよ、ミス・ファンショー。本物のポニーをもらえるなら、絶対に！」

ヘイドリアンが低い声で笑った。「約束は忘れていないよ、レオ。だが、しばらくは子ども部屋にある木馬で練習をしておくんだな」

「〝もくば〟ってなあに？」

「ちょうどきみくらいの年の子どもが乗るための、木でつくられた大きな馬だ。部屋に入ったら、窓際にある」

少年は駆けだして、大人ふたりよりも先に明るい部屋へ入った。子ども部屋ではふたりのメイドが待っていた。ひとりは中年でひとりは若い。若いほうのメイドが木を彫ってつくられた馬にレオを乗せ、どうやって前後に揺らせばいいかやってみせた。少年は大喜びで、さっそく馬を揺らし始めた。メイドたちはそれを見届けてから公爵に向き直り、腰をかがめてお辞儀をした。ナタリーには親しみと好奇心のこもった視線を向けている。

ヘイドリアンはいくつもある小さなテーブルのひとつに郵便馬車を置くと、中年のメイドに歩み寄ってしわの寄った頬にキスをした。「やあ、ティピー、きみがまだ子ども部屋にいるとは思わなかったな。ミス・ファンショー、彼女はミセス・ティペットだ」

ナタリーはいろいろな悩みをとりあえず脇に置き、親しみを込めて挨拶をした。ミセス・ティペットのきびきびしていて有能そうな様子が気に入った。ふくよかな体を動きやすそうな灰色のドレスと白いエプロンで包み、頭につけている白いキャップの下で茶色の目を生き生きと輝かせ、おばあちゃんのような雰囲気を漂わせている。

「わたしは閣下が生まれてからの五年間、子守りを務めさせていただいたんですよ。そのあともこの屋敷に帰っていらっしゃったときは、お世話をさせていただきました。こちらはフローラと申します。弟たちの面倒をずっと見ておりましたので、小さな男の子が危ないまねをしないように遊んであげるのが上手なんでございます」

フローラは恥ずかしそうににっこりとすると、レオの横に行って木馬からおりるのを助けた。彼女なら元気な男の子にもついていく体力がありそうだ。レオが目新しいおもちゃに夢中になって広い子ども部屋のあちこちに突進しても、大丈夫だろう。

公爵がレオに棚にしまわれているものを見せているあいだ、ナタリーは豊富にそろえられている教材を調べた。教材はヘイドリアンが子どもの頃に使ったと思われる古いものだが、いま彼女が六歳の子どもに教えるのにも充分使えそうだ。

だが、それはほんのしばらくのあいだだけなのだと考え、ナタリーの胸は締めつけられた。やがて新しい家庭教師が来て、彼女はアメリカに帰る。レオと――ヘイドリアンに――別れを告げて。

いまからそのときのことを想像して喉がつかえたようになるなんて、ばかげている。まだ何週間もあるというのに。それに早くフィラデルフィアに戻って新しい生活を始め、学校を開く準備に取りかかりたかったはずだ。

ミセス・ティペットはヘイドリアンの横に立ち、フローラと一緒に木のパズルで遊んでいるレオを見つめている。「クレイトン・ハウスにこうやってまたお子さまがいらっしゃるようになるのは、いいものですね。閣下が小さかったときから、ずいぶん経ってしまいましたもの」ヘイドリアンに指を振ってみせる。「閣下さえ義務を果たしてくだされば、子ども部屋がお子さまでいっぱいになるんですけどね」

ヘイドリアンが含み笑いをした。「心配しなくていい。遠からずそうするから」

公爵は何を考えているのかよくわからない表情で、ナタリーをちらりと見た。レディ・エレンとの結婚をほのめかしているのだとわかっているのに、なぜか肌に震えが走り、体の奥と胸にぞくぞくする感覚がうごめく。だが、許されざる感覚に断固として抵抗した。ロンドンに来て、ヘイドリアンとは住んでいる世界が違うとさらに実感した。彼を求める気持ちに屈してはならない。未来のない、むなしい関係に陥るだけなのだから。

「ティピー、わたしはミス・ファンショーを部屋に案内してくる。レオの監督を頼むよ」

「かしこまりました。ご心配なく。わたしとフローラで、お子さまの面倒はちゃんと見させていただきますから」

実際、心配する必要はなさそうだった。ナタリーがちょっとしたら戻ってくると言っても、レオはパズルからほとんど目もあげなかった。出ていく前にもう一度振り返ってみたが、少年は金髪の頭をテーブルの上にかがめ、足をぶらぶらさせながらフローラが言ったことにくすくす笑っている。

ヘイドリアンがナタリーの背中のくぼみに手を添え、部屋を出たところにある階段へ導いた。「レオはものおじしない子だから大丈夫だ。それに、きみの部屋はすぐ近くだ。本当だよ」

心配そうな顔をしていたのを気づかれてしまったらしい。「何カ月もひとりであの子の面倒を見てきたから、人にまかせるのに慣れなくて」

「だが、そうするのはあの子のためにもなる。大丈夫だ」

そうであることをナタリーは祈った。レオが彼女を頼りきっているほうが、どちらにとっても別れがつらくなってよくないのだと自分に言い聞かせる。とはいえ、別れについてはいまは考えたくない。ヘイドリアンがこれほど近くにいるときには。

背中に軽く置かれている手のひらの感触が、耐えがたいほど親密に思える。ドレスの生地越しに伝わってくるぬくもりは、まるで恋人に触れられているようだ。もっと触れられたいという欲望が体じゅうを駆けめぐって、平静でいられなくなる。心配しなければならないのは、自分が思い描いている未来にはそぐわない男性に対して欲望を覚えていることだ。

階段をおりると、ヘイドリアンがすぐ近くにある扉を開けてナタリーを中に促した。そこは淡い青と黄という心地のいい色合いで統一された広い寝室だった。ナタリーはうれしくなって、優美なフランス製の家具やガラス戸のついた本棚、優雅な書き物机などを見まわした。窓辺では紗(しゃ)のカーテンが風に揺れ、そこから差し込む光がソファや金色の椅子が置かれた空間を柔らかく照らしている。

横を見ると、これまで見たこともないようなかわいらしい天蓋式のベッドが置かれていた。寝台の四隅に立っている柱から、コマドリの卵を思わせる青にレモン色の縁取りを施したシルクの布が垂れている。ベッドを覆っている白い上掛けに水仙の刺繍が施されているのが、部屋の名前の由来だろう。

黒い制服を着て真っ白なエプロンとキャップをつけた茶色い髪のメイドが、ベッドの上に並べられた羽根枕をふくらませている。作業を終えて体を起こすと、敬意を込めて深くお辞儀をした。「お部屋の準備が整いました。空気を入れ替え、ベッドのシーツは新しいものを敷いてあります。お客さまのかばんの中身を引き出しにしまいました。あとは窓を閉めれば終わりです」

ナタリーはメイドに感謝の笑みを向けた。「しばらくしたら自分で閉めるわ。ありがとう。こんなになんでもしてもらって、お姫さまになった気分よ」

本当にそんな気分だった。アメリカでは未開の地の丸太小屋で暮らしていたのに、気づけばこれほどぜいたくな屋敷にいて、まるで夢の世界に迷い込んだかのようだ。

ナタリーは新鮮な空気を吸いたくなり、部屋を横切って窓の前に行った。薄いカーテンをかき分けて外をのぞくと、庭が広がっていた。大小の木々が植えられているあいだを砂利敷きの小道がくねりながら走っている。花壇では春の到来を告げるように緑の芽が伸び、木々の裸の枝のそこここで緑色のふくらみが大きくなりつつあった。のどかな光景を目にして、田舎にいるような錯覚に陥った。けれども遠くに目をやると家々の屋根が見え、やはりここは都会なのだとわかる。

「この部屋を気に入ってもらえたようだな」

ヘイドリアンの声が肩のすぐ後ろから聞こえ、ナタリーはぱっと振り返った。距離の近さに、胸が震える。公爵は三〇センチくらいしか離れていないところから、日の光を受けてかすんだように見えるグレーの目をこちらに向けていた。口元に浮かんだかすかな笑みは、よからぬことをたくらんでいるかのようだ。キスや、あるいはそれ以上のことを。

一瞬、理性が吹き飛び、ナタリーはヘイドリアンの力強い腕に抱きしめられたいという焦がれるような思いに駆られた。唇を合わせ、直接肌に触れてほしい。体じゅうにちりちりする熱い感覚が広がって、窓から入ってくるさわやかな風がほとんど感じられなくなった。公爵を求める気持ちには屈しないという誓いを忘れるのは、きっと簡単だ……。

ヘイドリアンが問いかけるように片方の眉をあげたので、ナタリーはまだ返事をしていなかったことに気づいた。「本当にすてきなお部屋だわ。あなたが言っていたとおり、子ども部屋にも近いし。すてきすぎて、レオと同じく甘やかされすぎじゃないかって感じるくらい」公爵があまりにも近くにいるせいで神経が高ぶり、その向こうに見えるベッドに目をやった。いつの間にかふたりだけになっていることに気づく。「メイドはどこに行ったの？」

「さがらせた」

「寝室にふたりきりでいるのはよくないって、あなたもわかっているでしょう？　すぐに部屋を出たほうがいいわ」

ヘイドリアンは動こうとしなかった。ワシ鼻気味の貴族的な風貌、真っ白なクラヴァット、最高の仕立ての青い上着。どこから見ても、法外な富を統べるイングランドの公爵そのものだ。「扉が開いているから、よっぽどうるさい人間以外は何も言わない。それからレオが甘やかされるという話だが、わたしもそうなってほしくないと思っている。きみの提案は、母の好意も無にしないちょうどいい妥協案だった」

「そうかしら」ナタリーは緊張感に耐えられず、ヘイドリアンの横をすり抜けて柔らかい絨毯の上を歩きだした。その勢いに、スカートの裾が足首にまとわりつく。「子ども部屋にはすでに充分すぎるほどおもちゃがあるのに、さらに毎週ひとつずつもらうのよ。誕生日とクリスマス以外に、一年で五二個も」

「一度に全部もらうよりはましだろう」

「そういう問題じゃないわ！　あの子はこれまで、高価なおもちゃとは縁のない生活をしてきた。本当にやさしくてわがままなところのない子なのに、甘やかされて変わってしまうかもしれないと思うと、心配でしかたがないの。たくさんのものを持っていないと幸せになれないなんて、おかしいわ。あなただって、お母さまにもう少し買いものを控えるように言っていたじゃないの」

ヘイドリアンは額にかすかにしわを寄せながら、彼女の意見に耳を傾けた。「きみが言いたいのはおもちゃのことかな？　それともきみのドレス？」

「もちろんおもちゃよ！　ああ、もう！」ナタリーは鋭い指摘に口をつぐんだ。これほど不満を感じるのは、公爵が彼女に高価な服を着せようとしているせいでもある。「話題に出たから言わせてもらうけど、ドレスにあんなにお金を使うなんて信じられないわ。妹さんがいらないドレスをくれると申しでてくださったのは親切だと思うけど、とても受け取れない金額の贈りものよ。妹さんには今日初めてお会いしたというのに」

「リジーはすごく気前がよくなるときがあるんだ。母もね。ふたりがどれほど楽しそうだったか、見ただろう？」

ナタリーもそれは否定できなかった。ふたりは彼女の手持ちの衣装を充実させるという任務を与えられて、とても喜んでいた。彼女も女性だから、新しい服が欲しいという気持ちはもちろんある。ただし、今回のように目の玉が飛びでるほど高価なものではない。「これまで人から施しを受けたことはないし、今回を例外にするつもりもないわ」ナタリーはきっぱりと言った。「誰かに借りをつくるより、なしですませるほうがいいもの。妹さんは仕立ててもらったお店に着られないドレスを買い戻してもらったらいいんじゃないかしら。そうすれば、少なくとも代金の一部は回収できるでしょう？」

ヘイドリアンはベッドの柱に肩をもたせかけ、部屋の中を行ったり来たりしているナタリーを見つめてかすかに笑みを浮かべた。「それはとても実際的な考え方だな。だが、われわれがレオを街のあちこちに観光へ連れだすとき、きみにはふさわしい服装をしてもらう必要がある。おそらく出かけた先々で、わたしの知り合いと顔を合わせるだろう。そんなとき、きみだって、華やかな格好をした上流社会の女性たちに引けを取りたくないんじゃないかな」

ナタリーは足を止めて公爵をにらんだ。「アメリカから来たどこの馬の骨とも知れない野暮ったい女と一緒にいるところを見られたら、恥ずかしいというの？」

ヘイドリアンが笑みを消し、真剣な表情で眉根を寄せた。「もちろん、そんなことはない。きみは思い違いをしている」

「あらそう？　この国の上品な人たちがいまのままのわたしを受け入れることはない。そう思っているみたいに聞こえたけど。心配しないで。何枚かドレスを借りて、ご友人方から後ろ指を差されない格好をするから」

ヘイドリアンがふたりのあいだの距離を詰め、両手で彼女の肩をつかんだ。「聞いてくれ、ナタリー。きみは誤解をしている。たとえきみが、ずた袋をまとい灰にまみれていたとしても、恥ずかしいとは思わない。きみは身も心も美しい女性だ。社交界の誰であれ、きみを見くだしたりすれば、必ずわたしが思い知らせてやる」

その言葉の真摯な響きがようやくナタリーの心に届き、傷ついた自尊心を癒した。ヘイドリアンがその気になれば猛烈に手ごわい人間になれることは明らかだ。上流社会の頂点に立つ者として、自分が大切に思う人たちを守るのにその力を使うことをためらわないだろう。

公爵がナタリーのことも大切に思ってくれているという事実が、心を震わせ、残っていた怒りを溶かし、胸にあたたかい気持ちをあふれさせた。

ナタリーは動揺しているのをごまかすために口を開いた。「言わせてもらうけど、そういう人たちにはわたしからも思い知らせてやるわ。あなたには少し恥ずかしい思いをさせてしまうかもしれないけど」

ヘイドリアンが満面に笑みを浮かべたが、すぐに消した。手を伸ばし、ナタリーのほつれた髪を耳の後ろにかける。「それならやっぱり、きみは戦いに備えた格好をしたいはずだ。上流社会の人間はすぐに人のことをあげつらう。そんな彼らから身を守る鎧(よろい)として、女性の場合、流行の装いは欠かせないんだ。さっき言ったのはそういう意味だよ、ナタリー。敵と同じ水準の装備を身につけていたほうが、落ち着いて相対することができる」

公爵の意図を誤解した自分が間抜けに思える。ワシントンでも父のためにホステス役を務めたときは、ふさわしいドレスを着るのは当然のことだった。ナタリーは自嘲の笑みを浮かべた。「それなら、謝らなければ。あなたの厚意を悪く取るべきじゃなかったわ」

ヘイドリアンはやさしげなまなざしになり、ナタリーの肩をやさしく撫でたあと手をおろした。「わたしも誤解されないようにちゃんと説明するべきだった。それに、きみはよそ者だと感じる必要はないんじゃないかな。きみの血がこの国のいろいろな名家とつながっている可能性は充分にある。『デブレット貴族名鑑』できみの祖先を解き明かすのを、母は喜んで手伝うだろう」

「『デブレット貴族名鑑』？」

「英国の全貴族の家系を記録した本だ。母はそれでわたしの血統をたどるのが好きなんだ。母自身の血筋はたどれないから」

たしかにそれは面白そうだったが、貴族の血がどれだけ流れていても関係ないとナタリーは自分に言い聞かせた。そのとき突然、公爵の言葉の意味に気づいた。「公爵夫人は平民の生まれだって言っているの？」

ヘイドリアンはまじめな顔でうなずいた。「そのとおり。母はインドで財を成した富豪のひとり娘だったんだ。亡くなった祖父は娘を王族と結婚させようともくろんでいたが、公爵で手を打つ結果になった」

「つまりそれが、あなたのお父さまが隠蔽したっていう秘密なのね。ご両親の結婚は家族が決めたものだったの？」

「そうだ。結婚したとき母は一八歳で、本人によればまだ夢見がちな年頃だったらしい」

ナタリーは驚いて口をつぐみ、知ったばかりの事実を反芻しながらヘイドリアンのいかにも貴族らしい顔を見つめた。身のこなしや人を従わせることに慣れている態度から、純粋な貴族の血が流れていると疑いもしなかった。

ゴドウィン伯爵が彼の後見人に指名されたのも当然だ。ヘイドリアンの父親が跡継ぎの養育を平民あがりの人間にゆだねたいと思ったはずがない。それでもやはり、母親と息子のあいだを裂くのは不必要に心ない仕打ちだと思えてならなかった。何年も経ったいまでさえ、公爵夫人はゴドウィン伯爵を嫌っている。息子が伯爵の娘と婚約していないと知ったときのほっとした様子を見れば、それは明らかだ。

ヘイドリアンは自分がまだレディ・エレンに求愛するつもりでいることを、母親に伝えるつもりがあるのだろうか。オークノールを出てから、結婚の予定についてはかたく口を閉ざしている。

公爵とレディ・エレンが抱き合っている姿が脳裏に浮かび、ナタリーはあわてて打ち消した。自分には関係のないことだ。胸の中で嫉妬に似た感情がくすぶっているのだとしても、ヘイドリアンに悟られてはならない。

「気のきいた返しはないのかな?」公爵が問いかける。「わたしにもきみと同じように雑多な血が流れていると知って、きみが面白がるんじゃないかと思ったんだが」

ヘイドリアンはゆったりとした笑みを浮かべて、ナタリーを見つめている。彼女は気がつくと微笑み返していた。自分を茶化せる男性は魅力的だ。「あなたにとって幸いなことに、わたしは純粋な血統を誇る人より、雑多な血を引いている人に興味を覚えるの。それに少なくともあなたは、わたしと違って野暮ったくはないわ」

「わたしではなく、きみが自分のことを〝どこの馬の骨とも知れない野暮ったい女〟と言ったんじゃないか。まったくそんなことはないのに」

ヘイドリアンの愛でるような視線がとっておきのプラム色のシルクドレスを下へとたどり、上にあがってしばらく胸にとどまったので、ナタリーの心臓は急に激しく打ち始めた。次に公爵は愛撫をするように彼女の顔を見つめた。欲望があらわになった表情を目にして、ナタリーは急に周りの温度があがったように息苦しくなった。彼とは三〇センチほど離れたままなのに、ドレスの下に手を入れられて素肌に触れられているかのように体が疼く。

なんということだろう。こんなふうに、みだらな空想にふけってはならないのに。ヘイドリアンはあまりにも魅力的で危険だ。とくにいまみたいに部屋の中にふたりきりでいて、しかもすぐそばにまるで誘惑するかのようにベッドが置かれているときは。

ナタリーはなんとか気持ちをそらそうとして言った。「ほかにどんなものがあるか教えてもらえないかしら」

「ほかのもの？」

「社交界で女性が身を守るための鎧。おしゃれな服はそのひとつだって、あなたは言ったわ。ほかにも何かあるなら、先に聞いておきたいと思って」

「ほかのものについては気にする必要はない。きみはすでにたっぷり持っているから。人を引きつける魅力や優雅さ、機転。それから当然、自信も」ヘイドリアンが欲望の色を濃くして身を寄せ、指の背でナタリーの頬を撫でると、彼女の心はとろけていった。「わたしのほうこそ、鎧と剣が必要かもしれない。きみに群がる男たちを撃退するために」

ヘイドリアンに軽く触れられただけで、ふたりのあいだでくすぶっていた情熱が爆発した。理性が吹き飛び、彼を求める気持ちで全身が脈打つ。目の色が濃くなったので、公爵の中でも緊張が高まっているのがわかった。彼もナタリーに負けないくらい切羽つまっている。

どちらが先に動いたのかはわからない。けれども気がつくと、ふたりは抱き合っていて、ナタリーは乳房を押しつぶす筋肉質のかたい胸板の感触を楽しんでいた。探るような目で見おろしているヘイドリアンのあたたかい息が、彼女の顔をくすぐる。公爵は拒絶する機会を与えているのだろうが、息をするのをやめられないように、彼に応えるのもやめられない。

ナタリーは公爵の首に腕をまわした。「ヘイドリアン、こんなふうにあなたを求めるのは間違いだとわかっている……でもどうしようもないの」

公爵の喉の奥から飢えたようなうなり声が漏れ、ふたりの唇が合わさった。そこから生まれた熱が、ナタリーの体の隅々まで欲望を送り込む。狂気に駆り立てられるがごとく、ヘイドリアンが与えてくれる歓びを全力で求めた。

今回のキスは前よりもさらに強烈だった。あれから三日間、ヘイドリアンのことが頭から離れなかった。とくに夜ひとりでベッドに横たわっていると、公爵が一緒にいてくれたらというせつない思いが込みあげた。心の疼きはヘイドリアンにしか癒せないと悟り、暗闇の中でだけ彼を思うことを自分に許してきた。

いまふたたびヘイドリアンとキスをしながら、膝からは力が抜け、頭はかすみがかかったようにぼうっとしている。曲線を楽しむように背中からくびれたウエストを過ぎて臀部へとおりていく手の感触に、ナタリーはうっとりした。臀部を両手でつかまれて引き寄せられると、燃えあがった欲望を満たすために体を密着させたいという思いに駆られてうめいた。

顔のあちこちにかすめるようなキスを繰り返され、唇が触れた部分が熱くなっていく。

「ナタリー……きみに触れないように我慢しているのはつらかった」

「我慢していたなんて残念だわ。あなたに触れられるとこんなに気持ちがいいのに」

ヘイドリアンが喉の奥で低く笑った。「ずいぶん褒めてくれるんだな、愛しい人（ダーリン）。まだ大して触れていないのに」

ダーリン。ヘイドリアンは本当に愛しく思ってくれているのだろうか。そう信じたい。これが公爵にとってひとときの気まぐれではないと、自分に確信させるためにも。彼の巧みな愛撫からは、たくさんの経験を重ねてきたことがうかがえる。

いきなり視界が揺らいだかと思うと体がぐらつき、頭の中が真っ白になった。ナタリーは気絶しそうになっているのだと思って、とっさにヘイドリアンの引き締まった腰につかまったが、次の瞬間、体がぐらついたように感じたのは気のせいではなかったのだと悟った。いつの間にかシルクの上掛けに覆われた羽根のマットレスの上に横たわっている。

すぐにヘイドリアンがのしかかってきたので、ナタリーはずっしりとした重みを感じた。男性に組み敷かれるという新しい経験に、体じゅうが熱くなって五感が研ぎ澄まされる。革のにおいと男らしい刺激的な香り、欲望に煙った目が放つ熱、彼女に負けないくらい速い鼓動。あらゆる鋭い感覚の中でも、押しつけられている下腹部の感触をひときわ強烈に意識した。ほとんど経験がない彼女にも、そのかたいものが何かはわかる。

熱に浮かされているとはいえ、警戒すべき状況であることは理解できる。ヘイドリアンを押しのけて、いますぐ寝室から追いだすべきだ。それなのに、この未知なる情熱の世界にもっと踏み込みたいとしか思えない。公爵は罪深いほど魅惑的で、一度のキスだけで終わらせるなんて不可能だ。

ナタリーはヘイドリアンと唇を合わせ、ゆったりとした官能的なキスに溺れた。激しい鼓動に息も絶え絶えになりながら、かたい筋肉に覆われたヘイドリアンの背中や肩に夢中で手を這わせる。さらに手を持ちあげて、シルクのような手ざわりの豊かな髪に指を差し入れた。公爵がキスをやめ、彼女の首筋に鼻をすりつける。伸びかけた頬髭が柔らかい肌にこすれる感触が心地よく、ナタリーは頭を後ろに倒した。彼が首筋にキスをしながら、手を伸ばしてシルク地の上から胸を愛撫する。たったそれだけの動作なのに、信じられないほどの快感がナタリーの体を貫いた。

気がつくと、ヘイドリアンの手がさらに下に伸びて、ナタリーの腿のあいだを包んでいた。そこをこすられると気持ちよさに息が止まり、思わず腰が動いてしまう。

公爵がふたたび唇に羽根のように軽いキスをした。「行き着くところまで行かなくても、きみに快感を味わわせることはできる。信用してまかせてくれるかい？」

理性と分別が弱々しい警告を発する。しかしヘイドリアンの誘いはあらがいがたいほど魅力的で、わずかに残っていたナタリーの理性を圧倒した。この先どんな体験が待ち受けているのか知りたいと、身も心も全力で求めている。それになぜかはわからないが、公爵を信頼していた。「もし……あなたがやりすぎないと約束してくれるのなら」

ヘイドリアンが漏らした低い笑い声から、緊張感が伝わってくる。「約束する。紳士としての名誉にかけて」身をかがめてゆっくりキスをしてから、つけ加える。「だがその前に、誰にも見られないようにしなくては」

ヘイドリアンは扉を閉めに行った。ナタリーのもとに戻るまでに、たっぷり三〇秒ほどかかる。歩きながら上着を脱いで椅子に放ったが、そこにかかったどうか確かめることもしなかった。白い上掛けの上に横たわっている女性に意識を集中していたせいで。

ナタリー。いままで、これほど心惹かれる光景を目にしたことはない。

彼女は肘をついて体を起こし、こちらを見つめている。さっきまでのキスと愛撫で、結いあげた髪が崩れて巻き毛の滝が肩や胸に落ち、ドレスの胸元からは白いふくらみがいまにもこぼれそうになっていた。薔薇色の唇と半分伏せたまつげの下から彼を見つめるとろんとした目から、視線をそらせない。

ナタリーが舌先で唇を舐めたので、ヘイドリアンは頭の中が真っ白になった。全身の血が脚のあいだに集中する。身震いするほど、彼女が欲しくてたまらない。それでも、解放されたがっている獰猛(どうもう)な欲望を慎重に抑えた。

これからしようとしているのは、ナタリーに歓びを与えるための行為だ。自分の欲望を満足させるためにするのではない。

といっても、英国貴族からの求愛に対するナタリーの抵抗をやわらげたい。彼女はヘイドリアンが属している上流社会をはっきりと否定している。だが、なんとかしてふたりのあいだの壁を取り払い、彼女の身も心も手に入れたかった。

ヘイドリアンはベッドにのってナタリーの隣に横たわり、ほっそりとしたウエストに手をかけて自分のほうを向かせた。それから彼女の顔に触れ、美しい造作をひとつひとつなぞっていく。ナタリーはいつもの大胆さで見つめ返してくるが、緑色の目には警戒心もうかがえた。

「こんなふうにあなたと過ごすのはいけないことだわ。人生最大の過ちかもしれない」彼女が率直に言った。

ヘイドリアンは思わず顔をほころばせた。ナタリーのこういうところが好きだ。彼女はいつもこちらの予想を裏切る言葉を口にする。そういうことが人生に退屈していた自分に喜びを与えてくれるのだ。「じゃあ、出ていこうか?」

ナタリーが彼にまわしていた腕に力を込めた。「絶対にだめ!」

「そう言ってくれるといいなと思っていた」

ヘイドリアンはナタリーを引き寄せて唇を合わせ、その柔らかさと敏感な反応を楽しんだ。完全に抑制を捨てた彼女に心の赴くまま情熱的にキスを返され、全身の血が沸き立つ。次の瞬間、彼の鉄壁の自制心が粉々になりそうになった。かけがえのない大切な相手にするように、ナタリーが彼の頰をそっと包んだのだ。

これまでヘイドリアンは、女性が欲望をかき立てようとして行うさまざまな行動を見てきた。だが羽根のように軽く触れるだけのこの仕草は、そのすべてに勝る。欲望の波が一気に押し寄せ、ナタリーの味や香りや女らしさに誘われて、狂気の淵へと追いつめられた。理性を失ったその一瞬、彼女を裸にして熱く潤む場所に身を沈め、自分のものだと主張すること以外考えられなくなる。

いつの間にかドレスの背中のボタンを手探りしていたが、危ういところで踏みとどまった。わずかに残っていた理性によって、ここで自制心を失うのは危険すぎるとわれに返る。いまはナタリーに歓びを与えることに集中しなければならない。

ヘイドリアンはシルクドレスの上からふっくらとした胸を包んで愛撫した。上半身を締めあげているボディスとコルセットの内側に手を侵入させると、ナタリーが小さく声を漏らして体をくねらせ、胸の先端がつぼみのようにかたくなる。彼女はこれが、自分が求めているもののほんのさわりにすぎないと、わかっていないに違いない。

ヘイドリアンはナタリーの顔のあちこちにキスをして、女らしい香りとサテンのようになめらかな肌ざわりを楽しんだ。次にドレスの裾から手を差し入れる。幸運なことにスカートは脚に絡みついておらず、ほっそりしたふくらはぎからシルクの靴下を留めているガーター、さらにその先まで、難なく手を這わせられた。レースの下着の中に手を滑り込ませ、ひっそりと隠れていたなめらかなひだを割ると、我慢できずにあえいだ彼女に腕をつかまれた。

「ああ！」

ヘイドリアンはナタリーのもっとも敏感な突起に親指を当て、円を描くようにそっとこすった。「抵抗しないで、快感に身をまかせるんだ。必ずきみを守るから、ダーリン」

ナタリーは降伏のため息を漏らし、ヘイドリアンの侵入を許すために脚を開いた。目を閉じて、彼のシャツをぎゅっと握る。目の前の強い意志を持った女性が身をまかせてくれたことに、ヘイドリアンは感動した。荒れ狂う欲望をしっかり抑え込むと、これまでの経験をもとに彼女を歓びの極みへと導くことに集中した。

ヘイドリアの手によって快感がもたらされるうちに、ナタリーの顔から不安そうな表情がすっかり消えていた。のけぞってすすり泣くような声をあげながら、さらなる歓びを求めて無意識に腰を動かしている。最初はゆっくりだったその動きがどんどん切迫感を増していくのを見つめながら、ヘイドリアンは彼女の喉に唇をつけ甘いささやきを繰り返した。ナタリーの中で快感がふくれあがっていくのを感じて喜びに浸る。彼女はさらなる快感を求めて体を押しつけ、うめき声を漏らした。やがて細身の体に歓喜の波が広がり、叫び声をあげる。ヘイドリアンはナタリーの髪に顔をうずめ、荒くなった息を懸命に整えた。かちかちにかたくなって熱を帯びている下腹部を鎮めるのに、意志の力を総動員する。そのあと全身の筋肉をこわばらせながら、彼女のドレスの裾をおろした。

ナタリーはヘイドリアンの首筋に顔を伏せ、脱力して横たわっていた。徐々にゆっくりになっていく息が、熱くなった彼の肌をくすぐる。彼女のしなやかな体の感触に、耐えがたいほどの欲望を覚えたものの、ヘイドリアンは何があっても動くつもりはなかった。こうやって彼女を抱きしめていると、何もかもがしっくりと感じられる。

しばらくすると、ナタリーが物憂げに身じろぎをして目を開けた。顔は紅潮し、目には驚きが浮かんでいる。「まったく、なんてことかしら。わたしたち未婚の女が男性とふたりきりになってはいけないと警告される理由が、ようやくわかったわ。気持ちよすぎるからよ」

ナタリーがあまりにも魅力的で、ヘイドリアンはもう一度キスをしてふたりの欲望を解き放ち、行き着くところまで突き進みたいという衝動を必死で抑えなくてはならなかった。彼女は情熱的な女性なので、その行為からヘイドリアンと同じくらい歓びを得るだろうが、きっと後悔する。そして貴族の男は放蕩者ばかりだという思い込みに拍車がかかってしまうだろう。

ナタリーはすでに、なんとなく居心地が悪そうにしている。ほどなくいつもの分別を取り戻すはずだ。身持ちのかたい女性なので、自分の中に見つけた奔放な情熱に動揺するかもしれない。官能に目覚めた新たな自分に慣れる時間を与えたほうがいいだろう。

「楽しんでもらえてよかった」ヘイドリアンはナタリーに軽くキスをしたあと、名残惜しさを抑えつけてつけ加えた。「だが、もう本当に行かなくては」

ナタリーがヘイドリアンの肩と首をつかんでいた手に力を込めた。髪が乱れ、唇が薔薇色に色づいている様子は、満ち足りた女性の姿そのものだ。だとすれば、さらなる歓びを求めるのは当然だろう。いけないとわかっているのに、彼の中に引きとめてもらえるのではないかという狂おしい希望がわきあがった。

だがナタリーは唇をぐっと噛んだ。一瞬目をそらしたあと、決意に満ちた視線を向けてくる。「ええ、そのほうがいいと思うわ」

19

翌日の午前中、ナタリーは公爵の豪華な馬車にひとりで乗り込み、祖父の屋敷へと向かった。

手袋をはめた手を膝の上でかたく握り合わせ、流れていく景色をじっと見つめる。煉瓦や石でつくられている建物、大勢の人々、優雅な乗り物と競い合うように走っている荷馬車や一頭立てふたり乗り二輪馬車（ハンサム）。これまでフィラデルフィアやワシントンを喧騒に満ちた都会だと思っていたが、ロンドンはそれらよりはるかに広大で、さらににぎわっていた。周囲からは路上の物売りたちの騒々しい声や、ひっきりなしに行き交う乗り物の音がうるさく響いてくる。

ほかのときだったら、初めて見る異国の大都会の光景に夢中になっただろう。けれども今日は別のことに気を取られ、周りを見て楽しむ余裕などなかった。昨夜もヘイドリアンとのあいだにあったことを思い返してなかなか眠れず、起きたときには心が決まっていた。

ヘティという若いメイドが、リジーの言っていた新しいドレスをまず一着、ナタリーの背丈に合わせて裾を直して持ってきてくれた。さらに、公爵が朝食のあとすぐに外出して、午後の半ば頃まで戻らないということも教えてくれた。ヘイドリアンと顔を合わせないですみ、ナタリーはほっとした。彼がいないほうが、計画を実行に移しやすい。

ナタリーはメイドのあとについて迷路のような廊下を歩き、公爵夫人の続き部屋に向かった。ヘイドリアンの母親はピンクの化粧着姿でゆったりとくつろぎ、ホットチョコレートを飲みながら読書に没頭していた。ナタリーがなるべく早く祖父に会いに行きたいと言うと、公爵夫人は感動し、喜んで協力すると申しでてくれた。そして、できるだけ早く会いたいので訪ねてもいいかと問う手紙をサー・バジルに送ることを勧め、ナタリーがさっそく書いた手紙を従僕に届けさせた。そのうえでサー・バジルとは旧知の仲なので、ナタリーに同行したいとあからさまにほのめかした。

けれどもナタリーはその希望をきっぱりと拒絶した。公爵夫人には訪問の本当の目的を悟られなかったはずだ。

サー・バジルからの返事を待つあいだ、ナタリーはレオの様子を見に子ども部屋へ行った茶色い髪のまじめそうな少年と一緒に、ブリキの兵隊で遊んでいる。その子はリジーの息子のフィニーこと、フィンリー伯爵だとミセス・ティペットがうれしそうに教えてくれた。貴族の長男は跡を継ぐときまで、父親が所有する称号のうち二番目に高位なものを使うものらしい。そういえばゴドウィン伯爵の跡継ぎはワイマーク子爵と名乗っていたと思いだし、貴族たちの生活が平民のそれといかにかけ離れているかを実感した。

ナタリーは金色のドレスの上質なシルク地を撫でながら、計画どおりにうまくいくことを祈った。レオと一緒に屋敷に滞在させてくれと、祖父に頼むつもりなのだ。あとひと晩だって、クレイトン公爵とひとつ屋根の下で過ごすことはできない。

昨日の出来事で、人間はいかにたやすく情熱に流されてしまうかがわかった。これまで自分はかたい信念を持った意志の強い人間だから、男性と間違いを犯すことなどないと信じていた。実際、二六年もの長いあいだなんの問題も起こさなかった。

それなのに、ヘイドリアンの腕の中にまっすぐ飛び込んでしまった。あの情熱的なひとときに、積極的に参加したのだ。自らを銀器にのせて差しだしたと言っても過言ではない。ベッドを離れて扉を閉めに行くなど、彼から何度も中断する機会を与えられたにもかかわらず。しかしナタリーは全身の血を沸き立たせる情熱に負け、スカートの下に手を入れるのを許し、熟練した愛撫にはしたなくも反応してしまった。

いまでもあのこのうえない快感を思いだすと、もう一度味わいたいという思いで全身が震える。あのときのすべてのキスが、ささやかれたすべての言葉が、秘めやかな場所に触れたときのすべての指の動きが、記憶に焼きついている。とくに気絶しそうなほど激しい絶頂の瞬間は、忘れられるはずがない。

ナタリーはみだらな願望に頬が熱くなるのを感じた。ヘイドリアンは約束を守ってあのあと出ていってくれたが、熱っぽい目を見れば残りたいと思っているのは明らかだった。彼女もほんの一瞬、このまま最後までしてほしいと公爵を引きとめたくなってしまった。でも彼のような身分の男性から結婚を申し込まれることは絶対にない。たとえそうなっても、受けるつもりはなかった。となると彼と関係を続けるには愛人になるしか道はなく、それは絶対にありえない。

だから、ヘイドリアンの手が届かない場所へ逃れるしかないのだ。公爵のもとを去れば、誘惑されることもないので、貞操を脅かされる心配もなくなる。要するに、彼を前にしたらまったく抵抗できないのだ。しばらくは心が痛むだろうが、そのうちヘイドリアンのことも忘れられるはずだ。彼はイングランドの公爵で、ナタリーはアメリカの教師。ふたりが結ばれることはありえない。

そんなことを鬱々と考えていると、馬車が速度を落としたので外を見た。通り沿いに煉瓦づくりの連棟住宅が並んでいる地区で、少年たちがにぎやかにボール遊びをしている。彼らに押し倒されそうになった老女が、杖を振って反撃していた。二階の窓の外に洗濯物を干している家が何軒もあることからして、このあたりは裕福な人々が暮らすメイフェアと比べると庶民的な地域らしい。

馬車が止まり、扉を開けて踏み段を設置した従僕が、ナタリーがおりるのに手を貸す。彼女は目の前の間口の狭い小さな家を見あげた。といっても公爵の豪奢な屋敷と比べれば、どんな家でも小さく感じてしまうのは間違いない。少なくともこの家は、ペンキがはがれていたり外に洗濯物を干していたりする周りの家々と比べればきちんとしている。

ナタリーが歩きだすと、若い従僕がすばやくその家に向かった。彼女は驚いて声をかけた。

「ジェームズ、わたしと一緒に家の中まで入る必要はないのよ」

「先にお嬢さまの訪問を知らせるだけです。閣下に必ずそうするよう申しつかっておりますので」

ナタリーは反論をのみ込んだ。イングランドの貴族社会には時代遅れの風習がたくさんあるが、いまはそれに目くじらを立てるべきではない。父の話では祖父はそういう習慣にこだわる人のようだから、不作法と見なされかねない行為はしたくなかった。彼女とレオを置いてくれるように頼もうと思っているのだから、なおさらだ。

従僕が扉を叩くと、正面にある窓のカーテンが揺れて、濃い茶色の豊かな髪に縁取られた女性の白い顔がちらりと見えた。しばらくして扉が開き、キャップの下から疲れた顔をのぞかせている年配の女性が現れた。

「ミス・ファンショーがサー・バジル・ファンショーに会いにおいでになりました」従僕が朗々と告げる。

メイドが従僕からナタリーに視線を移して、まじまじと見つめた。「では、アメリカからいらした方というのはあなたなんですね！　どうぞお入りください。旦那さまは手紙を受け取られてから、首を長くして待っておられたんですよ」

従僕が馬車に戻り、ナタリーはひとりで家に入った。版画の風景画が壁に飾られた玄関は狭く、椅子をひとつ置けるだけの広さしかない。奥の狭い階段に目を向けながらボンネットと外套を脱ぐと、メイドが受け取って壁のフックにかけた。そこへ薔薇色のモスリンのドレスを着た若い女性が現れた。明るいはしばみ色の目と結いあげた濃い茶色の巻き毛から、さっき窓から外をのぞいていた女性だとわかる。

「わたしがお祖父さまのところに案内するわ、ミセス・ビーズリー」若い女性はナタリーと腕を組んで、狭い廊下を進み始めた。「こんにちは。わたしはいとこのドリス。いま一六歳で、お祖父さまによればこの屋敷の女主人よ。ねえ、あなたのドレスとってもすてきね。金色の生地がおしゃれだわ。兄があなたと同じ緑色の目をしているって知ってる？」脈絡のないおしゃべりを聞いていて、ナタリーはおかしくなった。ひとことも口を挟めないまま小さな客間に入ると、男性がふたり待っていた。「ずっと会えなかったいとこのナタリーが来たわよ！」ドリスが告げる。

真っ白な髪をした年配の男性が、火のついていない暖炉の脇に立っている。背が高く堂々としたサー・バジルは、青みがかった濃灰色の上着に黒っぽいズボンという粋な装いをしていた。しわの寄った顔に明るい笑みを浮かべ、銀の握りのついた杖をつきながらナタリーに近づいてくる。「よく来たな！　手紙をもらって、うれしかったよ。こうして顔を合わせられる日が来るとは想像もしていなかった」

ナタリーは両腕でがっちり抱きしめられ、かすかなパイプ煙草（たばこ）の香りに包まれた。一瞬ためらったあと、胸にあふれた感傷的な思いに突き動かされて、祖父を抱きしめ返す。生まれてからずっとそばには父親しかおらず、たまに手紙が来るだけのイングランドの親戚は遠い存在だった。祖父といっても、これまでは血肉を備えた現実の人間ではなかったのだ。

サー・バジルは体を引くと、ナタリーを頭のてっぺんから爪先まで見つめた。緑色の目に涙を浮かべている。「たしかにおまえはファンショー家の人間だ。父親によく似ている。紹介しよう。いとこのジャイルズだ」

ジャイルズ・ファンショーは細身のひょろりとした体型で、ロマ風のハンサムな若者だった。感じよく微笑みながらナタリーの手を握り、力強く振る。「アメリカからは遠かったでしょう？　あなたの父上が馬を育てていたっていうのは本当？」

「ええ。でも小さな牧場だったのよ」ナタリーは返した。

「ジャイルズは競走馬を育てたがっているの」ドリスが説明した。「だけど、お祖父さまにはその資金がなくて。リンカンシャーの地所も貸してしまっているから」

「せっかく来てくれた客人を、余計なおしゃべりで困らせるんじゃない」サー・バジルはきつい言葉を笑みでやわらげた。「さあ座りなさい、ナタリー。どうしてこの国まで来ることになったのか、聞かせてほしい」

ナタリーが勧められたのは、くたびれた革の椅子だった。そばのテーブルにパイプと小袋が置かれているので、祖父のお気に入りの場所のようだ。三人がその向かい側に座ると、彼女はアメリカで起こった虐殺事件について手短に話し、そのときに殺された親友との約束でその息子を祖父のもとに連れてきたことや、出生証明書が焼失したために起こっている問題について説明した。

「ゴドウィン卿はわたしの孫を嘘つき呼ばわりしたのか？」サー・バジルが憤然として、薄っぺらな絨毯に杖の先を打ちつけた。「あいつは若造の頃から、お高くとまった間抜けなやつだった。腰抜けから侮辱されて、許すわけにはいかない。決闘を申し込む！」

「そんなことはやめてください」祖父が夜明けに拳銃を持ってゴドウィン伯爵と向き合っている光景を思い浮かべて、ナタリーはあわてて止めた。「あの方の身内であるクレイトン公爵が取りなしてくださっていますから」

「本当にクレイトン・ハウスに滞在しているの？」ドリスがあこがれに満ちた目を向けた。「あなたの手紙は、公爵のお母さまの便せんと封筒が使われていたわ。金の紋章を見て、気を失いそうになっちゃった」

全員の注目を浴びているのがわかり、ナタリーは話を切りだす絶好の機会だと見て取って大きく息を吸った。「ええ、そうよ。レオが公爵とも血がつながっているから。でも、このままずっと置いてもらうのは心苦しくて。公爵は今シーズン中に結婚相手を見つけるつもりだそうよ。それなのに、わたしやレオがあそこにいたら気を使わせてしまって、邪魔になるのではないかと心配なの。今日ここに来たのは、その問題を解決したかったからでもあるの。お祖父さま、アメリカでの調査がすんでレオの身分が証明されるのを待つあいだ、わたしとあの子をここに置いてもらえないでしょうか。ずっとでなくていいんです。わたしはフィラデルフィアに戻るつもりなので」

サー・バジルは顔を曇らせた。「おまえがわたしを頼ってくれるのはうれしい。だが、この貧弱な屋敷では大したことをしてやれない。おまえがいま滞在している豪華な屋敷とは大だな」

「クレイトン・ハウスはロンドン一の大豪邸だ」ジャイルズも祖父に同調する。「あのとんでもなく広い屋敷にきみを置いておく場所もないなんて言うなら、公爵はずいぶんけちな男だな」

ヘイドリアンの評判を傷つけたくなくて、ナタリーは急いで否定した。「そうじゃないのよ。誤解しないで。公爵は本当に親切にしてくれているわ。ただわたしが甘えすぎたくないと思っているだけ。それにアメリカから来たから、ぜいたくすぎる暮らしにはなじめなくて。ここで血のつながったあなたたちと過ごすほうが、ずっと気持ちが楽だと思うの」

一同が頭がどうかした人間を見るような目を、ナタリーに向けた。

「でも、クレイトン・ハウスにいなくてはだめよ」ドリスが口を挟む。「公爵が花嫁を探しているのなら、とくに。だってあなたを選ぶことだってありうるでしょう?」

「きみはすごくきれいだ」ジャイルズが率直に口にした。「同じ屋根の下にいれば、ほかの令嬢たちより有利だよ。公爵にちょっと思わせぶりなところを見せればいいだけさ」

「そのとおりだ」サー・バジルが指を鳴らしてつけ加える。「素晴らしい! 最高の結婚だ。わたしの孫がクレイトン公爵夫人になるとは!」

ドリスが両手を胸に当てた。「ナタリー、あなたがわたしのデビューの後ろ盾になってくれれば、うちの家族はまた社交界に受け入れてもらえるわ。わたしは舞踏会で踊ることができて、夢見ていた男性たちに会えるのよ。ああ、そんな日が来るなんて考えたこともなかった！」

ナタリーは愕然として、彼らの見当違いな期待を打ち砕く方法を探した。「わたしはアメリカの未開の地から来た平凡な人間よ。生活の拠点は向こうだから、いずれ帰ることになるわ。公爵は完璧な血筋の女性を妻に選ぶはず。非嫡出子を父親に持つ女ではなく」

「戯言を。おまえはファンショー家の者だ」サー・バジルが宣言する。「王家とも血がつながっているし、征服王の時代までさかのぼれる高貴な家系なんだぞ。それに、おまえの父親のことはちゃんと息子だと認めてきた。だから自分を平凡な人間だなどと言うんじゃない」

そのときミセス・ビーズリーが部屋の入り口に現れ、昼食の用意ができたと知らせた。一緒に食べていくよう祖父から誘われ、ナタリーはすぐに受け入れた。目的を果たさないまま帰るわけにはいかない。クレイトン・ハウスに滞在し続けて、ふたたび軽率な行為に走る危険を冒してはならないのだ。

ジャイルズが外に行って、御者に一、二時間休憩してくるよう伝えた。彼が戻ってくるとみんなは小さな食堂に移り、何カ所か繕った跡のあるぺらぺらの布をかけたテーブルの周りに座った。昼食は冷製の肉とチーズとパンで、すべてのものが非常に薄くスライスされている。中でもパンは、向こうが透けて見えるのではないかと思うほどだった。彼らがもともと貧弱だった食事を大切な客人と分け合うことにしたのは明らかで、ナタリーは自分が食べる分をなるべく少なくとどめようと注意深く口に運んだ。

さらにナタリーがどんなにがんばっても、会話を望む方向に持っていくことはできなかった。彼らはアメリカでの生活について質問する一方、イングランドのほうがずっと進んでいると指摘し、その素晴らしい国で公爵と結婚してぜいたくな暮らしを送れるのがどれほど幸運かを繰り返した。さらには彼女から子ども部屋を含めたクレイトン・ハウスの様子を巧みに聞きだすと、レオはおもちゃの充実した子ども部屋から離れたがるはずがないし、公爵は自分と血がつながった子どもが連れだされ、狭い家での暮らしを余儀なくされる事態に反対するだろうと口々に意見を述べた。

その点については、ナタリーも心配だった。ヘイドリアンはレオを気に入っているから、少年が出ていくことに異議を唱えるかもしれない。でも、いまは亡き母親の遺志でナタリーがレオの面倒を見ているわけで、必要ならば断固として公爵と戦うつもりだ。

デザートとして供されたわずかな量のライスプディングを食べながら、ナタリーはヘイドリアンや彼の母親について三人が次々に繰りだしてくる質問に答えた。なるべく嘘はつきたくなかったので、公爵たちが極めて優雅で洗練された生活を送っており、田舎者のアメリカ人とは住む世界がまるで違うということを言葉を尽くして説明する。ところが、ファンショー家の人々は公爵家の暮らしぶりを、ナタリーやレオにとって望ましい環境としか受け取らなかった。

「自分のことを田舎者だなんて言わないで。あなたみたいに魅力的できれいな女性に会ったのは初めてでよ」ドリスが熱心に励ました。

「きみを妻に迎えられたら、公爵は幸運だ」ジャイルズが断言する。まるで彼自身、ナタリーに恋してでもいるような口振りだ。

「わたしには持参金がないわ」彼らに現実的になってほしくて、ナタリーは率直に言った。「公爵は財産のある裕福な女性と結婚するはずよ。彼のお父さまがいまの公爵夫人と結婚したときのように」

「クレイトンはイングランドでもっとも裕福な人間のひとりだ。だから好きな女性と結婚できる」サー・バジルが言った。過去を思いだして、口元に笑みが浮かぶ。「ところでずっと昔、公爵夫人がただのミス・ミリセント・ジョーンズだった頃、わたしが求愛していたことは知っているかね？　報われずに終わったが。彼女の父親は準男爵なんかよりはるかに身分の高い男を娘の夫にしたがっていたんだよ」

「その話は公爵夫人から聞きました——」ナタリーは祖父の顔がぱっと明るくなったのを見て、口をつぐんだ。

「なんと、公爵夫人がわたしの話をしていたと？」サー・バジルがぱちんと指を鳴らした。「さっそくミリーを訪ねて、旧交をあたためなくてはいかんな。思い立ったが吉日だ。おまえをクレイトン・ハウスまで送っていこう！」

心に秘めていた計画はうまくいかず、ナタリーはサー・バジルと一緒に公爵邸に戻った。彼女の父はいつも自分の父親のことを、ドン・キホーテのように衝動的でロマンティックだと言っていた。いままさに、そういう部分を目の当たりにしている。しかも祖父はちょっとした策略家でもあり、いったんかつての恋人を訪ねると決めたら、それを思いとどまらせるすべはなかった。

「公爵夫人は出かけているかもしれないわ。在宅だとしても訪問者の相手をする気分じゃないかもしれないし」ナタリーは玄関広間で従僕が戻るのを待ちながら警告した。

「大丈夫だ。わたしはミリーより二〇歳も年上だが、彼女はいつだってわたしに夢中だった」自信にあふれたサー・バジルは年齢のわりには颯爽としていて、杖も必要だからというより装飾品として持っているように見える。彼は首を伸ばして広大な空間を見渡した。「なんとも素晴らしい屋敷だ。想像してみなさい。おまえがここの女主人（ミストレス）になったところを」

誘惑に屈すれば、たしかに〝愛人（ミストレス）〟になるのだとナタリーは暗い気分で考えた。そのとき、さらに別の不安が頭に浮かぶ。「お祖父さま、お願いだから公爵夫人に、わたしを公爵と結婚させたいなんてことをほのめかさないでね」

「いいかい、わたしは昨日今日生まれたひよっこではないんだ」サー・バジルがナタリーの肩を叩いた。「こういうことには繊細な気遣いが必要だとよくわかっている。おまえのチャンスをつぶすようなまねはしないから、安心しなさい」

祖父の言葉を聞いても、ナタリーはちっとも安心できなかった。公爵夫人が会えないと言ってくることを懸命に祈る。けれども、しばらくして戻ってきた従僕が公爵夫人がふたりを待っていると伝えたので、その望みはついえた。ナタリーは階段をのぼりながら、子ども部屋に逃げてしまおうかと半ば本気で考えた。でも取り返しのつかないようなことが起こりそうになったときに備えて、祖父のそばにいなければならない。

ふたりは従僕のあとから華麗な装飾が施された廊下を進み、アーチ型の入り口を抜けて金と青で上品にまとめられた広い部屋に入った。従僕がふたりの訪れを告げるのを聞いていたナタリーは、金色の家具と値段がつけられないような美術品でいっぱいの部屋に、公爵夫人とリジーだけでなく、知らない女性が何人か座っていることに気づいた。

それにヘイドリアンも。

公爵がナタリーを見つめながら椅子から立ちあがる。チャコールグレーの衣装に白いクラヴァットを合わせた姿はくらくらするほど魅力的で、ナタリーは胸が苦しくなった。昨日ふたりで分かち合った罪深いほど親密なひとときを、ヘイドリアンは覚えているだろうか。すべてを見通すような強い視線を受け止めていると、わきあがる欲望で彼女は息ができなくなった。

ヘイドリアンがここにいて公爵夫人の客をもてなしているとは、予想していなかった。というより、偉大な公爵一家が毎日どんな生活を送っているのか、ナタリーはまったく知らないのだ。事前に許しも得ずに祖父を連れてきたのは、大きな間違いだったのだろうか。

しかしヘイドリアンはこれ以上ないほどあたたかくふたりを迎え、すぐに近づいてきてお辞儀をした。「ようこそ、サー・バジル。さあ、ミス・ファンショーもこっちに来て、一緒に座って」

公爵のあとについてみんなのほうに向かいながら、ナタリーは祖父をちらりと見た。すると祖父はヘイドリアンに好印象を抱いたことを伝えようとしているのか、白い眉をしきりに上下に動かしている。彼女は一気に頬が熱くなり、祖父をいさめようと顔をしかめてみせた。けれども残念ながらそのときには、祖父はすでに注意を公爵の母親に向けていた。

ふくよかな体をブロンズグリーンのドレスに包んだ公爵夫人はスパニエル犬を膝の上にのせて長椅子に座っていたが、サー・バジルを見ると豊満な胸に片手を押し当てた。「信じられない！　本当にあなたなの、バジル？」

サー・バジルは慇懃（いんぎん）にお辞儀をすると、公爵夫人のもう片方の手を取ってうやうやしく唇をつけた。「たしかにわたしだ、公爵夫人。歳月を経てさらに輝きを増しているあなたに会えて、これほどうれしいことはない」

「あなたは昔と変わらず口がうまいわね」公爵夫人はほかの客たちに断った。「ごめんなさいね。彼とは古いお友だちなの」

「古い？」サー・バジルが聞きとがめた。「わたしは古臭いおいぼれかもしれないが、あなたは違う。まるで伝説に語られる若返りの泉の水を飲んだのかと思うほど、みずみずしい」

公爵夫人はくすくす笑った。「ほんとにお世辞がうまいんだから。わたしのことは、昔と同じようにミリーと呼んでちょうだい。さあ座って。何十年もの空白を埋めなくては」

公爵夫人が自分の座っている長椅子の隣を叩くと、サー・バジルはすばやくそこに座った。そして公爵夫人の膝の上にいる犬の耳をかいてやり、イングランド一ハンサムな犬だと言って彼女から笑みを引きだす。ナタリーは彼らとリジーのあいだにある椅子に座った。ヘイドリアンの妹が好きだからというのもあるが、祖父が禁じられた話題にうっかり触れそうになったときになるべく早く阻止したいからでもあった。

ナタリーの知らない三人の女性が、好奇心をにじませつつうさん臭そうにサー・バジルを見つめている。いちばん年長の女性なら、彼が賭博の借金を踏み倒して社交界から追放された三〇年前の醜聞を覚えているだろうか。

彼女たちはヘイドリアンにナタリーを紹介されると上品な笑みを浮かべたが、はっきりと敵意をにじませていた。最新流行のドレスに身を包んだ三人のうち、レディ・バーゾールが母親、レディ・コーラとレディ・ユージェニーが娘だ。青い目に金髪の娘は驚くほどそっくりで、コーラは去年、ユージェニーは今年社交界にデビューしたと母親が言わなければ、ナタリーは危うく双子だと思うところだった。

三人がヘイドリアンの注意を引いているあいだ、リジーがナタリーに身を寄せ、目を輝かせて金色のドレスを見つめた。「すごく似合っているわ。金色はわたしよりもあなたの目や髪に映えるみたいね」

ナタリーはドレスを受け取るのを最初は断ったことを思いだして、罪悪感に駆られた。

「昨日はきちんとお礼も言わず、ごめんなさい。あなたがあまりにも気前がいいから、圧倒されてしまって」

「あら、ちっとも気にしてないわ。すぐにほかのもメイドに届けさせるから、待っていてね」リジーはふくらんでいる腹部を撫でた。「それにしても、そのほっそりした体型が本当にうらやましいわ」

「すぐにまたもとに戻るわよ」ナタリーはわが子を宿すという奇跡をいつか自分が体験することはあるのだろうかと考えながら、リジーを慰めた。なぜか視線がヘイドリアンのほうに向いていて目が合ってしまい、ナタリーはあわててリジーに視線を戻した。「それに、不自由さを補って余りある喜びが待っているんだもの」

「レンベリーもいつもそう言うのよ」リジーがため息をつく。「まだあと三カ月もあるわ。わたしはじっと待つというのがすごく苦手だっていうのに」

「レディ・レンベリー、何をふたりでひそひそ話していらっしゃるの？　わたしたちにも教えていただけないかしら」レディ・バーゾールが鷹を思わせる顔に冷たい笑みを浮かべて、声をかけてきた。

「おなかの赤ん坊の話をしていたのよ。生まれてくるまで、いやになっちゃうくらい長くかかるって」

コーラとユージェニーは妊婦の体について耳にすることがあまりないらしく、顔を赤くしてくすくす笑っている。

レディ・バーゾールでさえ、一瞬動揺した様子を見せた。「それはそれとして、子どもの話といえば閣下が幼い孤児の男の子を引き取ったという噂を聞きましたわ」

「ものすごい速さで噂が広がるって言ったでしょう、ヘイドリアン」リジーが兄をからかった。「おかたいクレイトン公爵がどこの誰とも知れない子を引き取るなんて、らしくないもの」

おかたい？ ナタリーは初めてヘイドリアンに会ったとき、自分もそう考えたことを思いだした。でも、いまはもうそう思わない。公爵はうっとりするほど魅力的で、欲望に煙るまなざし――いままさに彼女に注がれているような――を向けるだけで女性を罪深い行為に誘い込むことができるのだ。

ナタリーがほっとしたことに、ヘイドリアンはすぐに視線をほかの女性たちに移した。

「レオはどこの誰とも知れない子ではない。わたしと血がつながっている。それに養子縁組まではまだしていない」

〝まだしていない〟きっとレディ・エレンと結婚するときに養子縁組もするのだろう。エレンでなければ、コーラやユージェニーのような女性と結婚するときに。ナタリーはぐっと歯を噛みしめ、こんなふうに気持ちがかき乱されるのは、レオの将来を心配しているからだと自分に言い聞かせた。

「ミス・ファンショー、その少年に付き添ってアメリカからイングランドに来たということは、あなたは家庭教師なのよね」レディ・バーゾールが言う。「あなたに自由時間を与えてわたしたちと一緒に過ごすことをお許しになるなんて、閣下はとても寛大な方だわ」

レディ・バーゾールの声にひそむ嫌味が、ナタリーの神経を逆撫でした。彼女はこの屋敷でのナタリーの立場を探ろうとしているのだ。

「わたしは家庭教師ですが、レオの保護者でもあるんです」ナタリーは返した。「あの子の母親とは仲のいい友人だったので。レオの両親は恐ろしい虐殺事件のさなかに殺され、わたしは死の間際の母親からレオをイングランドの家族のもとに連れていってほしいと頼まれました」

生々しい説明に女性たちがおののいているのがわかったが、ナタリーはいま言ったことを撤回する気はなかった。もうすでに、その虐殺を行ったのは英国兵たちだという事実を省いている。

「まあ、驚いた」レディ・バーゾールが憤慨して言った。「クレイトン公爵、あなたはミス・ファンショーが無邪気な若い娘たちの前でこんなふうに恐ろしい話をするのを許すんですか？　わたしのかわいい娘たちがどれほど怖がっているか、見てくださいな」

全員がふたりの娘を見つめる。彼女たちは母親の言葉どおりショックを受けた顔をしているが、注目されることを喜んでいるのが透けて見えた。おびえた表情をつくり、ヘイドリアンに向かって目をしばたたいている。

三人から敵意を向けられているのは、ナタリーが礼儀作法にのっとってお辞儀をしなかったせいか、彼女がアメリカ人でイングランドの貴族社会に属していないせいだろうと思っていた。でもいま本当の理由がわかった。レディ・バーゾールは公爵を娘たちの結婚相手として考えているので、ナタリーを競争相手と見なしたのだ。なんてばかげているのだろう！

「ミス・ファンショーは命を賭して、レオを助けたのです」ヘイドリアンが返す。「若い令嬢方には、彼女の勇気を見習ってほしいですね」

ヘイドリアンの抑制された声には非情な響きがあり、レディ・バーゾールはそれ以上何も言えなくなった。唇を引き結び、物問いたげに娘たちを見つめる。

「まったくそのとおり！」サー・バジルが杖の銀の握りをぐっとつかんで加勢する。「ちょうどいま、ミリーに孫娘の長所をあれこれ語って聞かせていたんだ。瀕死の友人とした約束を守るために広い海を渡る勇気を持っている若い娘は、なかなかおらんからな」

「わたしたちはミス・ファンショーをお客さまとして迎えられて、とても喜んでいますのよ」公爵夫人がナタリーにやさしい笑みを向けた。「だから、この屋敷であなたが歓迎されないなんて絶対に思わないでちょうだいね」

「歓迎されない？」ヘイドリアンがいぶかしげに顔をしかめて問い返した。

「単なる誤解だ、クレイトン」サー・バジルが取りなす。「ナタリーはきみの好意につけ込んではいけないと考えて、わたしの屋敷に滞在させてほしいと頼んできたのだ。だがミリーが親切にも、迷惑などではないと言ってくれた」

「そうですか」

ヘイドリアンに鋭い視線を向けられ、ナタリーはいたたまれない気持ちになった。祖父が勝手に立てた結婚計画を漏らすのではないかと心配するあまり、彼女がクレイトン・ハウスを出るつもりでいることをばらすとは思いもしなかった。

でも、別に後ろめたいところはない。

ナタリーは心を落ち着けて、ヘイドリアンの視線を受け止めた。公爵には彼女がふたりのあいだの惹かれ合う気持ちを断ち切ろうとしているとわかったはずだ。彼女の計画が頓挫したいま、公爵はどういう行動に出るだろう。

ナタリーは期待に体が震えるのを抑えた。

20

ナタリーが答えを知ったのは二日後だった。

ヘイドリアンから手紙を受け取ったので、朝の一〇時にレオを連れて下の階へ向かう。従僕が持ってきた力強い筆跡のその手紙は、時間ははっきり指定していたものの、詳細についてはほとんど触れられていない。かろうじて書かれていたのは、外出用の服装をすることくらいだ。

いったいどこへ連れていかれるのだろうと思い、ナタリーはわくわくした。ヘイドリアンに会いたいせいで胸が高鳴るのではないかという考えからは、いったん目をそらす。祖父の家に移ろうとしたことを公爵から問いただされるだろうと覚悟していたが、あれ以来、顔を合わせていなかった。

ナタリーはヘイドリアンを避けるために、屋敷内をうろつかず、ほとんどの時間を子ども部屋で過ごしていた。そこでレオの勉強を見て、食事をとり、メイドのフローラとミセス・ティペットとの友情を深めた。

公爵夫人とリジーが昨日の午前中に子ども部屋にやってきた。リジーの息子フィニーがレオと遊んでいるあいだ、ナタリーは女性たちと楽しくおしゃべりをした。そのあと昼食を一緒にとろうと言われたが、その誘いも社交界の催しに参加しないかという誘いも断るしかなかった。ヘイドリアンの属している世界を知りたいという気持ちは大いにあったものの、この先も公爵の屋敷で暮らすなら、客ではなく家庭教師としてふるまうほうがいいと考えたのだ。

レオがナタリーの手にしがみつき、玄関広間に続く湾曲した階段をぴょんぴょん跳ねながらおりていく。「ねえ、ぼくの足音を聞いてよ、ミス・ファンショー」

「森の中をのしのし歩く大きな熊みたいな足音ね」

「ぼくは熊だぞ、うぉー」

「気をつけて、ジェームズ。屋敷に熊が入り込んだみたい」ナタリーは玄関で番をしている若い従僕に呼びかけた。

ジェームズが扉を開けながら、口元に笑みを浮かべた。「そのようですね。野生の獣は外に出したほうがいいでしょう」

まだうなっているレオを連れて玄関の外の張り出し屋根の下に出ると、ナタリーの視線はヘイドリアンに吸い寄せられた。公爵は円を描く私道に止めてある屋根のない馬車の横にいて、御者が二頭の馬を押さえつけているあいだに車輪を調べている。

コルセットの内側で心臓がびくんと跳ねた。鉄灰色の上着と淡黄褐色のブリーチズにつややかな黒いブーツといういでたちのヘイドリアンは、どこから見ても颯爽とした魅力的な紳士だ。粋にかぶった帽子の下の髪が、陽光を浴びて鮮やかなキャラメルブラウンに輝いている。

公爵の姿を見ただけで、信じられないくらい素晴らしかった親密なひとときがよみがえり、ナタリーは膝から力が抜けるのを感じた。やっぱり来るべきではなかったのかもしれない。レオの付き添いはフローラに頼めばよかった。

レオが熊のふりをやめ、つないでいた手を離して大理石の階段を駆けおりる。「ミスター・コウシャク！　ミスター・コウシャク！　この馬車に乗せてくれるの？」

ヘイドリアンはレオの腰をつかんで持ちあげ、馬車の座席に乗せた。「そのとおりだよ。さあ、静かにするんだ。馬が驚くからな」

ナタリーは馬車のほうに目を向けた。漆黒の車体と金色の車輪から成るぴかぴかに磨かれた四輪馬車(フェートン)は、軽量のつくりから競走用に設計されたものだとわかる。座席が高い位置にあるので、ナタリーは不安になった。

急いでヘイドリアンの横に行って訴える。「レオをあんな高いところにひとりで座らせて大丈夫なの？」

「すぐにひとりじゃなくなる。いいかい？」

ヘイドリアンは返事を待たずに、ナタリーの腰を両手でつかんで引き寄せた。胸がかたい胸板にくっつきそうになり、彼女はのけぞって公爵を見あげた。煙ったようなグレーの瞳がきらりと輝くのを見て、めまいを覚える。いつ誰が通るかわからないこんな場所で彼はキスをするつもりなのだというとんでもない考えが頭に浮かび、唖然とした。

自分もそれを望んでいるという事実に、さらに驚く。欲望が脈打ちながら全身を駆けめぐり、体の奥が熱を帯びた。

ヘイドリアンがいつまで経ってもキスをしてこないので、ナタリーはがっかりしたような気分になった。公爵が彼女をつかんでいる手に力を込めて高いところにある座席まで持ちあげ、レオの隣に座らせる。すぐにヘイドリアンも勢いをつけて乗り込み手綱を取ったので、ナタリーは押しつけられる公爵の体が気になって、あわててレオをふたりのあいだに移した。

「ここのほうが安全よ」少年に言った。

「そのほうがきみも安全だな」ヘイドリアンがつぶやく。「とくに今日はいつもに増してきれいだから。目の色と同じ緑色のドレスがよく似合っている」

公爵が唇の端をかすかにあげていたずらっぽい笑みを浮かべるのを見て、ナタリーもいつの間にか口元をほころばせていた。今朝、リジーから高価な贈りものを受け取ってしまった罪悪感を抑えながら、ポモナグリーンのドレスとそれに合わせたペリースをまとった喜びに、思わず鏡の前でくるりとまわってしまった。そのことを知ったら、ヘイドリアンはどう思うだろう。「あら、ありがとう」

ナタリーは顔をそむけ、麦藁のボンネットが熱くなった頬を隠してくれていることを願った。公爵が誘惑をやめるつもりがないのは明らかだ。不謹慎だと思いつつ、次に彼がどんな手を繰りだしてくるか楽しみで心が浮き立ってしまう。

　ヘイドリアンが巧みに馬車を操って通りを進み始めると、馬の蹄が地面を打つリズミカルな音にナタリーの心は次第に落ち着いた。背の高いプラタナスの木が並ぶ広場を通り抜けたときはほかに馬車は二台しか見えなかったが、大通りに出ると荷馬車やふたり乗り二輪馬車（シェーズ）や一頭立てふたり乗り二輪馬車（カブリオレ）などさまざまな種類の乗り物が走っている。

「ねえ、ぼくに手綱を握らせてよ——お願い」座席にちょこんと座ったレオが、公爵にねだった。

　ヘイドリアンは少年をやさしい目で見おろした。「ここではだめだ。混みすぎているからな。だがハイド・パークに着いたら、手伝わせてあげよう」

　つまり、今日の目的地はハイド・パークなのだ。ナタリーは前方に広がる緑を見つめた。こんなふうに快晴の日にはもってこいの場所だ。実のところ、とてもすがすがしい朝であることに、いま初めて気づいた。そよ風が吹き、大気に春の気配が満ちている。

「どうかな、ナタリー？　きみも手綱を握ってみたいかい？」ヘイドリアンが訊いた。

　ナタリーはそうしたくて、思わず公爵の手の中の手綱を見つめた。父が生きていた頃はワシントンでもフィラデルフィアでも、自分で一頭立て二輪馬車（ギグ）を乗りまわしていたものだ。

「いまはやめておくわ。ロンドンの道をもうちょっと知ってからのほうがいいと思うから。それにしても、この二頭の葦毛（あしげ）は素晴らしいわね！」

　ナタリーから褒められると、ヘイドリアンは馬愛好家の常として自分が所有する二頭の素晴らしさを、膝、き甲、脇腹についてまでとうとうと語り始めた。父親が馬の繁殖を手がけていたので、彼女自身も馬に詳しく、公爵の話に聞き入ってるうちに馬車は開いている石づくりの門を抜けて公園に入っていた。

「この通りはロットン・ロウと呼ばれているんだ。夕方になると馬や馬車でいっぱいになる。自分を見せびらかしに来る上流社会の人々でね」

しかしいまは前方に馬に乗った紳士がふたり見えるだけだ。背の高い木々が土埃の立つ広い通りを視界からさえぎっている。「どうして〝腐った(ロットン)〟なんて名前なのかしら。こんなに美しい場所なのに」

「いくつかの説があるが、いちばんもっともらしいのはフランス語で王の道という意味の〝ルート・デュ・ロワ〟が変化したというものだ。一〇〇年以上前、国王ウィリアム三世はケンジントン宮殿からセント・ジェームズまでこの道を歩いていくのを好んだんだ。さあ、おいで」ヘイドリアンはレオに呼びかけた。「ここはすいているから、手綱を握ってもかまわない」

公爵はレオを脚のあいだに座らせ、手綱を握らせた。実際はヘイドリアンが馬を操っていたのだが、シルクの糸のようなたてがみを太陽の下で波打たせながら馬車を引っ張る馬を見つめる少年の顔は、純粋な喜びに輝いている。「見てよ、ミス・ファンショー！　ぼくが馬車を動かしているんだ！」

「すばらしいわ。初めてにしてはとても上手よ」

ナタリーは、ヘイドリアンの姿を見つめられる機会を存分に味わった。公爵は自分も楽しんでいるように見える。あちこちの革紐を勝手に引っ張ろうとするレオに、ヘイドリアンが辛抱強く的確な指示を与えている様子に、ナタリーは感嘆の目を向けた。しばらくそうやって進んだあと、公爵は馬を狭い小道に進ませ、木漏れ日を反射して輝いている大きな池が見えるところで馬車を止めた。池の岸沿いを、おしゃれな服に身を包んだ人々が歩いている。質素な服装の平民も何人かいるが、足取りが速いのはおそらく近道をするために公園を通っているからだろう。

「サーペンタイン池へようこそ」ヘイドリアンが言った。「この池は一〇〇年近く前に、ウエストボーン川をせき止めてつくられたんだ」優雅で機敏な身のこなしで、馬車から飛びおりる。「さあ、おいで」レオに言った。「きみに見せたいものある」

レオはまるで猿のように器用に馬車からおりた。「いいもの?」

「すぐにわかる。だが、ちょっとだけ待つんだ。ミス・ファンショーをここに放っていくわけにはいかないからな」ヘイドリアンが彼女に両手を伸ばした。「お嬢さん、さあこちらへどうぞ」

公爵は腕の中へ飛び込んでおいでとばかりに、ハンサムな顔に笑みを浮かべている。ナタリーも、たとえ一瞬であれ、彼の力強い腕に抱きしめられたくてたまらなかった。しかし結局、理性が勝ちをおさめた。「自分でおりられるわ」

ナタリーはヘイドリアンに背を向けると、小さな鉄製の踏み段を足で探りながらそろそろとおり始めた。座席が高く、たっぷりしたスカートが邪魔だったが、なんとかおりられる自信はある。しかし途中で事故が起きた。

ドレスの裾を踏んで、バランスを崩してしまったのだ。あわてて車体につかまろうとしたが、うまくいかずに転げ落ちそうになる。けれども大きくて力強い手にがっちりと腰を支えられた。

足が地面に着くのと同時に、背中がヘイドリアンの広い胸に触れた。公爵の筋肉質な体を意識しつつ、革のにおいと男らしい刺激的な香りを吸い込む。腰の曲線をゆっくりと滑りおりる手の感触に、欲望が目覚めて心臓が激しく打ち始めた。

ヘイドリアンが顔を伏せたので、あたたかい吐息がナタリーのうなじの後れ毛を揺らした。

「ここにいて、きみを受け止められてよかった。この高い座席から女性がひとりでおりるのは難しいんだ」その声はまるで愛撫のようだった。

ナタリーは心地よさに身を震わせたものの、すぐにここは誰に見られるかわからない公園なのだと思いだし、公爵から離れて振り返った。「女性と出かけた経験が豊富なんでしょうね」

「焼きもちかな?」

「まさか。興味ないわ」

笑い声をあげる様子から、ヘイドリアンが信じていないとわかる。それから帽子を馬車の中に放ると、レオのほうにゆっくりと向かった。近くのオークの木には鞍(くら)をつけた茶色のポニーがつながれていて、少年はその近くにいる。ポニーの横にはこざっぱりとした黒い服をまとった細身の男性が立っていて、公爵が近づいていくとうやうやしくお辞儀をし、入れ替わるようにその場を離れて馬車につながれた葦毛の馬たちのほうに向かった。

その男性がヘイドリアンの屋敷で働いている馬丁だと気づいて、ナタリーは驚いた。急いで公爵を追いかけると、途中でレオの歓声が聞こえた。「やった！　ポニーだ！　覚えててくれたんだね、ミスター・コウシャク！」公爵が自分の腰のあたりの背丈の小さなレオに抱きつかれている。

ヘイドリアンはかすかに戸惑いを見せながら、レオの頭をくしゃくしゃっと撫でた。「お礼はいらない。それより、うまく乗れるように練習を始めるぞ」

ナタリーは空き地の端でふたりを見守った。公爵はレオを持ちあげて鞍にのせ、小さな足を鐙（あぶみ）にかけるやり方や手綱の握り方を教えている。ひととおり説明を終えると手綱を持ち、ゆっくりとポニーを引いて空き地をまわり始めた。レオは喜びと恐怖を同時に感じている様子で、手綱をきつく握りしめている。しかしヘイドリアンの指示に従って背筋を伸ばし、馬への指示の仕方を着実に学ぶうちに、緊張が解けてきた。

「ミス・ファンショー！　ぼくのポニーだよ！」

「とてもすてきなポニーね」

レオの喜びが伝染して、ナタリーも自然に笑顔になっていた。ヘイドリアンとの問題はとりあえず忘れ、外出を楽しもう。ポニーを与えるのはレオを甘やかすことになると思って反対だったが、その心配は見当外れだったと認めざるを得ない。英国貴族は馬に目がないと父親も言っていたとおり、レオがこの先も貴族社会で生きていくなら、きちんと馬の乗り方を学ぶ必要があるのは明らかだ。

しばらくするとヘイドリアンは手綱を引くのをやめ、レオひとりにポニーを操らせた。ただしそばについて歩き、何かあったらすぐに指示を出せるよう注意深く目を光らせている。そうやって三〇分ほどゆったりと練習を続けたあと、公爵はそろそろポニーを休ませたほうがいいと告げ、今度は池に行ってカモに餌をやるのはどうかと提案した。

レオがすぐに同意すると、ヘイドリアンはポニーを馬丁にまかせ、馬車に戻って隠れた収納場所からパンくずの入った小さな袋を取りだした。それからナタリーも一緒に三人で池に向かう。その短い道中、レオがふたりにポニーにどんな名前をつければいいかと尋ねた。

ナタリーはしばらく考え込んだあと、レオがもらったポニーはヘイドリアンが子どもの頃ゴドウィン伯爵に取りあげられて売り払われてしまったポニーとそっくりだと気づいた。

「ミスター・コウシャクは昔チョコレートブラウン色をしたマッドっていう名前のポニーを持っていたんですって」

「マッド！　ぼく、マッドが気に入ったよ！　ぼくのポニーにもマッドってつけてもいい、ミスター・コウシャク？」

「ああ、もちろんだ」

水際に着いたレオは適当にパンくずをばらまき始めた。するとすぐに、うるさく鳴くカモたちに取り囲まれた。餌を取り合う鳥たちの滑稽な仕草に、少年は楽しそうに大笑いしている。

ナタリーはヘイドリアンに向き直った。「あなたはレオを通して子ども時代を取り戻そうとしているんじゃないの？」

公爵がかすかに決まり悪そうな表情を浮かべる。「レオは両親を亡くしたのだから、元気が出るようないいことがあってもいいはずだ」

「どこでこんなにおとなしくていいポニーを見つけたの？」

「タッターソール。ここからそう遠くないハイド・パーク・コーナーにある馬市場だ」ヘイドリアンが警戒するように彼女を見た。「もう反対しないだろう？」

ナタリーはうなずいた。「レオが甘やかされるのは気に入らないけど、ここで生きていくなら乗馬はどうしても覚えなくてはならない技術だと思うから。あの子はもう、そのための練習を始めるのに充分な年齢だし」

ヘイドリアンは表情をゆるめ、ナタリーにあたたかい視線を向けた。「たしか、きみも乗馬が好きだと言っていたな。わたしは朝ここへ乗馬に来るんだが、今度きみも一緒にどうかな。うちの厩舎に、きみが乗るのにちょうどいい元気な雌馬がいる。乗馬服はリジーが喜んで貸してくれるだろう」

馬に乗りたいという思いが、ナタリーの中にわきあがった。躍動する馬の力強さを感じながらロットン・ロウを駆け、顔に当たる風を楽しみたい。子どもの頃は父親の牧場で、鞍なしで馬に乗ったりもした。もちろんこの国では、そんなまねははしたないとされることはわかっている。それにしても、純粋に楽しみのために馬に乗ったのはずいぶん昔だ。一緒にいると心臓が激しく打ちだすようなハンサムな男性とともに乗るのは初めてかもしれない。とはいえ、ヘイドリアンの口車にのってはならない。公爵がナタリーとふたりで過ごしたがるのには、理由があるはずだ。彼女は結婚相手になりえないのだから、愛人にしようとしているのは間違いない。そう思うと息が吸えなくなった。

ナタリーはレオを見た。少年はパンくずをまき終えると、水際を歩いて石を拾い、空っぽになった袋に入れている。「残念だけど、無理だと思うわ。レオの勉強を放って出かけるわけにはいかないもの。混乱続きだったから、そろそろ規則正しい生活をさせるようにしないと」

「じゃあきみは、これからも子ども部屋に隠れているつもりなんだな?」

ヘイドリアンのからかっているような口調に、ナタリーはぱっと顔をあげた。「隠れてなんかいないわ」公爵がお見通しだとばかりに口元に笑みをたたえるのを見て、しかたなく認める。「わかった、言い直すわ。わたしはあなたと距離を置こうとしているの。だって……あさましい情事には興味がないから」

「わたしもだ」ヘイドリアンがナタリーとの距離を一歩詰め、やさしく見つめてきた。「われわれのあいだにあるものを、あさましいだなんて思わない」

それはナタリーもそうだった。ヘイドリアンの情熱的なキスも、心をそそる愛撫も、紳士らしい気遣いに満ちていた。つまり、彼女が信用できないのは自分自身なのだ。いまも公爵にキスしてほしくて、触れてほしくてしかたがない。

ナタリーはおだやかな水面を見つめて気持ちを鎮め、決意を新たにしてヘイドリアンに視線を戻した。「わたしはあなたといると抵抗できなくなってしまうと、気づいているでしょう？　そしてあなたたち貴族の男性は遊びで女性を誘惑する」

ヘイドリアンが手袋に包まれた彼女の手を取って唇に当てた。「ナタリー、これは遊びなんかじゃない。約束する。きみへの気持ちは名誉に恥じないものだ」

公爵の瞳はなんて魅力的なのだろう。日の光を受けて、深みのあるグレーの奥に青い斑点が散っているのが見える。そんな目で見つめられると、ヘイドリアンの言っていることはたわむれにすぎないとわかっていても、すべて信じてしまいそうになった。強まる一方のふたりの絆を意識して、抵抗しようという意志があっという間に弱まっていくのを感じた。自分にとって彼がこれほど危険な理由を忘れそうになる。しっかりと握ってくる手からは、説き伏せようとする決意が伝わってきた。するとキスの味わいや、頬を合わせたときの髭がざらつく感触や、脚のあいだを愛撫する手の動きがありありとよみがえる。

ショールを巻いた老女がすれ違いざまに咳をしたので、ナタリーはわれに返った。ヘイドリアンにつかまれていた手を引き抜いて後ろにさがると、大きく息を吸って気持ちを落ち着けた。

「ほら、わたしの言ったとおりだと、これでわかったでしょう？」ヘイドリアンではなく、自分に腹が立った。「あなたといると何も考えられなくなってしまう。だからレオを連れて祖父のところに移ったほうがいいと思ったの」

「サー・バジルはきみの要望を断ったと思ったが」

「祖父はわたしたちが情熱的なひとときを過ごしたことを知らないからよ。話したほうがいいのかもしれないわ」ナタリーは挑むように顎をあげた。

祖父の前でそんなことを打ち明けるくらいなら舌を切り落としたほうがましだと思っていると、ヘイドリアンに悟られてはならない。事実を知れば、祖父は孫娘との結婚をヘイドリアンに迫り、断られたら決闘を申し込むだろう。

公爵が眉をあげた。「きみが本当に出ていきたいのなら、わたしには止められない。だが、レオはわたしの屋敷にとどまるべきだ」

「でも、オードリーはあの子をわたしに託したのよ」

「彼女はレオを家族のもとに送り届けてほしいと頼んだんだ。きみはその義務をすでに果たしてくれた。だから、これを聞いたら喜んでもらえるだろう。いま弁護士に頼んで、わたしをレオの後見人として認めるよう裁判所に申し立てている」

ナタリーは愕然とした。「なんですって?」

ヘイドリアンがいぶかしげに眉をひそめた。「それがきみの望みだと思っていたが。わたしにあの子を養子にしてほしいと言っていたじゃないか。ゴドウィンには後見人になってほしくないんだろう?」

「もちろんよ!」ナタリーは驚きが冷めないままレオを見た。少年はオークの木の下の草むらに膝をつき、集めた小石を積みあげて塔をつくっている。あの子を失うと思っただけで、彼女は心臓がねじれるような気がした。そもそもヘイドリアンにレオを育ててもらおうと計画したのはナタリー自身なのだと言い聞かせる。でもそれが実現するのは公爵がレディ・エレンと婚約するときだから、まだ何週間も先だと思っていた。「つまり……わたしはもうレオに対してなんの責任もないということね。あの子にわたしは必要ないんだわ」

「そんなことはない。レオは前にも増してきみを必要としている。あの子にとって、きみは母親同然なんだから」ヘイドリアンは低くかすれた声で言い、ふたたび彼女の手を取った。「きみを苦しめるつもりで言ったんじゃないんだ、ナタリー。いつまでだって、クレイトン・ハウスにいてくれていい」

ナタリーは喉のかたまりをのみくだしながら、イングランドを去りたくないのは公爵と別れたくないからでもあるのだと悟った。「そうね、もう少し時間が必要だと思うわ。新しい家庭教師を探さなくてはならないもの」

「それに、レオには新しい家に慣れる時間が必要だ。きみが言ったとおり、両親の死後、あの子の生活は混乱続きだったから――」

馬の蹄が地面を打つ音が聞こえてきたので、ヘイドリアンは口をつぐんだ。小声で悪態をつき、ナタリーの手を放す。振り返ると、馬に乗った男性がふたり、近づいてくるところだった。さっきロットン・ロウで見かけたふたり組だ。どちらも公爵と同じくらいの年齢で、ひとりは金髪で鋭い青い目、もうひとりは首が太く赤ら顔で恰幅（かっぷく）がいい。

「やあ、クレイトン」金髪の男性が呼びかけた。「そんな謎めいた美女をこれまでどこに隠していたんだ?」

「本当にきれいな女性だな」連れの男性も同調する。「ちゃんとぼくたちにも紹介してくれるのが、公正な態度ってものじゃないか」

ヘイドリアンは冷たい笑みを浮かべ、金髪のほうをミスター・バーフォード、体格のいいほうをコムストック卿と紹介した。

「では、あなたはアメリカ人なんですね」コムストック卿がナタリーに称賛の目を向けながら言った。「いまこの街は、クレイトンがあなたと孤児を屋敷に滞在させているという噂で持ちきりでしてね。あまりにも彼らしくない」

「でもようやく、クレイトンがあなたをひとり占めにしている理由がわかりましたよ」ミスター・バーフォードが胸にぴしゃりと手を当てて続ける。「あなたは最高級のダイヤモンドのような方だ。非の打ちどころがない」

初対面で緊張していたのが嘘のように、ナタリーは大げさな褒め言葉がおかしくなってきた。苦虫を嚙みつぶしたようなヘイドリアンの表情を見ると、気分が晴れる。公爵から彼女が焼きもちを焼いているみたいだと指摘されたことはあったが、今度は彼が焼きもちを焼いているらしい。

ヘイドリアンをからかいたいという衝動にあらがえず、ナタリーは彼の友人たちに気を持たせるような笑みを向けた。「おふたりとも、とてもやさしいんですね。英国紳士は冷たくてお高くとまっていると思っていましたけど、そうでもないとわかりましたわ」

「クレイトンを見て、われわれ全員を判断しないでください」コムストック卿がヘイドリアンをいたずらっぽい目でちらりと見た。「彼は頭のかたい唐変木なんですよ。学生時代からずっと。ときどきあなたをお訪ねして、そういう話をもっとお聞かせしましょうか」

頭がかたい？　友人たちはヘイドリアンが冷静な外見の下にどれほどの魅力を隠しているか、まったく気づいていないのだ。でも、公爵の過去について聞かせてもらえるというのは心を引かれる。「ありがとうございます。話を聞かせてもらえたらうれしいです」

「残念だが、それは無理だ」ヘイドリアンがきっぱりと言った。「コムストック、きみの奥方は夫が魅力的な若い女性を訪問するのを快く思わないだろう。きみも同じだ、バーフォード。では、われわれは失礼する」

ヘイドリアンと一緒に歩きだしたナタリーは、彼の友人がふたりとも既婚者だと知って少しいやな気分になっていた。彼女にお世辞を言っていたときの彼らは、気楽な独身者にしか見えなかった。とはいえ、貴族の男性とはそういうものなのだろう。それがよくわかった。これからは、男性に間違った印象を与えないようさらに気をつけなくてはならない。

クレイトン公爵ひとりをかわすだけでも、精いっぱいなのだから。

21

朝の外出も思うようにいかなかったが、その日のヘイドリアンにはさらなる不運が待ち受けていた。書斎に従僕がやってきて、ゴドウィンと奥方の来訪を告げたのだ。

父親のいとこをもてなすような気分ではなかったものの、ヘイドリアンは机の上の書類を片づけると、部屋を出て玄関に向かった。大理石の床に足音が響く。ゴドウィンとやり合ってから一週間近く経っており、一族の長として関係を修復しなければならないとは思っていた。オークノールでの話し合いではゴドウィンの弁護士がレオの身元に疑念を表明し、レディ・ゴドウィンがナタリーを詐欺師だと非難したため、ヘイドリアンはナタリーとレオを連れて別れも告げないまま屋敷をあとにした。

だがいまは、事態を穏便におさめなくてはならない。

階段をあがりながら、伯爵夫妻との話し合いが今朝の外出よりもうまくいくことを祈った。ハイド・パークに行ったときも、最初はいい感じだった。ヘイドリアンがレオの後見人になる手続きを進めていると伝えるまで、ナタリーはずいぶん態度をやわらげていた。彼女の愕然とした表情を見て、胸に短剣を突き立てられたような気がした。喜んでくれると思っていたのだ。ショックを受けるのではなく。しかも彼女をなだめようとしていたら、追い打ちをかけるようにコムストックとバーフォードが現れた。

ナタリーはお世辞を言われてうれしそうにしていたが、ふたりが既婚者だと聞いて態度を一変させた。あの出来事で、英国貴族は性的に乱れているという彼女の思い込みが裏づけられてしまったのが腹立たしい。帰り道で、そんな人間ばかりではないと説明したかったけれど、レオが一緒なので断念した。

〝わたしはあなたといると抵抗できなくなってしまうと、気づいているでしょう?〟

ナタリーの率直な言葉を思いだして、二日前の寝室での親密なひとときの記憶がよみがえった。あれ以来、彼女を自分のものにしたいという欲望が燃えあがり、いっこうに鎮まらない。そして今回にかぎっては、公爵位が障害になっていることはよくわかっている。上流社会の令嬢たちと違って、自由な精神を持つナタリーには富と権力を持つ男と結婚したいという願望がない。

そもそも、彼女は貴族を軽蔑しているのだ。

ヘイドリアンは歯を嚙みしめた。少なくとも、ナタリーがいますぐアメリカへ戻ってしまうことはないはずだ。レオのためにちゃんとした代わりの家庭教師を見つけたいと考えていて、それには時間がかかる。さらにはレオと離れがたく思っているのだから。少年を見守るときのやさしくあたたかい表情から、愛情を抱いていることは明白だ。あんな表情をヘイドリアンにも向けてくれたらいいのに。

ばかな。子どもに嫉妬するほど恋に翻弄されているのだろうか。だが、そうとしか考えられない。

ヘイドリアンは心を鎮めて青の間に入り、細長い部屋の奥に固まっている人々のほうに向かった。真ん中にいる母親が、嫌いでたまらない伯爵家の人々をもてなさなければならなくなって緊張しているのがうかがえる。ゴドウィン伯爵、伯爵夫人、レディ・エレン、ワイマーク子爵と、伯爵家は全員顔をそろえていた。

そのときヘイドリアンの心を惑わす女性の姿が視界に入り、釘づけになった。ナタリーは今朝も着ていた柔らかい緑色のドレスをまとい、膝の上で手を組み合わせて長椅子に座っていて、息をのむほど美しかった。つややかな黒褐色の髪、エメラルド色の瞳、クリームのようになめらかな肌という極上の組み合わせに、いつもながら見とれずにはいられない。それに公爵家の家族に完全に溶け込んでいる。おだやかな表情と背筋の伸びた姿勢が、公爵夫人にふさわしい凜(りん)とした雰囲気をかもしだしていた。

公爵夫人になりたいと、ナタリーが望んでくれさえすればいいのだが。

ナタリーの祖父は一〇年は時代遅れのコバルトブルーの上着を粋に着こなして、彼女の隣に座っている。ゴドウィンがナタリーをこの場に呼んだはずがないから、サー・バジルが同席させたのだろう。伯爵は彼女や自分の孫の存在を、すでに頭から消し去っていたに違いない。

そう考えて不快な気分になりつつ、ヘイドリアンは歩み寄って伯爵家の面々に挨拶した。

ぴんと張りつめた緊張感の中で、いままでいったいどんな言葉が交わされていたのだろうか？　母親はゴドウィンの目をえぐりだしたいのをこらえるかのように濃い赤紫色のドレスのスカートを握りしめ、救世主が来たとばかりに息子を見あげている。「あら、ようやく来たのね！」

ゴドウィンがヘイドリアンに向かってぎこちなく会釈をした。「ああ、クレイトン。あれから変わりなかっただろうな」

レディ・エレンと母親が立ちあがり、膝を折ってお辞儀をした。レディ・ゴドウィンは香水の香りを漂わせながら、ヘイドリアンの頰にキスをした。「昨日の午後遅くにロンドンに着いて、今日はまずここに寄らせていただきましたのよ。この前はちゃんとお別れができませんでしたから。そうよね、エレン？」

レディ・エレンが恥ずかしそうにちらりとヘイドリアンを見あげた。金色の巻き毛といい、薔薇のつぼみのような唇に笑みを浮かべた様子といい、まるでピンク色の砂糖菓子みたいだ。明らかに練習してきたとわかる口調で言う。「お帰りになられてしまって残念でしたわ、閣下」

レディ・エレンはまだ子どもだ。こんなに若い娘と結婚しようと一度でも考えたなんて、頭がどうかしていたに違いない。ヘイドリアンは儀礼的に彼女の手に唇をつけた。「クレイトン・ハウスへようこそ」

リチャードがヘイドリアンにお辞儀をした。「あんなにあわてて帰ってしまうなんて、あなたらしくないじゃないですか。しかも麗しきミス・ファンショーを連れて」

ヘイドリアンとナタリーの突然の出立には後ろ暗い理由があったのではないかとほのめかすような口振りだ。ヘイドリアンは顔をしかめ、ナタリーと図書室にいたのを酔っ払ったリチャードに見られたことを思いだした。はとこはあのとき絶対に口外しないと誓ったが、それを破って彼女の名誉を傷つけるつもりなら……。

ナタリーがリチャードに冷ややかな視線を向けた。「レオも一緒でしたわ。あなたの甥です。覚えていますか？」

沈黙が落ち、ぴりぴりした空気が流れた。リチャードが顔をしかめている横で彼の母親が口をかたく結び、父親はこわばった表情を浮かべている。

そのときサー・バジルが咳払いをした。「麗しき、と言ったかな？」リチャードに向かってぶっきらぼうに問いただす。「たしかにわたしの孫娘はめったにいない美人だが、彼女を追いかけるにはきみはまだまだ尻が青い」

レディ・ゴドウィンがかっとなった。「なんですって！　うちの息子はうさん臭い血筋のうえ持参金もない、しかも行き遅れの女に興味なんかありませんよ」

「孫はあんたの初々しい娘さんと同じで、行き遅れなんかじゃない」サー・バジルが公爵夫人に遠慮がちな笑顔を見せた。「彼らにきみの計画を教えてやらないか、ミリー？　彼らに邪魔をされる前に、きみとわたしで話し合っていた計画を」

公爵夫人が心からうれしそうに顔を輝かせたので、ヘイドリアンはその計画が自分に多大なる支出をもたらすものだと冷静に受け止めた。「公表してかまいませんよ」

公爵夫人が息子に率直な視線を向ける。「ダーリン、とてもいい考えなのよ。社交界にナタリーを紹介する舞踏会を開きたいの。盛大に」

レディ・ゴドウィンが憤りのあまり鋭く息を吐く一方、レディ・エレンは手を叩いて喜んだ。「まあ、すてき！　わたしたちも招待してもらえるのかしら」

「黙りなさい」彼女の母親が叱った。「そんな荒唐無稽な計画は閣下が止めてくださるはずですよ！」

ヘイドリアンは全員に注目されているのを感じつつ、おそらくこの計画はサー・バジルの入れ知恵だろうと思った。サー・バジルは策士だという評判だ。孫娘が社交界に受け入れられれば、彼も三〇年ぶりに社交界の一員に返り咲くことができる。だがそれよりも興味を引かれたのは、ナタリーの反応だった。彼女は明らかにその考えに反対らしく、ヘイドリアンに懇願するような目を向けている。一方で、彼の母親や自分の祖父を失望させるのは本意でないようだ。

ヘイドリアンの心に、ナタリーとワルツを踊りたいという願望が突然わきあがった。無数の蠟燭の金色の光を浴びて目を輝かせている彼女を引き寄せ、ダンスフロアの上を漂いたい。きっと彼女も楽しんでくれるという確信もあった。「もうずいぶん長いあいだ、クレイトン・ハウスでは舞踏会が開かれていない。いい考えだと思いますよ、母上。準備には二週間もあれば充分ですか？」

「ええ、それだけあれば完璧よ。きっとシーズン屈指の注目の催しになるわ。すぐに招待客のリストづくりに取りかからなくては。ナタリー、よかったら招待状を書くのを手伝ってくれない？」

「もちろんですわ」

ナタリーはおだやかに答えながら、ヘイドリアンにとがめるような視線を向けた。彼は笑みを返し、母がいったん何かを思いついたら止められないのだと伝わるように、軽く肩をすくめてみせた。

レディ・ゴドウィンが立ちあがった。「結構ですわ！　この気違いじみた計画をあくまでも進めるとおっしゃるなら、わたしたちはもう失礼いたします。準備がお忙しいでしょうから」

レディ・エレンとリチャードも母親に従っていとまを告げたが、ゴドウィンは立ちあがろうとせず妻に言った。「わたしはヘイドリアンと話がある。馬車に乗って帰りなさい。わたしは歩くから」

「でも、このあとノーウッズ夫妻のところへ――」

「言われたとおりにするんだ、プリシラ」

夫に厳しい視線を向けられたレディ・ゴドウィンはこわばった顔でうなずき、子どもたちと一緒に部屋を出た。それを見届けたゴドウィンの険しいまなざしが、今度はヘイドリアンに注がれる。

「ふたりで話せる場所はあるかな、クレイトン」

「もちろん」

ヘイドリアンはナタリーの優雅な腰の動き——公爵夫人のために招待客リストづくりを手伝おうと紙とペンを取りに書き物机へ向かうところだ——に見とれていたが、しかたなく視線を引きはがし、ゴドウィンを連れて階段をおりた。伯爵は雑談さえしようとせず、口をつぐんでいる。無言で反対の意を示す様子を見て、ヘイドリアンは少年時代を思いだした。当時はささいな過ちを犯すたびにゴドウィンに呼びつけられ、こっぴどく叱られたものだ。だがいまはもう、後見人に認められたくてしかたがなかった小さな子どもではない。目上の人間として、机越しにゴドウィンと向き合う立場なのだ。

書斎に入ると、ゴドウィンに革の椅子に座るように促した。それから飾り棚の前に行ってブランデーをグラスに注ぎ、ひとつを伯爵に渡す。歳月を経てゴドウィンの険しい容貌には深いしわが刻まれ、金髪は色あせて藁のような色になっていた。不機嫌な表情を見れば、年とともに気難しさを増していることがわかる。

ゴドウィンはブランデーをひと口飲んでから口を開いた。「母親に、あんな評判の悪い年寄りのならず者とつきあうのを許しているとは驚いた」

サー・バジルについてはヘイドリアンも不安を感じているが、ナタリーを手に入れるためには彼女の祖父を追い払うわけにはいかない。彼は椅子に座って静かに返した。「母には自分のつきあいたい人間とつきあう自由がある」

「いいか、やつは彼女の金を狙っている。三〇年前は詐欺師だったし、身についた悪癖は簡単にはやめられない」

「心配はいらない。母の財産のほとんどは、わたしの管理下にあるので」ヘイドリアンはブランデーを飲み、喉を滑り落ちていく焼けるような感覚を楽しんだ。「ところで、母のことを話したくてわたしとふたりになったわけではないはずだ。もしオークノールをいきなり去ったことがご不満なら、それはあなたの責任だ」

ゴドウィンが冷たい光を放つ青い目を細めた。「今朝、弁護士と会ってきた。マスグレイヴは、クレイトン公爵が孤児の監護権を求める申請を裁判所に提出したという噂を聞いたそうだ」

ヘイドリアンはゴドウィンが腹を立てている理由を悟った。「噂ではない」冷ややかに言う。「あなたがレオ・ベリンハムを孫と認めるのを拒否しているので、わたしが代わりに責任を引き受けることにしたまでだ」

「身元さえ証明されれば、わたしだって引き受けるつもりがないわけではない。きみがあわてて行動を起こす必要はないはずだ。噂の孤児が実はわたしの孫かもしれないと世間に知られれば、われわれ家族は下劣な勘ぐりの対象にされる。どうしてわたしがあの子を引き取らないのかと非難されるだろう」

ヘイドリアンは歯を食いしばった。この男は子どもの幸せではなく、自分の評判しか頭にないのだろうか。「世間には、レオがわたしと血のつながりがあるという事実だけを明かせばいい。オードリーが牧師とアメリカに駆け落ちしてから、すでに一〇年以上経っている。誰かがベリンハムという名とあなたを結びつけるとは考えられない」

ゴドウィンはそれでも不満そうにしていた。「もしどうしてもこのばかげた申請を取りさげるつもりがないのなら、先にわたしの娘と婚約するのがきみの義務だ。そうすればたとえ事実が世間に知られたとしても、きみが監護権を得たことは正当化できる。きみたちがあの子を自分の子として育てたがったと言えばいいのだからな」

〝義務〟子どもの頃、繰り返し頭に叩き込まれた言葉だ。身分によって課される責任を忠実に果たす強い意志を持つ人間になれと、昔ゴドウィンから教えられた。ほんの何週間か前までその教えに一片の疑いも抱かず、はるか昔に自分の父親とゴドウィンが交わした約束を果たすために、レディ・エレンを妻にしようとさえしていた。だがいまは、そんな義務とは言えない義務に縛られるつもりはない。自分と自分が選んだ女性のためにしか、結婚はしないと決めたのだ。

ナタリーがヘイドリアンを夫として迎え入れてくれれば、そうできる。

「それについてはすでに話し合ったはずだ」ヘイドリアンはそっけなく返した。「レディ・エレンはこの結婚話に乗り気ではない。それにわたしもオークノールを出てから、彼女との結婚は考えられないという結論にいたった」

ゴドウィンが殴られたかのように顎をあげた。「あのアメリカ女のせいだな？　きみはミス・ファンショーに骨抜きにされたのだ。書類が偽物かもしれないのに、きれいな顔にだまされて彼女と少年を屋敷に迎え入れた」

「あなたと違って、わたしはミス・ファンショーの人となりを見てきた。だからこれ以上の証拠は必要ない。彼女の言葉を信じているので」

「知り合ってまだ一カ月も経っていないではないか。それにあの女の生まれはひどいものだ。非嫡出子の父親に社交界から追放された祖父。そんな平民の女のために舞踏会を開くなど、やめておくべきだ。きみのような身分の者にとって、汚点にしかならない」

ヘイドリアンは激しい怒りがわきあがるのを感じた。机の向こうにいる伯爵に飛びかかって首を絞めてしまわないよう、椅子の肘掛けを両手できつく握る。次にはじかれたように立ちあがると、ゴドウィンを見おろした。「もうたくさんだ！　あなたがミス・ファンショーを侮辱するのを、これ以上聞いているつもりはない。わかったか？」

ヘイドリアンを見あげるゴドウィンのこわばった表情から、言いすぎたと悟ったのがわかる。立ちあがると、ぎくしゃくとうなずいた。「言葉がきつすぎたとしたら、悪かった。だが、やはり賛成はできない。きみが良識を取り戻してくれることを祈っている」

伯爵は肩をそびやかして向きを変え、部屋から出ていった。

ナタリーとレオに対するゴドウィンの非情なまでの冷淡さに、ヘイドリアンは怒りがおさまらなかった。かつて彼の母親は、こういうものに耐えなければならなかったのだろうか。平民出身者に対する軽蔑や、自分が正しいと信じきっている人間の傲慢さに。

あの男はこれほど尊大に偏見を振りかざす人間なのだと、もっと早く気づくべきだった。

おそらくコムストックの言ったとおりなのだろう。伯爵の教えを受けて育ったヘイドリアンは、頭のかたい唐変木になっていたのだ。権力と富を享受すべく教育され、自分は人よりもすぐれていると信じてきた。だが、その思い込みを捨てなければならない。それができなければ、ゴドウィンと同じ排他的で高慢な人間になってしまう。

ヘイドリアンは窓の前に行き、青いカーテンを開けて明るい陽光が降り注ぐ庭に目をやった。いつもならきれいに整備された小道や緑豊かな木々を見ると心が落ち着くのに、今日はいまの話し合いのせいでさまざまな思いが押し寄せ、庭を楽しむどころではなかった。もっとも心に引っかかっているのは、ナタリーがヘイドリアンを誘惑したと貶められるのを聞いたときの、自分自身の強い反応だ。〝骨抜きにされた〟とゴドウィンは言った。

伝統的な公爵夫人像にはまるで当てはまらない女性に夢中になっているヘイドリアンは、まさに〝骨抜きにされた〟状態だ。生まれてからこれほど混乱したことはないが、ナタリーと出会ったことに後悔はいっさいない。

ナタリーのおかげで、ヘイドリアンは変わろうと思えた。彼女に出会うまで、結婚生活に幸せが不可欠だなどと考えもしなかった。いまはナタリーの不屈の精神が、頭の回転のよさが、生き生きとした快活さが、彼にとってもなくてはならないものだ。とはいえ、彼女の心を射止められるかどうかはわからない。ナタリーに制約のない自由な生活を、学校を開くという夢を、自分の生まれ育った国を、あきらめるようにどうしたら説得できるのだろう。

おそらく、そろそろ真実を明かすべきなのだ。ふたりでともに歩む未来が欲しいというヘイドリアンの望みを、彼女に伝えなくてはならない。

日が沈んで気温がさがっているのに、リチャードはうなじを汗が流れ落ちるのを感じた。たったいま自分がしたことの重大さに、力が抜けて気を失いそうになる。

戸枠にもたれ、すえたにおいが充満している中で浅い息を繰り返した。煉瓦の建物がごみごみと立ち並ぶ狭くて不潔な通りにいるせいで、肌に虫が這っているような不快感がわきあがる。こんな場所に来るのはいやでたまらなかったが、ほかに選択肢はなかった。

賭博の借金を払うことを拒否した吝嗇家の父親に、腹が立ってしかたがない。ゴドウィンはリチャードに四半期ごとに支給されるわずかな額の手当から払う算段をつけろと、冷たく命じたのだ。さらに妻にも、いつものように息子に金を渡してはならないと厳しく言い渡した。だからといって、これ以上友人たちに返済を待ってほしいと頼むのは無理だった。そんなことをすれば仲間内から締めだすと警告されていたし、ちゃんとした賭博場には二度と出入りできなくなる。

退屈な社交界の催しに参加するだけの毎日を送る自分の姿を想像して、リチャードはぞっとした。おかたい小娘たちと踊り、しわだらけの年寄りの女たちとはした金を賭けてホイストをするだけの人生なら、死んだほうがましだ。いまも指先は、さいころを転がす感触を求めて疼いている。これはもう病気で、どんなに努力しても治る見込みはない。

金貸しから手に入れた金貨の重みで、上着のポケットが垂れさがっている。金貸しの汚らしい手から袋をふたつ受け取るときは、不快でたまらなかった。二週間後の返済日までに元金と法外な利息を返せなければ暴力に訴えて取り立てると警告されたときには、ブランマンジェのように体が震えた。どうにかして二週間後までに五〇〇〇ポンドを用意しなくてはならない。

五〇〇万ポンドと言われたのと同じくらい、途方もない金額だ。

そのとき頭の中で、ぼんやりとした考えが急に現実味を帯びた。昨日の午後にクレイトン・ハウスを訪れたときに思いついて以来、ある策略がずっと頭にこびりついている。それには、甥であるオードリーの息子が欠かせない。

レオは実際に伯爵の孫である可能性が高いので、遺産を分けなければならなくなるだろうと母親が言っていた。オードリーは自ら家族との絆を断って牧師とアメリカに渡ったのに、ずいぶん勝手な話だ。敬虔な異母姉との心あたたまる思い出など、リチャードにはほとんどない。一〇歳年上の彼女はいつも祈禱書を読みふけっていたものだ。その息子がリチャードに五〇〇〇ポンドをもたらす重要な役目を担うなどと、想像もしていなかった。

だがそのためには、頭の中にある策略を実行に移さなければならない。

リチャードの胃がねじれた。クレイトンにこの策略を気づかれでもしたら、金貸しを相手にするよりもずっと恐ろしい目に遭うだろう。ほんの少しミス・ファンショーを侮辱しただけで、公爵に絞め殺されそうになったくらいだ。クレイトンは大嫌いだが、もう一度直接対決するのはごめんだ。

だから絶対に共犯者が必要だ。誰がいいだろう。

リチャードは馬車に向かって歩きながら、何日かぶりに笑みを浮かべた。まさにぴったりな人物を思いついたのだ。クレイトンはミス・ファンショーにキスをしようとした馬丁を首にした。バートを雇えば、公爵の鼻を明かしてやれる。

クレイトンの金をたっぷりむしり取って、復讐(ふくしゅう)を果たすのだ。

22

ワイマーク子爵がとんでもない計画を練っている頃、レオはまたしても姿をくらませていた。

ナタリーはその日の大半を公爵夫人の部屋で過ごしていた。ヘイドリアンの母親と妹が舞踏会の計画を楽しげに練っているかたわらで、招待状書きにいそしんでいたのだ。ところがようやく夕方になって子ども部屋にあがると、メイドたちがおろおろしていた。ミセス・ティペットは両手を揉みしぼり、フローラは青い目に涙をためている。

フローラがナタリーに駆け寄った。「ああ、お嬢さま！　レオお坊ちゃまがいなくなってしまいました！」

ナタリーの心臓がどきりと跳ねた。「いつからなの？　いったいどうして？」

「ほんの何分か前です。郵便馬車のおもちゃで遊んでいらしたので、お坊ちゃまのホットチョコレートがどうなっているのか、厨房に様子を見に行ったんです。従僕がいつまで経っても運んでこないので、呼び鈴の紐が切れているのかもしれないってティピーに言われて。そうしたら、そのあいだにいなくなってしまわれました。厨房からはすぐに戻ってきたのに！」

「わたしがいけなかったんですよ」ミセス・ティペットが恥じ入った表情で言う。「繕いものをしながら、居眠りをしてしまって。でも、どうして出ていく音に気づかなかったんでしょう！」

レオがどれだけ足音を立てずに動けるか、ナタリーは経験から知っていた。部屋を見まわすと、夕暮れの柔らかい薔薇色の日差しが床に転がっている馬つきの小さな郵便馬車を照らしだしている。子ども用の低いテーブルにはホットチョコレートの入ったポットとカップが置いてあり、暖炉では心地よく火が燃えていた。好奇心旺盛な少年がどこへ行ったのか示すような手がかりはどこにもなく、ナタリーの頭の中で警報が鳴り始めた。

「子ども部屋は隅々まで探したのね？」

フローラが大きくうなずいた。「ベッドの下まで探しました。戸棚の中もです。弟はよく小さな戸棚の中に隠れるので」

ナタリーは息を吸って心を鎮めると、考えをめぐらせた。「フローラ、レオはもらったばかりのポニーを見に行ったのかもしれないから、あなたは厩舎に行ってきて。ティピーはこの階のほかの部屋を調べたあと、あの子が戻ってきたときに備えてこのあたりにいてちょうだい。わたしは下の階を調べるわ。わたしを探しに行って、迷ってしまった可能性もあるから」

「だいぶ暗くなってきたので、ランプを持っていってください。小さなお坊ちゃまが怖がっていないといいんですけど」やつれた顔のミセス・ティペットが茶色い目に心配の色を浮かべた。

レオは好奇心旺盛だから怖がったりはしないはずだと、ナタリーは思った。あの子はきっと近くにいる。クレイトン・ハウスでの生活が気に入っているのに、逃げだすわけがない。

ナタリーは蠟燭をともしたガラス製のランプを受け取ると、急いで部屋を出て階段に向かった。子ども部屋に戻るのが遅くならなければ、こんな事態にはならなかったのに。早く戻ってレオと過ごすべきだったのに。舞踏会も、いくら書いても終わらない招待状も恨めしい。

別の翼棟にある公爵夫人の部屋から子ども部屋に行くときは別の階段を使ったので、レオがナタリーの寝室のすぐ横にある階段をおりたとすれば、行き違いになったはずだ。ナタリーがまず自分の寝室をのぞくと、ヘティが上掛けを折り返しているところだった。メイドはレオを見ておらず、少年がいたらすぐに子ども部屋へ連れていくと約束した。

くり形（モールディング）が施されて風景画の飾られている暗い廊下に戻ったナタリーは、奥まで見渡した。両側にたくさんの扉が並んでいるので、片っ端から中をのぞいてみることにする。まず向かいの部屋の前に行き、扉を叩いてからランプを掲げて中に入った。埃よけの布がかぶせられた家具は幽霊のようで、これほど陰気な場所に小さな子が興味を引かれるとは思えない。それでも念のため呼びかけた。「レオ！　いるの？」

返事が返ってこなかったので、次の部屋に移って同じことを繰り返した。やはり返事はなく、次々に同じ手順を繰り返す。とうとう廊下のいちばん奥にある部屋まで来て、扉を鋭くノックすると、取っ手をまわして中に入った。

その瞬間、ナタリーは固まった。ここはこれまで見てきたどの部屋より広くて豪華だ。それに住人がいるらしい。テーブルの上にある燭台の蠟燭には火がついているし、大理石の暖炉では明るい炎が燃えている。ベッドのは壁一面を占めるほど大きく、ロイヤルブルーと金色の天蓋が印象的だ。

ナタリーが驚きから立ち直ってあれこれ考え始める前に、右側の扉から喪服のような黒い衣装に身を包んだ不機嫌な顔の年配の男性が現れた。公爵の従者のチャムリーだ。

「ミス・ファンショー！」彼が叫んでナタリーに詰め寄った。「閣下の部屋に無断で入ってくるなんて、どういうおつもりですか。植民地では礼儀は重視されないのかもしれませんが、ここイングランドではノックをしたら返事があるまで待つものですよ！」

ナタリーは驚きのあまり、その言い方にむっとするどころではなかった。なんということだろう。ここはヘイドリアンの部屋だったのだ。彼の部屋は母親と同じ翼棟にあるものと思い込んでいた。

ナタリーはあとずさりした。「ごめんなさい……」

そのときチャムリーが出てきたのと同じ扉からヘイドリアンが出てきて、ナタリーはそちらを向いた。心臓が大きく跳ね、息が吸えなくなる。公爵は着替えている途中だった。白いシャツの裾を黒っぽいズボンにたくし込んでいて、ベストは前が開いたままだ。首に何も巻いていないので、広い胸がちらりとのぞいている。ナタリーと目が合ったとき、ヘイドリアンは銀のカフスボタンを留めていた。

公爵の濃いグレーの目が驚きにきらりと光ったあと、かすかな熱を帯びた。それに応えるように、ナタリーの心にも欲望の火がともった。「ナタリー？　わたしに何か用かな？」

そう、ヘイドリアンに用があるのだ。彼女をすくいあげてベッドに運び、このうえない歓びをまた味わわせてほしい。

ナタリーは頬が赤くならないように冷静さを装い、なんとか口にした。「レオを探しているうちに、ここへ間違って入ってしまったの。あなたの部屋だとは知らなかったから。この階には客室しかないと思っていたわ」

チャムリーが咳払いをした。「あのわんぱく小僧はここにはおりません。ほかをお探しになったほうがいいでしょう」

「ええ、すぐに出ていくわ。本当にごめんなさい」

「待ってくれ」ヘイドリアンはナタリーを引きとめ、従者のほうを向いた。「上着を持ってきてくれないか？」

従者がぶつぶつ言いながら衣装部屋に姿を消すと、公爵は銀の縞模様のベストのボタンを留めながら彼女に歩み寄った。「つまり、あの子はまたいなくなったんだな。あの悪い癖は、われわれで矯正できたと思っていたんだが」

ヘイドリアンがかすかに微笑みながら〝われわれ〟という言葉を使ってくれたので、ナタリーの胸はあたたかくなった。夫婦が息子のいたずらについて話し合っているかのようだったからだ。その考えをあわてて打ち消し、公爵のシャツの胸元のV字形に開いている部分からのぞく素肌を見るまいと必死で目をそらした。

「ここにもいないようね。そろそろあの子がいなくなって一時間半くらいになるわ」ナタリーは簡単に状況を説明し、メイドたちがどこを探しているかを伝えた。「レオのことはわかっているでしょう？　好奇心旺盛なあの子がどこに行ってしまったのか、見当もつかないわ」

「ふむ。そういえばわれわれが出会ったとき、あの子は故郷に戻りたくてサウサンプトンに停泊している船まで戻ろうとしていた。それからオークノールではおもちゃの騎兵で遊んでいて、本物の馬を見たくなって厩舎に行った。今回は何をしたかったのだろう。レオが姿を消す前に何をしていたか、ティピーから聞いてないか？」

「あなたのお母さまからもらった郵便馬車で遊んでいたと言っていたわ。本物を見るために屋敷を抜けだしたとは思えないけど」

ナタリーは眉間にしわを寄せて、メイドの言葉を正確に思いだそうとした。「そういえば、気になることを言っていたわ。厨房に頼んだものが届かなくて、ティピーとフローラは呼び鈴の紐が切れているかもしれないと話し合ったらしいの。それでフローラが様子を見に行ったんだそうよ」

チャムリーが青灰色の上着を持ってきて公爵に着せた。それを見てナタリーは急に喉がからからになり、ランプを持つ手に力を込めた。こんなふうに身支度を整えているところをそばで見ている行為は、ひどく親密に感じられる。瞳の色を引き立てる深みのある色をした仕立てのいい上着に広い肩を包んでいると、ヘイドリアンは危険なくらい魅力的だ。

公爵がナタリーの背中に手を添えた。「さあ、あのいたずら小僧を探しに厨房へ行こう」

「でも……今晩は予定があるんじゃないの？」

「紳士クラブで友人に会うだけだ。待たせても問題ない」

「閣下！ どうかクラヴァットを結ばせてください」チャムリーが憤りに声を震わせた。

「あとで自分でやる。そう怒るな。今日は愚かにもおまえに芸術的手腕を発揮する機会を与えなかったと、みんなにはちゃんと報告するから」

そう言うと、ヘイドリアンはナタリーを促して廊下に出た。「チャムリーはわたしが五歳のときから、世話をしてくれているんだ。だからときどき、わたしがもう大人で自分の面倒は自分で見られるということを忘れてしまうんだよ」

その口調からは従者に対する愛情がうかがえて、ナタリーは胸を打たれた。「あなたがゴドウィン伯爵の屋敷で暮らしていたときも、彼は一緒だったの？」

「いいや。だが年に二回、母のもとに戻るときは、いつもチャムリーが迎えに来た。またずっと一緒にいるようになったのは、イートン校に入学してからだ。偉そうな態度を取っているが、わたしの家族に忠実で信頼できる人間だ。そして母と同じように、レディ・エレンとの結婚には反対している」

ヘイドリアンにじっと見つめられたものの、蠟燭の揺らめく光の中ではその視線にどういう意味が込められているのかナタリーにはわからなかった。公爵は何が言いたいのだろう。

彼女は好奇心を抑えて話題を変えた。「レオの向かった先が厨房だとしたら、どうやってフローラに見られずにおりたのかしら」

「この屋敷には階段が六つある。フローラはおそらく使用人用のものを使い、レオは別の階段をおりたのだろう。あの子はきっと、呼び鈴の紐に興味をそそられたんだ。わたしもあの年頃だったら、きっとそうだった」

ナタリーはヘイドリアンの見立てが正しいことを祈った。彼女がランプを掲げて周りを照らす中を、公爵は次々に階段をおりて地下に向かう。ふたりは肉を焼くおいしそうなにおいや刺激的なスパイスの香りに導かれ、広々とした厨房に入った。大きな最新型のコンロの上でいくつもの鍋が湯気をあげていて、恰幅のいいフランス人の料理人がメイドたちに大声で指示を出している。今晩、公爵はクラブに行く予定で、公爵夫人も友人と外食をするはずなので、おそらくいまつくっているのは使用人用の夕食だろう。

奥の壁際に使用人が何人か集まっている光景に、ナタリーは目を引かれた。その中にレオがいたので、ほっとする。レオは従僕に抱きあげられ、壁の上部に二列に並んでいる呼び鈴を見ていた。彼女とヘイドリアンが近づいていくと、楽しそうに笑いながらしゃべっていた使用人たちは口をつぐんだ。

従僕がレオを床におろし、公爵にお辞儀をする。「閣下！」

ほかの者たちも続き、メイドも次々に膝を折ってお辞儀をした。仕事をさぼっているところを見つかって後ろめたそうにしている彼らを、ヘイドリアンは責めなかった。「きみたちが小さな逃亡者を見つけてくれたんだな」

レオが青い目をきらきら輝かせて言った。「ミスター・コウシャクは知ってた？　子ども部屋にある紐を引っ張ると、ここで呼び鈴が鳴るんだよ」〝子ども部屋〟という札がついた呼び鈴を指さす。

「でも、どういうふうになってるの？」

「助けを呼びたいときに便利な仕組みだ」

使用人たちはそれぞれの仕事に戻ったので、ヘイドリアンがレオに説明した。「壁の中を線が伝っているんだ。それから、紐を引っ張ると作動するバネみたいな装置も。ずっと昔に、わたしの祖父である第六代公爵が設置させた」

「ぼくたちの部屋の呼び鈴は壊れてるかもって、フローラとティピーが言ってた。でもぼくは、フローラがちゃんと引っ張らなかったんじゃないかと思うんだ」

「そうかもしれない。だがそれを調べるのはきみの役目ではないよ。フローラとティピーはきみがどこに行ったのかわからなくて心配している。紳士は勝手にどこかへ行ってみんなに心配をかけたりはしないと、わかっているはずだ」

厳しい声で諭され、レオはうなだれて石の床を靴の爪先で蹴った。「ごめんなさい」

「謝る相手はミス・ファンショーだ。屋敷じゅうを探しまわってくれたんだから」

レオはナタリーの腰に腕をまわして抱きついた。「怒らないで。もうしないから。約束する」

ナタリーは愛情が込みあげ、簡単に許してしまいそうになるのを懸命にこらえつつ、レオのくしゃくしゃになった亜麻色の髪を撫でた。「これからはその約束をちゃんと守るのなら、怒らないわ」

レオが手をつないできたとき、ヘイドリアンは驚いた顔をしたが、不快そうではなかった。三人が子ども部屋に戻ると、レオはほっとしたメイドたちに大喜びで迎えられた。ミセス・ティペットとフローラはレオを叱ったり世話を焼いたりしたあと、ホットチョコレートはなしですぐにベッドへ行かせるというナタリーの提案に同意した。

レオはおとなしく罰を受け入れた。「もうおやすみのキスをしてくれていいよ、ミス・ファンショー。寝る前に本を読んでもらうのも、なしにするべきだもんね」

ナタリーは身をかがめて少年の額にキスをした。「いい夢を見てね」

レオはヘイドリアンを見あげた。「ぼく、いつか公爵になりたいな。そうしたら呼び鈴がついた家に住めるもの」そう言ってベッドに走っていった。

面白がるような表情を浮かべているヘイドリアンと目を合わせ、ナタリーは笑いが込みあげるのを感じた。公爵と連れ立って子ども部屋を出る。「望んだからといって貴族になれるものではないと、すぐに知ることになるでしょうね」

「心配しなくても大丈夫だ。明日には御者になりたいとか執事になりたいとか言いだすよ」

階段をおりながら、ヘイドリアンがナタリーの背中に手を添えた。薄いサフラン色のシルク地を通して伝わるあたたかい手の感触に、公爵がそばにいるといつも感じる欲望がわきあがった。ランプの光だけに照らされた薄暗い場所にいると、世界にふたりだけしか存在しないように思えてくる。

そんな雰囲気を打ち破ろうと、ナタリーは口を開いた。「舞踏会の計画なんて持ちあがらなければ、こんなことは起こらなかったわ。本当はレオといるべきなのに、午後じゅうあなたのお母さまの部屋で招待状を書いていたんですもの」

「リジーは手伝わなかったのか？」

「彼女と公爵夫人は、わたしの字がいちばんきれいだから全部まかせると……。だけど本当のところは、ふたりともそのほかのこまごましたことを考えるほうが楽しいんだと思うわ。あの人たちがとんでもない長さの買いものリストを熱心につくっているのを見ると……」

ナタリーの部屋の前に着いたので、ヘイドリアンが彼女のために扉を開けた。「見ると？」

「お母さまには何か生きる目的が必要なんじゃないかという気がしてならないの。買いもの好きなところを活かせるうえに、人の役にも立つようなことが」ナタリーは公爵のほうに向き直った。「そうそう、お母さまは蜜蠟の蠟燭を五〇〇本注文するつもりよ。あなたのひと財産が消えるわね」

「暗い中では客をもてなせないからな」ヘイドリアンが愉快そうに言い、ナタリーからランプを取りあげてテーブルの上に置いた。「獣脂の蠟燭にしようという提案はしないでほしい。ひどいにおいがするから」

残念ながらナタリーはすでにその提案をしていて、公爵夫人にぞっとしたような顔をされてしまった。「まだあるのよ。シャンパン・ファウンテンを用意するんですって。そんなもの、聞いたことがある人がいるのかしら。それから何十メートル分もの白いシルク地と、どっさりの温室の花で、室内に庭園をつくるらしいわ。あまりにも無駄だと言ったんだけど、まるで聞いてくれなかった」

ヘイドリアンは含み笑いをした。「わたしにふたりを止めてほしいと思っているのなら、無駄だよ。何年も前にあきらめたんだ。それより、さっき言っていた母に目的を与えるっていうのはどういうことなのか、教えてほしい」

「公爵夫人は買いものに目がないでしょう？　でも必要なものはすべて持っている。それなら人を助けることにお金を使ったらどうかと思って。ロンドンには後援者を必要としている学校や孤児院が、いくらだってあるもの」

「母に慈善家になってほしいんだな」

「でも、ただお金を寄付するだけじゃないの。公爵夫人はとてもやさしい人だから、子どもたちのもとに足を運んで、食べものや服やおもちゃを自分の手で渡したらいいんじゃないかしら。そうしたら、みんなを幸せにしてあげたという実感を得られるから」

「それなら、きみも楽しんで計画に参加できるね」

ヘイドリアンは片手を腰に当てて壁にゆったりともたれているので、上着が後ろに押しやられて引き締まった腰があらわになっていた。公爵のとびきりの笑顔を見て、恋い焦がれるあまりナタリーの体に震えが走った。いつの間にか、当然のように彼を寝室に引き入れていたことに気づく。上掛けが誘うように折り返され、暖炉では静かに火が燃えているこの部屋は、誘惑のためにつくられた舞台のようだ。

ナタリーは急にからからになった喉から、懸命に言葉を押しだした。「公爵夫人にぴったりの後援先を喜んで探させてもらうわ。もちろん、あなたが賛成してくれればの話だけど。わたしはあなたのご家族のことに口を出せるような立場ではないもの」

「ダーリン、きみは好きなだけ口を出してくれていいんだ」

ヘイドリアンのやさしいまなざしには心を溶かす愛情があふれていたので、ナタリーは彼の腕に身をゆだねてしまいたくなった。情熱的に見つめられ、前にこの寝室で味わった至福の歓びをふたたび求めたくなる。またあんなことにならないようにするには、いますぐ公爵に出ていってもらうしかない。

けれどもナタリーはそうせず、不都合な欲望を冷ますために部屋の中を行ったり来たりし始めた。「お母さまにふさわしい後援先を考えるのは、ひたすら招待状を書き続けるあいだのいい気ばらしになったわ。何百通もあるんだもの。しまいには手が痛くなってしまったわ。指についたインクの染みは洗っても落ちないし」

「本当に？　見せてくれないか？」

ヘイドリアンが近づいてきてナタリーの右手を取ってひっくり返し、蠟燭の光にかざした。中指に残っている黒っぽい染みを親指でこすったあと、口元に持ちあげてそっとキスをする。

「かわいそうに。きみは自分のために舞踏会を開いてほしいなどと思っていないというのに。

でも、しばらくは我慢してほしい。いまは大変でも、それだけの価値があったと最後には思ってもらえるはずだから。舞踏会は、われわれ貴族がきみの信じてきたような冷血漢ではないとその目で確かめるいい機会になる」

ヘイドリアンと見つめ合いながら、ナタリーの胸は震えていた。薄暗い部屋の中でふたりのあいだの空気は熱を帯び、互いにすぐ触れられる距離にいる。公爵がそばにいると、まともに頭が働かない。いまここで少しでも受け入れる気配を見せれば、彼は喜んで覆いかぶさってくるだろう。ヘイドリアンを求めて全身が脈打ち、欲望を抑えられない。

ナタリーはさっと背を向けて公爵から離れた。「いろんな敬称や称号がありすぎて、頭がごちゃごちゃになってしまったわ。何々卿だのレディ・何々だの、伯爵、侯爵、公爵、子爵だのって。はっきり言って、アメリカの一般国民であるわたしがどうしたらこんな排他的な集団に入っていけるのか、さっぱりわからないわ」

「舞踏会を本気でいやだと思っているのか？」

心から心配されているように聞こえたので、ナタリーは正直に答えた。「あなたの世界にひと晩だけ足を踏み入れてみたいという気持ちはあるの。単なる好奇心かもしれないけど。それにダンスや人としゃべることは好き。でも神の前では誰もが平等なはずなのに、舞踏会では自分が人より偉いと思っている人間に、つくり笑いをしたりうやうやしくお辞儀をしたりしなければならないかもしれない。そうなったら、わたしはあなたやお母さまの顔に泥を塗るような行動を取らないでいられる自信がないわ」

「つくり笑いやしたくもないお辞儀をする必要はない。いつもどおりの魅力的なきみでいてくれればいいんだ。わたしの屋敷できみを批判するようなまねをする人間はいやしない。そんなことをすれば、わたしが黙っていないからな」ヘイドリアンが距離を詰めて、あたたかい手を彼女の肩に置いた。「先にはっきり言っておくよ、ナタリー。到着した客を迎えるとき、きみはわたしの隣に立っていてほしい。わたしの大切な客人として」

間近にいるヘイドリアンからこんなことを言われて、ナタリーは動揺した。どうして彼はこれほど熱心なのだろう？　いくら公爵でも、社交界の洗練された人々に愛人にしようとしている女を堂々と紹介するなどという行為は許されないだろう。これから求婚しようとしている女性が出席しているならば、なおさらだ。

ナタリーは大きく息を吸うと、勇気を奮い起こして率直に質問した。「レディ・エレンはどうするの？　彼女に横に立ってもらったほうがいいのではないかしら」

「いや、それは絶対にない」

「今日お母さまと妹さんにあなたがレディ・エレンをどうするつもりなのかと訊かれたけど、わたしからは何も言わないでおいたわ。あなたに直接訊いてほしいとしか」

ヘイドリアンにこわばった肩をやさしく揉みほぐされ、ナタリーは心地よさのあまり猫のように鳴きたくなった。公爵がまた口元に笑みを浮かべる。「ふたりにはまだ本当のことを話していないんだ」

「本当のこと？」

「レディ・エレンと結婚するつもりはないということだ」

ナタリーは呆然として公爵を見つめた。昨日ゴドウィン伯爵一家が訪ねてきて以来、ヘイドリアンがレディ・エレンの手を取ってキスをした場面が頭に焼きついて離れず、彼女への嫉妬が胸の中でしこりとなっていたというのに。「でも……あなたはロンドンで彼女に求愛するつもりだと言っていたじゃない」

「そんなことは言っていない。だがきみにそう思わせてきたのは事実だ。われわれのことを話し合うのは、まだ早すぎると思っていたからな」ヘイドリアンが顔をさげ、ナタリーの唇にそっとキスをした。「きみほど頭のいい女性なら、わたしのきみへの気持ちが変化したことに気づいてもよかったんじゃないかな」

ナタリーの心臓が喉から飛びだしそうになった。動揺して息が吸えないものの、なんとかヘイドリアンの言葉を理解しようとする。もちろん、公爵に強い関心を持たれていることはわかっていた。でも、それは彼女を愛人にしたかったから……ではないのだろうか。

〝きみへの気持ちは名誉に恥じないものだ〟

公園でそう言ったときの声は力強く、ナタリーを見つめる視線はいまと同じでまっすぐだった。とはいえあのときは、ヘイドリアンがたわむれに甘い言葉を口にしたのだと思っていた。彼みたいな上流社会の男性は、女性をベッドに誘い込むのにさまざまな手管を弄するものだ。

でもナタリーが間違っていたのだとしたらどうだろう。ヘイドリアンはたわむれに言ったのではなかったのだとしたら。

ナタリーは思わず身を震わせながらあとずさった。急に浮かんだ考えが信じられなくて、首を振る。「ヘイドリアン、まさか……あなたはわたしに求愛するつもりなの?」

23

ヘイドリアンが小さく笑みを浮かべてナタリーを見つめた。「わたしはずっときみに求愛してきたつもりだよ。こちらによからぬ意図があると思い込んでいたのはきみだ」

頭が混乱したナタリーは胸の前で腕を組んだ。どこまでも真剣なヘイドリアンの濃いグレーの瞳を見て、動揺しながらもうれしさを覚える。ロンドンに来るべきだと執拗に説得されたとき、公爵にはなんらかの意図があるのではないかと思ったのは本当だ。考えていたような意図ではなかったが。イングランドの公爵が同じ階級に属さない女性に正式に求愛するなんて、想像もできなかった。

ナタリーは息を吸って気持ちを鎮め、口を開いた。「まさか本当にわたしとの……結婚を考えているわけではないでしょう?」

「いや、わたしは本気だ」ヘイドリアンは不安げな表情で髪を撫でつけた。「正直に言うと、こんなふうに行き当たりばったりにこの話題を持ちだすつもりはなかった。舞踏会できみにわたしの生きている世界を見てもらってから、話をしようと思っていたんだ。だがこの頃、きみにわたしの意図を隠しているのは誠実ではないんじゃないかと思い始めてね」

「なんて言えばいいのかわからないわ……」

「いますぐ結論を出さずに、考えてみてくれないか」ナタリーが答えないでいると、ヘイドリアンは声をやわらげて続けた。「暴風雨のさなかに宿屋で出会ったときから、きみに惹かれていた。あのときのわたしはとんでもなく尊大な人間だったが、きみのおかげで変わろうという気になれた。だからきみは、わたしにとって大切な女性なんだよ」

ナタリーは突然の告白をまだ受け止めきれていなかったが、真摯な言葉に心を動かされた。

「でも、わたしはレディではないわ」

「ばかな。きみはレディに決まっているじゃないか。了見の狭い考え方しかできない人間にとっては違うのかもしれないが、貴族社会の古臭い因習などどうでもいいと思うようになった」

ヘイドリアンはナタリーの手をつかむと、衣装部屋の横の壁に取りつけてある細長い姿見の前に引っ張っていった。驚いてされるがままになっている彼女を、後ろから抱きしめる。

公爵がナタリーのうなじの柔らかい肌に息を吹きかけながらつぶやいた。「きみは誠実であたたかい心を持った魅力的な女性だ。そしてとても美しい。きみにかなう女性は社交界にはいないよ。鏡を見れば、自分でもそれがわかるはずだ」

ナタリーは鏡に映った陰影のある自分の姿を見つめた。サーセネット織りの洗練されたサフラン色のドレスは、どんなに厳しい目を持つ人間も納得させるだけの品のよさを与えてくれている。それだけでなく、自分とヘイドリアンはこのうえなく魅力的な組み合わせだと気づいた。背後にいる男性は素晴らしくハンサムで、長身の彼女よりもさらに背が高く、キスをするのにちょうどいい身長差だ。公爵とキスをしたくてたまらない。その思いで頭がいっぱいになり、理性がどこかに消えてしまいそうになる。

ナタリーは震える息を吸った。「外見だけ整えても、あなたが住む世界にふさわしい育ち方をしてこなかったという事実は変えられないわ」

「われわれは違っているからこそ惹かれ合っているんじゃないかな。これまでの生き方では満たされない部分が、わたしにもきみにもあったんだ」ヘイドリアンが髪を耳の後ろにやさしくかけてくれた瞬間、ナタリーは触れられた部分が疼くのを感じた。「わたしは非の打ちどころのない血筋の若い従順な女性を妻にすべきだと、叩き込まれて育った。家柄がよく、社交界にデビューしたての娘と結婚するのが義務だと。ところが、きみと出会ったんだ、ナタリー。そうしたら叩き込まれてきたものはあとかたもなく消えてしまった。きみはわたしが求めているものをすべて持っている。これまでは、求めているということすら気づいていなかったものを」

その言葉を聞いて、ナタリーはうっとりした。身も心も生き生きと目覚めさせてくれる男性に求めてもらえるなんて、とてもロマンティックなことだ。公爵なら、どんな女性もよりどりみどりなのに。一方で、ヘイドリアンと結婚してもうまくいくはずがないという理性の声が聞こえる。彼がふさわしくない相手だと考えられる理由はいくらでもあった。アメリカに戻って学校をつくるつもりだという以外にもたくさん。とはいえ、ヘイドリアンと一緒にいると血が熱く沸き立つことも否定できない。

ナタリーは公爵の腕の中で向きを変え、きれいに髭が剃られた顎に手を滑らせた。「正直に言うわね、ヘイドリアン。あなたと結婚できるかどうかはわからないわ。いまは頭がまともに働かないの。でも、あなたが欲しいということはわかっている。これほど激しい気持ちは、いままで誰に対しても抱いたことがないわ」

ヘイドリアンの目の色が濃くなった。「では、きみを説得させてくれ」

いきなり唇が押しつけられる。そのキスはナタリーが夢見てきたどんな口づけよりも素晴らしかった。彼女も負けないほどの情熱で応え、ヘイドリアンを貪った。かたい胸板に押しつけられた胸に、自分と同じくらい速い鼓動が伝わってくる。

興奮がわきあがり、欲望のあまり頭がくらくらした。こんなふうに抱きしめられていると、公爵の腕の中こそ自分の居場所なのだと感じる。互いの服を邪魔だと感じながら、ヘイドリアンの上着の内側に両手を滑り込ませ、力強い体の線をたどった。彼が垣間見せてくれた信じられないほどの歓びを、もう一度味わいたい。今度は自分ひとりだけではなく、ヘイドリアンも一緒に。

熱く官能的なキスが続き、ふたりは空気を求めてあえいだ。ヘイドリアンがナタリーの頬や髪に鼻をすりつける。公爵の濡れた唇の感触に、彼女は下腹部に快感の波が押し寄せるのを感じた。腰のくびれから臀部にかけての曲線を両手でたどる手つきから、強い欲望が伝わってくる。

ヘイドリアンが口を開くと、ナタリーの顔にあたたかい息がかかった。「われわれのあいだには見えない絆がある。初めて会った瞬間から、それを感じたよ。きみもそうだと言ってほしい」

「ええ、わたしも感じたわ。いまも感じてる」公爵とひとつになりたいという衝動を抑えきれず、ナタリーの体はどうしようもなく熱くなった。親密なときを過ごせば、彼との将来に対する疑念が晴れるのかどうか知りたい。「ヘイドリアン、わたしのベッドに来て。この前は最後までできなかったことを、わたしに教えてちょうだい」

公爵が腰のくびれに置いた手に力を込めた。耳ざわりな音を立てて息を吸い、ナタリーの額にキスをする。「ああ、わたしもそうしたいのはやまやまだ。どれほどそうしたいか、きみにはわからないだろう。だがきみの純潔はきみの夫のものだ」言葉を切り、口の端を片方だけあげてにやりとした。「きみがわたしの結婚の申し込みを受けてくれれば、もちろん話は別だが」

ヘイドリアンが挑むように目を光らせる。まさか、歓びと引き替えに結婚を迫ろうというのだろうか。

ナタリーは挑戦を受けて立った。「わたしの心を勝ち取りたいのなら、こちらの願いを拒否するのはよくないんじゃないかしら」

誘惑するように腰をすりつけると、信じられないほどの効果が表れた。ヘイドリアンが胸の奥からうめき声を漏らしたのだ。そしてナタリーを持ちあげるようにして引き寄せたので、かたくなったものが彼女に押しつけられた。同時に公爵が口を開いて深く激しいキスを始める。ナタリーは彼の腰に腕をまわしてしがみつき、ありったけの情熱を返した。

「なんて誘惑するのがうまいんだ」ナタリーの髪に唇をつけているので、ヘイドリアンの声はくぐもって聞こえた。愉快そうな口調だが、情熱のあまり震えている。「紳士的にふるまおうとするわたしの努力を、きみは無駄にしようとするんだな。きみに後悔してもらいたくないだけなのに」

「あなたが何もせずに出ていったら、わたしは後悔にさいなまれるわ。だから先のことを考えるのはやめて、いまこの場を楽しむことに集中しない？」

ナタリーはいたずらっぽく挑発的な笑みを浮かべ、ヘイドリアンの唇を指先でなぞった。その指をやさしく嚙まれ、舌で愛撫されると、欲望のあまり体の奥がぎゅっと締めつけられた。

公爵が彼女の手のひらを自分の頰に当てて目を合わせる。「きみの望むとおりにしよう」

それからナタリーの手を放すと、扉まで行って鍵をかけた。がちゃりという金属音を耳にして、彼女の肌を興奮の震えが走る。一本の蠟燭と暖炉の火だけに照らされた暗い寝室でこれから行われるのは、誰にも邪魔されてはいけないことなのだ。

ヘイドリアンが上着を脱いで椅子の上に落とすのを見つめながら、ナタリーは緊張と期待に体を熱くした。公爵がベストも脱ぎ、キャンブリック地の白いシャツの裾を黒っぽいズボンにたくし込んだ格好になる。筋肉質の力強い体を見て、彼女の鼓動は速まった。

今回はスカートの下に手を入れられるだけでは終わらないのだと、ナタリーは悟った。ぽかんと見とれているだけでなく、自分も服を脱がなければならない。まず靴を脱いできちんと壁際に置き、それから背中のボタンを外すために腕を持ちあげた。

するとと公爵がすばやく彼女の背後にまわった。「わたしにさせてくれ」

一列に並んだ小さな金ボタンを外し始める。ときどき手を止めて、あらわになっていく素肌にキスをした。するとナタリーの心にみだらな思いが込みあげ、まだ残っていた迷いを吹き飛ばした。腰のあたりまであらわになると、ヘイドリアンはコルセットの紐をほどいて両手を差し入れ、胸を包むと親指で先端をこすった。その瞬間、彼女の体を熱いものが貫き、下腹部の奥がじわりと潤んだ。まじりけのない歓びに吐息を漏らす。

膝に力が入らず、後ろにいる公爵の首の付け根に頭を預けた。「ああ、ヘイドリアン」

彼はナタリーの頬にキスをしつつも、巧みな愛撫の手を止めなかった。「何度も何度も、きみとこうするところを想像した。服を脱がせ、美しい体を隅々まで探索するところを」

「わたしもあなたとこうして抱き合う想像をしたわ。レディはそういうことを口にしないものかもしれないけど」

ヘイドリアンが背後に立ったままドレスとコルセットを脱がせ、彼女を下着姿にした。

「寝室での決まりはひとつだけ。互いに歓びを与えることだ」

ナタリーの体をまわして向き合い、肩に両手を置いた。視線をおろして、薄いシュミーズの生地越しに透けて見える胸や腰を凝視する。その目が称賛に輝くのを見て、ナタリーは自分の影響力に気づいた。ヘイドリアンが上着やベストを脱ぐところを見てナタリーが楽しんだように、彼女が服を脱ぐところを見て公爵も楽しんでいるのかもしれない。

ヘイドリアンが下着に伸ばした手を、ナタリーは払いのけた。「まだよ、閣下」

ナタリーはゆったりとした足取りでベッドまで行くと、マットレスの端に足をのせてシュミーズの裾を腿の中ほどまで引きあげた。うれしいことに、ヘイドリアンは発情期の雄馬が雌馬のあとを追うときのような勢いで、彼女を追ってきている。それから腕組みをしてベッドの支柱にもたれると、ナタリーを見守った。彼女は時間をかけてガーターを外し、靴下をくるくるとおろした。足から抜いた白いシルク地を投げると、公爵が反射的に受け取って握りしめた。

奔放すぎるふるまいに眉をひそめられるかもしれないと、ナタリーは少し心配だった。でもヘイドリアンの顔を見ると、驚きだけでなく飢えたような表情が浮かんでいる。そこでもう片方の脚も同じようにして、ふたたび靴下をひらひらと投げつけた。

ヘイドリアンが胸の奥からうなり声を出して、靴下を床に落とした。そのまま向かってこようとする彼を、ナタリーは手をあげて止めた。すると公爵は離れた場所から、魅入られたように彼女の次の動きを見守った。

ナタリーはこの大胆な行動を最後までやり通せるのだろうかと一瞬不安になったが、ヘイドリアンが夢中で見つめてくるおかげで自信を取り戻し、肩からシュミーズをはらりと落とした。まず胸があらわになる。腰を軽く揺するとシュミーズは床まで落ち、一糸まとわぬ姿になった。

呆然として凝視している公爵の視線を、ナタリーは息を殺して受け止めた。もしかしたら、やりすぎてしまったのだろうか。これまで一度も、男性に裸の姿を見せたことはない。いたたまれなくなって、首から頬に血がのぼっていくのを感じた。腕を交差させて胸を隠し、消え入りそうな声で言う。「わたし……間違ったことをしてしまったのかしら」

硬直していたヘイドリアンが一瞬でわれに返った。「なんだって？　いや、違う」二歩で距離を詰めると、ナタリーを抱き寄せて、放心状態のまま笑顔を見せた。彼女の背中や腰のなめらかな肌を両手で愛撫する。「きみは素晴らしいよ。どうしてこうすればわたしが喜ぶとわかったんだ？」

「わたしも、あなたが服を脱いでいるときに目が離せなかったから。途中でやめてしまって、とても残念だったわ」ナタリーはほっとして、公爵のシャツの開いた襟元に触れた。

「それなら、続きを始めよう」

ナタリーはいきなりヘイドリアンに抱きあげられたかと思うと、ゆっくりとベッドに寝かされた。頭は羽根枕の上に置かれ、体はひんやりと官能的な感触のシーツの上に横たわっている。こんなふうに裸でベッドに寝そべって、見たこともないほどハンサムで魅力的な男性を見あげるのは、わくわくするほど退廃的な気分だ。花崗岩のようなグレーの瞳と彫刻のような顔を、ほかの人たちは冷ややかで尊大だと言う。

でもみんなは、彼女と違ってヘイドリアンをよく知らないのだ。

ナタリーは公爵の首に腕をまわしたまま、微笑んで彼を見あげた。シャンパンを飲みすぎたかのように、胸の中にふつふつと幸せが込みあげる。「こんなに素晴らしいベッドを使わせてもらっているお礼はもう言ったかしら」

「これからここでする行為のほうが、もっと素晴らしいよ」

ヘイドリアンの唇がナタリーの唇をとらえ、われを忘れるほど激しいキスが再開されると、ナタリーは切迫した欲望にとらわれた。豊かな胸を今度は激しく揉みしだかれ、欲望の炎が体を焼き焦がす。身を引こうとする彼を、うめき声をあげて引きとめた。

公爵が彼女の唇に指を当てた。「ちょっとだけ待っててくれ」

ヘイドリアンが立ちあがると、ナタリーは肘をついて体を起こした。ベッドの横で、公爵はズボンのウエストからシャツの裾を引きだし、すばやく頭から脱いだ。そのときの胸や腕の筋肉の動きや広い肩のたくましさに、彼女はうっとりと見とれた。男性の体は女性とはまったく違う。女性の柔らかさとは対照的に、力強さに満ちあふれている。

ヘイドリアンがズボンのボタンを外して引き締まった腰から押しさげると、ナタリーの体の奥で熱いものが脈打った。欲望で高ぶった男性がこんなにも堂々とした姿をしているなんて、想像もしていなかった。見入ってしまったことに気づかれたくなくて、赤くなった顔をそっとそむける。

公爵がマットレスを沈ませながら、ナタリーの横に座った。彼女の顎を持ちあげ、鋭いまなざしで表情を探る。全身の筋肉が緊張し、顎にも力が入り、目には情熱の炎が燃えていた。

「結婚のこと、考え直してくれたかい？　答えを聞かせてほしい」

ナタリーは髪からピンを引き抜くと、ベッドの横にあるテーブルに落とした。頭を振りながら豊かな黒褐色の髪に指を通し、波打つ巻き毛を肩や胸に落とす。そして挑発的な笑みを浮かべた。「これで答えになるかしら」

ヘイドリアンは畏怖に打たれたような表情で彼女の名前をつぶやくと、覆いかぶさってきた。すぐにふたりはキスを繰り返しながら相手の体を探り、言葉にならない睦言（むつごと）をささやき合った。ナタリーは彼の重みと力強さを堪能した。ようやく胸や腰や臀部に思う存分に触れ、自分とはまったく違うかたい体を探れることがうれしかった。ヘイドリアンの肉体は本当に素晴らしい。それを今夜はひとり占めできるのだ。

情熱で頭がぼうっとしている状態でふと気づいた――ヘイドリアンがナタリーと人生を歩む覚悟を持っていると知ったいま、すべてが前とは違って感じられる。公爵に求婚されて幸せな気分に満ちあふれたのはなぜなのか、いまは深く考えたくない。この瞬間はただ、彼に抱かれる歓びを味わいたいだけなのだから。

ヘイドリアンが顔をさげて乳房を口に含むと、ナタリーの体を熱い感覚が貫き、思わず泣き声が漏れた。公爵の誘惑は執拗で激しく、彼女をみだらに魅了してやまない。彼はどう触れればいいか正確にわかっていて、喉の付け根にあるくぼみから膝の後ろまで、こんなふうに官能をかき立てられるとはまるで知らなかった場所を次々に見つけていく。あたたかい手のひらをあらゆる場所に滑らせて、ナタリーの息が止まりそうになるまで興奮を高める。そのあとようやく脚の付け根のあいだに手を入れ、このうえなく親密な愛撫を始めた。
ナタリーは声にならない叫びをあげて、ヘイドリアンの下で体をくねらせた。のけぞって顎を突きあげ、彼の肩に指を食い込ませる。触れられたところから火がついたように快感が広がり、やがてそれが大きな火になって燃えあがったかと思うと、目もくらむような絶頂が訪れて体を震わせた。

しばらくしてようやく快感が鎮まり、ナタリーの呼吸も落ち着いた。ヘイドリアンのこわばった顎と額にうっすらと浮いた汗から、ぎりぎりのところで自分を抑えているのは明らかだ。めくるめく絶頂を与えてくれた公爵に同じものを返したいが、やり方がわからなかった。

それでもナタリーは誘惑にあらがえず、体をずらして腿に当たっているヘイドリアンのかたくなったものに手を伸ばした。それはずっしりと重く熱を帯びており、試しにこすってみる。「さわられたら、いや?」

公爵が息を吸うと、彼女が触れている部分がびくんと跳ねた。「いやかって？　もちろんそんなことはない」喉が詰まったような笑い声をあげる。

その言葉を聞いて、ナタリーはシルクのごとくなめらかな熱いものを軽く握り、そのまま手を上下に動かした。ヘイドリアンがうめいて屹立(きつりつ)しているものの先端からしずくをにじませる様子を、夢中で見つめる。彼があえぐように言葉を押しだした。「だが、もっといいやり方がある」

ヘイドリアンはナタリーの脚を割ってそのあいだに入ると、高まったものを秘めやかな場所にあてがった。さっき極めたばかりの快感がふたたび脈打ち始め、彼女は無意識のうちに腰を突きあげて、こわばったものに押しつけていた。深いキスに陶然としているうちに、彼がゆっくりと侵入してくる。

ナタリーは結婚している女性から初めてのときに感じる痛みについて聞かされていたが、それは覚悟していたほどひどいものではなかった。もちろん不快な感じはあったものの、すぐに空っぽの場所を満たされた満足感が取って代わった。ヘイドリアンがやさしく唇を合わせたまま、彼女の名前をささやく。彼が最初はゆっくりだった腰の動きを速めると、ナタリーは本能に突き動かされてリズムを合わせた。内側をこすられる至福の感覚が鎮まっていた情熱に火をつけ、もう充分に味わったなどと世間知らずにも考えていた快感を高めていく。ナタリーは息を荒くしながらヘイドリアンの肩に顔を押しつけ、塩辛い味のする肌に舌を這わせた。体だけでなく心もつながっている親密な交わりは、貞淑な女性として身を慎んできたこれまでの生活で想像していたものをはるかに超えていた。ふたりはひとつになってこそ完全になれる。それぞれが互いの運命の片割れなのだ。

ふたたび嵐のような絶頂が訪れ、ナタリーはヘイドリアンにしがみついて歓びの波に耐えた。余韻にぼうっとしていると、彼が最後にもう一度突き入って、激しい絶頂に身を震わせる。そしてナタリーの髪に顔を伏せ、しわがれた声で彼女の名前を呼んだ。「ナタリー」

ナタリーは体に力が入らなかった。彼女の上にぐったりと伏せている重みが心地よい。手足を絡めたままふたりの心臓の音と息遣いがゆっくりと鎮まっていくのを感じていると、心が安らいだ。けれども情熱が引いて理性が戻ってくると、ヘイドリアンとの関係にまつわる葛藤がまたしても頭をもたげた。

ヘイドリアンは目を開ける前から、ナタリーのわずかな変化を感じた。理由はわからないが、胃がねじれる感覚から、彼女がふたたび距離を置いたことを確信する。そんなものは無視してしまえたらと心の底から思った。

手足を絡め合わせたままナタリーの髪から漂うかすかな香りを吸い、体の下に感じる女性らしい曲線を味わった。激しかった交わりの余韻が、少しずつ冷えていく体のあちこちにまだ残っている。この部屋に来たとき、彼女の欲望をあおるつもりではあったものの、最後までしようとは思っていなかった。でもこうやって愛を交わせたことが、いまは心からうれしい。何もかも完璧だった。

ただ一点、ナタリーがまだ妻になると言ってくれていないという事実をのぞいては。

そのことを考えると、胸が締めつけられた。彼女はヘイドリアンをからかい、機知に富んだやりとりをし、熱烈に彼を求めて純潔という贈りものを捧げてくれた。でも、それらは結婚に対するためらいを覆すに足るものではないのだ。

どうにかして、ナタリーを説得する方法があるはずだ。

ヘイドリアンはごろりと横に転がると、彼女を見つめた。髪がくしゃくしゃに乱れ、唇がキスで赤く腫れあがったしどけない姿が魅力的だ。そしてエメラルド色の瞳。いつも率直なその目は驚嘆と情熱……そして苦悩をたたえている。

ヘイドリアンはひりひりする心の内を隠し、ナタリーの頰にかかっている髪をそっと払った。彼女の心をとらえるロマンティックで気のきいたことを言うべきだとわかっているのに、飾らない真実が口をついて出る。「きみの気持ちを変えられなかったみたいだ」

ナタリーが女神のような裸身を起こし、枕にもたれて座った。「でも素晴らしかったわ、ヘイドリアン。こうなったことをまったく後悔していないもの」

「そういうことじゃない。きみはこの先ずっとわたしとベッドをともにする気には、なってくれなかった」

ナタリーがあこがれに満ちた表情で口を開いたので、ヘイドリアンの言葉を否定してくれるのではないかという希望が心に燃えあがった。けれども彼女はすぐに眉根を寄せて苦悩の表情をつくり、首を振った。「ごめんなさい。ど――どうしても、あなたと結婚してうまくいくところが想像できないのよ。わたしたちは違う世界に属している。あなたの生活はイングランドにあり、わたしの生活はアメリカにあるのよ」

「いますぐ結論を出さないでほしい」ヘイドリアンはナタリーの顔を包んで懇願した。「きみにちゃんと求愛させてほしい。わたしの妻となりレオの母親になって、ふたりで子ども部屋をいっぱいにする未来を想像してみてくれないか」

ナタリーはかたい決意に唇を結びながらも、目にはうっとりとしたあこがれの表情を浮かべている。「でも、そのためにはこの国で公爵夫人にならなければならないわ。わたしが生まれた国を愛しているということを、理解してほしいの。わたしは自由と平等の国であるアメリカを愛している。あなた方の国の階級制度になじめる自信がないのよ」

ヘイドリアンは歯を食いしばった。「上流社会の人々はきみを受け入れるだろう。わたしが必ずそうなるようにする」

ナタリーはかすかな憤慨とあきらめがにじむ笑みを浮かべた。「あなたはちっともわかっていないのね、ヘイドリアン。わたしはここの人たちに受け入れてもらえるかどうかを心配しているんじゃない。自分があの人たちを受け入れられるかどうかを心配しているのよ」

24

二週間後の舞踏会の夜、ナタリーは衣装部屋で鏡台の前に座っていた。ヘティが黒褐色の巻き毛をまとめ、美しく結いあげてくれている。公爵夫人の勧めで、今日の午後は体を磨きあげることに費やした。まず銅製の大きな浴槽で背徳的なほど気持ちのいい湯につかり、暖炉の前で髪を乾かして香りのいい化粧水を肌にすり込んだあと、爪を整えて磨いてもらうなど、至福の一瞬一瞬を心から楽しんだ。

毎日こういう生活をすることもできるのだと考えて胸がずきんと痛んだが、かぎられたわずかな女性だけがぜいたくを享受する一方、大多数の人々は生活のために働かなければならないのだと自分に言い聞かせて、その可能性を頭から追い払った。

ナタリーは身支度を手伝ってくれたメイドを見つめ、落ち着いた雰囲気から三〇代半ばだろうと推測した。「こんなふうに、わたしのためにいろいろしなくてはならないのはいやじゃない？」

「いやですって？」ヘティが驚いたように問い返した。「まさか、とんでもありません！お嬢さまのように美しい方のお世話をできて、とてもうれしいです」

「でも、あなただってこういう舞踏会に参加できたらと思うでしょう？」

メイドは声を立てて笑った。「わたしの父は靴屋ですよ。そんな話を聞いたら大笑いします！　この立派なお屋敷で下働きから上階のメイドにまでなれて、わたしは恵まれていますわ。さあ、そろそろドレスを着るお時間です」

優雅なドレスを着るのを手伝ってくれるヘティを見て、このメイドはいまの生活に満足しているようだとナタリーは思った。もしかしたら、この国の平民は階級制度に必ずしも不満を覚えているわけではないのかもしれない。貴族になれなくても、ヘティのように一生懸命に働くことで自分の生活を向上させていくことは可能なのだ。そういう意味では、彼らはアメリカのさほど裕福ではない人々と大して違わない。

「今夜の舞踏会で、お嬢さまほど美しい方は絶対にいませんよ。こちらに来て、ご覧になってください。閣下もきっと喜ばれます」

鏡の前まで来て、ナタリーがどう見えるかなど公爵には興味がないはずだという否定の言葉を、唇を嚙んで押しとどめた。きっと屋敷じゅうの者が公爵の気持ちに気づいているのに、嘘をついてもしかたがない。ヘイドリアンと過ごした親密な夜のことは誰も知らないが、彼が彼女とレオをあちこちに連れだしていることはみんなが知っている。アストリーのサーカスで馬たちの演技を堪能したり、ロンドン塔でさまざまな野生の動物を見せてもらったり、テムズ川でボート遊びをしたり、とにかくしょっちゅう連れだしてもらっているのだ。またハイド・パークでの早朝の乗馬は日課になっていて、レオが一緒のこともあるけれど、ほとんどの日は公爵とふたりだけで思いきり馬を駆けさせている。また、ヘイドリアンに説得されて、彼の母親が招いた少人数の客がいる晩餐会にも何度か参加した。舞踏会の夜に知らない人間ばかりに囲まれなくてすむようにと、公爵が配慮してくれたのだ。

ヘイドリアンの真剣な求愛に、ナタリーは胸を打たれていた。最終的な結論を出すのは舞踏会のあとにしてほしいと説得されて受け入れた。さらに公爵は、婚約しないでこれ以上ベッドをともにするのはあまりにも危険だと説明した。自分の子を非嫡出子にするつもりはなく、子どもができれば彼女は結婚に追い込まれるからだ。

それなのにベッドをともにした三日後に月のものが来ると、ナタリーはなぜか悲しかった。ほっとして当然なのに、どういうことだろう。ヘイドリアンと親密な関係になったことで今後どうすべきかはっきりするどころか、いろいろな考えや感情がもつれ合って混乱していた。公爵は愛しているとは言わなかったし、心の奥までは見せてくれていないと感じることがある。ふたりの関係をどう考えていいのかわからず、彼女は態度を決めかねていた。

とはいえ、ヘイドリアンが好意を持ってくれているのは間違いない。ナタリーが公爵を求める気持ちが大きくなっていることも。彼は女性が夫に求めるものをすべて持っている。思いやりがあり、話していて楽しいし、誠実だし、彼女を守ってくれるし、一緒にいてわくわくする。

でも、残念ながらイングランドの公爵だ。

ヘイドリアンが爵位など持っていなかったら、どれだけ簡単だっただろう。アメリカに来てもらえばいいのだから。そこでふたりは幸せな結婚生活を送れただろう。だが現実には、それは単なる夢物語だ。アメリカでは、彼はいまとは別人になってしまう。ヘイドリアンという人間をつくりあげているのは高貴な血筋ゆえに経験した境遇だ――五歳で公爵になり、母親と引き離されてゴドウィン伯爵に厳しくしつけられ、あたたかい愛情を知らずに育ったという。

「そう思われないのですか、お嬢さま?」

ナタリーははっとわれに返った。するとヘティがちっともうれしそうにしていない彼女を見て不安げな表情になり、返事を待っていた。ナタリーはあわてて細長い姿見に映る自分の姿に目をやった。

鏡には洗練された女性が映っていた。繊細なレースのオーバースカートを重ねた深みのあるブロンズ色のシルクドレスは大胆に胸元をあらわにする深い襟ぐりで、高い位置のウエストには金の帯が巻かれ、キャップスリーブには同色のリボンの飾りがついている。ゆるやかに結いあげられた髪から金の靴を履いた爪先まで、鏡の中から見つめ返している女性はどこから見てもヘイドリアンの世界の住人だった。

ナタリーは思わず身を震わせた。これからロンドンに来て初めての舞踏会に出席し、最初のダンスを公爵と踊る。きっと明日には求婚に対する返事を迫られるだろう。どう答えればいいのかわからない。この屋敷でヘイドリアンと過ごすうちに、どんどん離れがたくなっている。彼と二度と会えなくなると思うと、心が引き裂かれるようだ。

でもいまは、何も考えないようにするつもりだった。明日の朝まで決断は保留し、今晩はヘイドリアンといられる幸せを思う存分味わうのだ。

ナタリーはくらくらするような期待に胸をふくらませ、くるりとまわった。スカートが蠟燭の光を受けてきらきらと輝く。「ヘティ、ありがとう。とってもすてきだわ！」

メイドが誇りに顔を輝かせたとき、ノックの音が響いた。すぐに扉が開き、ヘイドリアンの母親と妹が入ってくる。リジーはふくらんだ腹部があまり目立たず青い目が引き立つ濃い藍色のドレスを着ていた。その横にいる公爵夫人の薄紫色のサテンのドレスをまとった姿は堂々としている。真珠のネックレスをつけ、色あせつつある金髪の頭には真珠とダイヤモンドの豪華なティアラをのせている。

公爵夫人が年齢の刻まれた顔に輝くばかりの笑みを浮かべた。「なんてきれいなんでしょう！　今夜はあなたほど美しい女性はいないでしょうね」

「注目の的になるわね」リジーが言う。「そもそも、ナタリーのための舞踏会なんだし」

ナタリーはふたりを冗談っぽくにらみ、首を振った。「これ以上緊張させるようなことを言わないでください」

「あなたに自信を与えてくれるものを持ってきたのよ」公爵夫人は黒いエナメルの箱を開けた。青いベルベットの内張りの上に、ダイヤモンドの装身具がひとそろい並んでいる。「これはわたしが父に結婚祝いとしてもらったものなの」

ナタリーは豪華な装身具を見てあえいだ。「だめです！　こんなに高価なものはお借りできません」

「どうして？　これはわたしみたいな年寄りではなく、若くてかわいらしい人がつけるべきなのよ。だからもう何年も使っていないの」

「つけてみて」リジーが促した。「それに、それがいいんじゃないかって兄が勧めたのよ」

ナタリーはヘティにネックレスを留めてもらいながら、やはりヘイドリアンの考えだったのだと顔をしかめた。彼は公爵夫人としての生活を味わわせたいのだ。ダイヤモンドのネックレスとティアラもつけてもらうと、美しく輝くダイヤモンドが黒褐色の髪に映えた。きらめく宝石に魅了され、子山羊革（キッド）の手袋に包まれた指先でダイヤモンドが蜘蛛の巣のようにちりばめられた金のネックレスに触れた。繊細で優雅なつくりなので、ブロンズ色のドレスとは完璧な組み合わせだ。

リジーが手を叩いた。「すごくすてき。早く下に行きましょうよ。兄の驚く顔を見るのが待ちきれないわ」

またヘイドリアンがナタリーに夢中だとほのめかされた。この何日か、リジーと公爵夫人はナタリーと公爵が結婚すればいいのにと、ことあるごとに示唆している。本当はナタリーのほうこそ、彼のことを考えるだけでときめいてしまうと知ったら、ふたりはどう思うだろう。

三人は寝室を出たが、大階段の上まで来たところでリジーがナタリーを止めた。見るとチャイナブルーの目を楽しそうに輝かせている。「お母さまとわたしが先におりるわ。そうするものなのよ」

公爵夫人がナタリーの腕を軽く叩いた。「あなたは少ししてから来てね」

ナタリーは並んでおりていくふたりを見送った。彼女たちはこの二週間で、上流社会の前近代的な風習を思いつくかぎり教えてくれた。でも、こんなふうにひとり遅れておりていかなければならないなんて、ばかげているとしか思えない。だいたい、招待客はまだ到着していないのだ。バルコニーの手すり越しに下を見ると、広大な玄関広間には従僕が二、三人控えているだけで、ほかに人影はない。ヘイドリアンもいないことに、ナタリーは失望した。

するとそのとき、公爵が視界に入った。

階段の下で母親と妹を迎えるヘイドリアンを見て、口の中がからからになる。場違いな欲望に襲われて動悸が激しくなり、胸を押さえた。黒い燕尾服と膝丈のブリーチズという正装に身を包んだ彼はいかにも公爵らしく、ありえないほどハンサムだ。クリスタルのシャンデリアにともされている蠟燭のまぶしい光を受けて真っ白なクラヴァットに刺してあるダイヤモンドのピンがきらりと光り、キャラメルブラウンの髪がつややかに輝いている。

リジーに何かを言われて、ヘイドリアンが顔をあげてナタリーを見つめた。

ナタリーは金色の手すりを握った。公爵夫人とリジーはこの瞬間を演出したかったのだと悟って、苦笑いをする。だからふたりは先におりたのだ。でも、いまはふたりを見る余裕はなかった。ヘイドリアンしか目に入らない。

磁石のように引きつける公爵の目を見つめながら、ナタリーは曲線を描く階段をおりていった。煙ったようなグレーの目に称賛が浮かんでいるので、体がふわふわと浮きあがるようなうれしさが広がる。口の端を片方だけ持ちあげているかすかな笑みを見て、一緒に裸でベッドに横たわっていたときの記憶がよみがえった。のみで彫りだしたような顔ににじむ抑えきれない情熱から、ヘイドリアンもみだらな思いにとらわれているのだとわかる。彼がドレスのあらわな胸元に一瞬だけ視線を落としたとき、その確信は強まった。

一階におり立ったナタリーの手を、ヘイドリアンが口元に持っていった。「食べてしまいたいくらい魅力的だ、ナタリー」

では食べて。持ちあげた眉と官能的な笑みで、そんな思いを伝える。けれどもナタリーは口から礼儀正しい言葉を紡いだ。「ありがとうございます、閣下」

ヘイドリアンが身をかがめて、彼女の耳元でささやいた。「なんてじゃじゃ馬だ。こんなところでわたしを誘惑するとは」

笑いがにじむ声を聞いて心の憂いが一気に晴れ、ナタリーは公爵と見つめ合った。こうやってしっかり手を握られていると、ふたりのあいだに強い絆を感じる。互いへの欲望と、それとは別の心のもっと深い部分を震わせる生まれて初めての感情が絡み合った結びつきを。

ヘイドリアンも同じものを感じたかのように息を吐き、そのあと母親に目を向けた。「時間ですよ。もう馬車が屋敷の前にどんどん到着しています」

公爵夫人がふたりの横に来ると、ヘイドリアンの合図で従僕が玄関の扉を開け、客たちが列をつくって入ってきた。上質な仕立ての正装に身を包んだ紳士と、彼らにエスコートされた美しいドレスと宝石で身を飾った淑女たち。リジーは兄や母と違って客を迎える必要がないので、夫のレンベリー侯爵と一緒に客たちにまざっている。侯爵は金髪の物静かな感じの男性で、妻を崇拝しているのが明らかに見て取れた。挨拶がすんでも玄関広間で歓談している人々もいれば、楽団の音合わせの不協和音が聞こえてくる舞踏室を目指して、さっそく二階に向かう人々もいる。

挨拶をする人の顔とヘイドリアンや公爵夫人が口にする名前を結びつけることに集中しているうちに、ナタリーの緊張は消えていた。この屋敷に迎え入れられたアメリカ人の滞在客に誰もが興味を持っているようで、ほとんどの人が——とくに男性は——好意的な表情を向けてくれた。公爵夫人とヘイドリアンが舞踏会の前にみんなにうまく説明しておいてくれたおかげで、ナタリーが腰をかがめたお辞儀をせず握手の手を差しだしても、いやな顔をする者はいなかった。ただし見くだすような表情を見せる女性はわずかながらいて、レディ・バーゾールとその娘であるレディ・ユージェニーとレディ・コーラはあからさまにそうだった。

さっきまでの不安が嘘のように肩の力が抜けた状態で、ナタリーは次々に目の前にやってくる初対面の人々と挨拶を交わした。こうやって客を迎えていると、上院議員だった父親と一緒に催したパーティを思いだして、なつかしくなった。この舞踏会のほうがずっと規模が大きくて豪華だが、気分が高揚しわくわくするのは変わらない。

ナタリーは祖父といとこのジャイルズを見つけて、あたたかい笑みを向けた。公爵夫人はサー・バジルに頰にキスをされて、少女のように喜んでいる。祖父は次に公爵と握手をした。

「どうやらきみはわたしの孫にしかるべき敬意を払ってくれているようだな、クレイトン」

「もちろんですよ」ヘイドリアンが紳士らしい慇懃な態度を保ちつつ、官能的なひとときをよみがえらせる熱のこもった視線をちらりとナタリーに向ける。

ナタリーは祖父のしわの寄った頬に、愛情を込めてキスをした。祖父が頻繁にクレイトン・ハウスに訪ねてくるようになって、急速に親しみが増していた。「お祖父さまとジャイルズが来てくれて、とてもうれしいわ」

「ドリスは置いてけぼりにされて悔しがっていたよ」ジャイルズが妹のことを伝える。「だが一六歳では、男たちと渡り合うのはまだ早すぎる。せめて来年まで待てと言ったんだ。まあそれは、きみがまだここにいればの話だけど。アメリカには戻らずに」

いとこが焦ってつけ加えて口をつぐんだ。ナタリーは親戚一同がまだ彼女とヘイドリアンの結婚に社交界復帰の望みをかけているのだと知って胸が痛み、ジャイルズの手を握った。

「ドリスに今度また会いに行くと伝えてちょうだいね」

サー・バジルたちが行ってしまうと、残りの列はだいぶ短くなっていた。その中にワイマーク子爵とレディ・エレンを連れたゴドウィン伯爵夫妻もいて、彼らはこわばった笑みを浮かべてそっけない挨拶をした。レディ・ゴドウィンはナタリーとほとんど目を合わさず、彼女がこの場にいないかのようにふるまっている。一方、濃い薔薇色のドレスに身を包んだ天使みたいにかわいらしい娘は明るく話しかけてきた。

「なんてきれいなの、ミス・ファンショー!」レディ・エレンは興奮して声をあげた。「ねえ聞いて。今日は四人も男性が訪ねてきて、最初のダンスを申し込んだのよ。わたしはミスター・ラニヨンを選んだわ。いちばんすてきな詩を書いてくれたから！」

サファイア色の目を輝かせたレディ・エレンはまだ話を続けたそうにしていたが、レディ・ゴドウィンがきつい言葉をかけ娘を引っ張っていった。それでもふたりを見送るナタリーの心は軽くなっていた。レディ・エレンは初めての社交シーズンを見るからに楽しんでおり、公爵を逃したことに遅ればせながら後悔を覚えている様子はない。

残っていたワイマーク子爵がナタリーの手を取ってお辞儀をした。小麦を思わせる金髪で、仕立てのいい衣装に身を包んだ彼は、典型的な英国紳士という雰囲気だ。「またしても子ども部屋から抜けだしたみたいだな、ミス・ファンショー。親を亡くしたかわいそうな甥が、ひとりぼっちで寂しい思いをしていないといいんだが」

「もちろん、レオの面倒は子守りのメイドが見てくれています」

「ああ、なるほど」

ワイマーク子爵がもう一度こちらを意味ありげに見て歩み去ったので、ナタリーはなぜか鳥肌が立った。今夜の子爵はどことなく張りつめた雰囲気を漂わせていて、見ていると落ち着かない気分になる。気にする必要はないのだと自分に言い聞かせた。彼は賭け事が好きだというから、客間で行われているカードゲームに早く加わりたくてうずうずしているだけだろう。

さらに二、三人の客を迎えると、公爵は片方の腕を母親に、もう片方の腕をナタリーに差しだした。「ようやく主催者の義務を果たして、ほっとしたよ」低く笑いながら言う。「では、われわれも舞踏会に向かうとしようか」

あたりの空気を震わせている音楽を聞きながらヘイドリアンの肘につかまって歩いていると、ナタリーはめまいがするほどの幸せを感じた。二階にあがって広い廊下を進み、アーチ型の入り口を抜ける。執事が彼らの入場を告げると、多くの視線を注がれたものの、ナタリーはほとんど気づきもしなかった。おとぎ話の一場面のような舞踏室の光景に目を奪われていたのだ。

使用人たちが作業をしている昼間に様子を見てはいたが、こうして仕上がったところは圧巻で、思わず息をのんだ。三つある巨大なシャンデリアに立てられた無数の蜜蠟の蠟燭が、洗練された客たちの海に金色の光を投げかけている。壁沿いに張りめぐらされた白いシルクの垂れ幕を背景にふんだんに飾られた水仙やアイリスやピンクの薔薇が、室内に春の庭園をつくりだしていた。一方の端にある一段高くなった場所には弦楽四重奏の楽団が陣取り、反対の端には広いバルコニーへと続くガラス扉がある。

ヘイドリアンは室内をまわっている従僕が手にした銀のトレイからすばやくグラスを三つ取り、ひとつを母親に、ひとつをナタリーに渡した。「シャンパンだ。さて、わたしは少し挨拶まわりをしてくるよ、ナタリー」

彼はいとおしそうにナタリーを見ると、人ごみの中に消えていった。公爵夫人が彼女の手をやさしく叩く。「最初のダンスをあなたと踊るつもりなのね。とても名誉なことよ。これであなたは、社交界にしっかりとした立場を築けるわ」

ナタリーは微笑んだが、うれしい気持ちに少なからず警戒心もまじっていた。はたして自分はこのきらびやかな生活を一生送りたいのだろうか。ところがそこに堂々とした風采の男女が近づいてきて物思いを中断され、やがてさらに多くの男女に囲まれた。彼らはアメリカ、とくに開拓前線の生活に関心を持っているらしい。ナタリーは彼らの興味が純粋なものだと見極めると、レオを連れてこの国に来る原因となった虐殺事件には触れずに、ビーバーやヤマアラシと遭遇した経験など楽しい話を披露した。

ヘイドリアンはすぐに戻ってきて人々の輪から彼女を連れだし、男女に分かれて二本の長い列ができているダンスフロアに向かった。ナタリーはこの一週間、ダンスの達人である公爵夫人の教えを受けてきてよかったとほっとした。ふたつの国のステップは少し違う。アメリカでは決まりがゆるやかで、イングランドのステップのほうが厳格なのだ。

音楽が始まると秩序立った動きをしなければならず、会話をする機会はほとんどなかった。それでもヘイドリアンに目を合わせて笑みを向けられると、ナタリーの鼓動は速くなった。公爵の強烈なまなざしに、体の奥が熱く潤み、曲が終わる頃には膝に力が入らず、震えださないようにするのが精いっぱいだった。

ヘイドリアンが彼女の背中に手を添えた。「ほかの男にきみを譲るのは気に入らないが、残念ながらわたしには出席している女性の半数と踊らなければならない義務がある。でも晩餐の直前のワルツは、わたしのために取っておいてほしい」

「わたしと二曲も踊るつもりなの？　それはロンドンの社交界では物議をかもす行為だと聞いたけれど」

公爵が所有欲丸出しの表情になった。「それできみに興味を持っているとみんなが受け取るのなら、そう思わせておけばいい。ところで、親友がきみに会いたがっているから紹介させてくれないか？」

ヘイドリアンがおだやかな笑みを浮かべた手足の長い男性のところにナタリーを連れていくと、その男性は彼女を次のダンスに誘った。ミスター・ジェラルド・レミントンは庶民院議員で、彼女の父親が上院議員だったと知ると、アメリカ政府の活動について次々に質問をしてきた。

カドリールが終わりに近づいたとき、ナタリーは言った。「アメリカと英国はついこのあいだまで敵同士だったのに、こんなふうにみなさんが友好的に接してくださって驚いているんです」

レミントンがにやりとした。「あなたの国の人たちにとってあの戦争は重大なものだったのかもしれませんが、われわれ英国人にはちょっとした小競り合いだったのですよ。別にもっと大きな戦争を続けていますからね。とくにフランスと」

曲が終わると、レミントンはナタリーをヘイドリアンの別の友人に引き合わせた。どうやら公爵は、彼女が大勢の人々の中でダンスの相手もなく決まり悪い思いをしなくてすむよう、事前に手を打っておいたらしい。ナタリーはその晩ダンスの相手に事欠かず、祖父やリジーの夫とも踊った。ジャイルズと踊ったときは、いとこが彼女の足を踏んでしまい赤面していた。ジャイルズは財産こそないがちゃんとした男性に思えたので、ナタリーはレディ・エレンに紹介してほしいという彼の頼みを受け入れた。ジャイルズに引き合わされたレディ・エレンは、ロマ風の外見に惹かれたようだった。

ナタリーはときどきヘイドリアンに視線を向けたが、彼は目をきらきらさせた若い娘や上品な既婚女性など次々に違う女性をエスコートしていた。けれども公爵をよく知るようになったので、礼儀正しい表情を装いつつも退屈しきっているのがわかり、不謹慎だと思いながらもうれしくなった。ところがダンスの合間にふとレディ・ゴドウィンのほうを見ると、彼女は一緒に座っている騒々しい既婚女性たちとともに険しい表情でこちらをにらんでいた。ナタリーは思わずひるんで、楽しい気分が消え失せた。

「彼女は身内だけれど、好意を持ったことは一度もないわ」聞き慣れた声が小さく響く。

ナタリーが振り返ると、リジーに笑顔を向けられた。「レディ・ゴドウィンのこと？　残念ながら、彼女はわたしについてよからぬ噂を広めているみたい」

「よからぬといっても、大したことないわ。あなたがアメリカ人だってことは、もうみんな知っているんだもの」

ナタリーは少しためらったあと、事情を打ち明けた。「オークノールで、自分の息子を伯爵の孫だと偽っている詐欺師だって彼女に言われたの」

リジーが口を引き結んだ。「なんてひどいことを！　何人かの取り巻きをのぞいて、レディ・ゴドウィンを信じる人はいないわ。社交界の人たちにとって重要なのは、ヘイドリアンとお母さまとわたしがあなたを認めたっていうことなんだから」

「たぶん、あなたの言うとおりなんでしょうね」

「〝たぶん〟じゃないわよ」リジーは丸いおなかを無意識に撫でながら、混み合った舞踏室を見渡した。「あら、レンベリーだわ。彼をなだめてこなくちゃ。わたしが無理をしすぎるのを、夫は心配しているの。でも早く帰らされて晩餐のロブスターのパテを食べ損なうなんて、まっぴらごめんよ」リジーはナタリーの手をぎゅっと握った。「ところで、あのおしゃべりな人たちを見返すいちばんいい方法は、楽しんでいるところを見せつけることよ。どう思われているかなんて気にしていないと、思い知らせてやりなさい」

励まされて元気が出たナタリーは、人ごみの中に消えていくリジーを見送った。世界じゅうどこに行っても、いい人間もいればいやな人間もいる。この国の、この場所だけではない。否定的なものの見方をするわずかな人間を気にする必要はないのだと思うと、気持ちが楽になった。

ナタリーは豪華な庭園風の花飾りの近くに座っている公爵夫人とサー・バジルに加わった。シャンパンを飲んで喉の渇きを癒しながら足を休めていると、人々のあいだにざわめきが走った。どうやら入り口のほうで何かあったらしい。

「何か見える？　背が低いと、こういうときに困るのよね」金箔細工の椅子に座っている公爵夫人が、繊細な象牙の扇で顔をあおぎながらナタリーに訊いた。

ナタリーは立ちあがって、人々のあいだに目を凝らした。「どなたかいらしたみたいです。その中のひとりはかなり太っていて、肩章のついた青いケープをつけています」

サー・バジルも立ちあがって入り口のほうを見た。「なんとミリー、きみがプリニーを招待していたとは知らなかったよ」

公爵夫人が目を丸くして、扇が床に落ちるのもかまわず飛びあがるように立った。「まさか！　わたしは招待していないわ。どうしましょう！」

「プリニーって誰ですか？」ナタリーは戸惑って質問した。

「摂政皇太子よ。招待客のリストにはわざと入れなかったの。あなたのためにはそのほうがいいと思って」公爵夫人が動揺した様子でナタリーの腕をつかんだ。「こうなったらしかたがないわ。あなたの主義に反するのはわかっているけれど、今回だけは譲歩してちょうだい。皇太子殿下に腰をかがめた正式なお辞儀をしないわけにはいかないもの」

25

ナタリーがまばたきをする暇もなく、ヘイドリアンがやってきた。「いいえ、わたしは賛成できませんね」

公爵夫人が懇願するように息子を見つめた。「でもあなただって、殿下が敬意のしるしとしてのお辞儀を重視しているのは知っているでしょう? もし殿下がことを荒立てようと思われたら、この場は最悪の雰囲気になって舞踏会は台なしよ。ナタリーは社交界から追放されるかもしれない」

公爵は母親の言葉を真剣な表情で聞いたあと、ナタリーに向き直った。彼女の手を取って唇に当て、心の奥底まで見通すような鋭い視線で見つめる。「きみは何も気にする必要はない」やさしく言う。「好きなようにすればいいんだ。きみの評判はわたしが守るから」

摂政皇太子を前にしてもナタリーを守り抜くというヘイドリアンのかたい意志を聞いて、彼女は心を奪われた。迷いのない目を見て心を揺さぶられ、全身が熱くなる。その瞬間、真実を悟った。それは雰囲気に流されたその場だけの感情ではない。いまは冷静そのもので、揺るぎない確信がある。

公爵を、ヘイドリアンを愛している。

圧倒的な感情が心にあふれた。どうしていままでわからなかったのだろう。何週間も英国貴族に対する凝り固まった考えにとらわれ、いちばん大切なものが見えていなかった。ヘイドリアンの身分ばかりに目が行って、彼の人となりや誠実さや高潔さを見ていなかった。

でも、ヘイドリアンはどうなのだろう。ナタリーを愛しているとは一度も言っていない。結婚したいという驚くべき望みを口にしたときでさえ、愛しているとは言わなかった。彼は心のいちばん奥を見せてくれていないという気がしてならない。

公爵は上流社会の令嬢たちに退屈して、目新しさを求めているのだろうか。ナタリーと結婚しても、新鮮味が薄れるにつれて飽きてしまうのではないだろうか。そうしたら上流階級の多くの男性と同じく、ほかの女性に心を移してしまうかもしれない。

ヘイドリアンを信じなさいと、心は言っている。とはいえ、この国の上流階級の男性の行状を昔から聞かされているので、慎重にならざるを得なかった。不貞だけは、どうしても受け入れられない。

公爵の後ろで人がざわめく気配がして、ナタリーはわれに返った。ヘイドリアンが振り返って彼女を横に引き寄せ、人々がふたつに分かれるのを見守る。公爵と公爵夫人に向かって歩いてくる皇太子一行に、男性も女性も深いお辞儀をした。

君主制に嫌悪感を抱いているにもかかわらず、ナタリーは皇太子が近づいてくるさまに魅了され、畏敬の念とともに見つめた。これまで彼の愛称は知らなかったものの、湯水のように金を使い多くの女性と浮名を流しているという評判は、海を渡ったアメリカまで届いていた。ジョージ三世が手の施しようのないほど精神を病んでいると宣告されると、議会はプリニーを父王の摂政に任命した。

皇太子の容貌を見ると若い頃はハンサムだったことがうかがえるが、いまは肌が赤らみ、顔がむくんでいる。どう見ても五〇歳は過ぎているので、焦げ茶色の髪は染めているのだろう。さらに虚栄心からか、後退しつつある生え際を隠すためふわふわとした寂しい髪を前に向かって梳かしつけている。おしゃれな青いケープから黒い上着と白いブリーチズに包まれた太りすぎの体がのぞいている。白いクラヴァットがあれほど高い位置で結ばれていれば、絶対に息が苦しいはずだ。おそらくあのクラヴァットは、二重どころか三重にも四重にもなっている顎を隠しているのだ。

公爵夫人が足を引いて、深々とお辞儀をした。「殿下！　わたしどもの催しにおいでいただけて、親子とども光栄に思っております」

皇太子が彼女を悲しげな表情で見つめた。「そう言ってもらえてほっとしたよ、公爵夫人。あなたの舞踏会では王族は歓迎されないのではないかと、心配していたのだ。招待されない場所に出かけていって、図々しいと思われるのはいやだからね」

「今週はまだブライトンにおられると思っていました」ヘイドリアンが敬意を示して頭をさげた。「招待をすればロンドンに早く戻らねばと余計な気を使わせてしまい、申し訳ないと考えたのです。お体の調子がだいぶよくなられたのでしょうか？」

皇太子はもっともな釈明に納得して、いそいそと自分の病状について説明を始めた。「まった不快な消化不良の発作が出てね。まったくあれには悩まされる。医者が海辺の空気がいいんじゃないかと言うので行ったんだが、あそこは恐ろしく寒くて、肺炎になるんじゃないかとひやひやした。それで戻ったのだ。加えて、きみがアメリカの未開の地から来た客人を屋敷に迎えているという面白い噂を聞いてね。この魅力的なお嬢さんが噂の方かな?」

「そのとおりです」ヘイドリアンは答えた。「ご紹介いたします、殿下。サー・バジル・ファンショーのご令孫である、フィラデルフィア出身のミス・ファンショーです」

気がつくとナタリーは王の息子の視線にさらされていた。その目はヘイドリアンと同じくグレーだが、より冷淡な印象を与える。わずかなあいだに、摂政皇太子は臣下に媚びへつらわれて悦に入る虚栄心の強い男だと見て取った。高貴な血筋ゆえに人より勝っていると信じ込まされて育ったのだろう。けれどもナタリーはなぜか、そんな皇太子を哀れに思っていた。高価な衣装と身分の高さをのぞけば、体の不調におびえるひとりの中年男性にすぎないからだ。

公爵夫人が心配そうな表情を浮かべているのが目に入った。〝殿下は敬意のしるしとしてのお辞儀を重視している〟という言葉がよみがえる。ヘイドリアンは落ち着いた様子で、ナタリーをどんなことからも守るという決意を秘めているが、彼女は舞踏会を台なしにするのは本意ではなかった。公爵夫人が準備に全身全霊を傾けてくれたのだからなおさら。公爵とその家族が自分とレオのためにどれだけ心を砕いてくれたかを考えれば、一度だけ主義を曲げるくらい大したことではない。

ナタリーはきちんと優雅にできていることを祈りながら、生まれて初めて腰をかがめ身を低くしてお辞儀をした。「お目にかかれて光栄です、殿下。アメリカから来たばかりですが、殿下をはじめこの国の方々にはあたたかく迎えていただいて、感激しております」

皇太子の表情があたたかみを帯び、放蕩者として名を馳せた若い頃の片鱗を漂わせた。

「父は植民地との戦争にもっと力を注ぎ、反乱を叩きつぶすべきだったな。そうすればあなたのような美しい人を、われわれ大英帝国のものとしておけただろうに。クレイトン、近々ミス・ファンショーをカールトン・ハウスに連れてくるように」

「その機会を楽しみにしております」ヘイドリアンは返したが、その慇懃無礼な口調とは裏腹な気持ちがうかがえた。

皇太子と取り巻きが周りからのへつらいを存分に受け取りながらゆっくりと歩いていってしまうと、その場にほっとした空気が流れた。

もっとも安堵したであろう公爵夫人がすぐにナタリーの横に来た。「最高よ。殿下はあなたにめろめろだったじゃない！」

「当然だ。この娘はファンショーの血を引いているんだから」サー・バジルが言った。

ヘイドリアンが含み笑いを漏らした。「だが、これでわれわれは熱帯みたいな暑さの中で、二〇皿も続く晩餐を耐え忍ばなければならなくなった。プリニーは寒さが苦手で有名なんだ」

「でも、本気でわたしを招いたわけではないでしょう？　社交辞令に決まっているわ」ナタリーは半信半疑で言った。

「そうは思わないな。皇太子はきれいな女性に目がない。だから手遅れになる前に、きみはわたしのものだとはっきり示さなければ」

そう言うとヘイドリアンはすばやくナタリーをさらい、ワルツが流れだしたダンスフロアに連れていった。公爵が片手で彼女の手を握り、もう片手を腰に置く。すでにフロアに出ている男女の群れとともに踊りだすと、ナタリーはこうして彼の腕の中にいることがうれしくて頭がくらくらした。まだ覚えて一週間ほどのステップだが、いまの舞いあがってしまいそうなくらい幸せな気分を表現するのにぴったりだ。

ナタリーが上気した顔で見あげると、ヘイドリアンが戸惑ったようなやさしい表情を浮かべていた。「どうしてお辞儀をしたんだ？　どんなことになってもきみを守るつもりだったのに」

「騎士らしくふるまえなくて残念だったの？」

公爵は眉をあげると、彼女をきれいにくるりとまわした。「きみがしたくないことをしなければならない状況に追い込まれるなんて、間違っているから。身をかがめてお辞儀をしなくても、そこまで大変な事態にはならない。母は自分がデビューしたての若い娘だった頃、平民であるがゆえに冷たくあしらわれたのが忘れられないんだ」

だから公爵夫人はあれほど心配そうにしていたのだ。とはいえ、今夜の出来事により、ナタリーの中で何かが変わった。心が解き放たれ、体がふわふわと浮いてしまいそうだ。社交界の人々からどう見られるか、自分が彼らをどう思うか、などはもはや重要とは思えない。大切なのはヘイドリアンだけだ。

「誰もわたしにしたくないことをさせていないわ。状況に応じた行動を取ることは、信念にそむくことにはならないでしょう？ 〝郷に入っては郷に従え〟って、あなたが言ったのよ」

ヘイドリアンは口の端を片方持ちあげて、皮肉っぽい笑みを浮かべた。「オークノールに向かう途中だったな。わたしはきみとレオを馬車に乗せていこうと申しでた。そのあと、お高くとまった自分の考え方が根底から覆されることになるとも知らずに」

ヘイドリアンはそうなったことをまったくいやがっていない。これほど強くて素晴らしい男性に自分が影響を与えたという事実に、ナタリーは驚きを禁じえなかった。公爵は彼女を妻にしたいと望んでくれている。自分もそれを望んでいるのだと、ナタリーは伝えたくてたまらなかった。

なんとかしてヘイドリアンの愛情を確かめたい。公爵には彼女に隠している部分があるのではないかというかすかな疑いを、どうにかしてなくさなければ。

ワルツが終わると、ヘイドリアンはナタリーを連れて広々としたバルコニーに出た。舞踏室の喧騒やシャペロンの厳しい目を逃れてここへ来た男女に、満月が銀色の光を投げかけている。庭に臨むバルコニーの手すり沿いには、一定の間隔でランタンが置かれていた。あたりが暗いのをいいことに、ヘイドリアンがナタリーの背中から腕に指先を滑らせた。

彼女の体に冷たい夜気とは関係のない震えが走る。「もうすぐ晩餐だ。だがいまわたしが覚えている飢えは、晩餐では満たせない」

公爵からは熱い欲望が伝わってきたので、ナタリーの体もそれに応えるように脈打った。でも残念ながら、ここは人目につく。彼とふたりきりになりたかった。「お願い。ちょっと一緒に上階へ行ってもらえないかしら。ベッドの横のテーブルにケーキをひと切れ置いておくと、レオに約束をしたのよ」

ナタリーの背中で動いていた手が止まる。ヘイドリアンの目が暗闇できらりと光った。「ここで待っていてくれ。ケーキを取ってくるから」

すばやく舞踏室に引き返す公爵を見送りながら、ナタリーは微笑んだ。長くはこうしていられない。そんなことをすれば噂になってしまう。それでもしばらくふたりだけの時間を持てると思うと、体じゅうを期待が駆けめぐった。

ヘイドリアンがシャンパンのグラスをふたつと、タルトやケーキを盛った皿を持って戻ってきた。「誰にも見られないほうがいい。こっちから行こう」低い声で言う。

ナタリーを連れて、暗い庭に続いている外階段に向かった。ほかの客たちは晩餐のために室内へ引き返していて、誰もふたりのほうを見ていない。わずかなランタンに照らされている だけの階段は暗く、公爵が前を進んでくれるのでナタリーはほっとした。

ところがふたりが階段をおりると、庭の暗闇から男が急ぎ足で出てきた。ふたりを見た男がびくりとして足を止め、こそこそと後ろを振り返る。月の光が小麦みたいな色の金髪を白っぽく輝かせ、驚きで硬直している顔を照らしだした。

「ワイマーク、どうしてこんな暗い場所をこそこそと歩きまわっているんだ?」ヘイドリアンが尋ねた。

「ちょっと——新鮮な空気を吸いたかったんです。あなたとミス・ファンショーと同じさ。では、失礼します」

子爵はそれ以上質問されることを避けたいらしく急いでふたりの横を通り抜け、階段をあがって舞踏室に戻っていった。

「クラヴァットが乱れていたわ。女性と会っていたのかしら」屋敷の一階の扉に向かっているヘイドリアンに、ナタリーは言った。

「後ろめたそうにはしていたな。おそらく一緒に戻るところを見られたくなくて、女性にはあとから来るように言ったんだろう。紳士ならふつう、女性を先に戻らせるものだが」公爵はグラスふたつと皿を器用に片手で持って扉を開けた。

先に入るよう促され、ナタリーは廊下に足を踏み入れた。壁に等間隔につくられたくぼみに置かれた蠟燭が、あたりを照らしている。「あなたはワイマーク子爵を紳士だと思わないの?」

「リチャードは母親に甘やかされた意志の弱い放蕩者だ」

「あなたも彼も同じ男性に育てられたのに、こんなに違うなんて奇妙なものね」

「亡くなったレディ・ゴドウィンは、きちんとしたしつけをする人だったんだ。ゴドウィンがいまの夫人と結婚したとき、わたしはもう寄宿学校に入っていた。父親に厳しくされると母親が止めてくれたと、リチャードはよく得意げに言っていた」

ヘイドリアンはナタリーを書斎に入らせた。月の浮かんだ庭に面した窓から入ってくる光が、そこここに椅子やソファが置かれて壁に絵が飾られた薄暗い部屋に、幻想的な陰影をつくりだしている。机の後ろにある本棚に並ぶ帳簿類から心の落ち着く革の香りが漂い、かなりの広さがあるにもかかわらず居心地のいい雰囲気が満ちていた。

ヘイドリアンは皿を置くと、ナタリーにグラスをひとつ渡した。「わたしの親戚の話をするために、きみをここに連れてきたわけじゃない」

ナタリーはシャンパンを口に含んだ。舌の上で泡がはじけ、気分が浮き立つ。薄暗い部屋で公爵の目が光るのを見て、興奮が体を駆けめぐる。「あら、そうなの？　ここに誘い込んだのには、ほかにどんな理由があるのかしら」あおるように言った。

ヘイドリアンの低い笑い声にひそむ危険な響きに、彼女はぞくぞくした。「悪い子だ。よくわかっているくせに」

公爵はナタリーを見つめたままグラスを置き、彼女のグラスも取って置いた。それからナタリーを抱きしめる。すぐに唇が合わさってキスが激しくなると、彼女の体に快感が野火のように広がった。ヘイドリアンという魔法のようなひとときの喜びは、きらびやかな舞踏会のもたらす興奮を軽々と超え、ダンスより、シャンパンより、皇太子との出会いより、彼女をわくわくさせる。

ナタリーはヘイドリアンの首に腕をまわして体を押しつけた。自分とはまるで違うかたい感触を受け止めたい。公爵の性急な手が顔や背中を這うと、体に歓喜が満ちた。いま、自分がいるべき場所にいるのだ。愛している男性の腕の中に。ほんの一カ月あまり前には彼が存在することすら知らなかったなんて、とても信じられない。いまでは彼のいない人生を想像するのも難しい。

ヘイドリアンが体を離して、彼女の頬にキスをした。「今夜はずっとこうしたかった」

「わたしは二週間ずっと恋しかったわ。とくにこれが」ナタリーは彼に腰をすりつけた。

公爵が息を詰まらせ、胸を震わせて笑った。「どうしてそれができないか、よくわかっているはずだ。われわれふたりの関係について、気が変わったというなら話は別だが」一瞬で真剣な表情になり、彼女の顔を両手で包んだ。「そうなのか、ナタリー？　求婚を受けてくれるのか？」

暗い中でもヘイドリアンがじっと見つめているのがわかり、ナタリーは肯定の返事をしたくてたまらなかった。公爵と一生をともにする人生を選ぶこともできるのだ。家族をつくり、うっとりするほど親密なひとときをこの先何度も過ごす人生を。今夜の経験から、自分の信念を手放さなくても、彼の世界で生きていけるとわかった。それにアメリカへ戻りたいという気持ちよりも、ヘイドリアンを愛する気持ちのほうがはるかに大きい。それでも、新しい人生に飛び込む前に、ひとつだけ確かめておきたいことがあった。

「わたしを愛している、ヘイドリアン？」

ナタリーの頬を包む手がこわばり、彼女の肩の上におりた。公爵の居心地の悪そうな様子に、彼女は落胆した。「もちろん、きみのことは大切に思っている。そうでなければ、きみを妻に迎えたいとは望まない」

〝大切に思っている〟なんて〝心から愛している〟に比べるとだいぶ色あせて見える。「わたしを愛してはいないけど、魅力的だとは思う理由は、いくつか考えられるわ」ナタリーは懸命に自分を抑えながら続けた。「わたしを手に入れる過程に興奮を覚えるのかもしれないし、社交界の頭が空っぽの令嬢たちに比べて目新しさを感じているのかもしれないし、肉体的な欲望を覚えているだけなのかもしれない。でも、それだけでは充分じゃないわ。相手を愛していないのに結婚なんかしたら、あなたはそのうちわたしに飽きて、ほかの女性に目を向けるようになる」

「ばかばかしい。わたしがそんな恥ずべきまねをしないことは、きみだってわかっているはずだ」

ナタリーはその言葉を信じたくてたまらなかった。でも、信じられるはずがない。「この国では、身分の高い男性は愛人を持つものなんでしょう？　父は非嫡出子だったわ。サー・バジルは父を息子と認めて高等教育を受けさせてくれたけれど、彼が悪名の高い放蕩者だったという事実は変わらない。正直に答えてくれないかしら。あなたは誰かひとりでも、ひそかに愛人を持っていない貴族の男性を知っている？」

ヘイドリアンは反論しようとするかのように息を吸ったが、結局何も言わなかった。ひとりも思いつかないのだろう。ナタリーは子どもの頃から、英国貴族の堕落した生き方を聞かされて育った。公爵と話すのは楽しいし、親切で思いやりのある心のあたたかい男性であることもわかっている。でも人間性がどれだけ素晴らしくても、心からの愛情を抱いてくれなければ、夫としてはふさわしくない。

ナタリーは未練に心を引き裂かれそうになりながらも、頭を高く掲げてヘイドリアンから離れ、ケーキがのった皿を取りあげた。これ以上ここにとどまるわけにはいかない。目に涙が浮かんでいるのを見られたくなかった。「わたしたちがふたりとも舞踏会から姿を消したと誰かに気づかれる前に、これをレオのところに持っていってあげたほうがよさそうだわ」ヘイドリアンを残して書斎を出た。ところが、すぐに彼の足音が廊下の大理石の壁に反響した。

公爵は切羽つまった表情を浮かべ、奥の階段の手前で彼女に追いついた。「ほかの男たちの行動で、わたしを裁かないでくれ」

「あら、わたしは上流階級の人たちの倫理観を現実的に受け止めているだけよ」ナタリーはドレスの裾のほうをつまむと、階段をのぼり始めた。彼に並ばれても足を止めない。「あなたと結婚したらわたしがどんな状況に置かれるか、考えてみてほしいの。アメリカに戻って学校を始める代わりに、イングランドで新しい生活を築くことになるのよ。あなたに誠実な愛情があるかどうか確かめずに、これまであたためてきた計画や慣れ親しんできたすべてをあきらめるなんて、それこそありえないわ」

「くそっ、わたしは誠実だ。頭のかたい唐変木なんだから。覚えているだろう?」踊り場を過ぎて残り半分の階段をのぼりながら、ナタリーはどうしようもなくなって言った。「これまで、愛人がいたでしょう?」

単刀直入な質問に、ヘイドリアンは当惑した表情になった。「ひとり身のときに放蕩を尽くしていたからといって、結婚後もそうだと決めつけないでほしい」彼女の背中のくぼみに手を置いて、強いまなざしを向ける。「わたしは結婚における忠誠の大切さを信じている。だからそれを守ると誓うし、誓いは絶対に破らない。これでわたしが誠実だとわかってもらえるかな?」

それなら愛していると言ってほしい。

ナタリーは喉がひりひりするのを感じながら階段をあがり続け、子ども部屋のある階に着いた。ヘイドリアンが彼女に惹かれていることは疑っていない。何週間も、そういうそぶりをしてきたのだから。それでも、公爵には彼女に見せていない部分があると感じている。ナタリーへの気持ちはどれだけ深いものなのだろう。一時的にのぼせあがっているだけではなく、病めるときもすこやかなるときも彼女を愛し、慰め、ほかの女性には見向きもせずに誠実であり続けてくれるのだろうか。生きているかぎりずっと。

その疑問が、どうしても頭から離れない。

暗い子ども部屋に入ると、ナタリーは月明かりを頼りに小さなテーブルや椅子をよけて進んだ。毎年二週間だけクレイトン・ハウスに戻ることを許された幼いヘイドリアンがこの部屋にいる姿が頭に浮かんで、胸が痛む。彼はきっと大人の言うことをよく聞く、行儀のいい子どもだったのだろう。そして、繰り返される母親との涙の別れに懸命に耐え、そのあと否応なくゴドウィン伯爵による冷徹なしつけが待っているオークノールへ戻っていったのだろう。

そのとき、初めて気づいた。ヘイドリアンがナタリーを愛していると認めないのは、気持ちが足りないからではない。過去につらい経験をしたせいだ。子どもの頃に、自分の感情を無視するすべを身につけてしまったに違いない。母親とのたび重なる別れに耐えなければならなかったために、心の中で愛する気持ちと心の痛みが結びついてしまったのだ。そう考えると多くのことが納得できる。彼のような生い立ちの男性が、自分の感情を簡単に表に出すはずがない。

それに、ヘイドリアンには心をさらすよう求めながら、ナタリー自身はそうしていないことに気づいた。彼女ですら本心を告白することを考えると無防備な気分になるのだから、感情を押し込めて強い男として生きてきた公爵はなおさらだろう。

ナタリーはレオの寝室に向かう廊下で足を止め、ヘイドリアンに向き直った。階下からかすかに音楽が聞こえているが、こうやってシルクのようになめらかな暗闇に包まれていると、人でにぎわった舞踏室が別世界のように遠く感じられる。

彼女は手を伸ばして公爵の頬を撫でた。きれいに髭が剃られているが、かすかにざらついた感触がある。「ごめんなさい。あなたばかりを責めてしまったわ。さっき書斎で言うべきだったことがあるの。あなたを愛しているわ、ヘイドリアン。わたしの全身全霊で愛している」

公爵がぴたりと動きを止めた。暗くて見えないけれど、どんな表情をしているのか知りたい。ナタリーは抱きしめてほしかった。彼はいったい何を考えているのだろう。彼女の告白を聞いて、心を開いてくれるだろうか。率直な気持ちをぶつけられて、尻込みしてしまったのだろうか。

ナタリーの肩に置かれた手に、痛いくらいに力がこもった。ヘイドリアンが低くかすれた声を出す。「ダーリン、どう言えばいいのか――」

そのときナタリーの背後から、何かが床に落ちたようなくぐもった音が聞こえた。音がしたのはどの部屋だろう。ナタリーはレオを心配するあまり、いままでの緊張に満ちたやりとりをすべて忘れた。

すばやく後ろを振り返り、ヘイドリアンに訊く。「あなたも聞こえた？」

「レオがベッドから落ちたのかもしれない。見に行こう」

眠っているときはいつも閉まっているレオの寝室の扉が、いまは大きく開いている。いやな予感に頭の中が真っ白になって、ナタリーは薄暗い部屋に駆け込んだ。整理だんすの上に置かれたガラスケースの中でちらちらと燃えている蠟燭の火が、オードリーの肖像画を照らしている。母親の姿がそばにあるとレオが安心するので、オークノールから持ってきたものだ。

けれども、レオは床に落ちてはいなかった。

暗闇の中、ナタリーは足音を忍ばせて小さなベッドに急いで歩み寄り、すぐ横のテーブルにケーキがのった皿を置いた。上掛けがくしゃくしゃになっているのを見て、かがみ込んでレオの様子を確かめる。彼女は声にならない悲鳴をあげた。

ベッドは空っぽだった。

26

「ヘイドリアン！　レオがいないわ」

公爵があわてて近づいてきて、上掛けをめくった。「じゃあ、あの音はなんだったんだ？」

「わからないわ。それよりも、レオはどこにいるのかしら」

ヘイドリアンが励ますようにナタリーの肩に腕をまわした。「焦る必要はない。舞踏会をのぞきたくて、階下におりたのかもしれない。小さい子はそういうことをするものだ」

おだやかな声を聞いて、ナタリーは少し落ち着いた。もちろんそうだ。レオは遠くから聞こえてくる音楽に誘われて、ベッドを抜けだしたのかもしれない。ところがそのとき、枕の上に折りたたまれた紙が置かれているのに気づいた。眉をひそめて取りあげ、急いで紙を開いて蠟燭の光にかざす。

黒いインクで書かれた内容を読んだ瞬間、ナタリーの背筋を冷たいものが駆けおりた。思わず声をあげ、勢いよく振り向いて叫ぶ。「大変よ！　レオがさらわれたわ！」

公爵は信じられないとばかりに顔をしかめ、声に出して手紙を読んだ。「〝生きている子どもにもう一度会いたいなら、ミス・ファンショーがひとりで五〇〇〇ポンド分の紙幣を持ってこい。明日の午前一時に、ハイド・パークの川をせき止めてある場所の東端にあるマルベリーの木の下にかばんを置け。ひとりで来なかったら、子どもは死ぬ〟」ナタリーと目を合わせ、手紙をベッドの上に放り投げる。「いったいなんなんだ、これは。どうして屋敷に侵入できた？　メイドたちはどこにいる？」

「フローラは今夜は厨房を手伝っているの。でもティピーはここにいるはず」

ナタリーは隣の寝室に走って扉を鋭く叩き、返事を待たずに中に入った。ヘイドリアンが蠟燭を持って彼女に続く。すると弱々しい光を受けて、ベッドの横の床に倒れているミセス・ティペットの姿が浮かびあがった。灰色のフランネルの寝間着をまとった彼女は縛られ、猿ぐつわを嚙まされている。茶色い目を見開いて、苦しげにうなった。

ヘイドリアンがミセス・ティペットに駆け寄って口に巻かれた布を外した。ナタリーはベッドの横のテーブルに置いてある水をグラスに注いで、あえいでいるメイドに渡した。「大丈夫？」

「はい……なんとか紐をほどこうともがいて……ベッドから落ちてしまったんです」

「誰にやられた？　犯人を見たか？」ヘイドリアンが手首と足首を縛っている紐をほどきながら、メイドに訊いた。

「ふたり組の男で……黒い服を着て……顔を隠していました」

「背が高かったか低かったか、がっちりしていたか細かったか。なんでもいい、覚えていることはないか？」

ミセス・ティペットは手首をさすりながら、ナタリーに助けられて体を起こした。「あっという間の出来事だったんです。ぐっすり眠っているときに、物音がして目が覚めました。様子を見に行こうと扉を開けたとたんに、つかまってしまって。ひとりはがたいがよくて下品なしゃべり方、もうひとりはそれよりずっと細身で……紳士みたいなしゃべり方でした」

「どのくらい前なの？」ナタリーは質問した。

「三〇分くらい前だと思います」ミセス・ティペットは公爵の手にすがりついた。「レオお坊ちゃまはどこですか？　ご無事でしょうか？」

「レオはさらわれた」

メイドは衝撃を受けて、へたり込んだ。「ああ、おかわいそうに！　やつらがお坊ちゃまにひどいことをするつもりなんじゃないかって、怖くてたまらなかったんです。どうかお坊ちゃまを見つけてあげてください、閣下」

ヘイドリアンの顔は石のようにかたくこわばっていた。「もちろんだ。悪いが、もうしばらくここにいてほしい。扉に鍵をかけて、このことは誰にも話さないでくれ。犯人の仲間がまだ屋敷に残っているかもしれないから、こちらの動きを悟られたくない」

それだけ言うと公爵はすぐに部屋の外へ出たので、ナタリーもあとを追った。急いで子ども部屋を抜け、階段に向かう。「ワイマーク子爵だわ」彼女は激しい口調でささやいた。言葉にするやいなや確信がわいて、気分が悪くなる。「だから庭に出ていたのよ。そわそわして、振り返っていたでしょう？」

「わたしもそう思う。あいつは金が必要なんだ。賭博で負けた借金がかさんでいて。庭で会ったとき、共犯者がレオを庭の門から連れだしたところだったに違いない。おそらく馬車を止めてあったんだろう」

ナタリーはぞっとした。小さなレオが縛られ猿ぐつわを嚙まされて怖がっている姿が頭に浮かび、心臓が激しく打つ。体が震えそうになるのを必死で抑え、ヘイドリアンとともに階段を駆けおりた。華麗な装飾が施された廊下を、公爵は足早に舞踏室へと進んでいく。脚の長さの違う彼に遅れないよう、ナタリーはほとんど走るようにしてついていった。「これからどうするの？」

「リチャードを見つけて、白状させてやる」

ヘイドリアンの表情は険しく、両手はきつく握られている。そういえばワイマーク子爵はパーティに戻ったのだと、ナタリーは思いだした。おそらくレオがいなくなったことが発覚したとき、自分に疑いがかからないようにするためだろう。ずっと舞踏室にいたのだから犯人ではないと言い張るはずだ。そして明日になったら誰にも気づかれずに、ハイド・パーク内の指定した場所で身代金を回収する。

ただしそれは、極悪非道な誘拐計画がうまくいけばの話だ。ワイマーク子爵を信用できないと思ったのは正しかったのだ。ナタリーはおとなしく引っ込んでいるつもりはなかった。ヘイドリアンと一緒に子爵を追いつめるつもりだし、公爵がうまく口を割らせられない場合は彼女が必ずそうする。

アーチ型の入り口に近づくにつれて、音楽が大きくなった。舞踏室の前の広い空間には優雅に着飾った人々がたむろして、グラスを片手におしゃべりに興じている。カードゲーム用のテーブルが用意されている客間に出入りしている人々もいて、ナタリーは別世界に迷い込んだような気分に襲われた。眠っていたレオがベッドからさらわれたというのに人々が楽しそうに笑ったりダンスをしたりしているなんて、奇妙としか思えない。

ナタリーは人ごみを迂回していくヘイドリアンに寄り添って歩いた。ワイマーク子爵の小麦みたいな色の金髪と細長い顔を求めて、公爵とともにあちこちに鋭い視線を走らせる。しかし当人は入り口付近にはいなかったので、ふたりは舞踏室に入った。広々とした細長い部屋はさっきほど混み合っておらず、多くの人々が隣の部屋でビュッフェ形式の晩餐を楽しんでいる。とはいえ、それでもまだ結構な人数がいて、ヘイドリアンは壁際で足を止めて部屋を見渡した。

人波のあいだにちらりとワイマーク子爵が見え、ナタリーはヘイドリアンに身を寄せて耳打ちした。「いたわ。バルコニーに出る扉の近くよ！」

彼女が言い終わる前に、公爵は歩きだしていた。ワイマーク子爵は彼と同じ自堕落な雰囲気をまとった若者たちと一緒にいる。その中のひとりがよろめいた拍子に飾ってあるシダにつまずいて倒しそうになり、若者たちはどっと笑ってはやし立てた。

そのときワイマーク子爵がふと顔をあげ、近づいてくるヘイドリアンに気づいて目を見開いた。公爵の顔がすさまじい怒りにゆがんでいるのに気づいたらしく、固まっている。しかし次の瞬間、背を向けバルコニーへと逃げだした。

ヘイドリアンは小声で悪態をつき、人々のあいだを縫って走りだした。周りから声をかけられても見向きもしない。ナタリーも走ったが、やがて予想外の障害物が出現した。取り巻きや数人の男女を引き連れた摂政皇太子が行く手を阻んだのだ。

「ああクレイトン、ここにいたのか。きみのところのフランス人の料理人に、カニの爪が素晴らしかったと伝えてくれたまえ。ただし次は、もう少しだけクリームの量を控えたほうがいい。わたしは消化不良の気があるのだよ。まあ、食事を終える前に少し歩きまわるといいようだとわかったのだがね」

「ではどうぞお好きなだけお歩きください、殿下」ヘイドリアンはそつなく返した。「申し訳ありませんがこれで失礼いたします。ミス・ファンショーの気分がすぐれないので、新鮮な空気が吸えるように外へ案内するところなのです」

ナタリーはヘイドリアンの腕をきつく握り、いまにも気絶しそうな弱々しい様子をしてみせた。「興奮しすぎてしまったみたいですわ。アメリカでこれほど盛大な舞踏会が催されることはありませんので」

皇太子が五本のソーセージを思わせる手を振って許しを与えてくれたので、ふたりはそれ以上邪魔されることなく誰もいないバルコニーに脱出した。だが、もはや手遅れだった。ヘイドリアンが手すりに駆け寄って、広い庭を見おろす。「くそっ！　リチャードは門に向かっている！」

彼は石づくりの階段を駆けおりた。ナタリーもドレスに動きを妨げられながら、なんとか遅れないようについていく。前方の闇に動くものが見えたと思った瞬間、静かな夜の戸外に蝶番のきしむ音が響いた。「ここで待っていてくれ」公爵はちらりと振り返って言い、逃げていく男を全速力で追った。

ナタリーはヘイドリアンの言葉を無視してドレスの裾を持ちあげ、小道を走った。屋敷の裏にある暗い厩舎に近づいたとき、車輪がきしむ音と馬の蹄が地面を打つ音が聞こえた。

ヘイドリアンが小走りに戻ってきて、無言でナタリーの横を通り過ぎた。彼女は急いで追いつき、彼に並んだ。「もう逃げてしまったの?」

「リチャードはフェートンに乗り込んだ。黄色い車輪のものだ。くそっ、なんとしても見つけだしてやる」

公爵は一対のランタンがともっている広い入り口から、煉瓦づくりの厩舎の中に飛び込んだ。続いてナタリーも入ると、嗅ぎ慣れた干し草と馬のにおいに包まれた。ヘイドリアンはすでに鹿毛の牡馬を馬房から引きだしていて、馬具室から鞍を持って出てきた馬丁がそこに駆けつけた。公爵がおもがいを調節し、馬の口にはみを嚙ませる。

ナタリーは馬房のあいだを駆けまわって、いつも乗っている栗毛の雌馬を探した。けれども馬房の扉に手を伸ばすと、ヘイドリアンに険しい視線で止められた。「だめだ！　きみは待っているんだ。乗馬用の服を着ていないし、危険すぎる」

ナタリーは反論しようと口を開いて、そのまま閉じた。言い争えば、それだけ公爵の出発が遅れる。いまは一刻も無駄にできない。馬丁が鞍帯を締めて準備を終えると、ヘイドリアンは別の扉の奥に入っていって、小さな拳銃を手に出てきた。それを上着にしまい、馬の背に乗った。優雅な正装に身を包んでいるのに、なぜか海賊のようだ。

それから彼女をまっすぐに見つめた。「必ずレオを見つけるよ、ナタリー」

そう言うと手綱を馬に打ちつけ、厩舎を出て暗闇に消えた。

ヘイドリアンが行ってしまうと、ナタリーはすぐに馬房の扉を開けて雌馬を引きだした。なんと言われようと、レオが危険にさらされているときに指をくわえて待っているつもりはない。公爵に負けないくらいうまく馬に乗れるのだし、未開の地で血生臭い虐殺を生き延びられたのだから、ワイマーク子爵のような腑抜けた男にだって立ち向かえるはずだ。

「だめです、お嬢さま！　閣下が待っているようにおっしゃったじゃないですか！」

ナタリーは一歩も引かずに若い馬丁をにらむと、彼に命じた。「馬勒を持ってきて。いますぐに」

馬丁は一瞬ためらったあと、馬具室に行って言われたものを取ってきた。ナタリーは急いでそれだけつけると、馬を踏み台の横に引いていった。

「鞍がまだです！」

「時間がないのよ。ナイフは持っている？」

馬丁はポケットからぼろぼろの革の鞘に入った小さなナイフを出し、頭がどうかした人を見るような目をナタリーに向けながら、いかにも気が進まない様子で差しだした。実際、彼女はいま頭がどうかしているのだ。何者かがレオを傷つけようとしていることに対する恐れと怒りで。ナイフはドレスのボディスの内側に押し込んだ。

呆然としている馬丁を無視して踏み台にあがると、ドレスの裾を引きあげて馬にまたがった。子どもの頃はしょっちゅう鞍なしで乗っていたが、父親の牧場以外では試したことがない。シルクの靴下を腿の半ばまでさらしているいまの姿を社交界の頭のかたい連中に見られたら、救いようのないおてんばだと非難されるだろう。

そんな連中は大好きな規則でがんじがらめになって、窒息してしまえばいい。

ヘイドリアンが出発してから、せいぜい二分しか経っていない。なんとかワイマーク子爵に追いついて、レオを見つけられるといいのだが。ナタリーは舞踏会用の金色の靴で決然と馬の横腹を蹴ると、暗い厩舎を出て通りへと向かった。

リチャードは狭い路地にフェートンを止め、置き去りにしても盗まれないことを祈った。空き家の裏に厩舎がないのでしかたがない。父の馬丁を連れてきたら犯罪の目撃者が増えてしまうので、そんなことはできなかった。

壊れた柵の支柱に手綱を結んだが、恐怖がいっこうに消えないせいで手が思うように動かない。舞踏室の向こうから近づいてくるクレイトンの怒りにゆがんだ顔を見たとき、たくらみを見破られたとわかって吐き気に襲われた。ありえないような不運によって、少年を誘拐したことが公爵にばれてしまったのだ。

そして公爵が怒りを晴らさずにおく人間でないことは明らかだ。

リチャードは、庭でクレイトンとミス・ファンショーに出会ってしまった運の悪さを呪った。あのときは、やたらと暴れる子どもをバートと一緒になんとか馬車に押し込んで戻ってきたところだった。子どもに嚙みつかれて血がにじんでいる人差し指の先に気づかれずにすんでほっとしていた。だが、彼らに遭遇さえしなければ、ひと晩じゅう舞踏会の会場にいたという鉄壁のアリバイがつくれたのに。

あそこで見られたのが運の尽きだ。クレイトンとミス・ファンショーはあっという間に事態を把握し、何もかも見抜いてしまった。公爵がこうやって追ってきているという事実からも明らかだ。ひとつだけ幸運だったのは、万が一に備えてバートが厩舎に残しておいてくれたフェートンに、クレイトンより先にたどり着けたことだ。

リチャードは子どもをさらってきたあと座席の下に放り込んでおいた仮面をつかんだ。寝室で眠っていたところをいきなり連れてこられた甥はこちらの正体に気づいていないかもしれないので、いちおう持っていくことにする。

ごみが散らばっている裏庭を、リチャードはびくびくしながら急いで横切った。この界隈には人殺しといった犯罪者がうようよしていて、いつ出くわすかわからない。引っかくような音が聞こえて思わず飛びあがったが、暗闇を鼠が駆けていくのが見えただけだった。もしかしたら、舞踏会から逃げだすべきではなかったのかもしれない。しらを切ればよかったのだろう。だがクレイトンに詰問されたら、黙っていられるはずがない。怒り狂った公爵と向き合うと想像しただけで、頭の中が真っ白になる。

だがまだ完全に失敗したわけではないと、リチャードは自分に言い聞かせた。レオを取り戻したければ、公爵は要求に従うしかないのだ。身代金を手に入れたら借金の返済に充てるつもりだったが、事情が変わった。こうなったら金を持ってこの街を去り、スコットランドかポルトガルか……クレイトンに見つからない場所に身を隠すのがいいだろう。ほとぼりが冷め、母親が環境を整えてくれるまでおとなしくしているのだ。

裏口の扉は手で押すと開いた。キャベツなどいやなにおいのする暗い廊下を進み、家の表側の明かりが漏れているほうに向かう。ところが部屋の扉を開けると、さらなる衝撃が待っていた。

図体の大きな馬丁が少年とテーブルを挟んで座り、カードゲームをしていたのだ。レオは腹部だけ椅子に縛りつけられているものの両手は自由で、しかもバートは頭を後ろに傾けて青い瓶から長々とジンを飲んでいる。こんなことだから、リチャードが来たのに気づかなかったのだ。

リチャードは顔を仮面で覆うと、頭の後ろで紐を結んだ。「いったい何をやっているんだ？」

バートがジンを噴きだしてあわてて立ちあがり、濡れている唇を袖でぬぐった。「朝まで来ないと思っていましたよ、若旦那！　こいつがいなくなったことに、もう気づかれたんですか？　それともすでに金が手に入ったとか」

「そんなふうに呼ぶな！」よりにもよって若旦那とは！　小生意気な子どもの前で素性を明かされるなんてまっぴらだ。「ああ、そうだ。子どもがいなくなったとすでに気づかれた。それに、この時間では銀行はまだ開いていない」

「へえ、そうですかい。だが公爵はきっと、金庫の中に身代金の額くらいの金塊をしまっていますぜ」椅子の背にもたれた馬丁が粗野な顔に不満を浮かべた。

「〝みのしろきん〟って何？」レオが訊いた。

「黙ってろ。おまえには関係ない」リチャードはぴしゃりと言い、顔を下に向けて仮面の目の部分に開いた穴から甥の好奇心に満ちた顔を見おろした。

「それをつけてると泥棒に見えるね、ワイマークおじさん。おじさんは馬でぼくを踏みつぶしてしまいそうになったんだよね。でもミスター・コウシャクが助けてくれたんだよ」

リチャードの背筋を冷たいものが駆けおりた。犯人を特定されなければ、舞踏会から突然帰ったことについては適当な話をでっちあげ、言い逃れられるかもしれないと思っていたが、そのわずかな希望も消えた。しかしそんな言い訳が必要になるのはつかまった場合で、当然その可能性はほとんどない。

リチャードは意味のなくなった仮面をむしり取って投げ捨て、馬丁に向き直ってにらみつけた。「なぜ言っておいたように、こいつを部屋に閉じ込めておかないんだ？」

バートが肩をすくめた。「眠くないって言われたもんで。ちゃんと縛ってあれば、上の階にいようが下の階にいようが関係ないんじゃないですかね。ここにひとりで座っていても、退屈なんですよ」

「ぼくも退屈だったの」レオがうれしそうに言う。「それでバートが、ルーってカードゲームを教えてくれてたんだよ」

「なんてやつだ！」リチャードはレオを無視して馬丁に怒鳴った。「カードゲームをさせるために、おまえに金を払うわけじゃない」

「まだ一ペニーももらってねえんで。ちゃんとくださいよ。公爵が金を払うのを拒否しても」バートがリチャードを疑うように目を細めた。

「払わないはずがない。子どもの命がかかっていると、手紙にはっきり書いたからな」リチャードは落ち着きなく行ったり来たりしながら言った。

「ミスター・コウシャクはおじさんをつかまえるよ。おじさんの顔を殴るだろうな。バン！ってね」レオは小さな拳をつくって、リチャードを殴るように突きだした。

クレイトンは喜んでそうするに違いないと思うと、リチャードは体がぐらりと傾くような恐怖に襲われた。いや、考えるな。パニックに陥ってはならない。いま必要なのは、五〇〇ポンドを回収しに行くまで気を紛らわせてくれるものだ。彼は椅子を引いて座った。「ぼくも仲間に入れろ」

リチャードは手を伸ばしてジンの瓶を取ると、神経質にハンカチで口の部分を拭いてから、ぐいと飲んだ。安酒が喉を焼き、思わずむせそうになる。酒の力を借りて勇気を出そうとしたものの、公爵の姿を頭から消すことはできなかった。

念のため、上着の内側から小さな拳銃を取りだし、テーブルの手の届くところに置く。用心するに越したことはない。たとえ心配する必要がまったくなくても。

クレイトンがこの場所を見つけるなんて万にひとつもない。

27

ヘイドリアンはリチャードが通りを挟んだ反対側から少し入った路地に馬車を止めるのを確かめて馬をおり、木の下の陰が濃い部分に身をひそめた。リチャードの行き先について勘がまんまと当たった。まず、簡単に見つかってしまう自宅ではなく借金返済の鍵となるレオがいる場所へまっすぐ向かうだろうと考えた。レオが監禁されているのは、かどわかしてきたと明らかにわかる少年を連れていても誰も気にしない治安の悪い貧困地区で、しかもさほど遠くない場所に違いないと推測した。夜遅い時間なので通りを行き来する乗り物の数は少なく、ヘイドリアンはものの数分で、オックスフォード通りを東に向かって飛ばしている特徴的な黄色い車輪のついたフェートンを発見した。フェートンが向かっているのは、セブン・ダイアルズのスラム街だ。

ヘイドリアンはひょろりと細い木の幹に手綱を結んで、ナタリーが来るのを待った。リチャードはあとを追われていることに気づかない間抜けだが、自分は違う。ここに来る途中で彼女に気づいた。まあ、薄物のドレスを風にはためかせながら全速力で馬を駆けさせている女性に気づかないほうが、どうかしている。

ナタリーはリチャードに気づかれないように少し離れたところで馬をおり、馬を引いて近づいてきた。優雅な舞踏会用のドレスをまとって肘までの白い手袋ときらめくダイヤモンドをつけた姿は、ほっそりした精霊のようだ。月に照らされた場所や影の中を滑るように近づいてくる彼女は、煉瓦づくりのみすぼらしい家が立ち並ぶこの界隈にまったく似つかわしくない。ナタリーがヘイドリアンの馬のすぐ近くにつないだ馬を見て、彼は鞍がついていないことに気づいた。

緊張した状況にもかかわらず、一瞬おかしくてたまらなくなる。「鞍なしで乗ったのか？」

「子どもの頃はそうしていたから」ナタリーがささやく。「見て。ワイマーク子爵が家に入っていったわ」

「ここで待っていてほしいと言っても、無駄なんだろうな」

ナタリーは勢いよく鼻から息を吐き、彼の言葉を無視した。「さあ、行きましょう。急がなくては」

つないだヘイドリアンの手を引っ張って、通りを渡った。ふたりは息を合わせ、音を立てないようにすばやく動いた。一階の窓のカーテンの破れている部分から、明かりが漏れている。その前に行くと暗い色のカーテンはぼろぼろで何カ所も破れているとわかり、ふたりは並んで中をのぞいた。

ナタリーがつないだ手をぎゅっと握り、つらそうにささやく。「レオが椅子に縛りつけられているわ。それからあの男は、オークノールの厨房でわたしに襲いかかった馬丁よ」

部屋の中でバートとリチャードが何やら言い争っているのが見え、ヘイドリアンは短く返した。「たしかにやつだ」

ナタリーが震えながら、むきだしの上腕をこすった。「あの人たち、レオを傷つけやしないわよね？」

「ああ。リチャードには身代金がどうしても必要だからな」

そうであってほしいと、ヘイドリアンは込みあげる怒りを抑えながら思った。上着を脱いで、夜気にさらされて寒い思いをしているナタリーの肩に着せかける。それから彼女の後ろにまわって、背中から抱き寄せた。ナタリーを腕の中にすっぽりとおさめてみすぼらしい部屋をのぞいていると、中の様子に注意を集中しながらも頭の片隅で魅力的な体の曲線を意識せずにはいられない。

ふたりは部屋の中の男たちが言い争っている様子を見守った。リチャードは興奮してしばらく部屋の中を行ったり来たりしていたが、やがて座ってカードゲームに加わった。

ナタリーが鋭く息を吸った。「ワイマーク子爵は拳銃を持っているわ」

「テーブルの上に置いているだけだ。撃ちやしない」ヘイドリアンは彼女をなだめた。

「早くレオを助けなくちゃ！」

ヘイドリアンはナタリーのなめらかな頬を指先でそっと撫でて落ち着かせた。「辛抱するんだ。あの子はおびえていないようだから、やつらが酔っ払うまでしばらく待ったほうがいい。動きが鈍くなる」もう少し彼女を抱きしめていたかったが、しぶしぶ手を離す。「やつらがカードで遊んでいるうちに、忍び込める場所がないか家の裏手を見てくる。ここでおとなしくしていると、約束してくれるかい？」

ナタリーがうなずいて見あげると、ヘイドリアンは暗い子ども部屋にいるとき、柔らかい声音で言われた言葉を思いだした。〝あなたを愛しているわ、ヘイドリアン。わたしの全身全霊で愛している〟

胸の痛みを覚える。あのあとすぐレオが誘拐されたとわかって、ナタリーにちゃんと答えることができなかった。彼女の言葉を思いだすと胃がねじれ、どうしていいかわからなくなる。だがいまは、自分の感情のもつれを解きほぐしている場合ではない。

ヘイドリアンは震える息を吸うと、家の周りを調べに向かった。庭にはあちこちにごみが散らばっているので、音を立てないように気をつけて進む。慎重に裏口まで行くと、静かに取っ手をひねった。それから表側に戻って、玄関の扉も同じように試す。

ナタリーが言われたとおりさっきと同じ場所で待っていたので、ヘイドリアンはほっとした。彼女がしびれを切らし、身の安全を顧みず勝手に行動を起こしているのではないかと心配だったのだ。彼の上着を肩にかけたナタリーがあまりにも魅力的で、ふたたび背後にまわって抱き寄せた。

「ついてるぞ」ヘイドリアンは彼女の髪の香りを吸い込みながら、耳元でささやいた。「表も裏も、扉の鍵は壊れている。だから中に入るのは簡単だ。ふたりを引き離して、わたしがひとりずつ片づけるのがいいだろう」

「わたしがひとりをおびき寄せればいいのね」

「そのとおり。タイミングを見計らって、裏口の扉を叩いてほしい。バートが開けに行くはずだから、きみは家の横にまわって隠れているんだ。そのあいだにわたしは玄関から侵入して、リチャードの銃を奪ってあいつを取り押さえる。そのあと戻ってきたバートの相手をするよ」

「あなたと一緒にわたしも中に入るわ」

「だめだ。きみには危ない目に遭ってほしくない」ヘイドリアンが鋭い声でささやいた。ナタリーがそうするところを想像しただけで、体が芯から震える。

「でも、レオを自由にしてあげる人間が必要よ。あなたが戦っているとき、あの子が怪我をするかもしれないもの」

そのとおりだったが、ナタリーに危険が及ぶかもしれないと思うと耐えられなかった。

「レオを椅子ごと部屋の隅に移動させるよ」

「そんなことをする暇はないかもしれないわ。わたしは何もできないでくのぼうじゃないのよ。あの虐殺事件で人を殺しているのを忘れたの？」

ヘイドリアンがナタリーを抱く腕に力を込めた。彼女がオークノールの厨房で急に泣き崩れたときのことは、忘れようにも忘れられない。そのあと図書室で、人を殺した経験を震えながら打ち明けてくれたときのことも。彼はぶっきらぼうに言った。「だからこそ、きみには自分を危険にさらすようなまねを二度としてほしくないんだ」

「自分の身は自分で守れるわ」ナタリーはボディスの内側に手を入れて、ナイフを取りだした。月の光を受けて、金属の刃がぎらりと光る。「それに、わたしにはレオを縛っている紐をナイフで切るくらいのことしかできないもの」

ヘイドリアンは衝撃に震えた。「いったいどこでナイフなんか手に入れたんだ」

「あなたの馬丁からよ」ナタリーはナイフを鞘にしまった。「身を守る武器があるんだから、わたしたちのかわいい子が危険にさらされているときに隠れていろなんていう命令には、絶対に従わないわ」

ヘイドリアンの心で、ナタリーを激しく非難したい気持ちと勇気をたたえたい気持ちがせめぎ合っていた。そこで黙ったまま引き寄せ、彼女の髪に頬をつける。ナタリーがレオを〝わたしたちの〟子と言ったことがうれしかった。自分たち三人を家族だと思っているかのようだ。「いいだろう。だが気をつけてくれ。きみを失ったら耐えられない」

ナタリーの体にかすかな震えが走った。おそらく冷たい夜気のせいではないだろう。顔を上に向けると、彼の顎にやさしくキスをした。「わたしも、あなたを失うことには耐えられないわ」

〝全身全霊で愛している〟

ナタリーにまたそう言ってもらいたい。だが、そんなことを期待してはいけないのだ。書斎で〝わたしを愛している？〟と訊かれてうろたえてしまった自分に、その資格はない。

あのときは自分の心の内側をのぞくことができなかった。心の周りに突然高い壁が出現して、自分ですら中に入れなかったのだ。それで呆然としてしまった。ヘイドリアンのすべてがその質問について深く考えることを拒否していた。愛なんて母親がいつも読んでいるゴシック小説の中にしか存在しない感傷的すぎる感情だと、切り捨ててきた。身近にいる男女といえばゴドウィン伯爵夫妻だったので、その打算的な関係が一般的だと思い込み、結婚に愛が重要だなどと考えたこともなかった。

だがいまは、わからなくなっている。

ナタリーへの気持ちは、永遠に消えない炎のように赤々と燃えていた。彼女は思いやりがあって誠実で頭の回転が速い。どれも以前は妻に求めていなかった資質だ。ナタリーが欲しいという気持ちは心に深く根を張り、昼も夜も彼女を思わずにはいられなくなってしまった。ナタリーなしでは、これからの人生は荒涼としたものになるだろう。自分の心はすでに彼女のものなのだから。

ヘイドリアンは震える息を吸った。なんということだ。ナタリーを愛している。彼女を思う気持ちの深さは、それ以外に説明のしようがない。誰にも感じたことのないこの気持ちは一時的にのぼせあがっているわけではなく、ナタリーこそ魂の伴侶だという確信に基づいたものだ。彼女がいなければ、心にも魂にも足りない部分を抱えて生きることになる。そのことを、ちゃんと伝えなければならない。ナタリーには知る権利がある。いや、知ってほしいのだ。

ない。

だがそれで、ナタリーは結婚を決意してくれるだろうか。アメリカでの生活をあきらめ、貴族という存在への嫌悪を乗り越えてくれるだろうか。それを知る方法はたったひとつしかない。

ヘイドリアンはやさしい気持ちが体じゅうに満ちるのを感じながら、身をかがめた。「ナタリー、きみに言わなければならないことが——」

「見て、大変よ！　レオが拳銃を取ったわ！」

失敗続きの人生を送ってきたとはいえ、銃口を向けられたのは初めてだ。上流階級の男たちの中には危険を顧みずに決闘をしたがる者も多いが、リチャード自身にそういう嗜好(しこう)はない。だがいま、カードを握ったまま椅子の上で固まっているリチャードに、かどわかしてきたとんでもない子どもが銃口を向けている。

いったいこの悪魔のような子どもは、どうやってこれほどすばやく拳銃をつかんだのだろう。

リチャードはパニックに陥りそうになりながら、酒を飲みすぎて焦点の定まらない目をしているバートに向かってわめいた。「悠長に座っているんじゃない。どうにかしろ！　こいつをおとなしくさせておくのは、おまえの役目だろう」

「おいおい、そいつはおもちゃじゃないんだぞ。バーティおじさんによこすんだ」馬丁が分厚い手をゆっくりレオのほうに伸ばした。

「ぼくのおじさんはこっちの人だよ。あなたじゃなくて」レオが弾を込めてある拳銃の先を、ふたりに交互に向けた。「ぼくはミス・ファンショーとミスター・コウシャクが待っている家に帰りたいんだ。いますぐに」

「そいつを振りまわすんじゃない」リチャードは恐怖で縮みあがっているのを隠して、厳しい声を出そうとした。「おまえは銃の使い方を知らない。うっかり撃ってしまうことだってあるんだ！」

「撃ち方なら、パパが教えてくれたよ。森の中に住んでたときに。リスを仕留めたことだってある」レオは撃鉄を起こして叫んだ。「バン！」

リチャードは思わずあえいで、椅子から滑り落ちた。これほど近くからなら、いくら子どもでも外すわけがない。そう思うとめまいがしたが、もしかしたらそれはジンのせいかもしれないと思い直した。「なんとかして取りあげろ、バート。そいつはまだ六歳なんだ。なんのためにおまえに金を払うと思っているんだ」

「六歳でも六〇歳でも関係ねえですよ。銃は銃だ。それに、まだ一ペニーも受け取ってないんだから——」

「金なら明日渡す」

そのとき、戸口から声がした。「いや、金を受け取ることはない。おまえもだ、リチャード」

リチャードは驚きのあまり飛びあがりそうになった。手から離れたカードが宙を舞い、椅子が床に倒れる。信じられない思いで、恐ろしい顔でにらんでいるクレイトン公爵を見つめた。

公爵は拳銃をリチャードの心臓に向けている。

リチャードの脚が激しく震え、膝がぶつかり合った。六歳の子どもと違って、クレイトンは射撃の名手という評判だ。「う、撃たないでくれ！」

「では、撃たせるようなことをするなよ。おまえたちふたりともだ。治安判事の前に立つまで生きていたいのならな」

〝治安判事〟という言葉を聞いて、リチャードは自分の運命を悟った。もはや母親に後始末をしてもらえる状況ではないし、母親の助けも期待できないのに、父親を当てにできるわけもなかった。クレイトンは必ずリチャードに、犯した罪にふさわしい罰を受けさせるだろう。運よくじめじめした監獄に閉じ込められないですんでも、社交界からは追放され、クラブへの出入りはできなくなり、友人に見捨てられる。いちばんまずいのは、間近に迫った期限までに借金の返済ができないことだ。つまりこのままロンドンにいたら、死ぬほど叩きのめされるのは間違いない。

レオが目を輝かせ、満面の笑みで叫んだ。「ミスター・コウシャク！　きっと来てくれるって、ぼくわかってたよ！」

「ああ。勇敢だったたな。さあ、ミス・ファンショーに銃を渡しなさい」クレイトンが少し表情をゆるめて少年に言った。

それまでリチャードは公爵しか見えておらず、アメリカから来た女がいることに気づいていなかった。ミス・ファンショーが女王のようにつんと澄まし、リチャードに軽蔑したような視線を向けながら近づいてくる。それを見たとたん、いままで感じていた恐怖と不安と絶望はすべて彼女への憎悪に変わった。よくもあの女はぼくを見くだせたものだ。非嫡出子を父親に持つ卑しい人間のくせに！　あの女がオードリーの息子をイングランドに連れてこなければ、こんなことにはならなかったのに。

しかもクレイトンはリチャードの妹ではなくミス・ファンショーに求愛し、今夜の舞踏会も彼女のために催した。妹と結婚していれば、裕福な義兄に借金を肩代わりしてもらえたのだ。

バートがのろのろと立ちあがった。「これは若旦那の計画なんで。おれは子どもの面倒をちゃんと見てたんですよ。一緒にカードゲームなんかして」

公爵が裏切り者の馬丁に厳しい視線を移したとき、リチャードはわずかなチャンスを見て取った。子どもに近づいていくミス・ファンショーに飛びかかり、片手で拳銃を取りあげながら、もう一方の手で彼女の体をまわして後ろ向きに引き寄せる。

ミス・ファンショーが驚いたようにあえぎ、腕の中でもがいた。だがリチャードはがっちりと押さえ込んで放さず、荒く息をつきながら銃口を彼女の喉に押しつけた。「じっとしてろ！」

幸いミス・ファンショーは言うことを聞き、胸だけを激しく上下させている。リチャードは心臓があまりにも激しく打っていて、いまにも気を失いそうだった。少しでも気をゆるめると、絶望にのみ込まれそうになる。これが逃げられる唯一のチャンスなのだと、自分に言い聞かせた。

クレイトンが一歩だけ近づいてきて、そこで固まった。グレーの目が一瞬恐怖に大きくなったあと無表情になる。からかうような声には、まったく動揺がうかがえなかった。「女性を盾に使うのか、リチャード？　なんとも勇敢だな」

「それ以上近づくんじゃない。彼女を殺すぞ」

「そうしたら、おまえも死ぬ。わたしが首をへし折ってやるからな」

その物騒な宣言を聞いて、頭の中に骨がぽきりと折れる音が響き、リチャードは冷たい汗が吹きだすのを感じた。公爵の怒りと向き合うより、一発だけ入っている弾を自分に撃ち込むべきかもしれない。そのほうがすばやく楽に死ねる。だが、みんながおとなしく協力してくれれば、自分が血を流す必要はないのだ。

「ミス・ファンショーに何もしないで！」レオが叫び、くくりつけられた椅子の上でもがいた。

「大丈夫よ。ちゃんと全部うまくいくから」彼女は驚くべき冷静さを発揮して、静かに子どもをなだめた。

その落ち着き払った態度に、リチャードはいらだった。ミス・ファンショーはいつも偉そうにしている。まるで自分が彼と同等の人間で、家族の一員だとでも思っているようだ。それに、彼女のほうが数センチ背が高いことにも腹が立つ。まるでアマゾンの女戦士のごとく脅威の存在だが、少なくともいまはすっかりおとなしくなって、あらがおうとする気配もない。

このまま馬車のところまで戻れれば、馬に乗って海辺に向かえる。

リチャードは出口に向かってあとずさった。殺意をあらわにしている公爵に目を据え、ミス・ファンショーを引きずっていく。「ぼくと彼女がフェートンまで行くあいだ、あなたはここにいるんだ、クレイトン。バート、公爵の拳銃を取りあげろ」

馬丁がテーブルをまわってクレイトンのほうに向かいかけたときだった。

ミス・ファンショーの腕が少し動いたと思った次の瞬間、リチャードは股間の柔らかい部分にちくりと鋭いものが触れるのを感じた。ナイフだ。

「いいえ」彼女が言う。「あなたがヘイドリアンに拳銃を渡すのよ。去勢されたくなければね」

その脅しに、リチャードの口から弱々しい声が漏れた。ミス・ファンショーはアメリカという未開の地で暮らすあいだに、どんな技を身につけたのだろう。彼はゆっくり銃をおろし、そのまま固まった。全神経が、無防備な股間に触れているナイフの刃に集中している。「気をつけてくれ！」締めつけられた喉から言葉をしぼりだした。

それからの出来事は、あっという間だった。クレイトンがリチャードから武器を取りあげようと歩きだした隙を狙って、バートが公爵に飛びかかった。クレイトンがすばやく振り向いたかと思うと銃声が響き、馬丁がどさりと音を立てて床に倒れた。脚をつかみながらうめいている馬丁の腿に、血の染みが広がっていく。

リチャードは恐ろしさにすくみあがって、すぐに自分の拳銃をクレイトンに渡した。どちらにしても、自分の手にはもうそれを支えるだけの力は残っていない。「ミス・ファンショー、早くナイフをどけてくれ！」

しかし、ミス・ファンショーがそうするよりもすばやく、公爵がリチャードを乱暴に彼女から引き離した。その顔に浮かぶ荒々しい怒りに、リチャードの全身の血が凍りつく。「彼女を傷つける気はなかったんだ。子どもも。誓うよ！　全部いまいましい借金のせいで……本当に悪かった」

「謝っても許されないことがある」

クレイトンが拳を繰りだし、リチャードの顎に叩きつけた。リチャードの体が吹っ飛び、後ろの壁に頭から激突する。爆発したような痛みが頭に広がって、その衝撃で立っていられなくなった。床に崩れ落ちて、みじめにうめく。ずきずきと脈打つ激しい痛みに、頭がもうろうとした。

リチャードは半分気を失ったような状態で床に横たわっていた。周りで人が動いているのはわかったが、何をしているのか理解できるほど意識を集中できない。だがしばらくして、誰かの視線を感じた。涙に潤んだ目を開けて必死に凝らす。

するとあの手に負えない子どもが、無垢な者にあるまじき興味を浮かべてリチャードを見おろしていた。「ねえミス・ファンショー、〝きょせい〟ってどういう意味？」

身も凍るような恐怖に襲われた記憶がよみがえったせいでリチャードは完全に気を失い、彼女の答えを聞くことなく忘却の海を漂った。

28

ナタリーはヘイドリアンの夢を見ていた。

公爵に指先でじらすように腕を軽く撫でられ、ぞくぞくする感覚が広がる。その手が肩を通って首を過ぎ耳を経てたどり着いた顔をやさしく愛撫すると、彼女はあまりの心地よさに思わず声を漏らし、ヘイドリアンの手に頬をすり寄せた。体の奥に欲望の火がともり、もぞもぞと腰が動いてしまう。指先が唇の輪郭をそっとたどったあと、唇同士が軽く合わさった感触は、奇妙なほど現実的だった。

夢の中から誘いだされたナタリーがまぶたを持ちあげると、公爵がゆったりとした笑みを浮かべて見おろしていたので、彼女の心はとろけた。この笑みには弱いのだ。思いがけず愛する人の顔を見られた喜びに、どうして彼女の部屋にいるのかと質問する気にもなれない。ところがベッドの青と金の天蓋が目に入って、昨晩の出来事が一気によみがえった。

ここはナタリーの部屋ではなく、ヘイドリアンの部屋だ。

レオを寝かせたあと、ここに来て公爵を待っていたのだ。書斎でゴドウィン伯爵と話し合った結果を聞かせてもらうつもりで。

ナタリーは体を起こし、しわになってしまったブロンズ色のシルクドレスを撫でつけた。昨日身につけていたダイヤモンドの装身具は、ナイトテーブルの上の形が崩れた蠟燭の横にまとめて置いてある。「まあ、ほんのちょっとと思って枕に頭をのせただけなのに。眠ってしまうつもりはなかったのよ。びっくりさせてごめんなさい」

「びっくりなんてしていない。チャムリーが教えてくれたからな。生意気なおてんば娘にわたしの寝室から追いだされたって」

公爵の愉快そうな目を見て、ナタリーは赤くなった。「夜中の三時なのに、彼はあなたを待って衣装部屋の腰かけの上で居眠りをしていたんだもの。それで自分の寝室へ行くように言ったのよ」

「なるほど。チャムリーは書斎の前の長椅子で居眠りをしていたよ。きみがここにいると聞かされてわたしがうれしそうにしていたら、いつもの愚痴をまったく言わなかったのには驚いた。気難しい従者も、きみに好意を抱き始めているんだろう」

それはそれでうれしいが、いまのナタリーが気になるのはヘイドリアンの気持ちだけだった。愛しているという彼女の告白に、まだ答えてもらっていない。

公爵が〝ダーリン、どう言えばいいのか――〟とかすれた声で言いかけたところで、レオが誘拐されたことが発覚したのだ。彼はあのときなんて言おうとしたのだろう。心の内を見せないまま、結婚するように説得を続けるつもりだろうか。彼女はそれを受け入れられるのだろうか。

ナタリーが思い悩んでいることを察したのか、ヘイドリアンが体を引いた。熱のこもった視線を浴びて居心地の悪い思いをしつつ、彼女はベッドをおりた。公爵はクラヴァットを外し上着を脱いでいて、髪が乱れているのがかえって魅力的だ。抱き寄せられたいというせつない思いに駆られたものの、彼は欲望をくすぶらせている様子を見せながらも行動に移そうとはしなかった。

「もうすぐ夜明けだ」ヘイドリアンが言った。「だが昨日は晩餐をとれなかったから空腹だろうと思って、厨房から残りものを持ってきた。食べながらゴドウィンと話し合ったことを伝えるよ」

ヘイドリアンは紳士らしい気遣いに満ちた仕草でナタリーの腕を取り、暖炉の前に連れていってふかふかの座面の椅子に座らせた。すぐそばのテーブルに舞踏会のごちそうの余りやペストリーをたっぷりのせた銀のトレイが置かれている。公爵が熱い紅茶をカップに注いで丁寧にミルクを加えているのを見て、ナタリーは老夫婦となった自分たちがこんなふうに向かい合って和やかに言葉を交わしているところを思い浮かべた。

けれどもそんな淡い空想は、自分がどれほど空腹だったかを悟ったとたんに頭から消えた。さっそく取り皿に食べものを盛って、ヘイドリアンが火かき棒で暖炉の中の熾を燃え立たせているあいだに、心ゆくまでおなかに詰め込む。

ナタリーはヘイドリアンを見つめながら昨晩の彼の行動を思いだし、冷静な判断力と決してあきらめない意志の強さに感嘆した。公爵が機転をきかせてすばやく行動していなければ、レオを発見できなかった。レオがまだワイマーク子爵にとらえられていたらと思うと、彼女の体は震えた。拳銃を取ったことで罰を与えられていたかもしれない。

　ナタリーがレオを縛っている紐を切っているそばで、ヘイドリアンはバートに夜警を逮捕に来させると言い渡した。それから気絶した子爵をフェートンに乗せて、その後ろに自分が乗ってきた馬をつなぐと、馬車を御してクレイトン・ハウスに戻った。彼女は行きと同じく馬に乗って帰った。

　レオは公爵と並んで座れて興奮していたが、メイフェアに着く頃には大きなあくびを連発していた。屋敷に到着すると舞踏室からまだ音楽が聞こえていたので、一行は裏口から入った。そこでふた手に分かれてナタリーとレオは子ども部屋にあがり、ヘイドリアンはゴドウィン伯爵とレディ・ゴドウィンを書斎に呼び寄せた。

　それが昨日の夜、公爵を見た最後の記憶だ。

　ヘイドリアンも皿に食べものを盛ってナタリーの向かいの椅子に座ったので、彼女は言った。「あんなことがあったのに、ここでは何ごともなかったかのように舞踏会が続いていて、不思議な感じだったわ。公爵夫人が気をまわしてわたしたちがいない言い訳をしてくれて、本当によかった。足首をひねってしまったわたしを心配して、あなたが付き添ってくれているって」

「それでも眉をひそめる人間はいるだろうが、母が想像しただろう行為をわれわれがしていた場合に巻き起こる醜聞に比べたら、大したことはないからな」ヘイドリアンが紅茶のカップを口に運びながら、思わせぶりな笑みを向けた。ナタリーはおいしい桃の砂糖煮をのせたスプーンを途中で止め、一瞬見とれた。「レオはベッドに行きたくないと駄々をこねたかな？」公爵が尋ねた。

「あの子は頭を枕にのせた瞬間に眠っていたわ。その前にぎゅっと抱きしめてくれたけど。大きくなっても犯罪者にはなりたくないって言っていたわ」

ヘイドリアンが低く笑った。「〝経験は最良の師〟だな」

「ワイマーク子爵がそれを学ぶ機会がなかったのが残念ね」ナタリーは笑みを消して、皿をテーブルに置いた。「彼はどうなるの？」

ヘイドリアンも楽しそうな表情をすっと消した。「当然、ゴドウィンは激怒した。息子を甘やかしすぎたと、自分を責めていたよ。レディ・ゴドウィンは息子をかばおうとしていたが、彼女でさえリチャードがすべてを告白するとショックを受けて言葉を失っていた。彼は賭博の借金が払えなくて、たちの悪い金貸しから多額の金を借りたんだ。その返済期限が迫って、わたしから金を手に入れようとレオの誘拐を企てた。ボウストリートの治安判事に彼を引き渡すつもりだと、三人には言い渡したよ」

「でも、そうしなかったのね」

「リチャードをカナダに行かせ、今後一〇年間、伯爵の製材会社や鉱業会社の監督をさせるということで、ゴドウィンと合意した。それで充分な罰になるだろう、と」

「カナダですって？　そんなの、全然罰にならないじゃない」

「北アメリカ出身の人たちにとっては、そうだろう。だがカナダではロンドンにいるときのように誘惑にさらされることがないし、もしかしたら環境が変わって更生するかもしれない」ヘイドリアンはナタリーを見つめた。「それにわたしも、大事なときに裁判沙汰で余計な醜聞に巻き込まれたくないんだ」

公爵の視線に、ナタリーはどきりとした。熱い情熱が伝わってくるが、それだけでなくもっと深い感情も垣間見える。彼女は何ごとにも正面から向き合いたい性格だが、ヘイドリアンがこれからのふたりの関係について言うことを聞くのは怖かった。彼に愛されていなかったら、この国を去らなければならない——永遠に。

ほんの何週間か前までは早くアメリカに帰りたかったのだと思うと、不思議だった。いまは公爵と離れて過ごす人生を想像するだけで、わびしさに目の前が暗くなる。

ヘイドリアンは皿を置いて、椅子に座ったまま身をのりだした。表情を引き締め、唇を一瞬きつく結ぶ。「ナタリー、きみに謝らなければならない。リチャードがきみに銃を突きつける事態になったのは、彼から目を離したわたしの責任だ」

「あの人が何をするか、わかるはずがなかったんだもの。しかたがないわ。それに結局は無事だったんだし」

「きみがナイフの扱いに長けていたおかげでね。はっきり言って、ああされたらどんな男でも震えあがる」公爵が引きつったような笑いを漏らした。

「あのときわたしが脅しを実行に移していたら、ゴドウィン伯爵に激怒されたでしょうね。

孫息子が生まれる望みがなくなって、男系が途絶えてしまうんですもの。貴族は血統と家の存続を大切にしているのに」

ヘイドリアンは何か考え込んでいるようにナタリーを見つめていたが、やがて立ちあがって彼女の前の床に膝をついた。その姿勢のまま彼女の手を取って握りしめる。「ナタリー、きみがこの国の階級制度や、わたしが生まれながらの権利として受け継いだ公爵という身分を嫌っていることは知っている。だがそういう制度が、いまのこの国の社会秩序を支える欠かせない要素になっていることを理解してほしいんだ。何百人もの労働者の生活が、わたしの肩にかかっている。わたしのために働いている使用人や地所の農夫や牧夫の生活――そして貴族院議員として立法活動に携わっていることも考えれば、すべての国民の生活が」彼女の手を持ちあげて、そっと唇をつける。「わたしにはそれを変えられない。だができるなら、すべてをきみのために放棄したいとは思う」

ナタリーは驚いて声も出ないまま、ヘイドリアンを見つめた。揺るぎない視線が、真剣に考えた末の嘘のない言葉だと物語っている。本当にすべてを捨てるつもりなのだろうか。身分も財産も、ヘイドリアンをヘイドリアンたらしめているすべてのものを――彼女のために。

公爵がどんな感情からそう宣言しているのか知るのが怖い。ナタリーの手を握っている彼の手に、もう片方の手も重ねる。「そんなことをしてほしいとは思っていないわ、ヘイドリアン。公爵という身分はあなたという人から切り離せないものだもの。あなたは身分にふさわしい厳しい教育を受けてきたおかげで、尊敬に値する素晴らしい男性になったのよ」

ヘイドリアンは唇をゆがめて視線をそらした。「そのとおりだ。厳しく育てられたせいで、本当の気持ちは心の奥底に閉じ込め、公爵らしい尊大な態度を装っていた。だが少なくともそれは、これから変えていける」

ヘイドリアンはナタリーの顔に視線を戻した。心を守る壁を取り払った不安そうな表情に、彼女は胸を打たれた。彼は幼いときに母親から引き離され、厳しい後見人のもとで育てられたゆえに、自分の感情を押し殺すすべを学ばざるを得なかったのだ。心の痛みから逃れるために。

それを変えると宣言したものの、ヘイドリアンはなかなか決定的な一歩を踏みだせず、見るからに居心地が悪そうにしていた。そこでナタリーはやさしく促した。「それってどういうこと？」

公爵が苦しそうに息を吸う。「つまり……きみを愛しているよ、ナタリー。全身全霊で。わたしのすべてで」

ナタリーの鼓動が跳ねあがった。ずっと聞きたいと願っていた言葉を、じっくり嚙みしめる。ヘイドリアンのやさしげなグレーの瞳には、彼女の心にあるのと同じ心からの愛情と恋い焦がれる気持ちが浮かんでいた。これは現実なのだろうか。〝間違いなく現実だ〟

「ああ、ヘイドリアン。わたしもあなたを愛しているわ。わたしのすべてで」

気がつくとナタリーは公爵の腕の中に飛び込んでいた。ふたりは互いへの欲望に駆られて、唇が溶けそうなほど熱いキスを交わした。情熱が伝わってくる唇の感触に、彼女は幸せの海で溺れてしまいそうな気分になった。そのまま一緒に暖炉の前の毛足の長い絨毯の上に倒れ込む。ナタリーはヘイドリアンに覆いかぶさって、筋肉に覆われたかたい体の感触を楽しんだ。長いあいだ、彼が欲しくてたまらなかった。ヘイドリアンは彼女だけのもので、ナタリーは彼だけのものだと、確かめたくてしかたがなかった。

ボタンがはじけ飛んで生地が破れるのもかまわず、着ているものを脱がせ合い、ようやく肌と肌を合わせる。前に体を重ねたときも、本当に素晴らしかったけれど、心が通じ合ったいま、感じる歓びが何倍にも増していた。激しい情熱と互いへの思いやりと快感がふたりを押しあげ、その頂点に達したときに体は完全にひとつに溶け合った。

けれどもナタリーにとって、ヘイドリアンがささやいた愛の言葉ほどうれしいものはなかった。

ふたりは心地よい疲労感にぐったりして、暖炉の前で抱き合ったまま横たわっていた。イングランドの公爵を愛することにどれほど抵抗してきたかを思いだして、ナタリーは微笑んだ。彼女もヘイドリアンも愛がどれほど貴重でかけがえのないものか、学ぶ必要があったのだ。人生において、愛と比べたらそのほかは大したものではないということを。

公爵のざらざらした顎に頬をこすりつけながら、ナタリーはつぶやいた。「ねえ、認めてしまえば大したことではなかったでしょう？」

「こんなに素晴らしいご褒美が待っているとわかっていれば、もっと早く自分の気持ちと向き合っていたよ」ヘイドリアンはうれしそうに目を輝かせながら彼女の体の曲線を愛撫し、臀部を両手で包んだ。「正直に言うと、初めて会ったときからきみに夢中だった。だが愛などというものは軽蔑していたから、そんな感情が自分の中にあるなんて認められなかったんだ」

「もしかしたら、愛していると認めるのは膝を折って深くお辞儀をするのと同じようなものかもしれないわね。最初はなかなかできないけど、一度やってしまえばあとはどんどん簡単になる」

「いや、全然違う」ヘイドリアンはナタリーをつかんでいる手に力を込めた。「きみはどんなに身分が高い人間とも同等なんだ。わたしはきみに信条に反した行動を取らせるつもりはない」

ナタリーは従順にうなずいた。「はい、閣下」

「まったくきみは跳ねっ返りだな」ヘイドリアンは彼女の顔にキスの雨を降らせたあと唇にゆっくりとキスをして、ようやく鎮まっていた情熱にふたたび火をつけた。かすれた声でささやく。「すぐそこに快適極まりないベッドがあるのに、どうしてわれわれは床の上でこんなことをしているんだろう」

ナタリーは噴きだした。「それはあなたがみんなの思っているような唐変木じゃなくて、色ごとに長けた女たらしだからじゃないかしら」

ヘイドリアンは得意げに眉を上下させた。「その秘密を知っている女性はきみだけだ」

力強く美しい体を堂々と見せて立ちあがると、ナタリーを抱きあげた。公爵の首に腕をまわして首筋の塩辛い味のする肌を味わっている彼女を、ベッドの上にやさしくおろす。ヘイドリアンにたったひとりの女性として選ばれたのだと思うと、ナタリーはうれしくてならなかった。

公爵は上掛けの下に滑り込むと、彼女を抱き寄せてくしゃくしゃになった髪に唇をつけた。「ナタリー、きみにはこの国で幸せになってほしい。だから学校をつくりたいならそうしてくれていいし、好きなだけ孤児や子どもたちの面倒を見てくれていい。わたしに賄える資金の範囲内でやるということだけ気をつけてくれれば、好きにしてくれていいんだよ」

ナタリーは脅かすような表情をしてみせた。「お母さまとわたしがふたりとも好きなようにしたら、あなたは破産してしまうわよ」

「そうなったらそうなっただ。それからアメリカへ新婚旅行に行くのもいいな。そうすれば、きみが愛している国を見られる」ヘイドリアンは体を引いて、彼女の目を見つめた。「おっと、いけない。また先走ってしまっている。これだけはちゃんと訊いておかなくては。結婚してくれるかい?」

公爵の無防備な瞳には不安が浮かんでいたので、ナタリーはやさしい気持ちが胸にあふれるのを感じた。幸せのあまり思わず顔がほころぶ。「ええ、もちろん結婚するわ。だけど本当にいいの、ヘイドリアン?　わたしはイングランドでもっとも公爵夫人らしくない公爵夫人になるわよ」

ヘイドリアンがハンサムな顔を喜びに輝かせたあと、目に欲望をたたえてにやりと笑った。

「きみは完璧な公爵夫人になるよ。わ、た、し、の、公爵夫人に。わたしはこの先生きているかぎり、きみをどれだけ愛しているか毎日ちゃんと示し続けるつもりだ」

ヘイドリアンはさっそくその言葉を実行し、息をのむような巧みさでナタリーの全身を愛撫した。彼女はなすすべもなく身をよじりながら、公爵と永遠に一緒にいられる以上に素晴らしいことはないと思った。

訳者あとがき

ヒストリカル・ロマンスの人気作品を次々と世に送りだしているオリヴィア・ドレイクの最新シリーズ《公爵の花嫁》シリーズ第二弾をお届けいたします。

今回の舞台は摂政時代の一八一〇年代半ば、米英戦争（一八一二年〜一八一五年）が終結して間もない頃のイングランドです。第八代クレイトン公爵ヘイドリアンは、ロンドンから北へ向かう旅路の途中で暴風雨に遭い、とある宿屋で足止めを食らっていました。自分の後見人でもあった伯爵の次女エレンが、結婚相手としてふさわしいレディに成長しているかどうかを確かめに行くところでした。もともとの父親同士の取り決めは、エレンの姉のオードリーと結婚することでしたが、オードリーが一〇年前に牧師と駆け落ちしてしまったため、いま自分にもっとも適した相手はエレンだと考えていたのです。公爵という第一爵位に誇りを持って生きてきたヘイドリアンにとって、結婚とは愛ではなく〝同盟〟です。申し分のない血筋の貴族と結婚することこそが、愛よりもはるかに重要でした。

ところが、この宿屋で幼い少年を連れたアメリカ人のナタリーと出会い、ヘイドリアンの結婚計画は狂いを見せ始めます。貴族の礼法であるお辞儀をしないナタリーを怪訝に思いつつも、その自立した美しさにヘイドリアンは心惹かれていきます。一方、アメリカの自由と平等精神を信念に育ってきたナタリーも、いかにも貴族然とした高慢な態度のヘイドリアンに抵抗感を覚えながら、やはり彼が気になってしかたがありません。実は、ナタリーも伯爵邸を目指して旅をしている途中で、互いへの反発と引力に葛藤を抱きながら、ふたりは一緒に伯爵邸へと向かいますが……。

公爵である自分にとって〝完璧な花嫁〟を求めていたヘイドリアンでしたが、ナタリーとの出会いによって公爵というアイデンティティが揺らぎ始めます。そもそも彼自身にとって〝完璧な花嫁〟とはどういう女性なのでしょう？　そして、そんな花嫁と結ばれることはできるのでしょうか？

貴族として礼儀や血筋を重んじるヘイドリアンと、平等を愛し誰に対しても意見をはっきり述べるナタリー。ふたりは、伝統国イングランドと新興国アメリカをまさに象徴するかのような人物像です。彼らだけにかぎらず、本作では新旧の価値観や文化の違いが折に触れて対比されます。しかし、そこに優劣の偏りはありません。ヘイドリアンの結婚相手候補のエレンをはじめ、彼の母親や妹にいたるまで、凛とした現代的な魅力を放つナタリーと対照をなす存在であるイングランドのレディたちも、なんとも愛らしく微笑ましく作品に彩りを添えます。古き上流社会の優美さと新しき平等社会の自由さのどちらの素晴らしさも堪能できるところが、本作の醍醐味（だいごみ）のひとつと言えるでしょう。

ヘイドリアンとナタリーの恋模様と並行して物語の中枢を担うのは、米英戦争のしわ寄せで孤児となり、複雑な立場に立たされるレオです。この幼子の境遇からは、英国貴族の結婚に対するいびつなまでの厳格さ、アメリカ開拓前線での不安定な暮らしなど、両国の光ばかりではなかった当時の様子も伝わってきます。けれど、当のレオは純真そのもので、その一挙一動がかわいらしく、米英両国のはざまですくすくと生きる姿には心和まされます。いったいレオの将来はどうなるのか、そしてヘイドリアンとナタリーの海を越え、文化を超え、身分を超えた恋の行方は……。シリアスあり、コメディあり、事件ありの物語を、どうぞ最後まで見届けていただければ幸いです。

二〇二〇年五月

ライムブックス

公爵の完璧な花嫁

著　者　オリヴィア・ドレイク
訳　者　風早さとみ

2020年6月20日　初版第一刷発行

発行人　成瀬雅人
発行所　株式会社原書房
〒160-0022東京都新宿区新宿1-25-13
電話・代表03-3354-0685　http://www.harashobo.co.jp
振替・00150-6-151594
カバーデザイン　松山はるみ
印刷所　図書印刷株式会社

落丁・乱丁本はお取替えいたします。
定価は、カバーに表示してあります。
 ISBN978-4-562-06534-9　Printed in Japan